Suzanne Enoch

Originaire de Californie du Sud, elle a obtenu un diplôme de lettres de l'université d'Irvine. Auteure à succès de romances historiques et contemporaines, elle affectionne tout particulièrement la période de la Régence.

Ses livres pleins d'humour et aux dialogues enlevés ont été récompensés par le *Romantic Times* et figurent régulièrement sur la liste des meilleures ventes du *New York Times* et de l'*USA Today*.

La dame à l'éventail

Du même auteur
aux Éditions J'ai lu

LES REBELLES

1 – Partie d'échecs
N° 10617
2 – Étrange complicité
N° 10773
3 – La duchesse aux pieds nus
N° 10789
4 – Laisse-moi t'aimer
N° 11842

SCANDALEUX ÉCOSSAIS

1 – Un diable en kilt
N° 11175
2 – Le quadrille
N° 11179
3 – La fleur des Highlands
N° 11191
4 – La flamboyante des Highlands
N° 11728

1

SUZANNE

ENOCH

LEÇONS D'AMOUR – 1

La dame à l'éventail

Traduit de l'anglais (États-Unis)
par Agathe Nabet

J'AI LU

J'AI LU POUR elle

Si vous souhaitez être informée en avant-première de nos parutions et tout savoir sur vos auteures préférées, retrouvez-nous ici :

www.jailupourelle.com

Abonnez-vous à notre newsletter et rejoignez-nous sur Facebook !

Titre original
THE RAKE

Éditeur original
Avon Books, an imprint of HarperCollins Publishers, New York

Pour mes collègues des éditions Avon,
dont l'amitié chaleureuse,
l'aide et les encouragements
se sont révélés merveilleux.

Et pour Sharon Lyon,
qui a suggéré l'idée des coffrets-cadeaux.

Prologue

Lady Georgiana Halley entra dans le petit salon d'un pas décidé.

— Devinez ce que cet individu a fait, cette fois !

Lucinda Barrett et Evelyn Ruddick échangèrent un coup d'œil entendu. Elles savaient à qui leur amie faisait allusion. Comment auraient-elles pu l'ignorer ? L'individu en question était le plus épouvantable débauché de toute l'Angleterre.

— Qu'a-t-il donc fait ? demanda Lucinda en reposant les cartes qu'elle venait de battre.

Georgiana secoua les gouttes de pluie de l'ourlet de sa robe puis se laissa tomber sur la troisième chaise de la table de jeu.

— Elinor Blythem et sa femme de chambre ont été surprises par une averse, ce matin. Elles se dépêchaient de rentrer quand l'attelage de ce goujat est passé à toute allure et les a aspergées d'eau du caniveau !

Elle ôta ses gants et les fit claquer sur la table.

— Heureusement que la pluie commençait tout juste à tomber, sinon il les aurait trempées !

— Il n'a même pas pris la peine de s'arrêter ? demanda Evelyn en lui servant une tasse de thé.

— Au risque de se mouiller ? Grands dieux, non ! répondit Georgiana en laissant tomber un morceau de sucre dans son thé avant d'y faire vigoureusement tourner sa petite cuillère. Par temps sec, il se serait arrêté pour offrir de les raccompagner, mais pour bien des hommes, la noblesse n'est ni un état d'esprit ni un statut. C'est une simple question de confort.

— Une question de confort financier, ajouta Lucinda. Attention, Georgie, tu vas faire déborder ton thé.

— Vous êtes bien trop cyniques, dit Evelyn en remplissant sa propre tasse. Mais il n'en demeure pas moins que la société a fâcheusement tendance à excuser l'arrogance d'un gentleman pour peu que celui-ci ait de la fortune et de l'entregent. La vraie noblesse a disparu. Au temps du roi Arthur, susciter l'admiration d'une femme avait au moins autant d'importance que pourfendre un dragon.

Mlle Ruddick avait tendance à toujours tout ramener aux récits chevaleresques. Mais, pour une fois, elle n'avait pas tort.

— Tout à fait, approuva Georgiana. Depuis quand les dragons sont-ils plus importants que les gentes demoiselles ?

— Les dragons gardent des trésors, avança Lucinda, filant la métaphore, ce qui explique que les femmes généreusement dotées aient presque autant de valeur que les dragons.

— C'est nous qui devrions être considérées comme des trésors, que nous ayons une dot ou non, insista Georgiana. Je crois que la difficulté vient de ce que nous sommes plus complexes à appréhender qu'un pari ou une course de chevaux. Comprendre une femme est un défi impossible à relever pour la plupart des hommes.

Lucinda mordit dans une tranche de cake au chocolat.

— Je suis d'accord. Il ne suffit pas à un gentleman d'agiter son épée vers moi pour retenir mon attention, gloussa-t-elle.

— Lucinda, pour l'amour du Ciel ! s'exclama Evie en éventant son visage soudainement empourpré.

— Luce a raison, déclara Georgiana en se penchant vers elles. Un gentleman ne peut pas gagner le cœur d'une femme comme il gagne une… course d'aviron sur la Tamise. Il doit savoir que les règles ne sont pas les mêmes. Si beau, riche et puissant soit-il, je ne veux rien savoir d'un prétendu gentleman dont le passe-temps serait de briser le cœur des femmes.

— Et un gentleman doit aussi savoir qu'une lady est capable de penser par elle-même, déclara Evelyn en faisant claquer sa tasse sur sa soucoupe en guise de point d'exclamation.

Lucinda se leva et s'approcha du secrétaire qui se trouvait au bout du salon.

— Nous devrions mettre cela par écrit, déclara-t-elle en sortant d'un tiroir quelques feuilles de papier qu'elle revint distribuer. À nous trois, nous exerçons une grande influence, surtout vis-à-vis de ces prétendus gentlemen.

— Et nous rendrions ainsi service à d'autres ladies, approuva Georgiana, sa colère diminuant tandis que le projet commençait à prendre forme.

— Je ne vois pas en quoi une telle liste pourrait servir à qui que ce soit d'autre qu'à nous-mêmes, objecta Evelyn en prenant toutefois le crayon que lui tendait Lucinda. Si tant est qu'elle nous soit d'une quelconque utilité.

— Oh, elle le sera – une fois que nous aurons mis ces règles en pratique, répliqua Georgiana. Je propose que nous choisissions chacune l'homme auquel nous enseignerons ce qu'il doit savoir pour courtiser une lady comme il convient.

— J'approuve, déclara Lucinda en plaquant sa main sur la table.

Georgiana émit un sombre ricanement tandis qu'elle commençait à écrire.

— Nous pourrions même envisager de faire publier ces règles : « Leçons d'amour, par trois dames de qualité. »

Liste de Georgiana

1. Ne jamais briser le cœur d'une dame.

2. Toujours dire la vérité, quoi que vous pensiez que la dame ait envie d'entendre.

3. Ne jamais faire de l'affection d'une dame l'objet d'un pari.

4. Les fleurs sont appréciées, mais veillez à offrir celles que la dame préfère. Les lys sont particulièrement ravissants.

1

Au picotement de mes pouces,
Je sens que cela va mal tourner[1].

Macbeth, acte IV, scène 1

Lady Georgiana Halley regarda Dare entrer dans la salle de bal et fut étonnée de ne pas voir fumer les semelles de ses bottes alors qu'il était déjà si bien engagé sur le chemin de l'enfer. Toute sa personne, sombre et diaboliquement séduisante, semblait bouillonner d'impatience tandis qu'il se dirigeait vers les salles de jeu, à tel point que lorsque Elinor Blythem lui tourna délibérément le dos, il ne le remarqua même pas.

— Je hais cet homme, murmura Georgiana.

— Je vous demande pardon ? souffla lord Luxley, qui bondissait autour d'elle au rythme d'une danse folklorique.

— Rien, milord, je pensais à voix haute.

— Dans ce cas, partagez vos pensées avec moi, lady Georgiana.

1. Toutes les traductions de Shakespeare sont de la traductrice. (*N.d.T.*)

Il toucha sa main, se retourna et disparut un instant derrière Mlle Partrey.

— Rien ne me plaît autant que le son de votre voix.

« Excepté, peut-être, celui de l'or qui tinte dans ma bourse », soupira intérieurement Georgiana. Elle devenait décidément trop blasée.

— Vous êtes trop aimable, milord.

— C'est impossible, dès lors qu'il s'agit de vous.

Ils entamèrent un nouveau tour de piste, et Georgiana se rembrunit quand elle aperçut le dos puissant de cette canaille de Dare qui s'éloignait. Sans doute allait-il boire et fumer le cigarillo avec ses vauriens d'amis. La soirée avait été si charmante avant qu'il n'apparaisse ! C'était sa tante qui organisait ce bal, et elle se demanda qui avait bien pu l'inviter.

Son cavalier la rejoignit, et elle gratifia le beau baron aux cheveux dorés d'un sourire déterminé – elle devait chasser ce démon de Dare de ses pensées.

— Je vous trouve très fringant, ce soir, lord Luxley.

— C'est que vous m'inspirez, répondit-il, flatté.

La danse prit bientôt fin, et le baron tira un mouchoir de la poche de son gilet. Georgiana aperçut Lucinda Barrett et Evelyn Ruddick qui échangeaient des messes basses à la table des rafraîchissements.

— Je vous remercie, milord, dit-elle.

Elle s'inclina sans lui laisser le temps de lui offrir son bras pour faire le tour de la salle.

— Vous m'avez épuisée au-delà de toute limite. Si vous voulez bien m'excuser…

— Oh, je… Certainement, milady.

— Luxley ? pouffa Lucinda derrière son éventail d'ivoire quand Georgiana les eut rejointes. Comment pareille chose s'est-elle produite ?

Georgiana lui décocha un grand sourire.

— Il voulait me réciter le poème qu'il a écrit en mon honneur, et je n'ai eu d'autre choix pour l'empêcher d'aller plus loin que la première strophe que d'accepter de danser avec lui.

— Il t'a dédié un poème ? s'extasia Evelyn en passant son bras sous le sien pour l'entraîner vers les chaises alignées d'un côté de la salle.

Georgiana fut soulagée de voir Luxley choisir pour victime une des nombreuses débutantes de la soirée et accepta avec reconnaissance le verre de madère que lui présenta un valet. Après trois heures de quadrilles, de valses et de danses folkloriques, ses pieds la faisaient souffrir.

— Mais oui, répondit-elle. Et sais-tu ce qui rime avec Georgiana ?

Evelyn plissa le front, et ses yeux gris étincelèrent.

— Non. Quoi donc ?

— Rien. Il s'est donc contenté d'ajouter « -iana » à la fin de chaque vers. Des trimètres iambiques, toutefois. « Oh, Georg-iana, votre beauté est mon rayon de soleil-iana, votre chevelure étincelle plus que l'or-iana, votre… »

Lucinda émit un son étranglé.

— Je t'en prie, cesse immédiatement. Georgie, tu as l'art de pousser les hommes à dire et à faire les choses les plus ridicules !

Georgiana secoua la tête et écarta de ses yeux une mèche de sa chevelure d'or-iana, échappée de sa barrette d'ivoire.

— Ce n'est pas moi, c'est mon argent qui produit cet effet.

— Tu ne devrais pas être aussi cynique. Après tout, il a pris la peine de t'écrire un poème, si affreux soit-il.

— Oui, tu as raison. C'est triste que je sois aussi blasée à seulement vingt-quatre ans, n'est-ce pas ?

— Est-ce à Luxley que tu vas infliger une leçon ? demanda Evelyn. Il me semble qu'il aurait besoin d'apprendre une chose ou deux. Que les femmes ne sont pas complètement stupides, par exemple.

Georgiana sirota une gorgée de madère et sourit.

— Pour être honnête, je ne pense pas qu'il mérite un tel effort. En fait...

Un mouvement vers l'escalier attira son attention, et elle aperçut Dare qui regagnait la salle, une femme à son bras. Et pas n'importe laquelle, remarqua-t-elle avec un léger froncement de sourcils en reconnaissant Amélia Johns.

— Qu'y a-t-il ? demanda Evelyn en suivant son regard. Ô mon Dieu. Qui donc a invité Dare ?

— Pas moi, c'est certain.

Mlle Johns ne devait pas avoir plus de dix-huit ans, soit douze de moins que Dare. Mais en années de péchés, il avait des siècles d'avance sur elle. Georgiana avait entendu dire que le vicomte avait quelqu'un en vue, et entre l'argent de sa famille et son frais visage innocent, Amélia était sans doute sa cible. La pauvre enfant.

Dare prit les deux mains d'Amélia dans les siennes et Georgiana serra les dents. Après avoir adressé quelques mots à la jeune fille, le vicomte, avec un grand sourire, la libéra et s'éloigna. Le visage d'Amélia s'empourpra, puis pâlit, et elle quitta précipitamment la pièce.

Voilà qui clarifiait au moins une chose. Georgiana se leva et se tourna vers ses amies.

— Non, pas Luxley, déclara-t-elle, surprise elle-même par sa froide détermination. J'ai un autre élève en vue. Un élève qui a sérieusement besoin d'une bonne leçon.

Evie écarquilla les yeux.

— Tu ne songes pas à lord Dare, tout de même ? Tu le détestes. Tu daignes à peine lui parler.

Le rire profond de Dare retentit à travers la salle, et Georgiana sentit son sang bouillonner. Il se souciait apparemment fort peu d'avoir blessé une jeune fille – peut-être même de lui avoir brisé le cœur. Oh oui, il avait grand besoin d'une leçon. C'était d'ailleurs lui qui leur avait inspiré l'idée de cette liste. Et elle savait précisément quelle leçon elle avait l'intention de lui donner. Personne n'était plus qualifié qu'elle pour le faire.

— Si, c'est à Dare que je songe. Je vais devoir briser son cœur pour cela, quoique je ne sois pas certaine qu'il en ait un. Mais...

— Chut, souffla Evelyn en lui faisant signe de se taire.

— Qui donc n'aurait pas quoi ?

Georgiana se raidit en entendant cette belle voix grave et se retourna.

— Ce n'est pas à vous que je parlais, milord.

Tristan Carroway, vicomte Dare, fit peser sur elle le regard amusé de ses yeux bleu pâle. Il n'avait certainement pas de cœur s'il était capable de produire un sourire aussi sensuel et charmeur alors qu'il venait de forcer une jeune fille au bord des larmes à s'enfuir.

— Et moi qui venais vous dire que je vous trouve particulièrement ravissante ce soir, lady Georgiana.

Elle sourit tout en frémissant intérieurement. Il se permettait de la complimenter alors que la pauvre Amélia était sans doute en train de sangloter dans un coin.

— J'ai choisi cette toilette en pensant à vous, milord, répondit-elle en lissant sa jupe de soie bordeaux. L'appréciez-vous réellement ?

Le vicomte n'était pas sot, et si l'expression de son visage ne changea pas, il eut la prudence de reculer d'un pas. Georgiana regretta de ne pas avoir pris son éventail, mais celui de Lucinda serait à portée de main s'il lui venait l'envie d'en appliquer un coup sur les phalanges de Dare.

— Absolument, milady.

D'un coup d'œil expert, il la détailla de la tête aux pieds, et Georgiana eut la déplaisante impression qu'il savait si le jupon qu'elle portait était fait de soie ou de coton.

— Dans ce cas, c'est celle que je porterai à votre enterrement, dit-elle avec un doux sourire.

— Georgie, murmura Lucinda en lui prenant le bras.

Dare haussa les sourcils.

— Qui dit que vous y serez invitée ? Bien le bonsoir, mesdemoiselles, ajouta-t-il avec un sourire diabolique avant de tourner les talons.

Oh, il méritait décidément une bonne leçon !

— Comment se portent vos tantes ? lança-t-elle dans son dos.

Il s'immobilisa, parut hésiter, puis se retourna.

— Mes tantes ?

— Oui. Je ne les vois pas ce soir. Comment vont-elles ?

— Tante Edwina se porte à merveille, répondit-il d'un air méfiant. Mais tante Milly se rétablit plus lentement qu'elle ne le souhaiterait. Pourquoi ?

Elle n'avait pas l'intention de répondre à sa question. Mieux valait le laisser réfléchir pendant qu'elle peaufinerait les détails de son plan.

— Pour rien. Transmettez-leur mes amitiés, je vous prie.

— Je le ferai. Mesdemoiselles.

— Lord Dare.

Dès qu'il fut hors de vue, Lucinda libéra le bras de Georgiana.

— C'est donc ainsi que tu t'y prends pour qu'un gentleman tombe amoureux de toi. Je me demandais pourquoi je n'arrivais jamais à rien.

— Tais-toi donc. Je ne peux tout de même pas lui tomber dans les bras. Il se douterait de quelque chose.

— Alors comment comptes-tu le prendre au piège ?

L'optimiste Evelyn semblait elle-même sceptique.

— Avant de faire quoi que ce soit, je dois d'abord parler à quelqu'un. Je vous en dirai davantage demain.

Georgiana se mit alors en quête d'Amélia Johns. Dare avait disparu, mais elle resta sur le qui-vive, guettant sa haute silhouette. Cet homme avait l'irritante habitude de surgir au moment où on l'attendait le moins.

Cela lui rappela qu'elle avait oublié de lui demander s'il avait été invité ou s'il était venu de son propre chef à la soirée de sa tante.

Malgré une recherche minutieuse, elle n'aperçut la jolie débutante nulle part, et c'est la mine soucieuse qu'elle s'en alla rejoindre sa tante et reprendre ses devoirs d'hôtesse. Vivre chez sa tante Frédérica s'accompagnait d'un certain nombre de privilèges et de responsabilités – passer la soirée à faire des grâces quand elle aurait préféré monter à l'étage pour préparer son plan entrait dans cette dernière catégorie.

Faire en sorte que Tristan Carroway tombe amoureux d'elle comportait bien des risques, mais il méritait une bonne leçon. Il avait joué avec un cœur de trop, et elle allait veiller à ce qu'il ne recommence plus. Plus jamais.

2

Le beau est immonde, et l'immonde est beau.

Macbeth, acte I, scène 1

Tristan Carroway, vicomte Dare, leva les yeux du *London Times* en entendant retentir le heurtoir de cuivre de la porte d'entrée. On n'était plus qu'à deux mois de la récolte d'été, et le cours de l'orge continuait à chuter.

Il soupira. Les pertes qu'il essuierait engloutiraient le bénéfice qu'il avait réussi à tirer de la récolte de printemps. Il allait devoir se tourner vers le marché américain et s'entretenir à ce sujet avec Beacham, son homme d'affaires.

Le bruit du heurtoir s'éleva de nouveau.

— Dawkins, la porte ! lança Tristan avant de prendre une gorgée de café chaud et corsé.

Une bonne chose au moins était sortie des colonies. Et au prix où on payait leur café et leur tabac, les Américains avaient certainement les moyens de lui acheter son orge.

Quand le heurtoir retentit une fois de plus, il replia son journal et se leva. Les excentricités de Dawkins étaient amusantes, mais son majordome avait intérêt à être occupé à astiquer l'argenterie plutôt qu'à dormir dans un coin, comme il en avait la fâcheuse habitude. Quant au reste des domestiques, ils ne manquaient pas d'ouvrage avec toute sa famille en résidence. À moins qu'ils n'aient tous décidé de quitter sa maison sans prendre la peine de l'en avertir…

Avec la chance qu'il avait ces temps-ci, une meute de créanciers et d'huissiers attendait probablement devant la porte.

— Oui ? dit-il en ouvrant. Qu'est-ce qu…

— Bonjour, lord Dare.

La robe de promenade de lady Georgiana Halley, assortie au chapeau vert foncé qui encadrait sa chevelure d'or, s'épanouit autour d'elle quand elle fit la révérence.

Tristan referma brusquement la bouche. En temps ordinaire, l'apparition d'une aussi jolie femme sur le pas de sa porte lui aurait semblé une excellente chose. Mais Georgiana Halley n'avait rien d'ordinaire.

— Que diable faites-vous donc ici ? demanda-t-il en remarquant sa femme de chambre qui patientait derrière elle. Vous n'êtes pas armée, au moins ?

— Seulement de mon esprit, répliqua-t-elle.

Et son esprit l'avait blessé en plus d'une occasion.

— Je le répète, que faites-vous ici ?

— Je viens rendre visite à vos tantes. Écartez-vous, je vous prie.

Elle rassembla ses jupes et passa devant lui pour pénétrer dans le hall. Sa peau fleurait bon la lavande.

— Vous plairait-il d'entrer ? demanda-t-il avec un temps de retard.

— Vous faites un piètre majordome, lança-t-elle par-dessus son épaule. Conduisez-moi auprès de vos tantes, s'il vous plaît.

Tristan croisa les bras et laissa aller son épaule contre l'encadrement de la porte.

— Le piètre majordome que je suis vous suggère de les trouver toute seule.

En vérité, il brûlait de curiosité et se demandait ce qui avait pu l'inciter à se présenter à Carroway House. Elle connaissait son adresse depuis des années, mais c'était bien la première fois qu'elle daignait honorer sa demeure de sa présence.

— Quelqu'un vous a-t-il jamais dit que vous étiez insupportablement grossier ? répliqua-t-elle en se tournant vers lui.

— Je crois me souvenir que vous l'avez fait à plusieurs reprises. Et si vous vous donnez la peine de vous en excuser, je vous escorterai volontiers où vous le désirez.

Un voile rose se posa sur son délicat teint d'ivoire.

— Je n'ai aucune excuse à vous faire, rétorqua-t-elle. Et vous pouvez bien aller tout droit en enfer.

Il ne s'était pas attendu à des excuses de sa part, mais il ne pouvait s'empêcher de lui suggérer d'en faire chaque fois qu'il en avait l'occasion.

— Fort bien. Première porte à gauche, à l'étage, lâcha-t-il avant de regagner la salle à manger.

Tandis que le bruit des pas de Georgiana décroissait dans l'escalier, il l'entendit étouffer un juron. Il s'autorisa un léger sourire et se cala confortablement contre le dossier de sa chaise, son journal replié sur les genoux. Georgiana Halley avait traversé Mayfair pour rendre visite à ses tantes alors qu'elle les avait déjà vues moins de deux semaines auparavant, juste avant la dernière crise de goutte de tante Milly.

— Que diable a-t-elle en tête ? murmura-t-il.

Au vu de leur passé commun, il était peu enclin à lui faire confiance. Tristan se releva, abandonnant les restes de son petit déjeuner sur la table au cas où un domestique se déciderait à apparaître pour débarrasser. Malédiction, où donc était passé tout le monde, ce matin ?

— Tante Milly ? appela-t-il en atteignant le palier du premier étage.

Quand, trois ans plus tôt, il avait invité ses tantes à venir vivre sous son toit, il leur avait cédé l'usage du petit salon, dont elles avaient pleinement pris possession et qu'elles avaient enfoui sous une profusion de rideaux de bombasin et de dentelle.

— Tante Edwina ? appela-t-il en poussant la porte de la pièce ensoleillée encombrée de fanfreluches. Ma foi, j'ignorais que vous aviez de la visite, ce matin. Qui peut bien être cette ravissante jeune femme ?

— Oh, taisez-vous donc, souffla Georgiana en lui tournant le dos.

Millicent Carroway, drapée dans un kimono oriental dont les couleurs criardes juraient avec les tons de la pièce, pointa sa canne vers lui.

— Tu sais très bien qui est là. Pourquoi ne m'as-tu pas transmis ses amitiés comme elle t'avait chargé de le faire hier soir, vilain garçon ?

Tristan écarta la canne et se pencha pour déposer un baiser sur la joue ronde et pâle de sa tante.

— Parce que vous dormiez quand je suis rentré et que vous aviez informé Dawkins de votre souhait de ne pas être dérangée ce matin, joli papillon.

Un éclat de rire jaillit de l'ample poitrine de sa tante.

— En effet. Je veux bien un biscuit, Edwina chérie.

L'ombre anguleuse qui se tenait derrière elle s'avança dans un bruissement d'étoffe.

— Je te l'apporte, Milly. Et vous, Georgiana, avez-vous pris votre petit déjeuner ?

— Oui, mademoiselle Edwina, répondit Georgie d'un ton doux et chaleureux qui intrigua Tristan – il n'était guère habitué à l'entendre s'exprimer sur un mode aussi bienveillant. Ne vous dérangez pas, je vous en prie. Je m'occupe de servir Mlle Milly.

— Vous êtes un trésor, Georgiana. Je le dis souvent à votre tante Frédérica.

— Vous êtes trop bonne, mademoiselle Edwina. Si j'étais vraiment un trésor, je vous aurais rendu visite plus tôt et vous n'auriez pas été forcées de traverser Mayfair pour venir nous voir, ma tante et moi.

Georgiana se leva et alla chercher l'assiette de biscuits sur le plateau de thé, écrasant durement au passage les orteils de Tristan.

— Comment prenez-vous votre thé, mademoiselle Milly ? Mademoiselle Edwina ?

— Oh, oubliez le « mademoiselle », je vous prie. Ma sœur et moi ne savons que trop bien que nous sommes toutes deux de vieilles célibataires, gloussa Milly.

— Balivernes, intervint Tristan, tout sourire, se retenant à grand-peine de se pencher pour frotter son pied endolori. Vous êtes toutes les deux aussi jeunes et fraîches qu'un printemps.

Les talons des souliers de Georgiana devaient être ferrés, car elle-même ne pesait pas bien lourd. Elle était grande, mais mince, avec ces rondeurs du buste et des hanches qu'il appréciait tant chez les femmes. Et chez celle-ci tout particulièrement – raison pour laquelle il s'était retrouvé en fâcheuse posture avec elle.

— Lord Dare, reprit Georgiana d'un ton charmant tandis qu'elle servait le thé et offrait des biscuits sans rien lui proposer, j'ai eu l'impression que vous n'aviez guère envie de vous joindre à nous, tout à l'heure.

Elle souhaitait donc se débarrasser de lui. Raison de plus pour rester *a priori*, mais il ne voulait pas non plus qu'elle croie qu'il s'intéressait à ce qu'elle avait l'intention de raconter.

— Je cherchais mes frères, Robert et Bradshaw, improvisa-t-il. Ils sont censés m'accompagner à Tattersall, ce matin.

— Je crois bien les avoir entendus dans la salle de bal, tout à l'heure, dit Edwina. Tous les valets y étaient aussi, pour une raison que j'ignore.

Vêtue de ses sempiternels vêtements noirs et assise dans un coin de la pièce que le soleil n'atteignait jamais, l'aînée de ses tantes ressemblait à un spectre shakespearien affublé d'une paire de lunettes.

— Hum. J'espère que Bradshaw ne nous réserve pas une de ses surprises explosives. Si vous voulez bien m'excuser...

Georgiana tenta de lui marcher de nouveau sur les pieds quand elle retourna s'asseoir, mais il se tenait prêt, cette fois, et recula avant qu'elle ait pu l'atteindre. Il aurait plus de chances de découvrir ce qu'elle était venue dire à ses tantes une fois qu'elle serait partie. Et il devait vraiment informer ses frères qu'ils l'accompagnaient au marché aux chevaux.

Quand il atteignit le palier du deuxième étage, où se trouvait la salle de bal, un bruit d'applaudissements lui parvint. Plus inquiet que jamais quant aux intentions de Bradshaw, il poussa sans cérémonie la double porte de la salle... et se baissa juste à temps pour éviter qu'une flèche se plante dans sa tête.

— Tonnerre et malédiction ! beugla-t-il par réflexe.

Le second lieutenant de la Royal Navy Bradshaw Carroway lâcha son arbalète, traversa la salle, écarta les domestiques et saisit son frère par l'épaule.

— Mon Dieu ! Dare, tu vas bien ?

Tristan repoussa sa main.

— Évidemment, grinça-t-il. Quand j'ai interdit l'usage des armes à feu dans la maison, j'ai oublié de préciser que cela concernait aussi celui des armes mortelles dans la salle de bal. Et tu ferais bien de ne pas rire, ajouta-t-il en désignant du doigt la silhouette immobile de son frère Robert, assis devant la fenêtre.

— Je ne ris pas.

— Tant mieux.

Surprenant du coin de l'œil le majordome qui s'apprêtait à quitter la pièce en même temps que les autres domestiques, il aboya :

— Dawkins !

— Oui, milord ?

— Surveillez la porte d'entrée. Les tantes ont de la visite.

— Bien, milord, répondit Dawkins en s'inclinant.

— De qui s'agit-il ? s'enquit Bradshaw en arrachant la flèche plantée dans l'encadrement de la porte pour en inspecter la pointe.

— De personne. Range donc ton jouet hors de portée du Gnome et suis-moi. Nous allons à Tattersall.

— Vas-tu m'acheter un poney ?

— Non, je vais acheter un poney à Edward.

— Tu n'as pas de quoi payer un poney.

— Nous devons maintenir les apparences. Tu viens avec nous, Bert ? ajouta-t-il en se tournant vers la silhouette immobile.

Comme il s'y attendait, son frère secoua la tête.

— Je dois écrire à Maguire.

— Sors au moins te promener avec Andrew cet après-midi.

— Je ne crois pas.

— Ou fais une balade à cheval.

— Peut-être.

Tristan fronça les sourcils tandis qu'il descendait l'escalier à côté de Bradshaw.

— Comment va-t-il ?

Son frère haussa les épaules.

— Tu es plus proche de lui que moi. S'il ne te parle pas, je te laisse imaginer ce que je tire de lui.

— Je persiste à espérer qu'il a quelque chose à me reprocher et qu'il se montre bavard avec le reste du monde.

Shaw secoua la tête.

— C'est un sphinx pour tout le monde. Je crois qu'il a souri quand la flèche a failli t'atteindre, si cela peut t'aider.

Si le comportement distant de Robert inquiétait Tristan, la présence de Georgiana Halley sous son toit le troublait bien davantage. Elle mijotait quelque chose, et son instinct lui disait qu'il valait mieux pour lui découvrir au plus tôt de quoi il s'agissait.

Pour l'heure, il devait cependant acheter un poney au plus jeune de ses frères avec de l'argent qu'il n'avait pas. Mais si sa famille avait une tradition, c'était bien celle de l'équitation, et il faisait patienter le Gnome depuis déjà trop longtemps.

— Qui donc est venu voir les tantes ? s'enquit Shaw.

Tristan réprima un soupir. Ses frères finiraient bien par le savoir, de toute façon.

— Georgiana Halley.

— Geor... Oh. Pourquoi ?

— Je n'en ai pas la moindre idée. Mais si elle a l'intention d'incendier la maison, je préfère être ailleurs.

Mieux valait exagérer les choses plutôt que d'entamer une conversation à propos de lui et de Georgiana.

Georgiana avait décidé depuis longtemps de garder ses distances avec les Carroway, mais elle avait toujours eu un faible pour Milly et Edwina.

— Depuis que mon cousin Greydon est marié, expliqua-t-elle, ma tante n'a plus vraiment besoin d'une dame de compagnie. Elle s'entend si bien avec sa belle-fille Emma que j'ai presque l'impression d'être de trop.

— Vous n'avez pas l'intention de retourner dans le Shropshire, cependant ? Pas avant la fin de la saison, du moins ?

— Oh non. Mes parents ont encore trois filles qui attendent de faire leurs débuts. Un retour anticipé de ma part serait perçu comme un mauvais exemple. D'ailleurs, ma sœur Helen, qui est déjà mariée, est à peine la bienvenue.

— Vous n'êtes pas un mauvais exemple, ma chère, affirma Edwina en lui tapotant le bras. Ma sœur et moi ne nous sommes pas mariées et n'avons jamais souffert de l'absence d'un époux.

— Ce qui ne signifie pas que nous ayons manqué de prétendants, précisa Milly. Nous n'en avons trouvé aucun à notre convenance, voilà tout. Je n'ai jamais regretté un instant de ne pas m'être mariée. Je reconnais cependant qu'avec ce mauvais pied, je regrette de ne plus pouvoir danser.

— C'est justement la raison de ma venue, déclara Georgiana.

En prononçant ces mots, elle avait conscience d'effectuer le mouvement d'ouverture d'une véritable partie d'échecs.

— J'ai pensé qu'il vous serait peut-être agréable d'avoir quelqu'un auprès de vous, et j'aimerais me sentir un tant soit peu utile, c'est pourquoi je...

— Oh oui ! coupa Edwina. Une autre femme dans la maison, ce serait merveilleux ! Tous les garçons Carroway seront ici jusqu'à la mi-août, et ce serait un soulagement de pouvoir parler avec quelqu'un de civilisé.

— Qu'en dites-vous, Milly ? demanda Georgiana en prenant la main de celle-ci avec un sourire.

— Je suis sûre que vous avez bien mieux à faire que de suivre partout une vieille fille percluse de goutte.

— Balivernes, répliqua fermement Georgiana. Ma mission consistera à vous permettre de danser de nouveau. Et j'aurai grand plaisir à l'accomplir.

— Oh, dis oui, Milly. Ce sera si amusant !

Milly Carroway sourit, et ses joues rosirent légèrement.

— Dans ce cas, je dis oui.

— Formidable ! déclara Georgiana, serrant ses mains l'une contre l'autre pour contenir son enthousiasme.

— Je vais dire à Dawkins de vous préparer une chambre, annonça Edwina en se levant. Je crains cependant que toutes les chambres de l'aile ouest ne soient occupées. Le soleil du matin vous dérange-t-il ?

— Pas le moins du monde. Je me lève de bonne heure.

Sachant ce démon de Tristan Carroway sous le même toit qu'elle, elle n'aurait pas tellement l'occasion de fermer l'œil. Elle était folle de s'engager dans cette histoire. Mais si elle ne le faisait pas, qui d'autre s'en chargerait ?

Tandis que sa sœur quittait la pièce, Milly resta parmi les coussins de son fauteuil, son pied bandé reposant sur un tabouret capitonné.

— Je suis si heureuse que vous veniez vous installer chez nous, déclara-t-elle en sirotant son thé, dévisageant Georgiana de ses yeux sombres par-dessus le rebord de sa tasse. J'avais pourtant la nette impression que vous ne vous entendiez pas très bien avec Tristan. Êtes-vous certaine de vouloir cela ?

— Votre neveu et moi avons eu des différends, en effet, admit Georgiana en choisissant ses mots avec soin. Mais ce n'est pas une raison suffisante pour me priver du plaisir de votre compagnie.

Dare ne manquerait pas de s'informer auprès de ses tantes des raisons de sa visite, et elle devait veiller à tendre déjà ses filets.

— Si vous en êtes sûre, ma chère.

— Oui, je le suis. Vous m'avez donné un nouvel objectif. J'ai horreur de me sentir désœuvrée.

— Dois-je écrire à votre tante pour solliciter sa permission ?

— Oh, ce ne sera pas nécessaire, s'empressa d'assurer Georgiana. J'ai vingt-quatre ans, Milly. Et ma tante sera heureuse de me savoir auprès de vous. Je dois aller rassembler mes affaires et je préfère l'en informer moi-même, ajouta-t-elle en se levant. Souhaitez-vous ma présence dès ce soir ?

Milly gloussa.

— Je me demande si vous avez seulement conscience de ce à quoi vous vous exposez, mais oui, ce soir, ce serait parfait. Je dirai à Mme Goodwin de prévoir un couvert de plus.

— Merci.

Georgiana rejoignit sa femme de chambre et regagna avec elle la voiture de sa tante.

Milly Carroway clopina jusqu'à la fenêtre pour regarder s'éloigner l'attelage de la duchesse douairière.

— Assieds-toi donc, Millicent ! s'exclama Edwina qui venait de regagner la pièce. Tu vas tout gâcher.

— Ne t'inquiète pas, Winna. Georgie est partie chercher ses affaires et Tristan est à Tattersall.

— Je n'en reviens pas que cela ait été aussi simple.

Milly alla reprendre place sur son fauteuil garni de coussins et, malgré ses doutes, ne put s'empêcher de sourire quand elle découvrit l'expression ravie de sa sœur.

— Disons qu'elle nous a épargné la peine d'aller trouver Frédérica pour lui demander si nous pouvions lui emprunter sa nièce pour la saison, mais n'aie pas trop d'espoirs non plus.

— Sottises. Cette dispute entre Georgie et Tristan remonte à au moins six ans. Préférerais-tu qu'il se rabatte sur une de ces débutantes minaudières ? Je te dis que ces deux-là sont faits l'un pour l'autre.

— Oui, comme la flamme et la poudre à canon.

— Tu verras, Milly. Tu verras.

— C'est bien ce qui me fait peur.

L'affaire avait été conclue en douceur. Georgiana avait du mal à croire qu'elle avait vraiment fait cela. C'est à peine si elle avait suggéré la chose, et les tantes de Dare avaient pris le relais. Tandis qu'elle regagnait Hawthorne House, cependant, elle retrouva peu à peu le sens des réalités.

Elle avait accepté de résider à Carroway House, où elle serait amenée à voir Dare chaque jour. Elle venait de mettre en branle un projet qu'elle n'était pas certaine d'avoir le courage de mener jusqu'à son terme. Un projet qui consistait à remettre Dare à sa place et à lui apprendre ce qu'il en coûtait de briser les cœurs.

— Personne ne le mérite autant que lui, marmonna-t-elle.

— Je vous demande pardon, milady ? demanda sa femme de chambre, assise en face d'elle sur la banquette.

— Rien, Mary. Je pensais à voix haute. Changer de résidence pour quelque temps ne vous dérange pas, n'est-ce pas ?

— Non, milady. Ce sera une aventure.

Amener sa tante à approuver ce projet ne serait sans doute pas aussi simple…

— Georgiana, tu as perdu la raison !

Frédérica Brakenridge, duchesse douairière de Wycliffe, reposa si vivement sa tasse que le thé faillit déborder.

— Je croyais que vous aviez une profonde affection pour Milly et Edwina Carroway, protesta Georgiana en s'efforçant de garder un air d'innocente surprise.

— C'est le cas. Mais, pour ma part, je croyais que tu n'avais aucune affection pour lord Dare. Voilà six ans que tu te lamentes à cause d'un baiser volé pour gagner un pari ou je ne sais quelle absurdité.

Georgiana dut faire appel à toute sa volonté pour ne pas rougir.

— Cela semble assez insignifiant après tout ce temps, ne pensez-vous pas ? répondit-elle d'un ton faussement léger. Et puis, vous n'avez pas besoin de moi, et mes parents encore moins, alors que Mlle Milly aurait vraiment l'utilité d'une dame de compagnie.

Tante Frédérica soupira.

— Que j'aie ou non besoin de toi, Georgiana, j'apprécie ta compagnie. Je ne pensais pas devoir me séparer de toi avant le jour de ton mariage ; avec ton revenu, rien ne t'oblige à passer d'une vieille dame à une autre jusqu'à ce que tu sois toi-même assez infirme pour avoir besoin d'une dame de compagnie.

Il y avait une raison à cela – mais Georgiana n'avait pas l'intention de la révéler à qui que ce soit. Jamais.

— Je ne souhaite pas me marier, et je puis difficilement envisager de faire carrière dans l'armée ou la prêtrise. Or l'oisiveté ne me convient pas. Être la dame de compagnie d'une amie me semble encore l'occupation la plus tolérable pour moi – au moins jusqu'à ce que j'aie atteint un âge où la société acceptera que je n'ai aucun désir de me marier et que je préfère consacrer mon temps et mon argent à des œuvres charitables.

— Tu parais avoir tout prévu. Qui suis-je pour m'interposer ? demanda Frédérica en agitant les doigts. Fais comme bon te semble et transmets mes amitiés à Milly et à Edwina.

— Merci, tante Frédérica.

Elle fut surprise de sentir la main de sa tante se refermer sur la sienne.

— Tu sais que tu seras toujours la bienvenue ici. Ne l'oublie pas.

Georgiana se leva et déposa un baiser sur sa joue.

— Je ne l'oublierai pas. Merci.

Il lui faudrait aussi parler à Amélia Johns quand elle la verrait le jeudi suivant, au bal des Ibbotson. Mais, d'ici là, elle avait un plan à mettre à exécution.

3

Oh, Dieu !
Que de torts causent les malfaisants,
Accumulant ainsi les malentendus
sur leurs propres têtes.

Henri VI, deuxième partie,
acte II, scène 1

Quand Tristan descendit pour le dîner, la maison lui parut étrangement calme. Certes, sa famille était rassemblée dans la salle à manger, mais le silence qui régnait dans la demeure n'était pas celui qui succédait habituellement au chaos. C'était comme si Carroway House retenait son souffle.

Ou plutôt, décida-t-il en tirant sur les pans de son habit avant de pousser la porte de la salle à manger, comme si la visite de lady Georgiana Halley avait bouleversé sa perception des choses. Il pénétra dans la pièce… et s'immobilisa.

Elle était là, assise à sa table, occupée à rire de ce que Bradshaw venait de lui dire. La surprise dut se lire sur son visage, car elle haussa les sourcils lorsque leurs regards se croisèrent.

— Bonsoir, milord, dit-elle.

Son sourire resta en place, mais son regard se refroidit nettement. Un changement que personne d'autre que lui n'avait dû remarquer, songea Tristan, qui s'appliqua à reprendre contenance.

— Lady Georgiana, la salua-t-il.

— Tu es en retard pour le dîner, pépia son jeune frère, Edward. Et Georgie dit que c'est impoli.

Le Gnome venait à peine de faire sa connaissance, et il en était déjà à l'appeler par son surnom. Tristan gagna sa chaise en tête de table et remarqua qu'un imbécile avait placé Georgiana à sa droite.

— S'inviter à dîner chez autrui l'est tout autant.

— Georgiana *était* invitée, déclara Milly.

Tristan ne se rendit compte qu'en l'entendant parler que ses tantes assistaient toutes deux au dîner, pour la première fois depuis des jours. Maudissant Georgiana de l'avoir à ce point distrait, il se releva.

— Tante Milly, je suis heureux de vous voir de retour dans ce chaos, dit-il en contournant la table pour aller l'embrasser. Mais vous auriez dû me faire appeler. C'est avec plaisir que je vous aurais portée jusqu'ici.

Sa tante agita la main en rosissant.

— Balivernes. Georgiana est revenue avec une chaise roulante que Dawkins n'a eu qu'à pousser jusqu'à la salle à manger. C'était très amusant !

Il se redressa et tourna les yeux vers Georgiana.

— Revenue ? répéta-t-il.

— Oui, confirma-t-elle d'une voix douce. Je suis revenue m'installer ici.

Tristan sentit sa mâchoire sur le point de s'affaisser et serra les dents.

— Vous ne pouvez pas faire cela.

— Je le peux.

— Vous ne p…

— Mais si, coupa Edwina. Elle vient aider Milly. Tais-toi donc et retourne t'asseoir, Tristan Michael Carroway.

Ignorant les ricanements de ses frères, Tristan considéra de nouveau Georgiana… qui lui sourit tranquillement.

À l'évidence, Tristan avait accompli tant de mauvaises actions dans sa vie que son châtiment éternel commençait avant sa mort.

— Je vois, fit-il en plaquant un sourire indifférent sur ses lèvres et en retournant s'asseoir. Si vous pensez qu'elle peut vraiment vous aider, tante Milly, je n'ai aucune objection.

Georgiana fronça les sourcils.

— Vous n'avez aucune objection ? Personne ne vous a demandé…

— J'aimerais néanmoins souligner, lady Georgiana, poursuivit-il, que vous choisissez de résider sous le même toit que cinq gentlemen encore célibataires, trois d'entre eux étant largement adultes.

— Quatre, corrigea Andrew en rougissant. J'ai dix-sept ans. Roméo était plus jeune que moi quand il a épousé Juliette.

— Et tu es plus jeune que moi, répliqua-t-il en adressant à son frère un regard sévère. Cela seul importe.

En temps ordinaire, Tristan tolérait les manquements à la discipline, mais Georgiana n'avait pas besoin qu'on lui fournisse davantage de munitions ; elle en avait déjà rassemblé des tombereaux.

— Vous n'avez aucun souci à vous faire pour ma réputation, lord Dare, répondit Georgiana en évitant de croiser son regard. La présence de vos tantes me garantit toute la respectabilité nécessaire.

Pour une raison qui lui échappait, elle était déterminée à rester. Il creuserait la question plus tard, quand il n'y aurait plus une demi-douzaine de personnes suspendues à leurs lèvres.

— Eh bien, restez, déclara-t-il avec un regard noir. Mais ne venez pas dire ensuite que je ne vous ai pas prévenue.

Tristan était loin d'être insensible aux charmes de Georgiana, mais il feignait l'indifférence avec brio. Bradshaw, de deux ans son cadet, et lui aussi doté d'un penchant certain pour la débauche, ne disposait pas encore de ce talent. À l'inverse, Robert, vingt-six ans, aurait aussi bien pu dîner seul, à en juger par sa réaction. Andrew lui, bavait littéralement, tandis qu'Edward semblait soudain très soucieux d'apprendre les bonnes manières à table.

Tristan survécut à ce dîner sans succomber à une attaque d'apoplexie, puis s'éclipsa dans la salle de billard pour fumer et pester en paix. Il n'y avait plus rien entre lui et Georgiana ; elle n'avait pas manqué de le souligner de façon répétée. Mais Tristan n'aimait pas ce qui se tramait. Et il aimait encore moins l'idée de devoir dépendre de Georgiana pour obtenir des réponses à ce sujet – à moins qu'il n'aille tirer les vers du nez à ses tantes, qui avaient elles aussi déjà cédé au charme de la demoiselle et n'avaient sans doute pas la moindre idée de ce qu'elle avait en tête.

— Elle est montée se coucher.

Tristan sursauta. Bert, l'épaule appuyée contre l'encadrement de la porte, les bras croisés sur la poitrine, l'étudiait d'un regard tranquille. Tristan se demanda un bref instant depuis combien de temps son frère se tenait là.

— Comment donc ? Robert le Sphinx aurait-il décidé de s'exprimer sans même qu'on l'ait questionné ? S'agit-il d'un miracle ou d'un désir de semer la pagaille ?

— Je me suis dit que l'information te serait utile si tu étais fatigué de te cacher. Bonne nuit, ajouta son frère en se redressant avant de disparaître dans le couloir.

— Je ne me cache pas !

Il s'imposait simplement des règles de conduite, dès qu'il était question de Georgiana Halley. Si elle attaquait, il ripostait de façon équivalente ; si elle s'immisçait dans un groupe dont il faisait partie, il ne s'y opposait pas. Et elle pouvait bien briser ses maudits éventails sur ses doigts, Tristan était convaincu qu'elle mourait toujours d'envie de le toucher.

L'insistance qu'elle mettait à vouloir vivre sous son toit amenait cependant les choses à un autre niveau. Il n'avait prévu aucune règle de conduite pour cette situation, et il était impératif de pallier cette défaillance avant qu'il se produise quoi que ce soit de fâcheux.

Tristan écrasa son cigarillo d'un geste résigné et quitta la salle de billard.

Georgiana était assise devant la cheminée de sa chambre, un livre fermé sur les genoux. La nuit précédente, elle n'avait pas fermé l'œil. Elle avait arpenté sa chambre de long en large jusqu'à l'aube, tant elle était occupée à élaborer son projet. Mais ce soir, c'était pire. *Il* se trouvait sous le même toit qu'elle, à un étage, peut-être même seulement à un couloir de distance.

Le coup discret frappé à sa porte faillit la faire bondir sur son siège.

— Du calme, pour l'amour du Ciel, se murmura-t-elle à elle-même.

Elle avait demandé au majordome de lui apporter un verre de lait tiède, et Dare n'allait pas se risquer à venir frapper à sa porte à pareille heure.

— Entrez.

La porte s'ouvrit, et Dare entra dans sa chambre.

— Confortablement installée ? demanda-t-il d'un ton suave en s'arrêtant devant la cheminée.

— Qu'est-ce... Sortez !

— J'ai laissé la porte ouverte, l'informa-t-il. Parlez plus bas si vous ne souhaitez pas attirer l'attention.

Georgiana prit une longue inspiration. Il avait raison : céder à la panique ne servirait qu'à ruiner sa réputation et l'empêcherait de lui donner la leçon qu'il méritait.

— Très bien. Dans ce cas, je le répète doucement : sortez.

— Dites-moi d'abord ce que vous manigancez, Georgiana.

Elle n'avait jamais été douée pour le mensonge, et Dare était loin d'être sot.

— Je ne sais pas pourquoi vous pensez que je « manigance » quoi que ce soit, répliqua-t-elle cependant. Ma situation a changé cette année et...

— Vous êtes donc venue ici pour veiller sur mes tantes par pure bonté d'âme, dit-il en étendant le bras sur le manteau de la cheminée.

Pourquoi fallait-il qu'il semble aussi parfaitement à l'aise dans sa chambre, aussi appétissant que le péché ?

— Oui, répondit-elle. Que me suggéreriez-vous de faire d'autre, étant donné les circonstances ?

Il haussa les épaules.

— Vous marier. Torturer votre époux et me laisser en paix.

Georgiana posa son livre et se leva. Elle n'avait pas envie d'aborder le sujet du mariage, et elle aurait préféré qu'il s'abstienne d'y faire allusion. Mais si elle voulait qu'il croie aux douces paroles qu'elle lui adresserait à l'avenir pour qu'il tombe amoureux d'elle, elle ne pouvait pas l'éluder.

— Je ne suis plus vraiment en position de me marier, n'est-ce pas, lord Dare ?

Il la considéra longuement d'un air sombre.

— Pour dire les choses crûment, Georgiana, la plupart des hommes seront plus intéressés par le montant de votre revenu que par l'état de votre virginité. Je pourrais vous en nommer cent qui seraient disposés à vous épouser sur-le-champ, si l'occasion leur était offerte.

— Je n'ai nul besoin d'un homme qui ne s'intéresserait qu'à mon argent, répliqua-t-elle vivement. De plus, j'ai passé un accord avec vos tantes. Et, contrairement à d'autres, je ne suis pas de celles qui reprennent leur parole.

Dare s'écarta de la cheminée. Il lui semblait plus grand que dans son souvenir et, instinctivement, elle recula. Un muscle de sa joue frémit, et il se tourna vers la porte.

— Vous me communiquerez la facture de cette chaise roulante, lança-t-il par-dessus son épaule. Je vous rembourserai.

— Inutile, répondit-elle en s'efforçant de reprendre contenance. C'est un cadeau.

— Je n'accepte pas la charité. Vous me remettrez cette facture demain.

Elle réprima un soupir agacé.

— Comme vous voudrez.

Une fois la porte refermée, elle resta immobile un long moment. La nuit où Dare lui avait pris sa virginité, elle s'était crue amoureuse de lui. Découvrir le lendemain qu'il n'avait fait cela que pour gagner un pari et qu'il avait volé un de ses bas pour prouver son méfait l'avait blessée au-delà du possible.

Elle ignorait les raisons qui l'avaient finalement incité à ne pas se vanter de son exploit auprès de la bonne société, mais elle ne lui avait jamais pardonné et elle entendait bien lui montrer à quel point il était douloureux d'être trahi. Peut-être comprendrait-il alors ce que signifiait le terme « honorable » et ferait-il un époux convenable pour une pauvre jeune fille innocente et naïve comme Amélia.

C'est avec cette idée en tête qu'elle se coucha et tâcha de trouver le sommeil. Elle devait mettre en garde Amélia Johns. Si elle la laissait dans l'ignorance, elle se montrerait aussi cruelle que Tristan Carroway l'avait été avec elle. Et si elle attendait le bal des Ibbotson pour agir, cela laisserait trois jours de plus à Dare pour saccager la vie de Mlle Johns.

Mlle Amélia Johns parut surprise quand Georgiana se présenta chez elle le lendemain matin. Les boucles qui s'échappaient de son chignon pour encadrer délicatement son visage et l'éclat de sa robe de mousseline jaune lui conféraient toute la fraîcheur et l'innocence d'une princesse de conte de fées.

— Lady Georgiana, la salua-t-elle avec une révérence, les bras chargés de fleurs.

— Merci de me recevoir, mademoiselle Johns. Je vois que vous êtes occupée. Ne vous interrompez pas pour moi, je vous en prie.

— Oh, je vous remercie, répondit la jeune fille en souriant, avant de déposer son fardeau près d'un vase. Ces roses sont les préférées de maman. Je ne voudrais pas qu'elles se fanent.

— Elles sont superbes.

Mlle Johns ne lui avait pas demandé de s'asseoir, mais Georgiana ne voulait pas paraître impatiente, aussi alla-t-elle lentement prendre place sur un sofa situé au centre du vaste salon.

Tandis qu'elle regardait Amélia disposer savamment les roses jaunes dans le vase, son front d'albâtre se plissant légèrement, Georgiana se dit que la pauvre enfant n'avait pas la moindre chance face à un adversaire tel que Dare.

— Puis-je vous proposer du thé, lady Georgiana ?

— Non, je vous remercie. Je souhaite m'entretenir d'un sujet précis avec vous. Un sujet de nature… personnelle, ajouta-t-elle avec un coup d'œil appuyé en direction de la femme de chambre qui faisait mine de redonner du gonflant aux coussins d'un canapé.

— De nature personnelle ? répéta Amélia avec un gloussement de curiosité. Voilà qui m'intrigue. Vous pouvez disposer, Hannah.

— Bien, mademoiselle.

Une fois la femme de chambre partie, Georgiana alla prendre place sur un fauteuil plus proche d'Amélia.

— J'ai une question à vous poser, qui vous paraîtra sans doute étrange…

Amélia interrompit l'arrangement de son bouquet.

— De quoi s'agit-il ?

— De vous et de lord Dare. Y a-t-il un lien entre vous ?

Les grands yeux bleus de la jeune fille s'embuèrent.

— Oh, je ne sais pas ! gémit-elle.

Georgiana se leva aussitôt et passa un bras autour de ses épaules.

— Allons, allons, dit-elle d'un ton apaisant. C'est bien ce que je craignais.

— Qu... que craigniez-vous ?

— Lord Dare a la réputation d'être difficile.

— Il l'est. Parfois, je crois qu'il est sur le point de me demander en mariage, mais il fait en sorte de changer de sujet et je ne sais même plus s'il m'apprécie seulement.

— Vous vous attendez cependant à une demande de sa part ?

— Il ne cesse de répéter qu'il lui faut se marier ; c'est avec moi qu'il danse le plus souvent et nous avons fait une promenade en calèche à Hyde Park. Je m'attends donc, bien sûr, qu'il me fasse sa demande. Toute ma famille s'y attend.

Elle semblait presque indignée que Georgiana puisse avoir le moindre doute au sujet des intentions de Dare.

— Oui, cela me semble logique, répondit-elle en réprimant un froncement de sourcils. Dans ce cas, j'ai quelque chose à vous confier.

Il s'était comporté de la même façon avec elle six ans plus tôt, et elle avait attendu la même chose de sa part. Ses espoirs avaient été récompensés par un bas volé et un cœur brisé.

— Vraiment ? répondit Amélia en tamponnant délicatement ses yeux d'un joli mouchoir brodé assorti à sa robe.

— Oui. Lord Dare, comme vous le savez peut-être, est un ami très cher de mon cousin Greydon, le duc de Wycliffe. J'ai donc pu observer en de nombreuses occasions le comportement du vicomte vis-à-vis des femmes. Et je dois dire que j'ai toujours trouvé celui-ci épouvantable.

— Absolument épouvantable.

Un premier point d'acquis.

— En conséquence de quoi, j'ai décidé que lord Dare méritait de recevoir une leçon sur la façon de se comporter avec le beau sexe.

Le visage innocent d'Amélia refléta soudain la perplexité.

— Une leçon ? Je ne comprends pas.

— Il se trouve que je réside en ce moment à Carroway House pour aider la tante de lord Dare à se remettre d'une crise de goutte. Et j'ai l'intention de profiter de l'occasion pour faire comprendre au vicomte qu'il s'est mal comporté avec vous. Cela pourra paraître étrange, et Dare semblera peut-être épris de moi pendant une courte période, mais je vous assure que mon seul objectif consiste à lui infliger une leçon qui l'incitera à vous présenter sa demande et qui fera de lui un meilleur époux.

Cela semblait logique – à ses yeux, en tout cas. Elle étudia l'expression d'Amélia afin de voir si la jeune fille partageait cet avis.

— Vous feriez cela pour moi ? Nous ne nous connaissons même pas.

— Nous sommes toutes deux des femmes et toutes deux horrifiées par le comportement de Dare. Constater qu'un homme, au moins, a appris à traiter convenablement une dame serait pour moi une immense satisfaction.

— Ma foi, lady Georgiana, déclara lentement Amélia en reprenant l'arrangement de son bouquet, si vous pouvez donner à Tristan une leçon qui le convaincrait de m'épouser, ce serait une très bonne chose. Car, pour être honnête avec vous, son comportement me laisse souvent perplexe.

— Oui, il excelle à produire cet effet.

— Vous le connaissez mieux que moi, et comme vous êtes plus proche de lui en âge, je vous suppose aussi plus sage. Si vous parveniez à lui donner une leçon, j'en serais très heureuse. Le plus tôt sera le mieux, car je souhaite de tout mon cœur devenir sa vicomtesse.

Georgiana choisit d'ignorer l'insulte faite à son âge avancé et sourit.

— Dans ce cas, je considère que nous avons un accord. Comme je l'ai déjà dit, les choses vous sembleront peut-être étranges au début, mais soyez patiente. Vous verrez que tout finira par s'arranger.

Georgiana fredonnait quand elle grimpa, suivie de sa femme de chambre, dans la voiture de location qui les ramènerait à Carroway House. Dare ne verrait rien venir, et quand il comprendrait, il serait trop tard. Une fois qu'elle en aurait terminé avec lui, il ne songerait même plus à mentir à une femme au sujet de ses sentiments, ni à chaparder ses bas pendant qu'elle serait endormie. Il serait heureux alors de prendre Amélia Johns pour épouse et ne penserait plus jamais à en convoiter une autre.

— Je vous écoute, Beacham.

Le chargé d'affaires semblait mal à l'aise quand il s'assit face à Tristan, qui le recevait dans son bureau. Toutefois, cela ne signifiait pas grand-chose : Dare avait toujours vu Beacham nerveux.

— J'ai fait ce que vous m'aviez demandé, milord, déclara ce dernier en ouvrant le dossier qu'il avait apporté. Selon le dernier rapport, l'orge se négocie aux Amériques sept shillings de plus qu'ici, par tranche de cinquante kilos.

Tristan effectua un rapide calcul.

— Ce qui fait cent quarante shillings par tonne, avec des frais de transport qui s'élèvent à cent shillings la tonne, n'est-ce pas ? Un profit global de douze livres ne vaut pas le temps et les efforts que nous devrions consacrer à cette opération, Beacham.

L'homme d'affaires grimaça.

— Ce n'est pas le chiffre exact.

— Beacham, nous allons passer à autre chose.

— Ah. Bien, milord. À quoi donc allons-nous passer ?

— À la laine.

Beacham ôta ses lunettes et en essuya les verres à l'aide de son mouchoir. Un geste qui était généralement bon signe.

— Le Costwold excepté, le marché de la laine est assez ralenti.

— J'élève justement des moutons Costwold.

Les lunettes reprirent leur place sur l'arête de son nez.

— Je sais cela, milord.

— Ce n'est un secret pour personne. Passons donc à la laine. Que tirerait-on de toute la production d'été aux Amériques, après déduction des frais ?

Les lunettes restèrent à leur place, et Tristan se dit qu'il avait passé trop de temps à tenter de déceler le moindre signe de faiblesse sur le visage de ses adversaires. Néanmoins, il avait gagné cette année bien plus d'argent pour le domaine grâce à des paris que par des moyens réguliers.

— J'anticiperais un profit d'environ cent trente-deux livres, milord.

Tristan soupira, puis retint son souffle quand une silhouette féminine vêtue de mousseline rose et jaune passa devant la porte ouverte du bureau.

— Bien. Faisons cela, alors.

— N'oubliez pas qu'il y a toujours un risque, milord, quand le temps et la distance entrent dans l'équation.

Tristan se leva avec un bref sourire.

— J'aime le risque. Et oui, j'ai conscience que cela ne suffira pas à rééquilibrer ma situation financière. Mais cela donnera l'impression que je gagne de l'argent, et c'est ce qui importe.

Beacham acquiesça.

— Si vous me permettez d'être franc, milord, je dois dire qu'il m'aurait plu que votre père ait une compréhension de ses revenus aussi claire que la vôtre.

Ils savaient tous deux que son père avait dépensé là où il aurait dû économiser et qu'il avait manifesté une telle pingrerie pour des broutilles que cela n'avait servi qu'à alarmer ses créditeurs et ses pairs. Un comportement qui s'était soldé par un désastre total.

— J'apprécie quant à moi votre discrétion, répondit Tristan en se dirigeant vers la porte. C'est à cela que vous devez d'être resté à mon service. Préparez la correspondance, je vous prie.

— Bien, milord.

Tristan rattrapa Georgiana devant la porte du salon de musique.

— Où donc êtes-vous allée, ce matin ? demanda-t-il.

Elle sursauta, et la culpabilité se peignit sur son beau visage.

— Cela ne vous regarde pas, Dare. Allez-vous-en.

— Je suis chez moi, répondit-il, tellement intrigué par sa réaction qu'il finit par dire autre chose que ce qu'il avait prévu. Je possède deux voitures, et toutes deux sont à votre disposition. Vous n'avez nul besoin d'en louer une.

— Cessez de m'épier. J'agis à ma guise, répliqua-t-elle.

Elle hésitait visiblement à franchir le seuil du salon, comme si elle craignait qu'il ne la suive.

— Je suis venue aider vos tantes par pure amitié. Je ne suis pas à votre service, et mes faits et gestes ne vous regardent pas.

— Sauf quand vous êtes sous mon toit, releva-t-il. Qu'allez-vous faire dans ce salon ? Mes tantes n'y sont pas.

— Si, nous sommes là, répondit la voix de Milly. Prends garde à tes paroles, Tristan, je te prie.

— Déçu, Dare ? murmura Georgiana en se rapprochant de lui. Espériez-vous me tourmenter plus longtemps ?

— Pour moi, tout espoir vous concernant a déjà été satisfait, n'est-ce pas, Georgiana ? répondit-il du tac au tac en écartant du doigt une des boucles blondes qui encadraient son visage.

— Dans ce cas, voici de quoi désespérer, répliqua-t-elle sèchement.

Il eut à peine le temps de remarquer l'éventail qu'elle tenait à la main avant que celui-ci ne se brise sur ses phalanges.

— Espèce de petite sorcière ! gronda-t-il en écartant vivement sa main tandis que des débris d'ivoire et de papier retombaient sur le sol. Vous devez cesser de frapper ainsi les gentlemen.

— Je n'ai jamais frappé un gentleman, répliqua-t-elle avant de disparaître dans le salon.

Tristan redescendit l'escalier en se retenant de frotter sa main endolorie. Il allait devoir écourter son déjeuner au *White's* pour aller lui acheter un autre éventail, à présent. Un sourire lugubre se peignit sur ses lèvres. Sa bourse avait beau être très plate, il ne renoncerait jamais à acheter un éventail à Georgie. Rien n'ennuyait davantage la jeune femme que ses cadeaux.

Tristan considéra le groupe de jeunes filles à marier, rassemblées d'un côté de la salle de bal des Ibbotson. Les plus âgées du troupeau se tenaient près de la table des rafraîchissements, comme si la proximité de l'alcool et de la nourriture avait le pouvoir de les rendre plus attirantes aux yeux de la meute de mâles qui les encerclaient. Il n'avait encore jamais vu Georgiana figurer parmi ces candidates au mariage, à moins d'y être obligée pour discuter avec l'une de ces infortunées.

Imaginer la fille du marquis de Harkley frayant avec le groupe des vieilles filles les plus désespérées lui était impossible. L'idée qu'elle puisse y être forcée à cause des actes qu'il avait commis six ans auparavant était ridicule. Georgiana était intelligente, vive, grande et belle, et elle avait reçu une éducation parfaite. Elle était aussi fabuleusement riche, et cet atout était le plus susceptible d'attirer un très grand nombre de prétendants.

Bon Dieu ! S'il avait pu savoir à l'époque dans quel état pitoyable son père laisserait le titre et le domaine des Dare, il lui aurait sans doute témoigné plus sérieusement son affection. Et si elle n'avait pas eu vent de ce pari stupide et ne s'était pas mis en tête qu'il l'avait courtisée pour cette seule raison, ils auraient été l'un et l'autre dans une situation bien différente.

— N'est-ce pas ton Amélia que j'aperçois, là-bas ? demanda tante Edwina.

— Ce n'est pas *mon* Amélia. Je vous prie d'en prendre bonne note.

Il n'avait pas besoin qu'un nouveau malentendu s'élève entre lui et un parti potentiel. Avec ses ennuis financiers, il allait lui aussi avoir du mal à se caser. Il risquait même davantage que Georgiana de se retrouver près des friandises et du bol de punch.

— Aurais-tu jeté ton dévolu sur une autre jeune fille ? insista sa tante en refermant sa main sur son bras tout en se hissant sur la pointe des pieds. De qui s'agit-il ?

— Pour l'amour du Ciel, ma tante, de personne ! Cessez donc de jouer les marieuses.

Elle parut si dépitée qu'il laissa échapper un soupir.

— Ce sera probablement Amélia. J'aimerais cependant avoir le loisir de détailler tous les fruits du plateau avant de choisir la pêche qui me conviendra.

— Te voilà au moins réconcilié avec l'idée du mariage, commenta-t-elle avec un gloussement.

— Qu'est-ce qui vous fait dire cela ?

— Le mois dernier, tu disais que choisir une épouse revenait à sélectionner une fiole de poison chez l'apothicaire. Aujourd'hui, c'est une pêche sur un plateau de fruits.

— Oui, mais certaines pêches sont tavelées.

Une chaise roulante roula sur son orteil et s'arrêta dessus.

— Qu'est-ce qui est tavelé, mon cher petit ? demanda Milly.

Milly Carroway était une femme robuste, et son poids combiné à celui de la chaise fit danser des étoiles devant ses yeux. Georgiana, qui poussait la chaise, lui sourit sans chercher à dissimuler l'éclat diabolique de ses yeux verts. Il soutint son regard, recouvrit sa main de la sienne sur le dossier de la chaise et repoussa celle-ci.

Georgiana tiqua comme s'il l'avait frappée, mais la roue s'écarta de l'orteil de Tristan, et il fut de nouveau capable de respirer.

— Les pêches, répondit-il à sa tante.

— Et comment en êtes-vous arrivés à parler de pêches ?

— Il va en épouser une, déclara Edwina. Mais il redoute celles qui sont tavelées.

— Ce n'est pas que je les redoute, répliqua-t-il. C'est une question de sagesse.

— Une femme s'apparente donc pour vous à un fruit ? intervint Georgiana. À quoi compareriez-vous les hommes, alors ?

Il haussa les sourcils.

— Que diriez-vous de considérer cela comme une question rhétorique ?

— Où serait l'amusement ?

Georgiana était visiblement en pleine forme. En temps ordinaire, il aurait volontiers échangé quelques piques avec elle, mais ce soir-là, il souhaitait se convaincre qu'il était capable d'apprécier une pêche nommée Amélia Johns, aussi se refusait-il à gaspiller son énergie.

— Que diriez-vous de continuer à nous amuser plus tard ? suggéra-t-il en tapotant l'épaule de tante Milly avant de prendre congé de ces dames. Si vous voulez bien m'excuser…

Tristan se dirigea vers le groupe des jeunes filles à marier. Parmi elles figuraient plusieurs héritières impatientes d'échanger leur dot contre un titre. Amélia Johns lui semblait être la plus inoffensive du lot, mais toutes partageaient la même médiocrité minaudière.

— Milord.

La voix féminine qui venait de s'élever dans son dos l'incita à s'arrêter.

— Lady Georgiana, répondit-il en se tournant vers elle.

— J'ai gardé souvenir d'une chose pour laquelle vous étiez très doué, déclara-t-elle d'une voix douce, ses joues se parant d'un rose délicat.

— Je vous demande pardon ? répondit-il, persuadé d'avoir mal compris.

Elle ne pouvait tout de même pas parler de... Et il ne tenait pas à recevoir un nouveau coup d'éventail.

— La valse, précisa-t-elle en rosissant davantage. Je me souviens que vous valsiez très bien.

Tristan inclina la tête vers elle et s'efforça de déchiffrer son expression.

— Suggérez-vous que je vous invite à danser ?

— Pour le bien de vos tantes, je crois que nous pourrions au moins faire semblant d'être amis.

C'était parfaitement inattendu, mais il choisit de jouer le jeu.

— Au risque d'être éconduit, lady Georgiana, accepteriez-vous de danser cette valse avec moi ?

— Volontiers, milord.

Il lui offrit sa main et remarqua que les doigts de Georgiana tremblaient.

— Préférez-vous que nous attendions le quadrille ? Nous passerons pour d'aussi bons amis.

— Bien sûr que non. Je n'ai pas peur de vous.

Elle saisit fermement sa main et se laissa guider jusqu'à la piste de danse. Tristan hésita quand il se retrouva face à elle, puis glissa délicatement son bras autour de sa taille. Elle eut un frémissement, mais plaça sa main sur son épaule.

— Si vous n'avez pas peur, murmura-t-il en l'entraînant dans la danse, qu'est-ce qui vous fait trembler ainsi ?

— Je vous rappelle que je ne vous aime pas.

— Vous ne m'avez jamais permis de l'oublier.

Elle leva un instant les yeux vers lui, puis les reposa sur sa cravate. À l'autre bout de la salle, il aperçut le cousin de la jeune fille, le duc de Wycliffe, qui les observait avec un étonnement visible, et lui adressa un bref haussement d'épaules.

— Je crains que Wycliffe ne fasse un malaise, déclara-t-il pour meubler la conversation.

— J'ai proposé cette danse pour rassurer vos tantes sur la cordialité de nos relations, dit-elle. Cela ne vous oblige pas à bavarder avec moi.

S'ils ne pouvaient pas parler, il pouvait au moins apprécier le plaisir de valser avec elle. Elle était aussi souple et gracieuse que dans son souvenir. Le fait que sa présence sous son toit lui pose un problème tenait d'ailleurs partiellement à cela – le désir qu'elle lui avait inspiré ne s'était jamais complètement éteint. Il connaissait sa nature passionnée pour avoir été le premier homme qu'elle avait jamais connu, un fait dont il tirait secrètement une satisfaction perverse, malgré le tourment éternel qu'elle semblait déterminée à lui infliger.

— Si nous devons être amis, permettez-moi de vous recommander de ne pas pincer les lèvres ainsi, murmura-t-il.

— Je vous interdis de regarder mes lèvres, répliqua-t-elle en le fusillant du regard.

— Dois-je regarder vos yeux, alors, ou votre nez ? Votre ravissant décolleté ?

Elle devint écarlate et redressa le menton.

— Mon oreille gauche, déclara-t-elle.

Il eut un petit rire.

— Très bien. Je dois avouer qu'elle est charmante. Parfaitement alignée avec l'autre. Tout à fait acceptable, en somme.

Elle tordit la bouche, mais il fit mine de ne rien remarquer puisqu'il devait se concentrer sur son oreille. Mais s'il n'était pas censé regarder le reste de sa personne, il ne pouvait pas s'empêcher de la sentir. La jupe de sa robe d'un bleu d'azur s'enroulait autour de ses jambes, sa main frémissait au creux de la sienne, leurs hanches se frôlaient tandis qu'il la faisait tournoyer…

— Ne me serrez pas tant, marmonna-t-elle.

— Pardon, dit-il en rétablissant entre eux une distance convenable. La force de l'habitude.

— Nous n'avons pas valsé ensemble depuis six ans, milord.

— Vous êtes difficile à oublier.

Ses yeux d'émeraude glacée se reportèrent sur lui.

— Est-ce censé être un compliment ?

Bonté divine, il allait finir par se faire tuer.

— Non. Simple constatation. Depuis que… nos routes ont divergé, vous avez brisé sur moi dix-sept éventails et vous venez de me fouler deux orteils. C'est difficile à oublier.

La valse s'acheva, et elle s'écarta vivement.

— Cela fera assez d'amabilités pour la soirée, dit-elle en ébauchant une vague révérence avant de s'éclipser.

Tristan observa la douce ondulation de ses hanches tandis qu'elle s'éloignait. Relation cordiale ou non, elle s'était arrangée pour lui faire oublier qu'il était censé danser la première valse avec Amélia. La jeune héritière allait probablement l'ignorer jusqu'à la fin de la soirée.

Il regarda Georgiana disparaître derrière la file des danseurs qui bordaient la piste. Un orteil écrasé et une valse, voilà tout ce que lui aurait rapporté ce bal. Et si ses soupçons se révélaient justifiés, le supplice ne faisait que commencer.

4

Noble dame, Les mauvaises manières
des hommes vivent dans le métal ;
leurs vertus, nous les écrivons dans l'eau.

Henri VIII, acte IV, scène 2

Les amies de Georgiana se pressèrent autour d'elle dès qu'elle atteignit le bord de la piste de danse.

— C'est donc bien vrai !

— On m'a rapporté que...

— Tu l'as vraiment fait, Georgie ? Je ne peux pas le croire...

— Je vous en prie, soupira Georgiana. J'ai besoin de prendre l'air.

Lucinda et Evelyn l'entraînèrent jusqu'à la plus proche fenêtre. Georgiana l'ouvrit et inspira l'air frais du soir à pleins poumons.

— Te sens-tu mieux ? s'enquit Evelyn.

— Presque. Donne-moi un moment.

— Prends ton temps. J'ai besoin de me remettre, moi aussi, après t'avoir vue valser avec Dare. Il t'a adressé un vrai sourire, tu sais.

— Je l'ai vu aussi, renchérit Lucinda. Est-il déjà amoureux de toi ?

— Chut, lui ordonna Georgiana en refermant la fenêtre avant de prendre place sur le banc qui se trouvait dessous. Bien sûr que non, répondit-elle alors. J'en suis encore à tendre le piège qui me permettra de captiver son attention.

— J'ai failli ne pas le croire quand Donna Bentley m'a dit que tu t'étais installée à Carroway House. Tu nous avais promis de nous tenir au courant de tes progrès, ajouta Lucinda d'un ton de reproche.

— Je sais, mais les choses se sont passées plus vite que je ne l'avais prévu, répondit Georgiana.

— Visiblement. Mais ne crains-tu pas les rumeurs ?

— Ses tantes sont des amies très chères de la duchesse, répondit-elle. J'aide Mlle Milly tandis qu'elle se remet de sa crise de goutte.

— Présenté de la sorte, c'est parfaitement sensé, dit Evie, visiblement soulagée. Et je n'ai entendu personne raconter autre chose.

Lucinda s'assit auprès d'elle.

— Georgie, es-tu bien certaine de vouloir t'infliger cela ? Je sais que nous avons établi ces listes, mais la chose est bien réelle, désormais.

— En outre, chacun sait que tu hais lord Dare.

Et chacun pensait que c'était parce qu'il l'avait embrassée et qu'elle avait ensuite découvert qu'il ne l'avait fait que pour remporter un pari. Personne ne savait rien d'autre, ni sa tante ni ses amies. Aucun membre de la haute société ne connaissait la vérité – excepté Tristan Carroway, bien sûr. Et elle tenait à ce que les choses demeurent ainsi.

— Ne croyez-vous pas que c'est justement une bonne raison pour que je lui donne une leçon ? demanda-t-elle.

— Cela pourrait se révéler dangereux, Georgiana. Lord Dare est vicomte. Quant à sa réputation, elle n'est plus à faire…

— Tu oublies que je suis la cousine du duc de Wycliffe et la fille du marquis de Harkley.

Dare avait eu l'occasion de ruiner sa réputation six ans plus tôt et ne l'avait pas fait. Cependant, s'il découvrait les projets qu'elle avait pour lui, l'idée de se venger pourrait lui venir. Georgiana frissonna. Elle allait devoir s'en remettre à son fair-play.

— Je reconnais que c'est assez excitant de compter parmi les très rares personnes qui connaissent ton projet, dit Evelyn en prenant la main de son amie.

— Nul autre que nous ne doit le savoir, Evie, dit Lucinda en jetant un coup d'œil par-dessus son épaule, comme si elle craignait qu'on ne puisse les entendre. Si quelqu'un comprend qu'il s'agit d'un jeu, Georgiana sera perdue de réputation.

— Je ne dirai jamais rien, protesta Evelyn. Tu le sais.

— Je n'ai aucune crainte à ce sujet, répondit Georgiana en pressant sa main. Vous êtes mes plus chères amies.

— Recourir à de tels artifices nous ressemble si peu… reprit Evelyn.

Elle n'avait pas tort, se dit Georgiana, avant de sourire à ses amies.

— N'oubliez pas qu'ensuite, ce sera votre tour.

— J'attends d'abord de voir si tu survis ou non, déclara Lucinda, son regard demeurant sérieux malgré son sourire. Sois prudente, Georgie.

— Je le serai.

— Lady Georgiana ?

Le gentleman qui venait de sortir du salon voisin était, Dieu merci, tout l'opposé de Dare. Georgiana ne se sentait pas d'attaque pour une nouvelle passe d'armes.

— Lord Westbrook, dit-elle avec un sourire soulagé.

Le marquis s'inclina.

— Bonsoir. Mademoiselle Barrett, mademoiselle Ruddick, je suis ravi de vous voir.

— Lord Westbrook.

— Vous vous êtes trouvé une nouvelle occupation, m'a-t-on dit, reprit-il en reportant son regard paisible sur Georgiana. Les Carroway vous savent certainement gré de l'aide que vous leur apportez.

— Le sentiment est mutuel, je puis vous l'assurer.

— Serait-ce faire preuve d'un trop grand optimisme que d'espérer qu'il subsiste un espace vierge sur votre carnet de bal ?

Georgiana considéra le beau marquis un instant. Si elle voulait que Dare tombe amoureux d'elle, elle allait devoir feindre d'être éprise de lui, mais elle appréciait vraiment John Blair, le marquis de Westbrook. Il était plus courtois que ses autres prétendants – et infiniment plus que cette canaille de Dare.

— Personne ne m'a encore réservé le prochain quadrille, dit-elle.

— Je reviendrai vers vous à ce moment-là, annonça-t-il en souriant. Veuillez m'excuser d'avoir interrompu votre conversation, mesdemoiselles.

— Voilà un homme qui n'a besoin d'aucune leçon, commenta Lucinda en le regardant disparaître parmi la foule des invités.

— Dans ce cas, pourquoi est-il toujours célibataire, selon toi ? demanda Evelyn.

Lucinda jeta un coup d'œil à Georgiana.

— Peut-être a-t-il jeté son dévolu sur une personne précise et attend-il simplement que celle-ci s'intéresse à lui.

— Oh, cessez donc ces balivernes, dit Georgiana en se levant pour aller rejoindre Milly et Edwina.

— Ah oui ? Et pourquoi rougis-tu ?

— Je ne rougis pas.

Westbrook n'avait nul besoin de son argent, et l'opinion qu'il avait d'elle changerait radicalement s'il venait à découvrir son aventure avec Dare.

— Suivez-moi, nous allons bavarder avec Milly et Edwina. Elles m'ont confié avoir grand besoin de conversations féminines.

— Ah, notre spécialité ! déclara Lucinda en passant son bras sous le sien.

— Où allez-vous ?

Georgiana réprima un sursaut et acheva de caler une couverture autour des hanches de Milly, assise dans la chaise roulante que deux valets, encore haletants de l'effort fourni, venaient de descendre dans le hall. Une fois qu'elle eut fini d'ajuster le plaid, elle se redressa et se tourna vers le vicomte.

— Nous allons faire une promenade au parc, annonça-t-elle, remerciant les domestiques d'un hochement de tête tandis qu'elle faisait pivoter la chaise face à la porte.

Edwina, qui les escortait, tout de noir vêtue comme à son habitude, s'attarda un instant auprès de Dawkins afin qu'il lui remette son châle et son ombrelle.

— Je croyais vous avoir demandé de ne pas épier le moindre de mes faits et gestes, ajouta Georgiana.

Le regard de Dare glissa jusqu'à ses pieds puis remonta, bref et incisif, comme s'il ne parvenait pas tout à fait à réprimer ses instincts virils et à garder ses yeux au niveau de son visage.

— Tenez, dit-il au bout d'un moment en sortant de sa poche un étui long et plat. C'est pour vous.

Elle savait ce qu'il contenait : cela faisait six ans qu'il lui en offrait.

— Croyez-vous qu'il soit sage de me fournir des armes ? demanda-t-elle en acceptant l'étui, veillant à ne surtout pas effleurer ses doigts.

Elle ouvrit la boîte. L'éventail bleu pâle révéla une colombe quand elle le déploya. Comme toujours, il avait su choisir un motif à son goût, et cela lui déplaisait.

— Au moins, de cette façon, je sais ce que je risque, répondit-il avant de jeter un coup d'œil à ses tantes. Ne serait-il pas plus judicieux d'emprunter le barouche pour votre promenade ?

— C'est nous qui avons besoin de faire de l'exercice, pas vos chevaux.

— Nous pourrions nous exercer ensemble.

Georgiana devint écarlate. La présence de ses tantes l'empêchait de lui répondre comme il l'aurait mérité, ce qu'il savait fort bien.

— Vous risqueriez de vous blesser, se contenta-t-elle de répliquer en refermant sèchement l'éventail.

— Il se peut que je sois disposé à m'exposer à un tel risque, répondit-il avec un regard amusé. Et nous pourrions nous relayer pour pousser cette chaise dans les allées de Hyde Park.

— Je vous remercie de votre sollicitude, mais ce ne sera pas nécessaire, répondit-elle en tâchant de se souvenir qu'elle devait se montrer aimable avec lui.

— Je vous accompagne, déclara-t-il. Et le fait que ce ne soit pas nécessaire est à porter à mon crédit.

— Pas le moins du m...

Le plus jeune frère de Dare, Edward, dévala les marches de l'escalier, avec le bruit que seul un enfant de huit ans est capable de produire.

— Si vous allez à Hyde Park, je viens aussi ! Je veux monter mon nouveau cheval.

Georgiana vit frémir un muscle au coin des lèvres de Dare.

— Nous ferons cela plus tard, Edward. Je ne peux pas te donner une leçon d'équitation et pousser tante Milly en même temps.

— Je me chargerai de sa leçon d'équitation, intervint Bradshaw depuis le palier du premier étage.

— Je croyais que tu avais rejoint la marine et non la cavalerie, répliqua Tristan.

— Uniquement parce que je savais déjà tout ce qu'il y a à savoir au sujet des chevaux.

Dare semblait sur le point de perdre patience, aussi Georgiana le gratifia-t-elle du plus sincère de ses sourires.

— Plus on est de fous, plus on rit, déclara-t-elle en s'écartant, l'invitant d'un geste à la remplacer derrière la chaise roulante.

Une fois qu'ils eurent descendu les marches du perron et que Bradshaw ainsi qu'Edward et son poney les eurent rejoints dans l'allée, leur troupe se révéla composée de huit membres, parmi lesquels figuraient les cinq frères Carroway.

Tout en poussant sa tante jusqu'à la rue pavée, Tristan coula un regard noir vers Andrew et Robert.

— Bradshaw s'est proposé pour la leçon d'équitation, mais je ne vois pas ce que vous faites ici, grommela-t-il.

— Je vais aider Bradshaw, annonça Andrew d'un ton guilleret en s'avançant pour se placer près d'Edward.

— Et toi, Bert ?

— Je me dégourdis les jambes, répondit celui-ci, qui fermait la marche.

— Oh, c'est tout à fait charmant, s'exclama Milly en battant des mains. Toute la famille réunie pour une promenade, comme lorsque vous n'étiez que de vilains garnements.

— Je ne suis pas un vilain garnement, déclara Edward, juché sur son poney gris. Et Prince George non plus.

— J'en connais qui ne sont pas de cet avis, Edward, dit Tristan avec un petit sourire. Mais je suis certain que le régent apprécierait la confiance que tu...

— Prince George est le nom de mon cheval, Tristan, précisa le plus jeune des Carroway.

— Tu devrais reconsidérer cela. Peut-être George, tout court ?

— Mais...

— Ou Tristan, suggéra Georgiana, qui contenait difficilement son rire face à cet échange. S'agit-il d'un hongre ?

Bradshaw émit un hoquet choqué.

— Dare a raison, Edward. Donner le nom d'un monarque à un animal est généralement mal vu.

— Comment dois-je l'appeler, alors ?

— King ? proposa Andrew.

— Démon ? renchérit Bradshaw.

— Tempête, suggéra Georgiana. N'est-il pas gris, après tout ?

— Oh oui ! On dirait un nom de cheval indien. Tempête me plaît beaucoup.

— Le contraire m'eût étonné, marmonna Dare.

Ragaillardie, Georgiana se pencha pour ajuster la couverture de Milly.

— Êtes-vous à votre aise ?

— Bien plus que vous autres, gloussa-t-elle. Et ma foi, je ferais bien une sieste.

— Non, je tiens à ce que vous profitiez de la promenade, dit Tristan en déposant un baiser sur la joue de sa tante. Le soleil et l'air frais vous feront du bien.

Georgie étudia longuement le profil du vicomte. Il embrassait et taquinait spontanément ses vieilles tantes. Elle l'avait toujours considéré comme un monstre arrogant, cynique et imbu de lui-même et ne s'était pas attendue à le voir manifester une telle affection. Cela ne correspondait pas du tout à l'image qu'elle avait de lui. S'il avait été capable de sentiments et de compassion, il ne l'aurait jamais utilisée aussi honteusement qu'il l'avait fait. Mais l'idée qu'il ait pu changer était encore plus absurde que de croire qu'il avait un cœur.

Ils formaient sans doute un spectacle assez peu banal à leur arrivée à Hyde Park : trois élégants gentlemen de haute taille, deux autres plus jeunes, dont un à dos de poney, deux dames d'âge mûr et une jeune demoiselle de compagnie. Il ne leur manquait plus qu'un chien bondissant à travers un cerceau et un éléphant pour former un cirque.

— Possédez-vous un cheval, Georgie ? demanda Edward.

— Oui, j'en ai un. Une jument, en fait.

— Comment s'appelle-t-elle ?

— Elle s'appelle...

— Sheba. Un pur-sang noir d'Arabie, acheva Dare à sa place.

— Oh, sensationnel. Se trouve-t-elle à Londres ?

Georgiana croisa les bras et regarda Dare.

— Posez la question à votre frère. Il semble fort bien s'acquitter de ma part de la conversation.

Le vicomte engagea la chaise roulante sur l'allée qui longeait Rotten Row.

— Oui, Sheba est en ville. Elle partage l'écurie de Hawthorne House avec les chevaux du duc de Wycliffe, répondit Dare avant de se tourner vers Georgiana. Vous pourriez aussi bien l'amener chez nous pendant votre séjour.

— Oh oui ! s'exclama Edward en faisant des bonds sur sa selle. Et quand vous irez chevaucher, je serai votre écuyer.

— Et qui donc sera votre écuyer, jeune homme ?

— Je n'ai pas besoin d'écuyer. Je suis un cavalier accompli.

Tristan leva les yeux au ciel.

— Tu finiras le derrière couvert de bleus si tu continues à faire des bonds sur ta selle.

— Attends, intervint Bradshaw. Laisse-moi raccourcir tes étriers. Quand vous souhaiterez chevaucher, Georgiana, Edward et moi serons ravis de vous escorter.

Elle surprit le froncement de sourcils de Tristan avant qu'il ait pu le dissimuler.

— Oui, ce serait charmant, grommela-t-il. Un homme, une femme et un enfant, chevauchant ensemble le plus tranquillement du monde. Personne n'y trouverait rien à redire, j'en suis certain.

— Il suffirait de m'atteler derrière les chevaux, glousa Milly. J'apporterai la touche de respectabilité nécessaire.

Georgiana ne put s'empêcher de rire à cette idée.
— C'est tout à votre honneur de vouloir vous sacrifier au nom de la bienséance, Milly, mais je suis ici pour vous aider et non pour mettre votre vie en danger.

Malgré l'éclat de rire général, Georgiana fut surprise que Dare ait seulement songé à sa réputation. Il souhaitait sans doute éviter que le nom de Georgiana ne se trouve mêlé de trop près à celui de sa famille. Mais ce n'était pas contre sa famille qu'elle en avait ; elle appréciait sincèrement celle-ci. C'était uniquement contre lui.

Sur le chemin du retour, Tristan regarda Georgiana qui donnait le bras à sa tante Edwina tout en bavardant gaiement avec sa famille. Ces dernières années, elle avait mis un point d'honneur à ne jamais paraître amusée en sa présence. Mais, en cet instant, elle irradiait de chaleur et de bonne humeur.

Quelque chose lui échappait. Il y avait eu cette valse, la veille, et aujourd'hui, alors qu'il avait espéré l'amener à lui révéler le véritable motif de sa présence chez lui, il avait fallu que toute sa famille s'invite et ruine ses plans.

Si elle cherchait seulement un moyen de s'occuper, ce n'était pas les vieilles dames en besoin d'une demoiselle de compagnie qui manquaient dans la haute société. Elle ne pouvait pas être à son aise ni heureuse sous son toit ; ne venait-elle pas d'une des plus riches familles d'Angleterre ? Et si le blason des Dare n'avait pas encore véritablement perdu son éclat, les fêtes dispendieuses et les soirées extravagantes avaient disparu avec la mort de son père.

Il décida de tenter sa chance.

— Au fait, j'allais oublier. Le marquis de St. Aubyn m'a proposé sa loge à l'opéra, ce soir. J'ai quatre places, si cela intéresse quelqu'un. Je crois qu'on y donnera *La Flûte enchantée*.

Andrew ricana.

— Je comprends pourquoi St. Aubyn t'a cédé sa loge. Je me demande en revanche ce qui pourrait bien t'inciter à assister à un opéra.

— Aurais-tu perdu quelque pari ? suggéra Bradshaw.

Tristan maudit intérieurement son frère de faire allusion à son amour des paris en présence de Georgiana.

— Veuillez lever la main, je vous prie.

Comme il s'y était attendu, Bradshaw et Andrew levèrent la main, bientôt imités par leurs tantes. Georgiana n'en fit rien, bien qu'il sût qu'elle aimait l'opéra. Mais elle n'était pas la seule à savoir cacher son jeu.

— Fort bien, ce sera donc vous quatre. Veillez seulement à ne pas avoir un comportement irréprochable, cela écornerait ma réputation de débauché.

— Vous n'irez pas à l'opéra ? s'enquit Georgiana, comprenant soudain le tour qu'il venait de lui jouer.

Il haussa les sourcils, ravi d'avoir réussi à la manipuler.

— Moi ? À l'opéra ?

— Mais Milly aura besoin d'ai...

— Andrew et moi veillerons sur elle, assura aimablement Bradshaw. Nous l'attacherons, elle et sa chaise, derrière la voiture.

— Oh, pour l'amour du Ciel ! s'esclaffa Milly comme ils atteignaient le perron de la maison. Ces garçons veulent ma mort !

En dépit de ses protestations, elle avait les joues toutes roses et le regard étincelant. Tristan ne l'avait pas vue dans une forme aussi éblouissante depuis bien longtemps, et c'est en souriant qu'il la porta dans ses bras jusqu'au salon tandis qu'Andrew et Bradshaw se chargeaient de la chaise. Cet accessoire était une excellente idée et, pour cette raison au moins, il était heureux que Georgiana se soit invitée chez lui.

Une fois les dames confortablement installées au salon, Tristan se retira et gagna son bureau. Il avait horreur de faire ses comptes, mais la précarité de sa situation le contraignait à veiller scrupuleusement à chaque aspect de son budget. Entre l'achat du poney d'Edward et le remboursement de la chaise roulante à Georgiana, il avait déjà atteint le plafond de la somme qu'il réservait chaque mois aux dépenses extraordinaires – et on n'était que le sept du mois. Les ventes de laine aideraient, mais il ne pouvait pas espérer voir cet argent avant deux ou trois mois, au mieux.

Il avait aussi commis la sottise de proposer son écurie pour la jument de Georgiana alors qu'il allait déjà devoir payer la nourriture du nouveau poney d'Edward, en sus des frais engendrés par ses voitures, ses chevaux d'attelage et les montures personnelles de tous les membres de sa fratrie. Un pur-sang arabe mangeait certainement deux fois plus que le petit Tempête.

— Peste, souffla-t-il en inscrivant la dépense estimée.

C'était pour cette raison qu'il avait finalement écouté ses tantes, qui lui conseillaient de se trouver une riche héritière en quête d'un titre. Et c'était pour cette même raison qu'il courtisait Amélia

Johns, malgré son envie de fuir dans la direction opposée.

Tristan abandonna son fauteuil, la mine sombre. Il avait à peine adressé la parole à Amélia ces derniers jours et ne l'avait fait que pour lui dire qu'il refusait catégoriquement d'assister à son maudit récital. S'il ne se montrait pas plus prévenant, un comte en mal d'argent risquait de la lui souffler, et il devrait tout recommencer avec une autre héritière encore plus mièvre et minaudière.

Dawkins gratta à la porte.

— Le courrier, milord, annonça le majordome en lui présentant un plateau d'argent chargé d'enveloppes.

Une fois le domestique reparti, Tristan répartit les plis en fonction de leur destinataire. Le tas le plus volumineux était composé des missives adressées à Andrew par ses camarades d'école, l'autre était constitué des rapports hebdomadaires des régisseurs de ses domaines. Il n'avait reçu que deux factures à honorer qu'il avait, Dieu merci, anticipées. Enfin, il y avait une lettre parfumée, adressée à Georgiana.

Une eau de toilette masculine, estima-t-il en la reniflant de nouveau. Quel genre de dandy pouvait juger bon de parfumer sa correspondance ? Il retourna l'enveloppe, l'entêtante fragrance lui arrachant un éternuement, mais l'expéditeur avait omis d'indiquer son adresse.

Il n'était guère surpris que les relations de Georgiana sachent déjà qu'il fallait désormais lui écrire à Carroway House. Dès la première nuit qu'elle avait passée sous son toit, toute la bonne société avait dû être informée du nombre de malles qu'elle avait apportées avec elle et de ce qu'elle avait pris au petit déjeuner. Mais il ne s'était pas attendu à devoir lui remettre des lettres de ses prétendants.

— Dawkins !

Le majordome, qui s'attendait sans doute à être appelé, passa aussitôt la tête dans l'entrebâillement de la porte.

— Faites savoir à Andrew et à lady Georgiana qu'ils ont reçu des lettres, je vous prie.

Andrew fut le premier à se présenter à son bureau et repartit aussitôt, sa pile de lettres sous le bras. Quelques minutes passèrent avant l'apparition de Georgiana. Quand elle entra dans la pièce, Tristan leva les yeux du livre de comptes sur lequel il avait été incapable de se concentrer, trop occupé à se demander qui pouvait lui avoir écrit.

Comme il ne voulait surtout pas lui montrer qu'il était intrigué, il poussa vers elle la missive odorante du bout de son crayon et reporta son attention sur ses colonnes de chiffres. À l'instant précis où elle quittait la pièce, cependant, il leva les yeux.

— De qui cela vient-il ? demanda-t-il en s'efforçant d'adopter un ton parfaitement détaché.

— Je l'ignore, répondit-elle en souriant.

— Ouvrez-la donc.

— Je n'y manquerai pas, affirma-t-elle avant de sortir.

— Malédiction, maugréa-t-il en gommant les pattes de mouche qu'il venait d'inscrire sur son registre.

Dans le couloir, Georgiana étouffa un gloussement tout en empochant la missive parfumée. S'envoyer une lettre à soi-même était un stratagème puéril, certes. Mais il s'était révélé efficace.

5

Entre donc au couvent !

Hamlet,
acte III, scène 1

Le dîner terminé, les quatre amateurs d'opéra partirent, laissant Georgiana désœuvrée. Elle n'avait pris aucun engagement pour la soirée, considérant que son devoir auprès des demoiselles Carroway passait avant les bals et les réceptions.

Elle se retrouvait donc abandonnée avec toute la soirée devant elle pour réfléchir au fait qu'elle était seule avec Tristan Carroway dans cette grande maison.

Cet homme était d'une arrogance impossible, et le pire de tout, c'était qu'elle voyait fort bien ce qui avait poussé Amélia Johns à s'éprendre de lui. Si elle avait été capable d'oublier pendant une minute le traitement odieux qu'il lui avait infligé, elle aurait pu s'imaginer de nouveau dans ses bras, succombant à ses caresses expertes et à l'assaut de sa bouche tout aussi…

— Georgie ! lança le jeune Edward en surgissant dans la bibliothèque, où elle avait trouvé refuge. Savez-vous jouer au vingt-et-un ?

— Mon Dieu ! Voilà bien des années que je n'y ai pas joué.

— N'interromps pas lady Georgiana, intervint la voix grave et profonde de Dare. Tu vois bien qu'elle est en train de lire.

— Mais il nous faut quatre joueurs !

Georgiana se força à sourire tout en sentant le rouge lui monter aux joues.

— Vous et moi, cela ne fera jamais que deux, Edward, objecta-t-elle.

— Bert, Tristan et moi, cela fait trois. Nous avons besoin de vous.

— Oui, nous avons besoin de vous, répéta Tristan.

Elle tenta de déchiffrer son expression pour déterminer le degré de malice qu'il avait mis derrière ses mots et riposter en conséquence, mais fut incapable de deviner ses pensées.

Si elle déclinait l'invitation d'Edward, elle paraîtrait lâche et snob, et Dare était si peu gentleman qu'il ne se priverait pas de le lui dire. Si l'un d'eux pouvait tirer parti de l'occasion, elle préférait que ce soit elle.

Elle referma donc son livre et se leva.

— D'accord, dit-elle. Je veux bien jouer.

Sa décision la conduisit au petit salon, où elle se retrouva assise entre Edward et Robert, ce qui signifiait qu'elle allait devoir faire face à Dare toute la soirée.

Pendant qu'Edward distribuait les cartes, elle se tourna vers Robert, essentiellement pour éviter le regard de Tristan. Elle savait peu de choses à son sujet, mais elle avait gardé de lui le souvenir d'un jeune homme disert, plein d'esprit et très drôle. Tout le monde savait qu'il avait failli être tué à la guerre, et elle n'avait que rarement eu l'occasion de le voir depuis son retour. Cependant, excepté une légère claudication, il lui semblait tel qu'il avait toujours été.

— Qu'est-ce qui vous a valu le plaisir de vous retrouver à cette table de jeu ? demanda-t-elle en lui souriant.

— La chance.

— Si je puis me permettre cette question, insista-t-elle malgré sa réponse laconique, d'où vous vient ce surnom de Bert ?

— C'est moi qui l'ai appelé Bert, déclara Edward en reposant le talon des cartes avant d'examiner son jeu. Quand j'étais petit, je n'arrivais pas à prononcer son nom.

Le jeune Edward devait les considérer, ses frères et elle-même, comme des personnes d'un âge avancé.

— Quels surnoms avez-vous donnés à vos autres frères ?

L'effort de concentration auquel se livra le benjamin des Carroway plissa ses yeux gris.

— Tristan, c'est Dare, parfois Tris. Bradshaw, c'est Shaw. Nous aimons aussi appeler Andrew Drew, mais il n'aime pas trop cela.

— Pourquoi donc ?

— Il dit que c'est un nom de fille, et Shaw en profite pour l'appeler Drusilla.

— Je vois, répondit Georgiana en réprimant un sourire.

— Et Tristan m'appelle le Gnome.

— Mais c'est affreux !

Georgiana fusilla Tristan du regard. C'était bien de lui, d'affliger un membre de sa propre famille d'un sobriquet aussi dégradant.

— Mais je *suis* le Gnome ! Cela me plaît ! affirma Edward en se tortillant pour s'asseoir en tailleur sur sa chaise et paraître ainsi aussi grand que ses frères.

— Vous voyez, cela lui plaît, répéta Tristan d'une voix suave en tirant une nouvelle carte du talon pour la placer devant elle.

— J'ai du mal à le comprendre, fit-elle.

— Vingt et un, annonça Bert en révélant son jeu.

Une lueur admirative fit briller le regard bleu clair de Tristan tandis qu'il gratifiait son frère d'un froncement de sourcils.

— Toujours se méfier de l'eau qui dort.

Georgiana se racla la gorge, surprise de découvrir que l'intimité de cette fratrie la mettait mal à l'aise – et ennuyée de constater que Dare n'était pas étranger à l'affection fraternelle.

Bizarrement, cela le rendait plus... séduisant. Mais c'était à elle de le séduire, se rappela-t-elle. Et non l'inverse.

— Je m'étonne que vous ne soyez pas allé à l'un de vos clubs ce soir, milord. Votre habileté aux cartes y trouverait certainement un meilleur emploi.

— Ceci est plus amusant, répondit-il avec un haussement d'épaules.

Visiblement, jouer aux cartes avec un garçon de huit ans et un frère presque muet était également plus amusant qu'assister à un opéra, se promener dans les jardins de Vauxhall ou rendre visite à l'une de ses maîtresses. Cependant, s'il cherchait à l'impressionner en manifestant son attachement à la vie de famille, c'était peine perdue. Rien de ce qu'il pourrait faire ne l'impressionnerait jamais, car elle savait précisément quel genre d'homme il était en réalité.

— Avouerez-vous un jour qui était l'auteur de la lettre que vous avez reçue aujourd'hui ? demanda-t-il alors qu'ils jouaient depuis une heure.

— Elle n'était pas signée, répondit-elle en rassemblant les cartes qu'elle s'apprêtait à distribuer.

— Un mystère, en somme, répondit-il en tendant la main vers son verre de cognac. Des suspects ?

— J'ai... des soupçons, répondit-elle avant de distribuer deux cartes à chacun, face révélée.

Pour l'amour du Ciel, elle avait seulement cherché à lui laisser croire qu'elle avait un prétendant suffisamment sérieux pour s'immiscer dans la très masculine maisonnée des Carroway ; elle ne s'était pas attendue à être soumise à la Sainte Inquisition !

— Et ces soupçons, sur qui pèsent-ils donc ?

Tristan cala son menton au creux de sa main pour mieux l'observer tandis que Robert demandait d'un geste une nouvelle carte.

Georgiana faillit lui répliquer que ses affaires ne regardaient qu'elle. Mais le but de l'exercice consistait à le faire tomber amoureux d'elle.

— Je ne voudrais impliquer personne alors que je ne suis encore sûre de rien, répondit-elle en s'efforçant de ne pas trop paraître sur la défensive. Je réserverai donc ma réponse jusqu'à l'apparition de nouvelles preuves.

— De nouvelles preuves, répéta-t-il. L'homme en personne, voulez-vous dire ? Mais qu'il vienne donc nous rendre visite.

Elle fronça les sourcils.

— Il ne saurait être question qu'il vienne *vous* rendre visite, pour l'amour du C...

— Vingt et un ! s'exclama Edward en bondissant sur place. Vous ne gagnerez jamais, vous deux, si vous passez la soirée à vous faire les yeux doux !

Robert laissa échapper un son étranglé.

— Eh bien, glapit Georgiana, déconcertée, vous me privez de tout espoir de gagner, Edward. Je préfère me retirer pour la soirée, messieurs.

Tous se levèrent, et Tristan la gratifia d'un bref salut de la tête tandis qu'elle opérait ce qu'elle espérait être une sortie digne. Une fois parvenue dans le couloir, elle rassembla ses jupes dans sa main et grimpa l'escalier aussi vite qu'elle le put.

— Georgiana !

À la voix grave de Tristan, elle s'immobilisa sur le palier. Elle se retourna, déterminée à clarifier le commentaire d'Edward.

— Nous ne nous attendions pas à cela, n'est-ce pas ?

— Il n'a que huit ans, répondit Dare d'un ton sobre en gravissant quelques marches. Et s'il persiste à se comporter de la sorte, il ne fêtera pas ses neuf ans. Ne vous laissez pas perturber par le babillage d'un enfant.

— Je... je... bafouilla-t-elle avant de s'éclaircir la gorge. Comme je viens de le dire, je ne m'attendais pas à cela. J'ai été surprise, mais pas au point d'être perturbée.

— Vous n'êtes pas perturbée, répéta-t-il en la considérant d'un regard sceptique.

— Non.

— Tant mieux, déclara-t-il avant de rejeter ses cheveux en arrière en grimaçant – un geste qu'elle avait trouvé autrefois très séduisant. Parce que ce n'est pas vrai. Je tiens à ce que vous le sachiez.

Son ton sérieux l'incita à se pencher par-dessus la rampe.

— Que tenez-vous à ce que je sache, milord ?

— Que je ne vous fais pas les yeux doux. Je songe à me marier, en fait.

— Vraiment ? Et de qui s'agit-il, que je lui transmette mes félicitations ?

— N'en faites rien, dit-il trop rapidement en se rembrunissant soudain.

Georgiana réprima un sourire.

— Et pourquoi donc ?

— Je n'ai pas… hum… encore fait ma demande en bonne et due forme.

— Oh. Eh bien, je suis heureuse que nous ayons réglé cette question, quoi qu'il en soit. Bonne nuit, milord.

Elle s'engagea dans le couloir et sentit son regard dans son dos tandis qu'elle s'éloignait. Pauvre Amélia Johns ! Avoir le cœur brisé ferait à Tristan Carroway un bien considérable et lui apprendrait à ne pas jouer avec les rêves et le cœur des autres.

Une fois qu'elle eut regagné sa chambre, elle griffonna un message à Lucinda et glissa à l'intérieur du pli une autre lettre qu'elle s'adressa à elle-même et rédigea en prenant soin de déguiser son écriture et de changer d'encre. Pourvu que Lucinda ait la main un peu plus légère sur l'eau de toilette, cette fois-ci ! L'odeur de la première missive flottait encore dans l'air et avait fait virer les flammes au bleu quand elle l'avait jetée dans l'âtre.

Le lendemain, Georgiana se leva de bonne heure. Heureusement pour elle, Milly et Edwina avaient tendance à se lever tard ; après une soirée à l'opéra, elle ne les verrait sans doute pas avant midi. Elle sonna Mary, enfila son costume d'équitation et se dépêcha de sortir. Le valet de son cousin l'attendait dehors, tenant Sheba sellée auprès de lui.

— Bonjour, John, dit-elle en souriant quand il l'aida à monter en selle.

— Bonjour, lady Georgiana, répondit-il en enfourchant son hongre gris. Je crois que Sheba est prête pour un grand galop, ce matin.

— Ravi de vous l'entendre dire, car Charlemagne est de la même humeur. Et moi aussi. Bonjour, John.

Dare, juché sur une splendide monture baie élancée, venait de tourner l'angle de la maison pour s'arrêter devant elle.

— Lord Dare, fit le valet en guise de salut.

Malgré son irritation de le voir surgir, Georgiana devait reconnaître qu'il avait beaucoup d'allure. Elle pouvait pratiquement voir son reflet dans ses bottes d'équitation parfaitement lustrées, et son habit couleur rouille lui conférait une sorte de grandeur médiévale. Sa culotte noire épousait ses cuisses sans former un seul pli, et il montait Charlemagne comme s'il était né sur le dos d'un cheval. D'aucuns prétendaient d'ailleurs que c'était là qu'il avait été conçu.

— Vous êtes bien matinal.

Maudit soit cet homme ! Elle avait eu l'intention de prendre l'air pour mettre de l'ordre dans ses pensées. Avec Dare, elle n'y parviendrait jamais.

— Je me suis réveillé avant l'aube et ai abandonné tout espoir de retrouver le sommeil. Allons-y, voulez-vous ? Regent's Park ?

— John sera mon écuyer. Votre aide n'est pas requise.

— John sera également mon écuyer. Nous ne voudrions pas que je fasse une chute et que je me rompe le cou, n'est-ce pas ?

Georgiana fut sur le point de répliquer sèchement, mais plus leur querelle s'éterniserait, plus courte serait sa chevauchée.

— Oh, fort bien, si vous insistez pour nous accompagner, allons-y.

Il s'inclina profondément sur sa selle et fit claquer sa langue à l'oreille de Charlemagne.

— Comment refuser pareille invitation ?

Ils partirent au trot côte à côte en direction de Regent's Park, John les suivant à quelques mètres.

« Flirte, s'ordonna-t-elle en silence. Dis-lui quelque chose de plaisant. » Malheureusement, rien ne lui vint à l'esprit.

— Bradshaw a-t-il l'intention de poursuivre sa carrière dans la marine ? demanda-t-elle finalement.

— C'est ce qu'il dit, mais il se voit déjà capitaine de son propre vaisseau. Si cela ne se produit pas à brève échéance, nous nous attendons tous à le voir s'engager dans la piraterie.

Il avait dit cela d'un ton si léger qu'elle laissa échapper un éclat de rire involontaire.

— Lui avez-vous fait part de votre théorie ?

— Edward l'a fait. Le Gnome veut être son second.

— Et Robert ? Retournera-t-il à l'armée ?

L'expression de Dare se fit soudain sévère.

— Non. Je ne le permettrai pas.

Le ton inhabituellement sérieux de sa voix et le choix de ses mots la réduisirent au silence. Elle avait de plus en plus de mal à concilier les deux aspects de Tristan Carroway, si tendre et prévenant avec ses frères et ses vieilles tantes, et pourtant si cruellement désinvolte quand il s'agissait de femmes comme Amélia Johns.

Lequel des deux était le véritable lord Dare ? Et pourquoi se posait-elle cette question alors qu'elle en connaissait déjà la réponse ? Il lui avait brisé le cœur et avait ruiné ses perspectives d'avenir. Et il ne s'en était jamais excusé.

Quel idiot il faisait ! songeait Tristan. Alors qu'ils amorçaient une conversation agréable et qu'il avait même réussi à la faire rire, il avait lâché cette réponse au sujet de Robert sans prendre le temps de réfléchir.

Quels que soient ses motifs, Georgiana avait visiblement l'intention de se montrer aimable avec lui, et il n'avait aucune objection à cela, même s'il savait à quel point elle le haïssait et ne voyait pas ce qui aurait pu l'amener à réviser son jugement.

Il aurait déchiffré plus facilement son jeu s'il n'avait pas laissé son désir colorer chacune de ses pensées. Six années n'avaient pas suffi à effacer le souvenir de la douceur de sa peau et de la saveur de ses baisers, et il avait depuis longtemps compris que ni le temps ni le nombre de ses maîtresses n'y parviendraient. Un fait diablement frustrant, que son séjour sous son toit ne faisait qu'accentuer.

— La santé de tante Milly s'améliore depuis votre arrivée, reprit-il pour changer de sujet avant que son esprit surchauffé ne s'avise de lui faire dire quelque chose qu'il regretterait.

— Je suis heureuse d'entendre ce...

— Georgiana ! Mais oui, c'est bien lady Georgie !

Tristan leva les yeux. Lord Luxley, ce maudit bellâtre plein de suffisance, galopait dans leur direction, renversant, dans sa hâte à les rejoindre, la carriole d'une marchande d'oranges sur son passage. Si cet idiot était l'auteur de la lettre que Georgiana avait reçue, Tristan lui ferait manger son chapeau. Le baron souffrait d'un cruel manque d'intelligence.

Le regard de Georgiana passa des oranges qui roulaient sur le sol au visage de Luxley.

— Bonjour, milord, dit-elle du ton froid qu'elle réservait habituellement à Tristan.

— Lady Georgiana, vous ressemblez à un ange. Je suis si heureux de vous voir ce matin. J'ai là, ajouta-t-il en se mettant à fouiller dans ses poches, quelque chose que je veux vous donner.

Elle leva la main pour l'interrompre.

— Je pense que vous avez aussi quelque chose à donner à cette marchande d'oranges.

— Mmm ? Quoi donc ?

Sous le regard intrigué de Tristan, Georgiana désigna la vieille femme qui se lamentait auprès de sa carriole renversée tandis que les roues et les sabots des attelages qui passaient réduisaient ses fruits en bouillie sur la chaussée de Park Road.

— Regardez donc. Lord Dare, quel est le prix d'une orange ?

— Deux pence, je crois, répondit Tristan, triplant le prix.

Elle lui jeta un bref coup d'œil pour lui faire savoir qu'elle n'était pas dupe de son exagération, puis reporta son attention sur le baron.

— Je crois qu'il vous faut donner au moins deux shillings à cette femme, lord Luxley.

Celui-ci consentit enfin à jeter un coup d'œil à sa victime.

— Cette marchande d'oranges ? répondit-il avec une moue dégoûtée. Je ne crois pas. Elle n'aurait pas dû laisser traîner sa carriole au milieu de la rue.

— Fort bien. Dans ce cas, je ne souhaite rien recevoir de vous, répliqua-t-elle sèchement.

Glissant la main dans sa poche, elle en sortit un souverain d'or, puis fit claquer sa langue à l'intention de Sheba, passa devant un Luxley stupéfait et rougissant et s'inclina depuis sa selle vers la marchande pour lui remettre l'argent elle-même.

— Oh, merci, milady, souffla la vieille femme en prenant sa main gantée pour la presser contre sa joue. Soyez mille fois bénie.

— Lady Georgiana, je me dois de protester, intervint grossièrement Luxley. Vous lui avez bien trop donné. Il ne faudrait pas que ces gens prennent de mauvaises hab...

— Je crois que lady Georgiana a agi comme elle jugeait bon de le faire, déclara Tristan en amenant Charlemagne entre elle et le baron. Je vous souhaite une bonne journée, Luxley.

Ils se remirent en route, laissant le baron bouche bée derrière eux. Après un moment de silence, Georgiana jeta à Dare un regard en coin.

— Sans votre intervention, Tristan, j'aurais été tenue de le frapper.

— Je n'ai pensé qu'aux mauvais coups que je risquais de recevoir si j'attendais trop pour intervenir. Et aux blessures que vous auriez infligées à ce pauvre Luxley, bien sûr.

Le sourire de Georgiana atteignit ses yeux verts.

— Bien sûr.

Bonté divine, c'était le deuxième sourire dont elle le gratifiait ce matin. Et elle l'avait appelé par son prénom pour la première fois depuis six ans. S'il n'était pas sorti dans l'intention d'arranger un pique-nique avec Amélia, il aurait manqué cette matinée avec elle.

Il se demanda ce qu'elle aurait pensé si elle avait su qu'il gardait le bas qu'il lui avait dérobé dans un coffret d'acajou, glissé dans le tiroir du haut de sa commode. Aux yeux de la société, il avait gagné la première moitié de son pari en l'embrassant, mais en ce qui concernait la seconde, avait lamentablement échoué. Et si son silence avait sans doute sauvé la réputation de Georgiana, il n'avait certainement pas sauvé leur relation.

Tristan s'obligea à revenir au moment présent.

— Passons au galop, voulez-vous ? dit-il en pressant les genoux contre les flancs de Charlemagne.

Vives comme l'éclair, Georgiana et Sheba le rejoignirent.

— Jusqu'aux arbres ! le défia la jeune femme, le vent rabattant son chapeau dans son dos et révélant ses boucles d'or.

— Par le diable, murmura-t-il, ébloui par le spectacle qu'elle offrait.

Son cheval était plus puissant et plus rapide que Sheba, mais Charlemagne lui-même parut comprendre que l'enjeu ne consistait pas à gagner la course ce jour-là. Georgiana atteignit les arbres la première et se tourna vers lui avec un rire de triomphe.

— Mon cher lord Dare, je crois que vous m'avez laissée gagner.

— Je ne suis pas certain de la façon dont je dois répondre, dit-il en flattant l'encolure de Charlemagne, aussi me contenterai-je de dire que Sheba et vous êtes faites l'une pour l'autre.

Georgiana haussa un fin sourcil.

— Un compliment, maintenant. Je serais presque encline à me laisser impressionner par vos manières. Lors de notre prochaine course, cependant, faites un peu plus d'efforts.

— Je m'en voudrais de vous priver du plaisir de la victoire, répondit-il avec un grand sourire.

— Je suis disposé à parier sur lady Georgiana, déclara une voix depuis les arbres.

Le marquis de Westbrook apparut peu après dans l'allée, juché sur son hongre gris.

Le sourire de Georgiana se figea.

— Je déteste les paris, milord, dit-elle d'une voix légèrement tremblante.

Westbrook n'eut pas un battement de cils.

— Alors je me contenterai de placer ma confiance en vous.

Tristan accueillit cette réplique habile en plissant les yeux. Le marquis était forcément au courant du pari qui les avait tous deux impliqués ; tout le monde en avait entendu parler. Il s'agissait donc d'un faux pas délibéré.

— Merci, lord Westbrook.

— Appelez-moi John, je vous en prie.

— Merci, John, reprit Georgiana avec un sourire.

Ils semblaient avoir oublié que Tristan se trouvait là. Il relâcha les rênes, remua le pied droit, et Charlemagne avança, au risque de bousculer la monture de Westbrook.

— Je vous demande pardon, dit-il quand le hongre du marquis chancela.

— Contrôlez votre animal, Dare, protesta Westbrook d'un ton ennuyé en faisant faire demi-tour à son cheval.

— Je crois que Charlemagne n'a pas apprécié que vous disiez que Sheba pouvait le battre, déclara Georgiana.

Au coup d'œil qu'elle lui lança, Tristan comprit qu'elle savait ce qu'il venait de faire. Pourtant, elle ne l'avait pas dénoncé.

— Il serait bon que vous rappeliez à votre Charlemagne qu'il est un cheval, reprit Westbrook. Un animal doit savoir quelle est sa place.

Tristan sentit son sang bouillonner.

— Charlemagne sait fort bien quelle est sa place, comme lady Georgiana vient de l'indiquer. Celle du vainqueur.

— Je pense, quant à moi, que lady Georgiana se contente d'être polie. Elle est certainement consciente de la qualité inférieure de votre monture.

— Si vous le permettez, lord Westbrook, intervint Georgiana, je préfère généralement parler en mon nom.

Le pauvre diable avait déjà perdu le privilège de se voir appeler par son prénom. Tristan aurait aimé faire valoir sa victoire, mais il ne tenait pas à s'attirer lui aussi les foudres de Georgiana. Comprenant qu'il n'avait pas le dessus, le marquis fusilla Tristan du regard. Celui-ci se contenta de sourire. Quand Georgiana tourna la tête vers lui, il s'empressa de reprendre une expression neutre.

— Toutes mes excuses, lady Georgiana, dit le marquis. Mon intention n'était pas de vous offenser.

— Je n'en doute pas. Lord Dare produit souvent un effet fâcheux sur ceux qui l'approchent.

— C'est vrai, approuva Tristan.

Cette description était sans doute la plus élogieuse qu'il l'ait jamais entendue faire sur son compte. Elle lui adressa un nouveau coup d'œil en biais puis reporta son attention sur Westbrook.

— Si vous voulez bien m'excuser, milord, je dois m'en retourner à Carroway House. Les tantes de lord Dare ne vont pas tarder à se lever.

— Je prends donc congé, en ce cas. Bonne journée, milady. Dare, ajouta-t-il sèchement à l'intention de celui-ci.

— Westbrook.

Dès que le marquis fut hors de vue, Georgiana dirigea sa monture vers la sortie du parc.

— À quoi cela rimait-il ? demanda-t-elle sans détacher les yeux de l'allée.

— Pure méchanceté de ma part.

Les lèvres de Georgiana frémirent.

— Cela ne m'étonne absolument pas, commenta-t-elle.

6

*Les saintes n'ont-elles pas des lèvres,
et les pèlerins aussi ?*

Roméo et Juliette, acte I, scène 5

— Aucun mort n'est encore à déplorer ? C'est étonnant.

Le duc de Wycliffe se tenait près d'un assortiment artistique de palmiers en pot. Tristan jeta un coup d'œil vers l'épouse du duc, qui dansait avec le fils du comte de Resdin, lord Thomas.

— Emma semble se porter à merveille, dit-il. J'imagine qu'elle est réconciliée avec la duchesse douairière ?

— Elles se sont réconciliées quand ma mère a compris que mes intentions allaient jusqu'au mariage, répondit le duc de sa belle voix de basse. Mais ne change pas de sujet. Que diable fait donc ma cousine Georgiana à Carroway House ?

— Elle s'est portée volontaire pour aider tante Milly. Et je lui en suis reconnaissant ; ma tante se porte déjà beaucoup mieux.

— Tu es plein de reconnaissance envers ma cousine qui a failli te transpercer de son ombrelle il y a quelques étés ? fit le duc d'un ton sceptique.

Tristan eut un haussement d'épaules.

— Comme tu viens de le dire, Grey, il n'y a encore aucun mort à déplorer. Pas la plus petite amputation, pas la moindre mutilation.

Excepté quelques dommages négligeables au niveau de ses phalanges et de ses orteils, le séjour de Georgiana ne lui avait encore valu aucune blessure.

Le duc se redressa pour regarder par-delà l'épaule de Tristan.

— Ne te retourne pas, mais elle vient par ici. Gare aux mutilations...

Une tension familière – celle qui accompagnait la présence de Georgiana – s'empara de Tristan. Elle le maintenait en permanence en état d'alerte, et la situation se révélait encore plus compliquée depuis qu'elle semblait avoir décidé de faire la paix avec lui.

— Bonsoir, Grey, dit-elle en se hissant sur la pointe des pieds pour déposer un baiser sur la joue de son cousin. J'espère que vous n'êtes pas en train de jouer les commères, tous les deux ?

Tristan s'empressa de prendre la parole avant que Wycliffe ne s'avise de rappeler à Georgiana leur antagonisme mutuel.

— En fait, nous étions en train d'admirer la coupe de l'habit de lord Thomas. On croirait presque qu'il a des épaules et un cou, ce soir.

Elle suivit son regard.

— Le pauvre. Il n'y peut rien s'il ressemble comme deux gouttes d'eau à son père.

— Resdin aurait dû éviter de se reproduire, commenta Grey. Si vous voulez bien m'excuser, je m'en vais porter secours à Emma.

Georgiana regarda son cousin s'éloigner en soupirant.

— Il semble vraiment heureux, n'est-ce pas ?

— Le mariage lui sied. Je vous croyais occupée à bavarder avec vos amies ?

— Chercheriez-vous à vous débarrasser de moi ? Vous resteriez alors livré à vous-même, milord. Comment pourrais-je vous jouer un aussi vilain tour ?

Le temps d'un battement de cœur, Tristan se figea. Lady Georgiana Halley flirtait. Elle flirtait *avec lui*.

— Dans ce cas, vous plairait-il de danser ? suggéra-t-il, s'attendant qu'elle lui inflige une sèche rebuffade ou que la foudre s'abatte sur l'un d'eux.

— J'en serais ravie.

Il étudia son expression tout en prenant sa main pour l'entraîner sur la piste, mais ne décela sur ses traits aucun signe d'intention mauvaise. Le ton violet de sa robe rehaussait le vert de ses yeux, qui ressemblaient plus que jamais à des émeraudes. Si Dieu avait la moindre compassion pour lui, la prochaine danse serait une valse.

L'orchestre entonna un quadrille. Apparemment, Dieu avait un certain sens de l'humour.

Dès qu'ils se joignirent aux danseurs, une douzaine de couples afflua sur la piste. À l'époque où la haute société ignorait encore les piètres compétences financières de son père, Tristan aurait pu penser que c'était lui qui attirait cette foule. Les femmes s'étaient autrefois battues pour gagner son affection. Mais, ce soir, c'étaient les gentlemen qui initiaient cet élan, et leur attention se concentrait visiblement sur Georgiana.

Il en était ainsi depuis ses dix-huit ans. Et si, ces dernières années, Tristan avait clamé qu'il plaignait la pauvre âme qu'elle choisirait d'épouser, dans le secret de son cœur, ses sentiments étaient nettement plus confus. Et, ce soir-là, tous ces regards l'irritaient prodigieusement.

Elle pivota sur elle-même et reprit sa main quand la file des danseurs changea de direction.

— Quelqu'un vous aurait-il marché sur le pied ? demanda-t-elle. Vous avez l'air bien sombre.

— Vous êtes la seule que j'autorise à me piétiner, répondit-il en souriant comme ils se séparaient de nouveau.

Il savait qu'elle préparait un mauvais coup – rien ne pouvait l'inciter à penser qu'elle lui avait subitement pardonné sa duplicité et sa bêtise passées – et pourtant il était là, à lancer des regards noirs aux hommes qui la convoitaient. Un peu plus tôt, il avait même eu envie d'aplatir Westbrook, pour la seule raison que celui-ci lui avait fait un compliment.

Il se retourna pour prendre la main de la danseuse qui allait traverser leur quadrille et marqua un temps d'arrêt.

— Amélia.

— Lord Dare. Vous semblez en forme, ce soir.

— Merci.

Il fut surpris qu'elle ne soit pas fâchée. Il ne lui avait pas accordé une seule pensée depuis près d'une semaine et avait manqué à sa parole d'organiser avec elle un pique-nique et une chevauchée à Hyde Park.

— Quant à vous, vous êtes ravissante.

— Merci.

Elle fut emportée par le flot des danseurs, et Georgiana se retrouva à ses côtés. Ses joues avaient pris des couleurs, et il eut l'impression qu'elle faisait de gros efforts pour s'empêcher de rire.

— Qu'y a-t-il ?

— Oh, rien.

— Que s'est-il passé ? insista-t-il en soutenant son regard tandis qu'ils tournaient autour des autres danseurs.

— Si vous tenez vraiment à le savoir, répondit-elle, lord Raymond m'a fait sa demande.

Tristan se retourna et aperçut ce vieux ruffian de lord Raymond, bras dessus bras dessous avec une femme qui avait la moitié de son âge.

— À l'instant ?

— Oui. N'ayez pas l'air aussi surpris. Cela se produit tout le temps.

— Mais je croyais que vous…

Le sourire de Georgiana disparut.

— Je vous interdis d'en dire plus, coupa-t-elle sèchement.

— Il vous faudra m'éclairer plus tard, alors.

Il n'y comprenait plus rien. Elle avait dit qu'elle ne pourrait jamais se marier, et il découvrait maintenant qu'on ne cessait de lui demander sa main ?

Lorsque le quadrille s'acheva, il offrit son bras à Georgiana. Ses tantes avaient rejoint un groupe d'amis près de l'immense cheminée qui trônait au bout de la pièce, et il l'entraîna dans cette direction.

— Expliquez-moi, dit-il quand il y eut un peu moins de monde autour d'eux.

— Pourquoi le ferais-je ?

— Parce que vous m'accusez d'une chose que…

— Je pourrais épouser en un instant quelqu'un qui ne s'intéresserait qu'à mon argent, l'interrompit-elle d'une voix basse et tendue. Je vous ai déjà dit que je ne voulais pas me marier dans ces conditions. Et je ne peux pas envisager de me marier par amour.

— Quelqu'un qui vous aimerait comprendrait.

Georgiana s'immobilisa, soudain très pâle, et ôta sa main du bras de Tristan.

— Je ne pourrais jamais faire confiance à quelqu'un qui prétendrait m'aimer. Je sais à quoi m'en tenir, désormais.

Elle s'éloigna alors vivement pour aller rejoindre ses tantes, le laissant seul près de la table des rafraîchissements. À l'évidence, il avait détruit bien plus que son hymen. Il avait aussi détruit sa capacité à faire confiance à son cœur – et à celui d'autrui.

— J'ai besoin d'un verre, marmonna-t-il.

Dare semblait très sombre quand il commanda un verre, et Georgiana se rembrunit en le regardant. Elle avait eu l'intention de flirter ce soir, et elle s'était une fois de plus disputée avec lui. Elle en avait tellement l'habitude qu'il lui était très difficile de ne pas le faire.

— Tristan et vous formez un couple charmant, ma chère, dit Edwina en l'invitant d'un geste à s'asseoir près de la cheminée. Je n'ai rien d'une marieuse, mais maintenant que vous êtes réconciliés, je ne peux m'empêcher de penser que tout est possible.

— Certainement pas, protesta-t-elle en se forçant à émettre un rire incrédule.

Elle regrettait de se trouver si près du feu. Après ce quadrille, elle aurait préféré prendre l'air.

— Oh, je sais bien que vous avez eu cette brouille il y a longtemps, mais vous n'étiez encore qu'une enfant et lui un chenapan.

— Un vrai démon, approuva Milly. Mais c'était avant qu'Oliver ne meure en lui laissant tous ces soucis.

Georgiana aperçut alors Amélia qui lui faisait signe, à l'autre bout de la salle.

— Voulez-vous m'excuser rien qu'un instant ? dit-elle en se levant, ravie de cette distraction.

— Bien sûr, ma chère. Allez rejoindre vos amis.

— Je reviens tout de suite.

Tout en surveillant Dare du coin de l'œil pour s'assurer qu'il ne la regardait pas, elle se faufila jusqu'à l'endroit où se tenait Amélia et lui emboîta le pas quand celle-ci s'engagea dans un couloir. Au moins Mlle Johns faisait-elle preuve de bon sens. Si le vicomte les surprenait ensemble, il se douterait de quelque chose.

— Mademoiselle Johns ?

— En quoi vos manœuvres m'aident-elles ? demanda la jeune fille en tirant sur une de ses anglaises. Voilà une semaine que lord Dare m'ignore, ajouta-t-elle en faisant la moue.

— Je m'efforce de lui faire comprendre qu'il n'est pas le seul à avoir des sentiments et qu'il ne doit pas piétiner ceux d'autrui quand cela lui chante. Lorsqu'il vous a croisée, pendant le quadrille, ajouta-t-elle en se rapprochant d'elle et en baissant la voix, avez-vous remarqué un changement dans son comportement ?

— Ma foi, il a pris un air presque coupable. Et je dois reconnaître que cela ne lui était encore jamais arrivé.

— Bien, c'est que mon plan fonctionne. Faites-moi confiance, mademoiselle Johns. Quand j'en aurai fini avec lui, il ne voudra plus rien d'autre qu'être pour vous le plus charmant des époux.

— Bien, répondit la jeune fille d'un ton dubitatif. J'aimerais cependant que vous ne donniez pas l'impression de vous amuser autant en sa compagnie.

Georgiana pâlit. *Dieu du ciel !* Elle donnait donc l'impression de s'amuser ? C'était impossible. Dans sa naïveté, Amelia avait dû se méprendre sur ce qu'elle avait vu. Oui, ce ne pouvait être que cela.

— Je ferai de mon mieux, promit-elle, pressant brièvement la main de la jeune fille avant de retourner dans la salle de bal.

Tristan semblait en être à son deuxième verre au moins. Cela ne fonctionnerait jamais. Elle lui en avait trop dit, alors qu'elle s'était juré de ne jamais lui révéler à quel point il l'avait meurtrie. Elle ne voulait surtout pas qu'il découvre l'étendue de l'affection qu'elle avait eue pour lui.

Redressant fièrement le dos, elle s'approcha de la table des rafraîchissements.

— Dare, je crois que votre tante Milly est fatiguée après tout ce qu'elle a fait ces derniers jours, déclara-t-elle.

Il acquiesça et remit son verre à un valet.

— Je vais la raccompagner. Restez si vous le souhaitez, Edwina et moi nous occuperons d'elle.

— Je préférerais rentrer, moi aussi, dit-elle en le suivant.

— Vraiment ? demanda Tristan en ralentissant le pas. Je ne voudrais surtout pas vous faire rater quelque chose, Georgiana.

— Inutile de vous montrer bourru. Je sais ce que je veux, et en l'occurrence, je souhaite rentrer.

— Bourru. Voilà qui est nouveau.

S'il était une chose dont elle pouvait complimenter lord Dare, c'était bien d'être attentif au moindre de ses propos.

— Vous savez que j'ai horreur de me répéter.

Milly parut soulagée à l'idée de quitter le bal, et Georgiana se sentit coupable. Les tantes de Dare ne lui avaient jamais fait aucun mal, et elle devait veiller à mieux prendre soin d'elles. Car si elles devenaient de simples rouages dans son plan, ne fût-ce qu'un instant, Georgiana se révélerait aussi dépourvue de cœur que Dare lui-même.

Sur le perron, elle posa les mains sur le dossier de la chaise roulante pour la stabiliser pendant que Tristan soulevait sa tante dans ses bras pour la porter jusqu'à la voiture. Milly n'avait rien d'une créature chétive, mais le vicomte ne semblait éprouver aucune difficulté à la transporter. Le jeu de ses muscles sous l'étoffe de son habit ajusté captiva un instant le regard de Georgiana, qui déglutit et s'empressa de baisser les yeux.

De toute évidence, cette soirée l'avait fatiguée, elle aussi. Comment expliquer autrement qu'elle puisse s'attarder à songer à ses muscles ou à la façon dont son regard bleu était devenu sérieux quand elle lui avait bêtement avoué ne plus faire confiance à personne ?

— Après vous, ma chère.

Georgiana s'avança vers la voiture quand Edwina l'y incita d'un léger coup de coude. Tristan recula tout en maintenant la portière ouverte à son intention.

— Êtes-vous certaine de ne pas vouloir rester ? murmura-t-il en prenant sa main dans la sienne.

Elle hocha la tête en silence, alarmée par l'intensité du regard qu'il faisait peser sur elle et qu'elle ne connaissait que trop bien. C'était un regard dangereux, le regard qui lui avait valu de perdre sa virginité. Elle prit place au bout de la banquette et croisa les mains sur ses genoux. Dare s'assit en face d'elle, à côté d'Edwina. Il garda le silence pendant tout le trajet de retour jusqu'à Carroway House, mais elle sentit qu'il l'observait dans la pénombre.

Qu'avait-elle bien pu faire pour retenir ainsi son attention ? Elle s'était contentée de flirter, avant de perdre le contrôle de ses émotions et de le remettre à sa place. Certes, son plan voulait qu'elle le flatte et que ses relations avec lui deviennent plus plaisantes. Mais cela ne justifiait pas la soudaine sécheresse de sa bouche ni les battements précipités de son cœur.

— J'espère que nous ne vous avons pas trop fatiguée, tante Milly, dit-il d'une voix chargée de tendresse quand ils s'arrêtèrent devant Carroway House.

— Un petit peu, mais j'ai l'impression d'être restée enfermée pendant des années. C'était merveilleux, gloussa-t-elle. Je suis sûre que vous en aurez tous assez de moi avant que je sois complètement rétablie.

— Sornettes, dit Georgiana. Je vous rappelle que je tiens à vous voir danser.

Les valets portèrent la chaise roulante en haut des marches pendant que Tristan se chargeait de soulever sa tante dans ses bras. Georgiana aida Edwina à monter l'escalier, mais une fois dans le hall, l'aînée des sœurs Carroway dégagea son bras du sien.

— Je ne suis pas du tout fatiguée, déclara-t-elle. Rejoignez-moi dans la bibliothèque, Georgiana. Je vais dire à Dawkins de nous apporter du thé.

Cela vaudrait mieux que de se cacher sous son lit en priant pour que Tristan n'ait pas la mauvaise idée de lui rendre visite, songea Georgiana. Et il n'oserait jamais aborder un sujet délicat en présence d'Edwina.

— Excellente idée. Je vous rejoins dès que j'ai fini d'aider Milly.

— Vous n'en ferez rien, ma chère, décréta celle-ci par-dessus l'épaule de Tristan. Ma femme de chambre est là pour cela. Allez boire ce thé. Je vous reverrai demain.

— Bonne nuit, dans ce cas, Milly.

Georgiana alla donc s'installer avec Edwina dans la bibliothèque, mais elle mit un moment à retrouver le calme nécessaire pour lire l'ouvrage qu'elle tenait entre les mains. Tristan n'avait pas parlé de les rejoindre. Il avait sans doute l'intention de passer le reste de la soirée dans un de ses clubs. La soirée ne faisait que commencer, selon les critères du vicomte. Une fois qu'il serait sorti, elle pourrait regagner sa chambre sans craindre de le croiser au détour d'un couloir.

Georgiana fronça les sourcils. Pourquoi réagissait-elle ainsi ? Tout se passait comme elle l'avait prévu. Il avait été charmant, ce soir, mais elle était encore mal à l'aise avec cette idée.

— Je suis certain que vous faites semblant de lire.

La voix qui venait de prononcer ces mots n'avait été qu'un faible murmure. Georgiana bondit de son siège, et un cri se bloqua dans sa gorge quand elle se retourna et se retrouva nez à nez avec le vicomte.

— Je vous interdis…

— Chut, vous allez réveiller tante Edwina, chuchota Dare.

Elle tourna la tête. Edwina dormait, la tête renversée en arrière, la bouche ouverte, un léger ronflement montant de sa poitrine.

— Vous feriez mieux de vous retirer, déclara-t-elle.

— Pourquoi cela ? demanda-t-il en contournant son fauteuil pour se planter devant elle.

— Parce que mon chaperon est endormi.

— Il vous faut un chaperon ? Je croyais que vous n'aviez plus peur de moi.

— Je n'ai jamais eu peur de vous, Dare.

— Tant mieux, répondit-il en croisant les bras. Nous pouvons donc bavarder.

— Je ne veux pas bavarder, protesta-t-elle en reculant vers la porte. Je veux aller me coucher.

— Je suis vraiment désolé, vous savez.

Elle ralentit, le cœur battant.

— De quoi donc ?

— De vous avoir séduite. Je n'étais pas tout à fait maître de certaines ch...

— Je ne veux pas entendre cela. Vos excuses ont six ans de retard, Tristan.

— Vous auriez refusé de m'écouter il y a six ans. Et j'étais très bête. Je tiens donc à vous adresser des excuses aujourd'hui. Vous n'êtes pas obligée de les accepter. Je ne m'attends d'ailleurs pas que vous le fassiez.

— Tant mieux.

Georgiana tourna les talons et quitta précipitamment la pièce. Mais à peine eut-elle fait deux pas qu'une main se referma sur son épaule et la fit pivoter sur elle-même.

— Que...

Dare se pencha alors, effleura ses lèvres des siennes et disparut. Georgiana se laissa aller contre le mur, puis s'affaissa sur le sol, aussi mollement qu'une poupée de chiffons, tentant désespérément de retrouver son souffle. Malgré l'extrême brièveté de ce baiser, elle pouvait encore sentir la tiédeur de la bouche de Tristan sur la sienne.

Elle avait cru qu'elle ressentirait de la douleur, une douleur physique, s'il venait un jour à la toucher de nouveau de cette façon-là. Mais ce baiser avait été plaisant. Très plaisant, même. Et il y avait bien longtemps qu'on ne l'avait embrassée.

Elle se redressa lentement, puis monta l'escalier jusqu'à sa chambre. Elle n'avait pas prévu que l'exécution de son plan aurait un tel effet sur elle. Dieu merci, elle savait à présent qu'elle devait se méfier de son cœur et n'écouter que sa raison. Surtout quand il s'agissait de Tristan Carroway.

Elle prit cependant l'initiative de verrouiller sa porte avant de se laisser tomber sur son lit. Une minute plus tard, elle se releva et alla caler une chaise capitonnée sous la poignée.

— Deux précautions valent mieux qu'une, marmonna-t-elle en se glissant sous les couvertures.

Dans la bibliothèque, Edwina attendit que le silence soit revenu à l'étage. Une fois qu'elle fut certaine que Georgiana était dans son lit, elle se redressa et reprit sa lecture.

Milly avait des réserves au sujet d'une éventuelle union entre Tristan et Georgiana, mais elle-même n'en avait aucune. Tout le monde appréciait la jeune femme. Elle était chaleureuse, bienveillante et pleine d'esprit – rien de commun avec ces petites créatures mièvres auxquelles Tristan se sentait obligé de faire la cour.

Edwina laissa échapper un sourire. Quoi qu'il ait pu se passer entre ces deux-là des années plus tôt, ils semblaient être prêts à tourner la page, Dieu merci. Si Milly voulait bien rester dans sa chaise roulante encore quelques jours, elles parviendraient probablement à sceller une union qui satisferait tout le monde.

7

Les dieux sont justes, et de nos vices favoris
Font des instruments pour nous châtier.

Le Roi Lear, acte V, scène 3

En dépit de ce que l'on disait de lui, Tristan aimait assister aux séances de la Chambre des lords. Ses positions très fermes en matière de politique offraient un plaisant contrepoint à l'insouciance qui avait caractérisé sa vie privée avant qu'il hérite de son titre.

Ce matin-là, cependant, quand il prit place entre le duc de Wycliffe et le marquis de St. Aubyn, exceptionnellement présent, il était si peu concentré qu'il ne se souvenait même plus contre quel pays ils votaient la hausse des tarifs douaniers. Il espérait seulement qu'il ne s'agissait pas de l'Amérique, car c'était là-bas qu'il espérait vendre sa laine. Il ne leva la main pour prendre part au vote que parce que Wycliffe lui donna un coup de coude dans les côtes, mais toutes ses pensées étaient tournées vers Georgiana.

Il avait déjà envisagé d'aller se planter devant elle pour l'embrasser, mais son bon sens avait toujours prévalu. La veille au soir, pourtant, le doux souvenir de la saveur de sa bouche l'avait tellement submergé qu'il l'avait embrassée, pour la première fois depuis six ans. Et le plus surprenant de tout, c'est qu'elle l'avait laissé faire.

— Comment évolue la cour que tu fais à Mlle Johns ? murmura Wycliffe en se rasseyant tandis que les tories ouvraient le débat sur les alliances commerciales et que St. Aubyn se mettait à griffonner une caricature de ce vieux fanfaron de duc de Huntford, affublé de la chemise de nuit préférée de son épouse.

— Je persiste à espérer qu'elle se révélera subitement intéressante, répondit-il en soupirant.

Elle ne lui avait pas semblé aussi insipide la première fois qu'il l'avait vue. Mais, à présent, toutes les femmes lui paraissaient... ternes. À l'exception d'une seule. Le problème résidait peut-être là, justement : il devait cesser de comparer la pauvre Amélia à Georgiana. Cette pure et naïve jeune fille ne pouvait que souffrir de la comparaison.

— Souviens-toi que tu n'es pas seul sur les rangs. Mlle Johns est une héritière très en vue.

— D'où ma persévérance, répondit Tristan en fronçant les sourcils. Si mon père était mort deux ou trois ans plus tôt, j'aurais pu tirer ma famille d'embarras sans recourir à un tel sacrifice.

St. Aubyn gloussa et leva les yeux de son croquis.

— Tu pourrais tenter de vendre l'un de tes frères.

— J'y ai bien songé, mais qui voudrait acheter Bradshaw ?

— En effet.

— Que diable fais-tu ici, St. Aubyn ? enchaîna Tristan, soucieux de distraire ses pensées du corps souple et svelte de Georgiana. Le Parlement n'est pourtant pas ton repaire de prédilection.

— Si je ne fais pas une apparition de temps en temps, on me croit mort et on tente de confisquer ma propriété. Cela tend à devenir ennuyeux.

— Je compte me rendre au *Gentleman Jackson's* cet après-midi, intervint Wycliffe. Te plairait-il de te joindre à moi, Dare ?

Tristan secoua la tête.

— Je m'efforce d'inviter Amélia à un pique-nique depuis une semaine. Je me suis dit que j'allais tenter de passer à l'action aujourd'hui.

— Qu'est-ce qui te retient donc ?

Georgiana.

— D'entêtants principes et l'instinct de conservation.

— Si tu es si hésitant à son sujet, tu ferais bien de te montrer moins impétueux qu'à ton habitude. Si tu la compromets, tu seras forcé de l'épouser. Il n'y aura pas d'autre issue.

— Je ne risque pas de l'oublier.

Wycliffe lui jeta un coup d'œil intrigué, mais s'il y avait une seule personne sur terre à qui Tristan ne risquait pas de révéler la véritable nature de sa relation avec Georgiana, c'était bien son imposant cousin, amateur de boxe de surcroît. Les choses auraient pu se conclure de cette façon-là avec Georgiana. Mais elle s'était mise dans une telle colère quand elle avait découvert l'histoire du pari que Tristan avait seulement songé à étouffer l'affaire. Ils auraient pu être mariés aujourd'hui. Mais elle aurait sans doute trouvé le moyen de l'empoisonner avant, aussi valait-il mieux ne pas s'attarder sur cette idée.

Une fois la séance du matin levée, il fit une halte sur Bond Street, puis rentra chez lui pour faire préparer un pique-nique. Il fallut qu'il frappe cinq fois avant que Dawkins ouvre la porte. Le majordome des Carroway était si excentrique qu'il lui arrivait de verrouiller la porte en pleine journée et d'oublier de le faire le soir.

— Tout le monde est à la maison ? demanda Tristan en se débarrassant de son chapeau et de ses gants.

S'il s'était enquis de la seule présence de Georgiana, Dawkins n'aurait pas manqué de hausser ses sourcils broussailleux.

— Messieurs Bradshaw, Andrew et Edward sont allés chevaucher au parc, annonça le majordome. Les autres sont ici.

Le meilleur cavalier de la famille persistait donc à se terrer dans les entrailles de la maison. Robert finirait pourtant par refaire surface. Du moins Tristan l'espérait-il.

— Parfait. Dites à Mme Goodwin de préparer un pique-nique pour deux, voulez-vous ?

— Certainement, milord.

Tristan grimpa se changer à l'étage. Quand il sortit de sa chambre, il faillit se heurter à Georgiana, qui traversait le couloir.

— Bonjour, dit-il en tendant la main pour lui éviter de se cogner au mur.

— Bonjour.

S'il ne se trompait pas, elle avait rosi et ses yeux verts étaient concentrés sur sa bouche. Bonté divine, se pouvait-il qu'elle ait apprécié son baiser ? Lui n'avait pu songer à rien d'autre. L'éventail qu'il lui avait acheté en guise d'offrande de paix alourdissait la poche de sa veste. Il ne s'était pas attendu à ne pas en avoir besoin.

— Vous me cherchiez, peut-être ?

Elle s'éclaircit la gorge et s'écarta de lui avec un léger temps de retard.

— En effet. J'ai parlé avec Milly, ce matin, et elle aimerait faire une promenade au parc. Je me suis dit qu'un pique-nique pour saluer ses efforts serait… tout indiqué.

Tristan se retint de plisser le front.

— Comment vous est venue cette idée de pique-nique ?

— En voyant le temps merveilleux qu'il fait aujourd'hui.

Il soutint son regard, et elle finit par poser les yeux sur la console qui se trouvait derrière lui. Elle n'avait jamais su mentir.

— Cette suggestion n'a donc rien à voir avec le fait que je projetais déjà d'organiser un pique-nique de mon côté ?

Georgiana haussa les sourcils.

— Grands dieux, non. Je n'avais même pas fait le lien. Si vous êtes déjà engagé auprès de quelqu'un qui importe davantage que vos tantes, je vous en prie, ne changez rien. *Je* me chargerai d'organiser un pique-nique avec ceux qui se soucient vraiment d'elles.

— Très subtil. Est-ce de mes tantes que vous vous souciez ou bien cherchez-vous à m'éloigner d'Amélia Johns ?

— Si je… C'est donc elle que vous courtisez ? La pauvre enfant. Faites comme bon vous semble, Dare, déclara-t-elle en tournant les talons pour se diriger vers l'escalier. Vous n'agissez jamais autrement, de toute façon.

Hum. La ficelle était un peu grosse. Cela ne ressemblait pas du tout à Georgiana. Elle ne pouvait pas ignorer l'identité de la jeune fille à qui il faisait la cour ; tout Londres le savait. Cherchait-elle à le détourner d'Amélia dans le but de protéger une innocente ? Ou bien se pouvait-il qu'elle fût jalouse ?

— Dawkins ? lança-t-il en descendant l'escalier. Demandez qu'on prépare ce pique-nique pour quatre personnes, je vous prie. Et que ceux qui en ont envie nous rejoignent à Hyde Park.

— Bien, milord.

Passer l'après-midi en tête à tête avec Amélia aurait été une torture, de toute façon. Un pique-nique avec Georgiana serait une autre forme de torture... à laquelle il était étrangement pressé de se soumettre.

Ils prirent place dans la berline de Dare, seul véhicule assez grand pour transporter les tantes, Tristan, Georgiana, le pique-nique, un valet et la chaise roulante. Georgiana s'autorisa un instant de culpabilité à l'idée que la pauvre Amélia allait rester enfermée chez elle par une aussi belle journée. Mais, en agissant ainsi, elle épargnait à la jeune fille toute une vie de souffrances et d'humiliations entre les mains de l'impénitent vicomte Dare. Un après-midi de solitude semblait finalement un mince prix à payer.

L'impénitent vicomte Dare n'était d'ailleurs pas entièrement mauvais. Georgiana pouvait bien tolérer un ou deux baisers de sa part, s'il fallait en passer par là pour qu'il tombe amoureux d'elle.

Georgiana leva les yeux. Il était assis en face d'elle sur la banquette, le panier à ouvrage de ses tantes calé sur ses genoux, et leur apprenait quels parlementaires avaient été présents à la séance du matin. Vie de famille et Tristan Carroway lui étaient toujours apparus comme deux concepts si diamétralement opposés qu'elle n'avait jamais envisagé son existence sous cet angle. Un angle qui ne manquait pourtant pas de charme, surtout quand ses lèvres étaient encore tièdes du souvenir de son baiser…

— Au fait, ma chère, dit Edwina quand son regard croisa le sien, je ne vous avais encore jamais vue dans cette robe. Elle est ravissante.

Georgiana baissa les yeux sur sa robe de mousseline vert et argent.

— C'est un coupon que j'ai déniché chez *Willoughby* au début de la saison, et il m'a presque fallu l'arracher des mains de lady Dunston. Mme Perisse accomplit des prodiges, n'est-ce pas ?

— Je me demande bien qui, de la couturière ou de celle qui la porte, est la plus prodigieuse, déclara Milly. Qu'en dis-tu, Tristan ?

Celui-ci pencha la tête sur le côté, et un lent sourire se peignit sur ses lèvres.

— Cette teinte fait ressortir la couleur des yeux de Georgiana.

— Je rêve de porter une robe de Mme Perisse, soupira Edwina. Quelque chose de bleu, je pense.

Georgiana échangea un regard stupéfait avec Tristan, qui se pencha vers sa tante.

— Bleu ? Avez-vous dit « bleu », tante Edwina ?

— Ma foi, voilà un an que Tigresse s'est éteinte. Et Georgiana est toujours si élégante. Cela m'inspire.

— Tigresse ? articula silencieusement Georgiana à l'intention de Tristan.

— Son chat, l'informa-t-il sur le même mode.

— Vous savez, Edwina, dit-elle à voix haute, la chatte noire de Lucinda Barrett vient d'avoir des petits. C'est à vous de voir, bien sûr, mais si vous le souhaitez, je pourrais lui en demander un.

Edwina observa un moment de silence.

— Je vais y réfléchir, déclara-t-elle finalement.

La voiture cahota soudain avant de s'immobiliser.

— Êtes-vous prête, tante Milly ? demanda Tristan en tendant le panier à ouvrage à Georgiana pour pouvoir se lever.

— Ô mon Dieu. Y a-t-il beaucoup de monde, dehors ?

Niles, le valet, ouvrit la portière et déploya le marchepied. Tristan sortit, puis aida Edwina à descendre.

— J'ai demandé à Gimble de choisir un endroit tranquille, dit-il en se penchant à l'intérieur de la voiture. Il n'y a que quelques cavaliers autour de l'étang et une gouvernante occupée à donner à manger aux canards avec les enfants dont elle a la charge.

— Alors je suppose que je suis prête, soupira Milly.

Georgiana assura son équilibre en se plaçant derrière elle, Tristan et le valet la saisirent chacun par un bras, et Milly se retrouva bientôt sur l'herbe.

— Ne bougez pas, joli papillon, je vais chercher votre canne et aider Georgiana à descendre, annonça Dare.

Georgiana lui tendit le panier et la canne de Milly, et quand elle accepta la main qu'il lui tendait, il lui décocha un sourire éblouissant. Elle n'eut pas le temps de réfléchir qu'elle le lui avait déjà rendu. Seigneur, elle n'était pourtant pas censée lui sourire spontanément !

— J'espère que tout va bien se passer, dit-elle pour dissimuler son embarras. Je ne voudrais pas que Milly se décourage.

— Elle se décourage difficilement, répondit-il sans lâcher ses doigts.

— Et je suis navrée de vous avoir détourné de votre engagement, ajouta-t-elle en libérant délicatement sa main.

— Pas moi. Pas quand je suis en si charmante compagnie.

Elle rosit. Une ou deux semaines plus tôt, elle aurait répliqué d'un trait d'esprit mordant. Mais elle se trouvait subitement à court de mots.

Ils étaient restés fâchés si longtemps que s'il lui adressait un compliment, elle avait l'impression qu'il avait deviné ses plans et qu'il ne jouait les jolis cœurs que pour mieux rire d'elle ensuite et lui prouver ainsi qu'elle était la dernière des sottes de s'être imaginé qu'il pourrait tomber amoureux d'elle.

— Georgie ?

— Oui ? répondit-elle en s'arrachant à ses pensées.

Il la regardait d'un air interrogateur qu'elle ne lui avait encore jamais vu.

— À quoi diable rêviez-vous donc ?

Elle s'écarta avec un haussement d'épaules.

— Je me rappelais simplement que je dois m'efforcer de ne pas renouveler mes erreurs.

— Je m'y efforce aussi, Georgiana.

Elle n'eut pas le temps d'analyser sa réponse qu'il s'était déjà tourné vers sa tante.

— Allons-y, voulez-vous, tante Milly ?

Sa canne dans une main, s'agrippant fermement au bras de Tristan de l'autre, Milly fit sur l'herbe un premier pas chancelant. Georgiana, Edwina, Niles et Gimble l'encouragèrent alors à en faire un deuxième, puis un troisième.

— Je savais que vous pouviez le faire ! s'exclama Georgiana.

— Je suis si heureuse que vous ayez suggéré cette sortie, Georgie, dit Edwina, tout sourire. C'est un miracle.

Tristan décocha à la jeune femme un coup d'œil acéré, puis reporta son attention sur sa tante, qu'il aida à faire le tour de la voiture. Quand Milly s'avoua épuisée, on l'installa sur la chaise roulante, qu'on plaça ensuite à l'ombre d'un arbre. Niles apporta des plaids et le panier de pique-nique tandis que Georgiana veillait sur Milly.

— Le repas est servi, milord, annonça Niles en s'inclinant.

Ils s'assirent en demi-cercle autour de Milly pendant que le valet leur offrait du vin de Madère et des sandwichs. Le coin que leur avait déniché Gimble était vraiment tranquille, et Georgiana se dit qu'il était bien agréable de pouvoir rire et bavarder sans que des dizaines de gentlemen tentent de croiser votre regard ou s'efforcent d'accomplir des prouesses équestres pour attirer votre attention.

— Alors, Milly, qui sera votre premier cavalier une fois que vous serez rétablie ? demanda-t-elle en acceptant l'orange que lui tendait Edwina.

— Je crois que j'inviterai le duc de Wellington. J'ai bien pensé au prince George, mais je ne voudrais pas qu'il se fasse des idées à mon sujet.

— Je veux bien d'un chaton, s'il en reste, annonça soudain Edwina.

— J'adresserai un message à Lucinda tout à l'heure, lui promit alors Georgiana.

Quand Niles eut débarrassé les restes du pique-nique, Milly et Edwina sortirent leur cercle à tapisserie de leur panier à ouvrage, et Tristan se redressa.

— Si vous êtes confortablement installées, mesdames, je crois que je vais aller me dégourdir les jambes, déclara-t-il en chassant une feuille restée accrochée à son pantalon. Georgiana, voulez-vous vous joindre à moi ?

Elle se maudit intérieurement de ne pas avoir songé à apporter un livre ou quelque ouvrage à broder. Si elle refusait, elle passerait pour une lâche et devrait rester assise dans l'herbe à regarder ses mains.

— Volontiers, dit-elle en acceptant la main qu'il lui tendait pour l'aider à se relever.

Il lui offrit alors son bras et, après une légère hésitation, Georgiana replia ses doigts sur sa manche.

— Nous ne serons pas loin, promit-il à ses tantes avant de s'engager sur le chemin qui longeait la mare.

— J'espère que cela ne vous ennuie pas que j'aie proposé un chaton à Edwina, dit Georgiana avant qu'il puisse prendre les rênes de la conversation. Comme vous avez déjà un chat à Carroway House, j'ai pensé qu'un second ne vous dérangerait pas.

— Avec quatre frères plus jeunes que moi, un chat est bien le cadet de mes soucis. Pourquoi avoir proposé cette sortie aujourd'hui ? enchaîna-t-il aussitôt. Est-ce parce que vous souhaitez que je m'excuse à propos d'hier soir ?

— Je me souviens à peine de ce qui s'est passé, répondit-elle en sentant son sang s'échauffer. Il était tard, et nous étions tous deux fatigués.

— Pas moi. J'avais envie de vous embrasser. Et je crois que vous vous souvenez parfaitement de ce qui s'est passé, ajouta-t-il en sortant un étui rectangulaire de sa poche. C'est pourquoi j'ai pensé que vous pourriez avoir besoin de ceci, aujourd'hui.

Elle ouvrit l'étui. L'éventail, petit, blanc, avec une monture d'ivoire rehaussée d'un semis de fleurs jaunes, était encore plus beau que le précédent. Georgiana ne savait pas s'il avait remarqué que les éventails qu'elle brisait sur ses doigts n'étaient jamais ceux qu'il lui avait offerts. Ceux-ci restaient dans un tiroir où elle pouvait feindre de les ignorer.

— Tristan, tout ceci est très troublant pour moi, déclara-t-elle, heureuse de pouvoir parler franchement, pour une fois.

Elle se rendit compte soudain qu'un bouquet d'ormes les dissimulait aux yeux de ses tantes et que personne d'autre n'était en vue.

— Vous n'avez aucune raison d'être troublée, murmura-t-il en la forçant à relever le menton du bout des doigts.

Un flot de panique la saisit, lui nouant la gorge, et elle recula. Elle pouvait rejeter sur Tristan la faute de ce premier baiser, mais si cela se reproduisait, elle en serait également responsable.

— Je vous en prie, ne faites pas cela.

Tristan se figea un instant, puis, d'un pas très lent, franchit la distance qui les séparait.

— Si vous vous souvenez de ma façon de danser, vous vous souvenez certainement aussi d'autres choses…

C'était bien le problème.

— Êtes-vous certain de vouloir me rapp…

Il inclina la tête et déposa sur sa bouche un baiser aussi léger qu'une plume, savourant ses lèvres comme s'ils ne s'étaient encore jamais embrassés. Georgiana laissa échapper un soupir, et ses doigts plongèrent dans les boucles de sa chevelure. Seigneur, comme ses baisers lui avaient manqué ! Tout en lui lui avait manqué. La sensation de ses bras puissants autour d'elle, la curiosité invasive de sa bouche… Il approfondit son baiser avec une sorte de gémissement plaintif.

Que diable était-elle en train de faire ? Georgiana s'écarta de nouveau.

— Cessez ! Cessez cela, Dare !

Il ne tenta pas de la retenir.

— Personne ne peut nous voir, Georgiana. Il n'y a que vous et moi.

— Vous avez déjà dit cela autrefois, haleta-t-elle en rajustant son châle et en le fusillant d'un regard noir.

Si joli que fût l'éventail qu'il venait de lui offrir, elle fut tentée de le briser sur son crâne.

— Et vous n'avez pas dit non, Georgiana, répondit-il en souriant. Vous ne pouvez pas rejeter tout le blâme sur moi. Dans mon souvenir…

Un grondement outragé monta dans la poitrine de Georgiana, qui repoussa vigoureusement son torse des deux mains.

— Par l'enfer ! lâcha-t-il avant de perdre l'équilibre et de tomber à la renverse dans la mare aux canards.

Quand il se releva, il avait de l'eau jusqu'à la taille, une feuille de nénuphar glissait sur son épaule, et il semblait aussi furieux qu'un dragon s'apprêtant à cracher du feu. Georgiana rassembla ses jupes et se sauva en courant.

— Niles ! appela-t-elle. Gimble ! Lord Carroway est tombé à l'eau ! Je vous en prie, allez le secourir !

Tristan avait déjà repris pied sur la rive boueuse quand les domestiques dévalèrent le sentier pour lui porter secours.

— Tout va bien, milord ? lança Gimble. Lady Georgiana dit que vous êtes tombé.

Tristan repoussa les domestiques, pestant encore entre ses dents.

— Je vais très bien, gronda-t-il. Laissez-moi !

Georgiana pouvait se vanter d'avoir refroidi son désir. Niles et Gimble sur ses talons, il se dirigea vers la voiture d'un pas décidé. Georgiana était là, visiblement occupée à expliquer sa maladresse à ses tantes. Elle pâlit en l'apercevant.

La première pensée de Tristan fut de l'entraîner jusqu'au bord de la mare pour l'y pousser afin de prendre sa revanche.

— Rangez tout dans la voiture, ordonna-t-il. Nous partons.

— Tristan, est-ce que tu vas b... commença Edwina.

— Je vais très bien, répliqua-t-il. J'ai glissé, voilà tout, ajouta-t-il en adressant un regard noir à Georgiana.

La surprise se refléta dans ses yeux verts tandis qu'elle poussait la chaise de Milly vers la voiture. À quoi s'était-elle attendue ? Qu'il crie sur les toits qu'il l'avait embrassée et qu'elle l'avait poussé dans l'étang ?

Tristan réfléchit un instant. N'importe quelle autre femme aurait été ravie qu'il l'embrasse. En un sens, la réaction de Georgiana était donc plutôt réconfortante. Si elle avait mijoté quelque plan contre lui, elle n'aurait pas pris le risque de l'indisposer en le repoussant. En outre, en son for intérieur, il savait pertinemment qu'elle n'avait pas été indifférente à son étreinte.

— À la maison, dit-il au cocher d'un ton plus calme, avant d'installer Milly dans la voiture.

Georgiana escalada le marchepied sans son aide, et il se laissa tomber sur la banquette en essorant sa veste.

— Es-tu certain de ne pas t'être fait mal ? demanda Edwina en tapotant son genou mouillé.

— Oui. Je suppose que je l'ai cherché ; on ne peut pas espérer taquiner impunément les canards, répondit-il en frottant ses yeux humides. Ces pauvres créatures n'ont pas compris que je ne leur voulais aucun mal.

Le reproche manquait de subtilité, mais il avait vu Georgiana se détendre quand il avait assuré à sa tante qu'il ne s'était pas fait mal. Elle persista cependant à le surveiller d'un œil méfiant durant tout le trajet.

Une fois qu'ils eurent regagné la maison, il installa Milly au petit salon avant de monter se changer. Georgiana se tenait sur le seuil de la pièce, et il ralentit en passant devant elle.

— Je ne suis pas hostile à la communication verbale, vous savez, lui murmura-t-il à l'oreille. La prochaine fois, je demanderai avant de vous embrasser.

Elle se retourna et le suivit.

— La prochaine fois, lança-t-elle dans son dos, vous vous souviendrez peut-être que vous en courtisez une autre. Amélia Johns, si j'ai bien compris ?

Il fit volte-face.

— C'est donc cela que vous me reprochez ? Je n'ai rien promis à Amélia. J'en suis encore à tester mon degré de patience vis-à-vis des débutantes.

— Et elle ? Comment voit-elle les choses ? Y avez-vous seulement songé, Tristan ? Vous arrive-t-il de penser à quelqu'un d'autre qu'à vous-même ?

— Je pense à vous, nuit et jour.

Elle préféra ne pas répliquer tandis qu'il gravissait l'escalier pour regagner sa chambre. Ce bref échange s'était cependant révélé intéressant. Et il lui avait fourni matière à réfléchir.

Tristan se débarrassa de sa veste en gloussant tandis que son valet se lamentait sur l'état de son habit. Qui aurait cru que se retrouver les quatre fers en l'air dans une mare aux canards pouvait être une bonne chose ?

Milly arpentait le petit salon.

— Alors, tu es contente ? Dire que tu trouvais cela romantique quand ils sont partis se promener !

Edwina tourna un regard inquiet vers la porte et fit signe à sa sœur d'aller se rasseoir.

— Ils ont dit tous deux qu'il s'agissait d'un accident. Et puis ils se sont déjà querellés, il y a six ans, rappela-t-elle à sa sœur. Il ne faut pas t'attendre que leur route soit exempte d'embûches.

— Les choses semblaient progresser, mais là, nous venons d'assister à un net recul, Winna.

— Un incident mineur, rien de plus. Laisse-leur le temps.

— Je commence à en avoir assez de rester assise toute la sainte journée, soupira Milly.

— Si tu n'as plus besoin de cette chaise, Georgie n'aura aucune raison de rester.

Sa cadette soupira de nouveau et regagna son fauteuil.

— Je sais bien. J'espère seulement que je n'aurai pas une nouvelle crise de goutte avant que cette affaire soit terminée. Et que penser de ces lettres anonymes qu'elle reçoit ?

— Ma foi, nous allons devoir déterminer qui les lui envoie, n'est-ce pas ?

Le regard de Milly étincela de malice.

— Nous ne pouvons pas faire autrement.

8

C'est toi qui m'as attirée, tel un aimant cruel.

Le Songe d'une nuit d'été, acte II, scène 1

Tristan pensait donc à elle. Tant mieux. C'était ce qu'elle avait voulu. Mais elle n'était pas certaine de la nature bienveillante de ses pensées, et elle connaissait mieux que quiconque le charme ravageur de ce débauché.

Il estimait n'avoir rien promis à Amélia Johns, mais Mlle Johns considérait, elle, qu'il lui avait déjà presque tout promis. Et qu'il mente ou non au sujet de son attachement pour elle, le cœur de la jeune fille serait le prochain qu'il briserait. Aussi, malgré les frissons qui parcouraient ses bras à l'idée d'être embrassée par le beau vicomte, Georgiana n'était-elle pas près d'oublier le but de sa venue à Carroway House. Plus jamais, elle se l'était juré, elle ne laisserait son cœur gouverner sa raison.

Une fois l'excitation de la journée passée, elle alla retrouver Edwina et Milly au petit salon. Si elle s'était trouvée à Hawthorne House en compagnie de sa tante Frédérica, l'après-midi aurait été consacré à la correspondance de la duchesse douairière. S'octroyer une heure ou deux de lecture lui apparaissait par conséquent comme un délicieux péché.

— Vous savez que rien ne vous oblige à perdre votre temps ici, déclara Milly, rompant soudain le silence.

Georgiana releva les yeux.

— Je vous demande pardon ?

— Ce que je veux dire, c'est que je suis très heureuse de vous avoir ici et que nous sommes enchantées de votre compagnie, mais que vous devez trouver les deux fossiles que nous sommes bien ennuyeux, comparés à vos amis.

— Balivernes ! Je me plais beaucoup ici. Croyez-moi, partager son temps entre les boutiques de modistes et les salles de bal peut se révéler extrêmement ennuyeux, à la longue.

Une pensée alarmante lui traversa soudain l'esprit. Si les tantes de Dare avaient deviné qu'elle était responsable du plongeon de ce dernier, peut-être cherchaient-elles un prétexte poli pour la renvoyer.

— À moins que vous ne cherchiez à vous débarrasser de moi, bien sûr, ajouta-t-elle en redressant le dos.

Edwina se leva d'un bond et saisit avec empressement la main de Georgiana.

— Oh, jamais de la vie ! C'est simplement que... ajouta-t-elle en tournant les yeux vers sa sœur.

— Quoi donc ? demanda Georgiana, de plus en plus inquiète.

— Eh bien, Tristan nous a dit que vous receviez des lettres d'un gentleman. Et avec tous les jeunes gens qui résident ici, nous nous sommes dit que... votre ami était peut-être intimidé.

— Vous voulez dire qu'il craindrait de me rendre visite ici ? demanda Georgiana, secrètement soulagée. Si ses intentions étaient sérieuses, je suis certaine que cela ne l'empêcherait pas de le faire.

— C'est donc un simple flirt ? suggéra Milly.

Georgiana se demanda un instant qui, des tantes ou de Tristan, cherchait à découvrir l'identité de son mystérieux correspondant. Mieux valait qu'elle reste prudente tant qu'elle n'en aurait pas le cœur net. Elle soupira.

— Je le crains, en effet.

— De qui s'agit-il, ma chère ? Peut-être pourrions-nous intervenir en votre faveur et lui faire entendre raison.

Georgiana considéra tour à tour Edwina et Milly. Elle ne pouvait pas leur révéler le projet qu'elle avait pour Tristan. Non seulement elle leur briserait le cœur, mais une telle nouvelle la rendrait odieuse à leurs yeux alors qu'elle éprouvait pour elles une affection aussi profonde que sincère.

— Je préfère ne pas en parler, si cela ne vous fait rien.

— Oh, bien sûr. Simplement... commença Edwina.

— Quoi donc ? demanda Georgiana, intriguée.

— Rien. Rien du tout, ma chère. Un simple flirt, dites-vous. Il est toujours plaisant de flirter de temps à autre, n'est-ce pas ?

Georgiana comprit brusquement ce que les tantes avaient en tête. Elles croyaient jouer les marieuses – entre elle et Tristan, pour l'amour du Ciel !

— Le flirt, bien sûr, n'est qu'un début, déclara-t-elle avant de prendre une délicate gorgée de thé. Qui sait ce qui peut advenir ensuite ?

Les deux vieilles dames prirent une mine abattue.

— Oui, qui sait ?

Georgiana réprima une pointe de culpabilité. Le blâme de ce subterfuge incombait à Dare, évidemment ; c'était lui qui avait commencé. Tout était sa faute.

Y compris cette façon qu'il avait de lui plaire, parfois.

Tristan lui plut cependant un peu moins quand elle le revit à l'heure du dîner. Malgré son bain dans la mare aux canards, il affichait une expression supérieure qui l'intrigua, mais elle décida de n'en rien laisser paraître.

— J'aurais aimé que tu voies cela, Tristan, pépia Edward tandis que Dawkins et les valets servaient le poulet rôti et les pommes de terre. J'ai fait sauter Tempête par-dessus un énorme tronc d'arbre ! C'était formidable, n'est-ce pas, Shaw ?

— Il ne s'agissait que d'une minuscule brindille, mais à ce détail près, le récit du Gnome est exact, commenta Bradshaw.

— Ce n'était pas une brindille ! C'était un... une... s'indigna le jeune garçon en coulant vers Andrew un regard implorant.

— Une branche de belle taille et hérissée d'autres branches cassées, déclara son frère en souriant.

— Oui, comme un énorme hérisson, renchérit Edward en bombant le torse.

— Félicitations, Edward, dit Georgiana, souriant de la fierté du garçon. En parlant de hérisson, savez-vous que Tristan a fait, lui aussi, une rencontre inattendue avec des animaux, cet après-midi ?

— Vraiment ?

— Racontez-nous donc cela, demanda Bradshaw.

— Georgi...

— Eh bien, au cours de notre promenade à Hyde Park, commença-t-elle en ignorant le regard noir que lui décochait Dare, j'ai aperçu un caneton qui se débattait, piégé par les roseaux, au bord d'un étang. Votre frère s'est porté au secours de la pauvre créature…

— … et il est tombé à l'eau ! termina tante Milly.

Robert excepté, toute la famille éclata de rire.

— Tu es tombé dans la mare aux canards ? demanda Edward entre deux gloussements.

— Eh oui, répondit Dare en détachant les yeux de Georgiana. Veux-tu savoir autre chose ?

— Quoi donc ?

— Georgie reçoit des lettres d'amour parfumées d'un admirateur secret.

— Je vous serais obligée de ne pas faire paraître cela aussi… trivial, répliqua-t-elle d'un ton pincé.

— C'est trivial, protesta Tristan entre deux bouchées de pomme de terre. Et cela empeste.

— Pas du tout !

— Dans ce cas, dites-nous de qui elles proviennent, Georgiana.

Elle était devenue écarlate, et les cinq frères Carroway la dévisageaient. Quatre d'entre eux le faisaient avec une curiosité amusée. Mais ce qu'elle lut dans le regard du cinquième fit battre son cœur un peu plus vite.

— Tristan Michael Carroway, dit tante Edwina comme si elle regrettait que son neveu ne soit plus en âge de recevoir la fessée, excuse-toi immédiatement.

Sans détacher les yeux de Georgiana, le vicomte s'autorisa un lent sourire.

— Pourquoi le ferais-je ?

— La correspondance de lady Georgiana ne regarde qu'elle.

Ce bref échange avait heureusement permis à Georgiana de se ressaisir.

— Nous pourrions peut-être parler de *votre* correspondance, avança-t-elle. À moins que vous ne vous sentiez lésé parce que vous ne recevez aucune lettre d'amour ?

— Moi, je me sens lésé, déclara Bradshaw en prenant un petit pain.

— Moi aussi, renchérit Edward, dont l'expression trahissait cependant sa totale incompréhension de la conversation.

— Une chose est sûre : je sais rester discret quant à mes affaires privées, répliqua Tristan tandis que les traits de son visage se durcissaient.

— Ce qui ne vous empêche pas d'éprouver le besoin d'ébruiter les miennes, riposta-t-elle en pâlissant.

Dare haussa les sourcils.

— Confiez-moi un secret digne d'être gardé et je ne le trahirai jamais, dit-il en faisant signe à Dawkins de remplir son verre. D'ici là, je me contenterai de discuter de votre odorante correspondance.

Cherchait-il à lui assurer de nouveau qu'il était digne de confiance ? Georgiana jugea plus prudent de rester sur ses gardes et aiguilla habilement la conversation sur le bal des Devonshire, considéré comme un des grands événements de la saison, et qui devait se tenir à la fin de la semaine.

— Y assisterez-vous ? demanda-t-elle à Milly et à Edwina.

— Grands dieux, non ! s'exclama la première. Une telle foule se pressera chez le duc que j'écraserais les pieds de tout le monde avec ma chaise roulante.

— Je resterai à la maison avec Milly, annonça Edwina d'un ton ferme.

— Vous irez au bal, n'est-ce pas ? demanda Tristan à Georgiana, toute malice désertant son expression.

— Je resterai avec vos tantes.

— Ce serait absurde, Georgie, protesta Milly. Edwina et moi serons couchées bien avant que le bal ne commence. Vous devez y aller.

— J'y assisterai, annonça Bradshaw. Le contre-amiral Penrose est censé s'y rendre, et je compte bien lui…

— … faire savoir que je veux commander mon propre navire, achevèrent en chœur Andrew et Edward.

Georgiana remarqua la légère crispation de la mâchoire de Tristan, mais ce fut si bref qu'elle seule le nota. Une charge de capitaine représentait un lourd investissement, et les problèmes financiers de la famille Carroway n'étaient un secret pour personne.

Le fait que Tristan ait besoin de se marier avec une riche héritière comme Amélia Johns ne l'empêchait cependant pas de se montrer gentil avec elle. Même s'il n'éprouvait aucun sentiment pour Amélia, rien ne l'obligeait à faire sentir à la jeune fille qu'elle n'était à ses yeux qu'un mal nécessaire.

— Dans ce cas, l'affaire est entendue, dit-il. Bradshaw, Georgiana et moi irons au bal des Devonshire. Et toi, Bert ? ajouta-t-il à l'intention de son frère assis en bout de table. Tu es également invité, tu sais.

Robert eut un vague haussement d'épaules et secoua la tête.

— J'ai à faire.

Il se leva de table et, avec une brève révérence, prit congé de l'assemblée. Tristan marmonna un juron et laissa son regard s'attarder sur le seuil que son frère venait de franchir.

— Que lui est-il arrivé ? s'enquit Georgiana dans un murmure tandis que le reste de la tablée discutait de la soirée à venir.

Tristan fit glisser sur elle son clair regard bleu.

— À part le fait qu'il a failli mourir au combat, voulez-vous dire ? Je ne sais pas. Il refuse de me le dire.

— Oh.

Il désigna le petit pain qui restait sur son assiette.

— Avez-vous l'intention de le manger ?

— Non. Pourquoi…

Tristan étendit le bras et prit le petit pain.

— Je suis content que vous veniez au bal, dit-il avant de rompre le pain pour en placer un morceau dans sa bouche.

— Je ne vois pas pourquoi, répondit-elle en jetant un regard autour d'elle pour s'assurer que personne ne les écoutait. Je ne ferai que profiter de l'occasion pour vous tourmenter.

— J'aime que vous me tourmentiez, répondit-il en promenant lui aussi son regard sur la tablée avant de poursuivre. Et j'aime vous avoir ici.

Son plan commençait donc à opérer. Georgiana imputa l'accélération des battements de son cœur à la satisfaction.

— Cela me plaît parfois aussi, répondit-elle d'une voix traînante.

Si elle succombait trop vite, il aurait des soupçons, et elle devrait tout reprendre depuis le début.

— Parfois ? releva-t-il en reprenant une bouchée de pain.

— Quand vous ne faites pas de stupides déclarations à propos de ma correspondance ou de votre capacité à garder un secret.

— Nous partageons pourtant bien un secret, vous et moi, murmura-t-il.

Georgiana baissa les yeux.

— J'aimerais que vous cessiez de me le rappeler.

— Pourquoi cesserais-je ? C'était exceptionnellement mémorable, et vous refusez vous aussi de l'oublier. Vous en avez même fait un prétexte pour ne pas vous marier.

Georgiana plissa les yeux.

— Non, c'est *vous* qui êtes mon prétexte pour cela. Comment pourrais-je avoir envie de me marier, après le déplorable exemple que vous m'avez donné ? répliqua-t-elle. Comment pourrais-je avoir envie de donner à un homme le pouvoir de…

Elle s'interrompit, rougissante.

— Le pouvoir de ? répéta-t-il d'un ton interrogateur.

Elle se leva brusquement.

— Je vous prie de m'excuser. J'ai besoin d'air, dit-elle avant de quitter précipitamment la pièce sous le regard médusé des Carroway.

Dawkins n'eut pas le temps d'atteindre la porte d'entrée qu'elle l'avait déjà ouverte et dévalait les marches du perron. Elle n'était pas assez sotte pour s'aventurer seule dans Londres après la nuit tombée, pas même à Mayfair, aussi franchit-elle l'angle de la maison pour gagner la petite roseraie située le long de l'aile est.

Marmonnant un juron, elle se laissa tomber sur le banc de pierre placé au pied d'un orme au tronc penché.

— Quelle idiote, quelle idiote, quelle idiote !

— Que répondez-vous lorsque des gens vous demandent pourquoi nous semblons nous détester ?

Tristan avait posé cette question à voix basse depuis l'ombre du jardin. Il s'avança lentement, s'arrêta près de l'arbre et prit appui contre le tronc.

— Et vous, que leur répondez-vous ? rétorqua-t-elle.

— Que je vous ai embrassée, puis que vous avez découvert que je cherchais seulement à remporter un pari et que cela vous a fortement déplu.

— C'est assez proche de ce que je réponds aussi. Je n'omets cependant pas d'ajouter que je vous ai giflé quand vous avez cherché à nier.

Il hocha la tête et promena son regard sur le jardin baigné par le clair de lune.

— C'était il y a six ans, Georgiana. Quelles sont les chances que vous me pardonniez un jour ?

— Très minces, si vous persistez à parler de chances et de paris en ma présence, répliqua-t-elle sèchement. Je ne comprends pas, Tristan. Comment pouvez-vous être aussi… dénué de sentiments ? Pas seulement avec moi. Avec tout le monde.

Il soutint son regard un moment sans rien laisser paraître de ses pensées. Finalement, il se redressa.

— Venez, rentrons. Il fait froid, ce soir.

Elle déglutit. L'air mordait effectivement sa chair à travers la fine étoffe de sa robe, mais quelque chose venait de se produire, elle le sentait. Quelque chose qui ne tenait pas seulement au fait que c'était la première fois depuis six ans qu'ils échangeaient des propos civilisés. Quelque chose qui l'incita à observer l'élégant profil de Tristan quand il s'approcha d'elle pour lui offrir son bras.

Elle croisa les mains devant elle pour ne pas être tentée de le toucher, se leva et se dirigea vers la maison. Cette absence de colère entre eux la désarçonnait, et elle ne savait plus trop quoi dire.

— Cela ferait-il une différence, demanda-t-il derrière elle, si je m'excusais de nouveau ?

Georgiana se retourna.

— Vous excuser de quoi ? De m'avoir laissée croire que vous aviez des sentiments pour moi ou bien d'avoir été surpris en flagrant délit de mensonge ?

Une lueur de colère fit étinceler le regard de Tristan. Tant mieux. Elle n'aimait guère avoir affaire à lui quand il se montrait sensible et prévenant.

— Je prends cela pour un non, dit-il en l'invitant du geste à avancer. Toutefois, je tiens à vous dire que ce soir-là… vous blesser était bien la dernière de mes intentions. Je ne le voulais pas, et c'est de cela que je vous demande pardon.

— C'est un bon début, dit-elle d'une voix qui manquait de fermeté en montant les marches du perron. Du moins cela en serait-il un si je vous croyais.

Une autre lettre adressée à Georgiana arriva le lendemain. Tristan la renifla d'une mine circonspecte, mais la personne qui parfumait ses lettres avait apparemment utilisé tout le flacon sur ses premières missives.

Il jeta un coup d'œil vers la porte, fit sauter le sceau de cire et déplia la missive.

Ma chère lady,

Voilà plusieurs jours que je réfléchis au contenu de cette lettre. Bien que…

— Milord ?

Tristan sursauta.

— Qu'y a-t-il, Dawkins ? demanda-t-il en faisant glisser la lettre sur ses genoux.

— Le panier de pique-nique est prêt, milord, et le cabriolet vous attend dans l'allée comme vous l'avez demandé.

— J'arrive dans un instant. Fermez la porte, je vous prie.

— Bien, milord.

Tristan souleva de nouveau la lettre et fit glisser son regard en bas de la feuille. Westbrook. Elle entretenait donc bel et bien une relation épistolaire avec un homme – il avait à demi envisagé qu'elle puisse s'adresser des lettres à elle-même. Enfin, maintenant qu'il avait ouvert cette lettre, autant finir de la lire.

Bien que vous ayez généreusement accepté mes excuses au sujet de mon lamentable comportement à Regent's Park, je me sens tenu de vous en donner de plus amples explications. Je connais depuis longtemps votre animosité vis-à-vis de lord Dare, et je crains d'avoir mis trop de précipitation à prendre votre défense après avoir surpris la remarque blessante qu'il vous avait adressée.

Tristan plissa les yeux. *Remarque blessante* ?

— J'étais parfaitement charmant, pauvre pourceau, marmonna-t-il.

Sachez que si je me suis permis d'intervenir, c'est parce que je vous tiens dans la plus haute estime et que je continuerai à le faire.

Votre serviteur,

John Blair, lord Westbrook

Georgiana avait donc un prétendant qui ne s'intéressait pas à son argent. Tristan ne connaissait pas bien le marquis, mais il l'avait quelquefois croisé au *White's* ou au *Society*. Westbrook se comportait de façon bien plus réservée que lui à une table de jeu, et ils n'étaient pas du même bord politique. Ils semblaient cependant avoir quelque chose en commun.

Tristan considéra la lettre un long moment, puis la replia. Il se leva et glissa un coin de la feuille sous le verre de sa lampe de bureau. La missive fuma, puis s'enflamma. Quand elle fut presque entièrement noircie, il la laissa tomber dans sa corbeille à papier et versa par-dessus le contenu du vase le plus proche.

Un sourire mauvais se peignit sur ses lèvres. Il ignorait ce que Georgiana tramait, mais il ne la laisserait pas gagner la partie. En amour comme à la guerre, tous les coups étaient permis. Et il s'agissait à l'évidence de l'un ou de l'autre.

Tristan offrit sa main à Amélia Johns pour l'aider à descendre du cabriolet. Il lui avait fallu plus d'une semaine de molles tentatives, sans compter qu'il avait dû enjamber l'obstacle inattendu que Georgiana avait placé sur sa route, mais il avait fini par se présenter à Johns House et convaincu Amélia de participer à un pique-nique en sa compagnie.

— Oh, c'est tout à fait charmant, s'extasia la jeune fille en soulevant délicatement le bas de sa robe de mousseline jaune au-dessus de l'herbe qui frôlait ses chevilles. Avez-vous spécialement choisi cet endroit pour nous ?

Tristan se chargea du panier de pique-nique, puis laissa le valet emmener le cabriolet et les chevaux un peu plus loin.

— Bien sûr. Je sais que vous aimez les marguerites.

Amélia regarda les fleurs qui parsemaient la clairière.

— Oui, elles sont ravissantes. N'est-ce pas qu'on les croirait assorties à ma robe ? glousse-t-elle. J'ai bien fait de ne pas mettre ma robe rose, sinon l'effet eût été gâché.

— Si vous l'aviez mise, je vous aurais emmenée dans un jardin de roses, répondit Tristan en déployant le plaid pour l'étaler sur l'herbe. Si vous voulez bien prendre la peine de vous asseoir.

Amélia s'installa sur la couverture avec un art consommé, ses jupes s'enroulant si parfaitement autour d'elle qu'il se demanda si elle avait répété son mouvement. Probablement. Il n'avait jamais observé la moindre maladresse de sa part.

— J'espère que vous aimez le faisan rôti et les pêches, dit-il en ouvrant le panier pour en sortir des verres et une bouteille de vin de Madère.

— Tout ce que vous aurez choisi me plaira, Tristan.

Elle approuvait tout ce qu'il disait, ce qui le changeait agréablement de Georgiana. Il suffisait qu'il dise que le ciel était bleu pour que cette dernière se croie obligée de l'informer qu'il s'agissait d'une illusion causée par la réfraction du soleil.

— Maman m'a laissée arranger toutes les fleurs du rez-de-chaussée, ce matin, dit Amélia en acceptant la serviette et le verre qu'il lui tendait. D'après elle, j'ai beaucoup de talent pour la composition florale.

— Je suis certain que vous en avez.

— Qui arrange vos fleurs ?

— Mes fleurs ? répéta-t-il avant de réfléchir à la question. Je n'en sais rien. Une des femmes de chambre, je suppose, ou bien Mme Goodwin, la gouvernante.

Amélia parut consternée.

— Oh, vous devriez toujours confier ce soin à une personne de goût. C'est très important.

Tristan prit une gorgée de vin.

— Pourquoi cela ?

— Un arrangement floral composé avec goût est le signe d'une maison bien tenue. C'est ce que maman dit toujours.

— Elle a certainement raison.

Et cela expliquait sans doute qu'il n'y réfléchisse pas à deux fois avant de jeter un bouquet de fleurs dans sa corbeille à papier pour éteindre un début d'incendie. Carroway House n'avait rien d'une maison « bien tenue ».

— Quelles fleurs choisissez-vous habituellement ? Les roses, les iris ou bien les marguerites ?

Tristan cligna des yeux, prit une nouvelle gorgée de vin et se rendit compte qu'il avait déjà fini son verre.

— Les lys, dit-il d'un ton absent en se resservant.

Georgiana lui avait dit un jour que les lys étaient ses fleurs préférées. Il savait par ailleurs qu'elle avait un goût parfait, aussi cette réponse lui avait-elle paru sûre.

Amélia fit la moue, sans doute pour attirer son attention sur sa bouche.

— Pas les marguerites ? demanda-t-elle en battant des cils.

— Ma foi, vous m'avez posé une question et je vous ai répondu.

— Avez-vous envie de m'embrasser ?

Cette question-là eut le mérite de retenir son attention.

— Je vous demande pardon ? répondit-il d'une voix étranglée en se rendant compte qu'il avait déjà fait disparaître le contenu de son deuxième verre.

— Je vous laisserais faire, si vous en aviez envie.

Tristan songea soudain qu'il n'avait jamais envisagé de l'embrasser. Une fois qu'ils seraient mariés, il serait tenu de le faire, occasionnellement, de la même façon qu'il serait tenu d'accomplir d'autres actes de nature intime, mais... Il l'observa un long moment. Il n'avait jamais boudé son plaisir et n'avait jamais eu que l'embarras du choix quant à ses partenaires. Ces derniers temps, cependant, une seule d'entre elles, rare et exceptionnelle, excitait son appétit. Une femme qu'il n'avait connue qu'une fois, et avec laquelle Amélia ne pouvait pas espérer rivaliser.

— Vous embrasser ne serait pas correct.

— Mais je veux vous plaire, Tristan.

— Vous me plaisez beaucoup, Amélia. Il n'est pas nécessaire que nous nous embrassions. Savourez donc votre faisan.

— Mais je le ferais si vous le désiriez. Vous êtes si beau, et vicomte de surcroît.

Bonté divine, Georgiana n'avait jamais été aussi naïve, pas même quand elle n'avait que dix-huit ans. S'il avait voulu s'assurer d'épouser Amélia, il lui aurait sans doute suffi de soulever ses jupes et de la culbuter ici même, au beau milieu de Regent's Park, sans qu'elle trouve seulement à y redire. Alors que Georgiana, elle, l'aurait éventré avec le couteau du pique-nique avant de jeter ses entrailles aux canards.

Il gloussa à cette idée, puis feignit de s'éclaircir la gorge quand Amélia tourna les yeux vers lui.

— Pardonnez-moi. Et merci. Vous êtes exceptionnellement charmante, ma chère.

— Je m'efforce de toujours paraître à mon avantage.

— Pourquoi donc ?

— Pour attirer un mari, bien sûr. Les femmes sont destinées à se marier, et ce sont celles qui prennent le plus grand soin de leur apparence qu'on épouse.

Tristan trouva l'assertion intéressante, au-delà de l'horreur qu'elle lui inspirait.

— Et les femmes qui ne se marient pas…

— Ne font pas assez d'efforts ou bien sont de qualité inférieure.

— Et si une femme choisit de ne pas se marier ?

Outre l'insulte qu'Amélia venait d'adresser à ses tantes, toutes deux heureuses d'être restées célibataires, Tristan pensait à Georgiana. Elle n'était certainement pas « de qualité inférieure », et l'idée qu'elle puisse chercher à attirer un mari sous prétexte que c'était ce qu'une femme devait faire lui paraissait risible au plus haut point.

— Qu'une femme choisisse de ne pas se marier ? C'est absurde.

— Mes tantes ne se sont jamais mariées, vous savez.

— Ma foi, elles sont très âgées, répondit-elle en croquant dans une pêche.

— Je suppose qu'elles le sont, acquiesça-t-il, essentiellement parce que l'idée d'entamer un débat avec elle lui semblait absurde – il aurait sans doute eu plus de chances s'il s'était trouvé en désaccord avec un navet.

Le problème auquel il était confronté demeurait, cependant. Il devait épouser une héritière avant la récolte d'automne. S'il n'était pas marié d'ici là, il lui faudrait se résoudre à vendre des parcelles de son domaine, et l'idée de financer le présent avec l'avenir de sa descendance lui faisait horreur. Georgiana était une héritière infiniment plus intéressante que toutes celles dont il avait cultivé la compagnie. Mais elle le haïssait.

L'idée n'en restait pas moins intéressante. Lui ne la haïssait pas, loin de là. En vérité, le désir qu'il éprouvait chaque fois qu'il posait les yeux sur elle devenait difficile à cacher. Mais même si le comportement de Georgiana vis-à-vis de lui s'était quelque peu adouci, il ne pouvait pas patienter plus de trois ou quatre mois.

— Tristan ?

Il s'obligea à refouler ses pensées.

— Oui ?

— Je ne voulais pas dire que vos tantes sont des personnes de qualité inférieure. Je suis sûre qu'elles sont tout à fait charmantes.

— Elles le sont, en effet.

— Je me dis parfois que je devrais être fâchée contre vous, vous savez.

— Fâchée contre moi ?

Cette déclaration lui parut bien étrange, après tout le mal qu'il s'était donné pour l'emmener faire ce pique-nique.

— Oui, parce que vous me prêtez bien peu d'attention. Vous êtes toutefois plus gentil, aujourd'hui. Je pense que vous êtes en train d'apprendre votre leçon.

Tristan l'observa, son esprit se dégageant de l'ennui qu'elle lui inspirait. Elle se mettait à dire des choses intéressantes, subitement. Une leçon ? Elle semblait avoir employé ce mot délibérément. Et elle n'avait pas parlé d'*une* leçon, mais de *sa* leçon.

Avait-elle une raison de penser que quelqu'un lui donnait une leçon ?

Il devinait sans mal de qui il pouvait s'agir, mais ne voyait pas comment Amélia aurait pu être au courant des machinations de Georgiana alors qu'il n'avait rien réussi à découvrir lui-même. Mais peut-être avait-elle seulement voulu parler d'une leçon en général et se montrait-il trop suspicieux...

Toutefois, c'était en se montrant suspicieux qu'il avait plus d'une fois évité de sérieux ennuis.

— Je fais de gros efforts pour apprendre ma leçon, répondit-il dans l'espoir de lui en faire dire davantage.

— Je vois cela, acquiesça-t-elle. Je crois que vous m'avez vraiment écoutée aujourd'hui, alors que vous ne le faites presque jamais d'habitude.

— Avez-vous remarqué d'autres progrès ?

— Ma foi, il est encore trop tôt pour le dire, mais j'ai de grands espoirs en ce qui vous concerne. Si nous devons nous marier, j'aimerais que vous soyez au moins un compagnon un peu agréable.

Il réprima un frisson. Le moment était idéal pour l'informer qu'il souhaitait parler de ses intentions à son père. C'était ce qu'il était censé faire, pour le bien de sa famille. Pourtant, dans un coin de sa tête, il ne pouvait s'empêcher de se répéter qu'il avait encore trois mois devant lui... et une femme sous son toit qui était loin de l'ennuyer autant qu'Amélia, mais l'excitait bien davantage.

— Je vais donc continuer à m'efforcer de me montrer agréable, répondit-il simplement.

Mieux valait continuer à ménager la chèvre et le chou. Le simple fait de parler de mariage pouvait se révéler aussi compromettant que de présenter sa demande. Si, d'ici trois mois, Amélia était toujours son meilleur espoir, il devrait s'en contenter.

— Je persiste à penser que vous devriez m'embrasser.

Bonté divine. Tristan se demanda si elle avait la moindre idée de la réputation qu'il avait eue dans sa jeunesse ou de ce qui arriverait si quelqu'un les surprenait en train de s'embrasser. Mais, après tout, c'était peut-être justement ce qu'elle avait en tête.

— J'ai bien trop de respect pour notre amitié pour risquer de la briser, Amélia, répondit-il en feignant de s'intéresser au contenu du panier. Une tartelette aux pommes, peut-être ?

— Bien volontiers.

Elle prit la pâtisserie entre ses doigts fins et la mordilla délicatement.

— Assisterez-vous au bal des Devonshire, demain soir ?

— J'y serai, oui.

— Je sais que c'est très audacieux de ma part, mais danserez-vous avec moi ? La première valse, peut-être ?

— Ce sera pour moi un plaisir.

Il avait prévu de consacrer deux heures à ce pique-nique, et il lui semblait que celles-ci étaient écoulées. Il tira sa montre de sa poche et fit jouer le mécanisme du couvercle. Cela faisait trente-cinq minutes qu'il était passé la chercher à Johns House.

Tristan réprima un soupir. Il n'était pas certain de pouvoir tenir une heure de plus. Pourvu que sa famille apprécie ses efforts à leur juste valeur. Et pourvu que Georgiana s'ennuie au moins autant que lui, là où elle était, et qu'elle se demande ce qu'il pouvait bien faire.

9

Le monde est chose considérable ;
C'est un grand prix pour un petit péché.

Othello, acte IV, scène 3

— J'ai une question pour toi.

Lovée sur le lit de Georgiana, le menton calé au creux de sa main, Lucinda semblait parfaitement détendue.

Georgiana enviait le flegme de son amie, qu'elle n'avait encore jamais vue se départir de son calme. Cela tenait sans doute au fait que son père, un brillant général qui ne plaisantait pas avec la discipline, avait décidé, après le décès de son épouse, de la faire pleinement bénéficier de sa propre éducation et de sa fortune.

Georgiana, quant à elle, avait l'impression que toutes ses terminaisons nerveuses étaient en feu. Elle sursautait au moindre bruit, et le contact de la plus douce des soies sur sa peau lui semblait rugueux et irritant. Le fait d'avoir changé de robe cinq fois en vingt minutes y était peut-être aussi pour quelque chose.

— Je t'écoute, répondit-elle en se retournant pour inspecter son dos dans le miroir.

La robe bleue était jolie, mais elle l'avait déjà portée. *Il* l'avait déjà vue avec.

— Jusqu'où comptes-tu aller, Georgie ?

Un frisson nerveux la parcourut, et elle fit signe à Mary de déboutonner sa robe.

— Essayons l'autre.

— La verte, milady ?

— Oui.

— Mais je croyais que vous aviez dit qu'elle était trop...

— Indécente. Je sais. Mais aucune autre ne convient.

— Georgie ?

— Je t'ai entendue, Lucinda.

Par le truchement du miroir, elle jeta un coup d'œil à sa femme de chambre, occupée à déboutonner sa robe. Elle avait confiance en Mary, mais tout son avenir reposait sur sa réputation.

— Mary, allez donc demander à Mme Goodwin si elle a du thé à la menthe, je vous prie.

— Tout de suite, milady.

Une fois que la femme de chambre eut refermé la porte, Lucinda se leva pour finir d'aider Georgiana à retirer sa robe.

— L'affaire est donc si sérieuse ?

— S'il ne comprend pas la leçon, tout cela n'aura servi à rien. Il m'a blessée, Luce. Je ne le laisserai infliger cela à personne d'autre.

— Tu n'en as jamais dit davantage à ce sujet, remarqua son amie en étudiant son expression. Lui donner une leçon ne signifie pas que tu doives prendre le risque d'être de nouveau blessée.

Georgiana eut un rire forcé.

— Qu'est-ce qui te fait penser que cela pourrait m'arriver ? Je sais à quoi m'en tenir sur Tristan Carroway. J'ai retenu la leçon.

— Tu sembles animée par autre chose que la colère et la détermination.

— Et par quoi d'autre, selon toi ?

— Je te sens... enthousiaste.

— Enthousiaste ? Évidemment que je le suis ! C'est la sixième fois que j'assiste au bal des Devonshire. Ils donnent toujours des réceptions splendides, et tu sais combien j'aime danser.

— T'y rendras-tu avec les Carroway, ou bien ta tante t'enverra-t-elle sa voiture ?

— Avec ma tante. Milly et Edwina n'assisteront pas au bal, et je ne peux pas apparaître escortée de Tristan et de Bradshaw.

— Il y a seulement quelques semaines, tu ne l'appelais jamais autrement que Dare. Je constate qu'il a retrouvé son prénom.

— Je te rappelle que je suis censée le séduire. Ou me laisser séduire par lui. Pour cela, je dois me montrer charmante.

— Quelle est la couleur que préfère Tristan ?

— Le vert. Qu'est-ce que cela...

Georgiana baissa les yeux sur la robe que Lucinda l'aidait à boutonner. Le chatoiement de la soie émeraude créait sur le corsage des reflets vert pâle, estompés ensuite par le tulle d'un vert plus soutenu qui drapait le jupon et les manches. Le décolleté était plus profond que ceux qu'elle s'autorisait d'habitude, mais quand elle tournoya devant le miroir, elle se sentit belle. Et son nouvel éventail jaune et blanc serait parfait avec cette robe.

— J'aime le vert.

— Mmm mmm.

Georgiana cessa de tourner sur elle-même.

— Je sais ce que je fais, Luce. Tu as peut-être cru que cette histoire de listes n'était qu'une plaisanterie, mais chaque fois que je pense à la pauvre Amélia Johns et à la façon dont Dare risque de la blesser, je prends cela très au sérieux, crois-moi.

Lucinda recula pour admirer la toilette de Georgiana.

— Je te crois. Mais il s'agit de lui donner une leçon, Georgie. Pas de ruiner ta réputation.

Georgiana sourit.

— Cela n'arrivera pas. Une femme avertie en vaut deux, ajouta-t-elle en se remettant à tournoyer sur elle-même. Je crois que je vais mettre celle-ci.

— Tu retiendras son attention, cela ne fait aucun doute.

En dépit de cette affirmation, Georgiana ne put s'empêcher d'arpenter nerveusement sa chambre une fois son amie repartie. Seule, il lui était plus difficile de prétendre que Tristan la laissait indifférente. À dix-huit ans, ses attentions, son charme et son beau visage l'avaient subjuguée. Mais, grâce à lui, elle n'était plus cette jeune fille-là.

Pourtant, la part la moins rationnelle d'elle-même était toujours attirée par lui. Six ans plus tard, il semblait plus… réfléchi, plus soucieux de ceux qui l'entouraient, et il avait gagné en maturité. N'était-il pas allé jusqu'à lui présenter des excuses ? Et par deux fois, presque comme s'il comprenait le mal qu'il lui avait fait et qu'il le regrettait – ou cherchait du moins à le lui faire croire.

Un valet mit finalement un terme à son attente en venant frapper à sa porte.

— Votre voiture est là, milady.

Georgiana prit une longue inspiration, sortit de sa chambre et descendit l'escalier.

Bradshaw, vêtu de son superbe uniforme bleu marine et blanc, était en train d'enfiler son pardessus dans le hall. Il leva les yeux quand elle apparut et se figea.

— Ma chère Georgie, je vous saurais gré de ne pas laisser le contre-amiral Penrose vous voir avant que je lui aie parlé. Une fois qu'il aura posé les yeux sur vous, il ne m'accordera plus la moindre attention.

Rassurée sur l'effet qu'elle produisait, Georgiana sourit.

— Je ferai de mon mieux. Vous avez belle allure, vous aussi.

Il lui rendit son sourire et mima le salut militaire.

— Ce n'est pas tout à fait comparable, mais je vous remercie.

L'air remua derrière elle. Georgiana résista à l'envie de lisser ses jupes et se retourna. Dare avait revêtu une veste gris sombre ainsi qu'un pantalon d'un noir d'encre, et les pans de sa cravate d'un blanc immaculé retombaient sur un gilet chamois. Ses cheveux sombres bouclaient joliment dans son cou, et ses yeux bleu pâle étincelèrent comme des saphirs quand ils la détaillèrent de la tête aux pieds.

Georgiana sentit un flot de chaleur remonter depuis l'arrière de ses jambes jusqu'au sommet de sa tête. Elle ne s'était pas attendue que son corps, ce traître, réagisse ainsi. Certes, elle appréciait toujours autant les baisers de Tristan, mais elle s'était crue immunisée contre son charme viril. Elle masqua sa déconfiture derrière la révérence qu'elle lui fit.

— Bonsoir.

Tristan fut tenté d'humecter ses lèvres, mais il se contenta de hocher la tête, incapable de détacher les yeux de sa ravissante silhouette. Elle étincelait ;

le tulle de sa robe capturait la faible lumière du hall, la nimbant d'un halo émeraude. Il ne pouvait qu'imaginer l'effet qu'elle produirait quand elle entrerait dans la salle de bal brillamment éclairée. Le profond décolleté de sa robe se soulevait au rythme de sa respiration, et le galbe laiteux de sa poitrine attira son regard, le mettant au supplice.

Voyant ses joues rosir, il tâcha de reprendre contenance. Il se comportait comme un imbécile. Il devait dire quelque chose.

— Vous êtes éblouissante.

— Merci, répondit Georgiana en inclinant la tête.

Dawkins s'éclaircit la gorge avant de tendre vers elle une étole de dentelle ivoire. Tristan s'avança pour la prendre des mains du majordome.

— Si vous voulez bien me permettre…

Georgiana le regarda tandis qu'il approchait, et il la sentit retenir son souffle.

— Tournez-vous, murmura-t-il.

Elle eut un léger frisson, comme au sortir d'un rêve, puis s'exécuta. La robe laissait ses épaules nues et Tristan fut tenté de faire courir ses doigts sur sa peau, curieux de savoir si elle était aussi tiède et douce que dans son souvenir. Mais il se contenta de draper l'étole sur ses épaules et s'écarta quand elle en saisit les pans pour les croiser sur sa poitrine. Une boucle de ses cheveux blonds frôla sa joue quand elle se retourna vers lui.

— Ma voiture est arrivée, dit-elle inutilement.

— Permettez-moi de vous y conduire.

Il lui offrit son bras tandis que Dawkins ouvrait la porte. Georgiana replia les doigts sur la manche de Tristan, qui sentit sa main trembler à travers l'étoffe pourtant épaisse de sa veste alors qu'il descendait avec elle les marches du perron.

— Georgiana, lord Dare, les salua une voix féminine depuis les profondeurs de la voiture. Je commençais à me demander si vous ne vous étiez pas entre-tués.

Il s'inclina.

— Toutes mes excuses, Votre Grâce. J'ignorais que vous attendiez.

— Moi aussi, tante Frédérica, ajouta Georgiana, dégageant sa main du bras de Tristan en rougissant et s'empressant de grimper dans la voiture. Je ne me serais jamais permis de vous faire attendre.

— Je sais, ma chère. C'est Dare que je dois blâmer.

— En effet, dit-il en s'arrangeant pour croiser le regard de Georgiana une fois qu'elle eut pris place face à la duchesse. Je vous revois tout à l'heure.

Il regarda la voiture s'éloigner dans l'allée, puis retourna chercher son manteau et ses gants. Bradshaw les lui remit avant de coiffer son tricorne.

— De quoi s'agissait-il ? demanda son frère à voix basse.

— Comment cela ?

— Vous deux, là... J'en ai eu le frisson.

Tristan haussa les épaules.

— Sans doute la fraîcheur du soir.

Sa voiture s'avança, et Bradshaw et lui s'y engouffrèrent. Tristan avait tenté de convaincre Edwina de les accompagner, mais sa tante avait refusé. L'amie de Georgie, Lucinda Barrett, avait apporté le nouveau chaton dans l'après-midi, ruinant ainsi tous ses espoirs de partager sa voiture avec Georgiana.

Cela l'avait vaguement agacé sur le moment, mais l'étincelle de bonheur qu'il avait vue briller dans les yeux d'Edwina quand elle avait pris l'animal dans ses bras avait chassé son irritation. Pour une raison connue d'elle seule, sa tante avait aussitôt baptisé le chaton Dragon. Tristan estimait pour sa part que la minuscule créature ressemblait plutôt à un rat, mais il n'en avait évidemment rien dit. Surtout pas lorsque Georgiana avait calé la petite boule de poils sous son menton pour la dorloter.

— Le Gnome m'a dit que tu avais fait un pique-nique hier, dit Bradshaw.

— En effet, répondit Tristan.

— Avec Amélia Johns.

— Oui.

— Te voilà aussi loquace que Robert. Comment s'est passé ce pique-nique ? En plus de deux mots, je te prie.

— Fort bien, je te remercie.

— Espèce de bâtard.

— Si je l'étais, cela ferait de toi le vicomte et tu serais tenu d'épouser Mlle Johns. Cela pourrait se révéler intéressant.

— Horrifiant, plutôt, répondit Bradshaw en croisant les chevilles. Ton choix s'est donc porté sur Mlle Johns ? Définitivement ?

— C'est la candidate idéale, soupira Tristan. Riche, jolie et mourant d'envie de décrocher un titre.

— Il est bien dommage que Georgiana et toi soyez fâchés. À moins que ce ne soit plus le cas ? Je m'y perds un peu avec tous ces changements de climat.

— Pourquoi trouves-tu cela dommage ? demanda Tristan, curieux de connaître la réponse de son frère. Elle est trop grande, entêtée et a la langue aussi acérée que la pointe d'une épée, ajouta-t-il, énonçant trois des particularités qu'il appréciait le plus chez elle.

— Ma foi, tu cherches une épouse qui soit à la fois riche et jolie, et c'est assurément le cas de Georgiana. Son père étant marquis, je doute qu'elle soit en quête d'un titre – mais je crois qu'elle ne le serait pas davantage si son père était roturier. Si Westbrook et la horde des coureurs de dot n'étaient pas après elle, j'envisagerais moi-même de la courtiser. Grâce à sa fortune et à son influence, je serais fait amiral avant mes trente-cinq ans.

Voila qu'il était encore question de ce maudit Westbrook, lequel devait, à n'en pas douter, déjà attendre Georgiana au bal.

— Tu crois donc qu'un mariage se règle aussi facilement ? Tu décides, la jeune femme dit oui parce que c'est ce qu'elle est censée faire, et vous vivez heureux pour toujours ?

Bradshaw leva les yeux vers lui.

— Amélia t'aurait-elle éconduit ?

— Je ne lui ai pas encore fait ma demande. Je continue à espérer... je ne sais quoi. Un miracle, j'imagine.

— N'attends pas de miracle quand il est question d'argent. Notre père a consciencieusement dépensé chaque penny qu'il a réussi à quémander, emprunter ou voler.

Tristan soupira.

— Il faut bien maintenir les apparences, Shaw.

C'était le point le plus épineux – dépenser de l'argent qu'il n'avait pas pour entretenir l'illusion que la famille en avait encore un peu.

— Ne me dis pas que tu approuves sa conduite, maintenant, protesta Bradshaw. Pas après ce que nous endurons depuis quatre ans à cause de lui.

— Je ne l'ai pas précisément aidé quand il était encore de ce monde. J'aurais dû m'intéresser davantage à la gestion des domaines.

— Tu as fait ton chemin à ta manière. Je vois mal comment tu aurais pu prévoir une telle catastrophe.

— Je savais que j'étais l'héritier. J'aurais dû prendre mon rôle avec plus de sérieux.

— Tu le fais maintenant. Lui ne l'a jamais fait. Si ses créanciers n'avaient pas répandu toutes ces rumeurs à sa mort, personne ne se serait jamais douté de l'ampleur des dégâts.

— Il était prudent, dit Tristan.

— Non, il ne l'était pas. Toi, tu l'es.

— Tu me combles de louanges, ce soir, remarqua Tristan en souriant. Espères-tu me voir glisser un mot en ta faveur à Penrose ?

Bradshaw se mit à rire.

— Non. C'est même tout le contraire. Je préférerais que tu gardes tes distances, autant que possible. Il se souvient encore de ces deux cents livres que tu lui as gagnées au pharaon. Si tu savais combien de fois il m'a parlé de mon « satané veinard de frère » !

— La veine n'y était pourtant pour rien.

Bradshaw tapota le genou de son frère en soupirant.

— Je tenais aussi à te dire que je comprends que tu n'aies pas envie de te marier pour redorer le blason de la famille, et que je compatis.

— Je me disais justement que tu as beaucoup d'allure ce soir. Et si c'était toi qui te mariais avec une héritière pendant que je me chargerais de courtiser des actrices et des chanteuses d'opéra ?

Bradshaw pouffa de nouveau.

— Cela me semble peu vraisemblable.

— Que je courtise des chanteuses d'opéra ou que tu te maries ?

— L'un comme l'autre.

Shaw avait sans doute raison. Sans l'appât d'un titre, les perspectives d'avenir de son frère étaient encore moins prometteuses que les siennes.

Et si Tristan n'avait jamais manqué de partenaires, il était devenu plus circonspect avec le temps. Il se faisait parfois l'effet d'un grand cerf qui aurait perdu ses bois. Les femmes étaient disposées à partager son lit, mais nettement moins à l'exhiber en public. Il les comprenait, même si cela ne lui plaisait pas.

Il en était au point où il redoutait les réceptions comme le bal des Devonshire. Ce soir, pourtant, il frémissait d'impatience. Pas à cause de la danse qu'il avait promise à Amélia, mais parce qu'il lui tardait de revoir Georgiana dans cette robe féerique et de la serrer dans ses bras.

Il l'aperçut dès que Shawn et lui pénétrèrent dans la salle de bal. Il avait vu juste à propos de sa robe : la lumière des lustres lui conférait un éclat magique qui attirait l'attention de tous les hommes présents dans la salle. Mais eût-elle été vêtue de haillons que Tristan l'aurait remarquée.

— Ton Amélia te fait les yeux doux, murmura Bradshaw.

— Ce n'est pas mon...

— Et Penrose est là-bas. Permets-moi de t'abandonner, cher frère.

Tristan avait l'habitude de voir une nuée de gentlemen célibataires se presser autour de Georgiana à chaque réception, et il n'avait jamais tenté de se joindre à eux. Jusqu'alors, il n'avait pu espérer plus qu'un bref échange d'insultes ou un coup d'éventail sur les doigts en fin de soirée, ce qui avait tout juste suffi à satisfaire son besoin masochiste de la voir de près. Ce soir, pourtant, il allait devoir se mêler à la cohue s'il voulait danser avec elle.

— Tristan, je vous ai gardé la première valse, annonça Amélia en s'avançant vers lui dans un glissement, vêtue d'une angélique robe rose et blanche.

— Quand donc aura-t-elle lieu ?

— Dès que le quadrille s'achèvera. Tout le monde est superbe, ce soir, ne trouvez-vous pas ?

— Oui, superbe.

Il jeta un coup d'œil à l'orchestre. D'ici deux ou trois minutes, il serait sur la piste avec Amélia, et quand la valse s'achèverait, le carnet de bal de Georgiana serait rempli et une dizaine d'autres candidats patienteraient dans les coulisses, guettant le moindre retard ou la moindre chute des cavaliers qu'elle aurait acceptés. Malédiction.

— Vous voulez bien m'excuser un instant ?

Le joli visage d'Amélia se plissa de déception.

— Je pensais que vous auriez envie de bavarder avec moi.

L'étape suivante serait celle des larmes ; Tristan avait déjà assisté à ce processus.

— Bien sûr que j'en ai envie. Et je bavarderai aussi avec vous après la valse. Mais lady Georgiana cherche mes tantes, et j'ai un message de leur part pour elle.

— Oh. Alors, faites-le. Dépêchez-vous de revenir, toutefois.

— Sans faute.

Bonté divine ! Il n'avait même pas encore demandé sa main qu'elle s'avisait déjà de lui dicter ses faits et gestes. Sans un seul regard en arrière, il traversa la salle jusqu'au groupe de gentlemen qui encerclaient Georgiana. Il était plus grand que la plupart d'entre eux, et elle l'aperçut aussitôt. À sa grande surprise, elle lui sourit.

— Ah, lord Dare. Vous tombez bien. J'étais sur le point de céder votre danse.

Elle lui en avait donc gardé une.

— Toutes mes excuses.

Le marquis de Halford s'immisça dans le minuscule espace qu'il y avait autour d'eux.

— Auriez-vous des favoris, lady Georgie ?

— Prenez garde, milord, ou vous perdrez votre danse. Nous sommes tous amis, ce soir, ajouta-t-elle en soutenant tranquillement le regard du marquis.

L'imposant Halford décocha un regard noir à Tristan, puis s'inclina vers Georgiana.

— J'ai appris à ne jamais discuter avec une jolie femme.

Tristan ricana.

— Voilà bien une déclaration ridicule. Maintenant, vous ne pourrez plus discuter avec aucune femme, sinon elle pensera que vous la jugez laide.

Des éclats de rire fusèrent parmi le groupe de gentlemen. Le visage du marquis s'empourpra, mais avant qu'il ait pu répondre, Georgiana saisit le bras de Tristan et l'entraîna vers la table des rafraîchissements.

— Cessez ! siffla-t-elle.

— Pas question. Vous savez comme moi que sa remarque était absurde.

— Les hommes passent leur temps à faire des remarques absurdes, répliqua-t-elle à voix basse.

Comme le quadrille s'achevait, Tristan jeta un coup d'œil derrière lui et vit Amélia qui le regardait d'un air plein d'espoir. Il aurait préféré continuer à parler avec Georgiana, mais il avait donné sa parole.

— Êtes-vous prêt ? demanda alors celle-ci en tendant sa main vers lui.

— À quoi donc ?

— Notre valse.

— Georgie, je… je ne peux pas, acheva-t-il comme le premier accord de la valse retentissait.

Elle ouvrit la bouche, puis la referma.

— J'ai promis cette valse à Mlle Johns, hier.

Elle regarda au-delà de l'épaule de Tristan sans rien laisser paraître de ses émotions, puis hocha la tête.

— Dans ce cas, allez danser avec elle.

Tristan saisit son bras avant qu'elle ait pu se retourner.

— Ne soyez pas fâchée, murmura-t-il. Je ne cherche pas à vous offenser.

La surprise se peignit dans ses yeux d'émeraude.

— Je ne suis pas fâchée. Mais j'aurais voulu…

— Vous auriez voulu danser avec moi, acheva-t-il à sa place. Et vous le ferez.

— Qu'est-ce qui vous fait croire…

— Je dois partir.

Et il la relâcha pour aller retrouver Amélia. Peu après, Georgiana les regarda s'élancer sur la piste. Amélia était douée pour la valse, et Tristan était l'homme athlétique le plus gracieux qu'elle eût jamais vu danser. Ils formaient un couple parfait tandis qu'ils tournoyaient sur la piste, conservant entre eux le juste écart requis.

Tristan n'avait pas failli à sa promesse à Amélia. Georgiana aurait dû en être heureuse, mais elle n'en conçut que de l'irritation.

Lord Westbrook la rejoignit.

— Lady Georgiana, je ne puis croire que vous laissiez passer la première valse.

— Je me contentais de vous attendre, milord, répondit-elle avec un sourire.

— Vous acceptez donc mes excuses, dit le marquis en prenant la main qu'elle lui offrait pour en baiser les doigts.

Georgiana eut un battement de cils.

— Vos excuses ? Oh, pour ce stupide échange au parc ! Bien sûr que je les accepte. Dare est le seul à blâmer.

— Pourquoi, dans ce cas, continuer à tolérer sa présence ?

Georgiana ne se l'expliquait pas elle-même.

— C'est le meilleur ami de mon cousin, répondit-elle, recourant au faux-fuyant dont elle avait coutume d'user en pareil cas. Et ses tantes sont tout à fait charmantes.

— Non, Georgiana, c'est *vous* qui êtes charmante.

Elle avait beau être habituée aux compliments, elle savait que lord Westbrook ne les distribuait jamais à la légère. C'était aussi un des rares gentlemen, avec Tristan Carroway, à ne lui avoir encore jamais présenté sa demande.

— C'est fort aimable de votre part, milord.

— Vous m'appeliez John, il y a quelques jours.

— Comment se fait-il que vous n'ayez pas de partenaire pour cette valse, John ? demanda-t-elle en lui adressant un sourire, soutenant le regard tranquille de ses yeux bruns.

Avec son titre et sa fortune, Westbrook était presque aussi sollicité qu'elle.

— Je n'avais pas l'intention de danser ce soir.

— Oh, vous m'en voyez désolée. Je…

— Parce que je pensais que votre carnet serait plein. Je suis heureux de m'être trompé.

Elle surprit les yeux de Tristan posés sur eux tandis qu'il tournoyait avec Amélia à l'autre bout de la salle. La sombre expression de son regard la saisit. Il dansait avec celle qu'il était censé épouser, et pourtant, elle aurait juré qu'il brûlait d'en découdre avec lord Westbrook.

Elle n'était pas habituée qu'il se montre jaloux, si c'était bien de cela qu'il s'agissait. Jusqu'ici, elle avait mis sa dispute au parc avec le marquis sur le compte de son mauvais caractère. Se pouvait-il que son plan marche encore mieux qu'elle ne l'avait espéré ? À cette idée, elle se sentit tout à la fois enthousiasmée et horrifiée.

10

Je suis content qu'il fasse nuit,
vous ne pouvez point me voir,
Car j'ai grand honte de mes paroles.

Le Marchand de Venise, acte II, scène 6

Il était plus de 2 heures du matin quand la voiture de la duchesse douairière de Wycliffe s'arrêta devant Carroway House. Un laquais en livrée vint ouvrir la portière, et Georgiana s'apprêta à descendre.

— Je me réjouis que la santé de Milly s'améliore, déclara Frédérica. Tu le lui diras de ma part.

— Je n'y manquerai pas, assura Georgiana en déposant un baiser sur la joue de sa tante. Bonne nuit.

— Viens me voir plus souvent, ma chère.

— Je ne resterai pas ici éternellement, vous savez. Une fois que Milly pourra de nouveau se déplacer seule, vous aurez tout loisir de vous fatiguer de moi.

— Cela ne se produira jamais, mon enfant.

Après 1 heure du matin, on ne pouvait espérer que Dawkins, qui semblait déjà avoir du mal à rester éveillé durant la journée, soit encore debout, aussi Georgiana poussa-t-elle la porte d'entrée elle-même.

Tristan et Bradshaw avaient disparu assez tôt dans la soirée, sans doute dans une des nombreuses salles de jeu que le duc de Devonshire mettait à la disposition de ses invités. Elle avait espéré que Tristan reviendrait dans la salle de bal, ne serait-ce que pour savoir avec qui elle dansait, mais il n'en avait rien fait. Amélia avait-elle guetté son retour, elle aussi ? se demanda-t-elle, avant de chasser cette pensée de son esprit. Au moins Amélia avait-elle pu valser avec lui...

Une lampe brûlait encore dans le hall, et celle qui brillait sur le palier du premier étage suffirait à éclairer son chemin jusqu'à sa chambre. Comme elle avait dit à Mary de ne pas l'attendre, elle allait devoir trouver un moyen pour déboutonner toute seule le dos de sa robe, sinon elle devrait dormir avec. Elle n'était pas pressée de l'enlever, de toute façon.

La façon dont Tristan l'avait pratiquement dévorée des yeux avait déclenché une sensation familière au creux de son ventre. Six ans plus tôt, elle avait adoré savoir qu'elle était celle qui avait retenu son attention et qu'il n'avait d'yeux que pour elle. Qu'elle avait été sotte et naïve ! Et quelle conclusion tirer du fait qu'un compliment et un regard affamé de sa part puissent encore la mettre dans cet état aujourd'hui ?

— Georgiana.

Le murmure qui lui parvint du salon plongé dans l'obscurité la fit déglutir.

— Tristan ? Que faites-v...

— Venez par ici.

Elle traversa le couloir pour gagner le pas de la porte où il se tenait, le visage plongé dans l'ombre, à l'exception de ses yeux. Heureusement qu'il ne pouvait pas lire dans les pensées !

Il saisit sa main pour l'attirer dans la pièce et referma la porte derrière eux.

— Ne bougez pas, murmura-t-il, son souffle tiède caressant sa tempe. Je vais allumer.

Un instant plus tard, un halo de lumière palpitante s'éleva d'une petite lampe, puis se stabilisa, nimbant la pièce d'un voile doré. Tristan portait toujours son habit de soirée, et quand il se redressa, Georgiana vit ses yeux étinceler dans la pénombre.

— Il est très tard, Tristan, chuchota-t-elle. Dites-moi ce que vous avez à me dire parce que je veux aller me coucher.

Le sourire qui se forma lentement sur ses lèvres était si séduisant qu'elle sentit sa bouche devenir sèche.

— D'où vient cette robe ?

— C'est une création de Mme Perisse. Est-ce pour me demander cela que vous m'avez fait venir ici ?

— On la croirait tissée par des fées avec des toiles d'araignées parsemées de gouttes de rosée.

On lui avait fait des compliments sur sa robe toute la soirée, mais aucun ne l'avait aussi profondément touchée.

— C'est ce que j'ai pensé la première fois que je l'ai vue. Merci.

— Dansez avec moi, dit-il en avançant vers elle. Je vous ai promis une valse.

— Et la musique ?

— Je chanterai si vous voulez, mais je ne le recommande pas.

Elle glousa.

— Je crois que je peux compter les temps, s'il le faut.

Il semblait d'excellente humeur. Georgiana se demanda si Amélia avait accepté de l'épouser, avant de se dire qu'il n'aurait pas souri de cette façon si tel avait été le cas. Tristan et Amélia dansaient avec trop de précision pour être amoureux – du moins pour le moment.

Penser à Tristan et à Amélia ensemble déclencha en elle une sensation voisine de la panique. Elle prit une longue inspiration. C'était ridicule. Il ne s'était rien passé ; Tristan n'était pas encore prêt à se marier, elle ne l'y avait pas préparé. Et, même si elle refusait de se l'avouer, elle n'était pas prête à le voir se marier non plus.

— Venez par ici, répéta-t-il en tendant la main vers elle.

— Comment s'est déroulée votre valse avec Mlle Johns ? demanda-t-elle en croisant les mains derrière son dos.

— J'aurais préféré la danser avec vous, répondit-il. Allez-vous prendre ma main, Georgie ? Je vous ai promis une valse.

— Vous m'avez déjà fait d'autres promesses que vous n'avez pas tenues.

— C'était il y a longtemps, répondit-il en plissant les yeux. J'honore mes promesses, désormais. Du moins, je m'y efforce. Vous rendez la chose un peu difficile.

— Je…

— Je veux valser avec vous.

Il s'approcha d'un pas assuré, aussi souple qu'une panthère… et aussi dangereux. Georgiana comprit qu'elle était sur le point de commettre une erreur. Qu'elle devait partir avant de ruiner tous ses plans, parce qu'elle ne se sentait plus du tout capable de le haïr.

— J'ai une question pour vous, dit-elle en tâchant de rassembler ses esprits. J'aimerais savoir…

— … pourquoi ? acheva-t-il à sa place.

La question ne semblait pas du tout le surprendre.

— Épargnez-moi les mensonges et les explications fleuries, Tristan, répondit-elle. Contentez-vous de me le dire.

Il hocha lentement la tête.

— Pour commencer, j'avais vingt-quatre ans et j'étais un parfait imbécile. Quand quelqu'un au *White's* a parié que personne ne réussirait à vous voler un baiser et un de vos bas, j'ai relevé le défi sans même réfléchir, déclara-t-il, se départant pour une fois de son arrogante assurance. Je ne l'ai pas fait pour remporter le pari, cependant. Celui-ci n'était qu'un prétexte.

— Un prétexte pour quoi ?

Il tendit le bras et effleura sa joue du dos de ses doigts.

— Pour cela.

Elle frissonna.

— Il fut un temps où je vous aurais volontiers donné un de mes bas, dit-elle. Vous n'aviez pas besoin de…

— Et c'était tout ce que j'avais l'intention de faire – vous demander l'un de vos bas. Mais il a suffi que je vous touche pour vouloir autre chose. J'avais l'habitude d'obtenir tout ce que je désirais. Et ce que je désirais, c'était vous, Georgiana.

Elle savait ce qu'il voulait dire. Quand il l'avait embrassée, elle avait eu l'impression d'être frappée par la foudre.

— Très bien, j'accepte votre réponse. Mais une fois que j'ai eu vent de ce pari, pourquoi ne pas m'avoir donné cette explication ?

Tristan fronça les sourcils et regarda le bout de ses bottes, tel un écolier pris en faute.

— J'avais mal agi envers vous, dit-il en relevant les yeux. Quelles qu'aient été mes raisons de relever ce pari, vous étiez en droit d'être en colère après moi.

— Dans ce cas, où se trouve mon bas ? demanda-t-elle, la bouche soudain sèche.

— Je peux vous le montrer, si vous le souhaitez, répondit-il en souriant.

Il l'avait donc toujours en sa possession, ainsi que Georgiana, secrètement, l'avait espéré. Il lui aurait fortement déplu qu'il l'ait donné à quelqu'un d'autre ou qu'il l'ait jeté. Si quelqu'un l'avait trouvé, il n'aurait pas été difficile de deviner qu'il appartenait à Georgiana et, depuis toutes ces années, ne sachant pas ce qu'il était advenu de son bas, elle vivait dans la crainte perpétuelle d'être à tout jamais déconsidérée aux yeux du monde.

— Montrez-le-moi.

Tristan saisit la lampe et lui fit signe de le suivre. Quand elle le vit se diriger vers l'aile ouest de la maison, elle hésita. Ses appartements et sa chambre à coucher se trouvaient par là... Mais s'il la pensait capable de lui pardonner, il pourrait tomber amoureux d'elle à temps pour qu'elle sauve Amélia. Elle le suivit donc à pas feutrés, comme si cette escapade nocturne ne la troublait pas le moins du monde.

Ils s'arrêtèrent devant une porte close. Il lui jeta un coup d'œil, comme pour s'assurer de sa présence, ouvrit la porte et entra dans la pièce. Georgiana le suivit à l'intérieur.

— C'est votre chambre à coucher, dit-elle en déglutissant tandis qu'il refermait la porte et poussait le verrou.

Sans lui répondre, il s'approcha d'une commode située tout au fond de la grande pièce sombre et ouvrit le tiroir du haut.

— Voilà, dit-il en se tournant vers elle.

Il tenait dans la main un petit coffret guère plus grand qu'un étui à éventail. Intriguée, elle le rejoignit et souleva le couvercle sculpté du coffret d'acajou. Son bas, soigneusement plié, reposait à l'intérieur. C'était le sien, sans le moindre doute : elle reconnaissait les fleurs qu'elle avait brodées sur le revers.

Elle releva les yeux et découvrit qu'il surveillait attentivement l'expression de son visage.

— Vous avez donc bien perdu le pari, murmura-t-elle.

— J'ai perdu bien plus que cela.

Il remit le coffret dans le tiroir, puis prit délicatement son visage entre ses mains.

— Je suis désolé, Georgiana, murmura-t-il. Pas pour ce que j'ai fait cette nuit-là, car je ne voudrais rien y changer, mais pour tout ce que vous avez subi depuis lors. Je corrigerais cela, si je le pouvais.

Sans lui laisser le temps de répondre, il pressa ses lèvres contre les siennes. Georgiana se sentit devenir brûlante, mais il n'accentua pas son baiser comme elle s'y était attendue – comme elle en avait envie. Il fit glisser une de ses mains le long de son dos jusqu'au creux de sa taille tandis que l'autre parcourait son bras jusqu'au bout de ses doigts.

— Je vous dois toujours une valse, déclara-t-il en retrouvant son sourire.

Il affermit l'étreinte de sa main au creux de sa taille et la fit lentement tournoyer entre son lit et la cheminée allumée. Georgiana n'avait jamais pensé qu'elle danserait un jour dans la pénombre silencieuse d'une chambre à coucher, encore moins dans celle de Tristan Carroway. Jamais elle n'aurait osé se montrer aussi audacieuse avec un autre que lui, songea-t-elle, gagnée par un léger vertige.

Ils évoluaient au rythme d'une valse silencieuse qu'elle avait l'impression de sentir battre dans son cœur. La soie de sa robe murmurait autour de ses jambes tandis qu'il la serrait contre lui, si étroitement que cela frisait l'indécence. Mais ils pouvaient faire ce qu'ils voulaient dans cette chambre. Il n'y avait personne pour les voir.

Il ralentit, puis s'arrêta. Georgiana prit appui contre lui et ploya le buste de côté pour ôter, l'une après l'autre, ses sandales de bal, qu'elle repoussa vers la cheminée.

— Voilà qui est mieux.

Le doux gloussement de Tristan fit naître une onde de chaleur entre ses cuisses.

— À quand remonte la dernière fois que vous avez valsé pieds nus ? demanda-t-il.

— Lorsque j'avais dix ans, dans le salon de Harkley House. Grey m'enseignait les pas, et il a insisté pour que je retire mes souliers parce que je n'arrêtais pas de lui écraser les pieds. Ma mère était horrifiée.

Elle laissa aller sa joue contre son torse tandis qu'ils se remettaient à tourner doucement. Le cœur de Tristan battait fort, au même rythme que le sien.

— Je crois qu'à l'époque, l'idée que je puisse un jour épouser Grey ne déplaisait pas à ma mère. Comme si j'avais pu envisager de me marier un jour avec quelqu'un d'aussi méchant !

— Il lui arrivait de parler de vous à Oxford, dit Tristan d'un ton pensif.

Georgiana ferma les yeux pour écouter battre son cœur et se laisser pénétrer par sa belle voix grave.

— En mal, je suppose.

— Il a raconté vous avoir jetée dans la mare aux canards pour vous punir de le suivre partout.

— Oui, la tête la première. J'ai refait surface avec une sangsue collée sur le nez. Pendant des jours après cela, il n'a cessé de répéter que la bestiole m'avait aspiré le cerveau. J'avais six ans, il en avait quatorze, et je l'ai cru, jusqu'à ce que tante Frédérica l'oblige à se coller une sangsue sur le front pour me prouver qu'il mentait.

Tristan rit franchement, cette fois.

— Il parlait toujours de vous en termes affectueux et nous racontait des histoires qui mettaient en évidence votre entêtement, mais aussi votre vivacité d'esprit et votre tempérament audacieux. Pour quelque étrange raison, je vous imaginais alors vêtue d'un pantalon, un cigarillo crânement coincé entre les dents. La première fois que je vous ai vue…

Il garda le silence un moment tandis qu'ils tournoyaient toujours dans la chambre.

— J'en ai eu le souffle coupé, avoua-t-il finalement.

Il avait produit le même effet sur elle. Georgiana ploya légèrement le buste en arrière tout en ondulant des hanches au rythme de leur valse silencieuse. Tristan pencha la tête et fit glisser ses lèvres le long de sa gorge depuis la base de son cou jusqu'à son oreille. Leurs hanches étaient plaquées l'une contre l'autre, et elle n'eut plus aucun doute quant à l'effet qu'elle produisait sur lui.

Penser qu'il puisse chercher à l'attirer dans son lit aurait dû l'irriter, après tout ce qui s'était passé, mais elle était dans un tel état d'excitation qu'il n'y avait plus de place en elle pour la colère. Cela faisait si longtemps qu'elle ne s'était pas trouvée dans ses bras, son contact lui avait tellement manqué, qu'elle en avait presque les larmes aux yeux.

— Vous devriez détacher vos cheveux, dit-il d'une voix contenue, presque haletante. Vous seriez encore plus à l'aise.

S'il lui était resté un brin de raison, elle se serait enfuie aussi vite que ses jambes le lui permettaient. Mais il aurait cessé de l'embrasser, et elle ne voulait surtout pas qu'il s'arrête. Elle porta les mains au sommet de sa tête, défit les épingles et les pinces qui retenaient sa chevelure et les laissa tomber sur le sol. Ses cheveux cascadèrent librement dans son dos, tel un flot d'or liquide ondulant à la lumière du feu.

Leur valse ralentit, puis s'acheva devant l'âtre.

— Mon Dieu, Georgiana, souffla-t-il.

D'une main qui tremblait un peu, il enroula ses doigts autour de sa chevelure pour la ramener sur son épaule. Avant que le courage l'abandonne, elle plongea les mains dans ses boucles brunes et attira son visage vers elle pour l'embrasser.

— Promettez-moi seulement une chose, dit-elle d'une voix tremblante quand elle enfouit son visage au creux de son cou.

Il sentait le savon et la fumée de cigare. Un mélange particulièrement entêtant.

— Quoi donc ? demanda-t-il tandis que ses mains sûres et expertes parcouraient son dos.

Sa robe glissa sur le sol avant qu'elle ait pu comprendre ce qu'il faisait.

Elle déglutit au souvenir de ce qu'ils avaient partagé cette nuit-là... au souvenir du plaisir qu'elle avait ressenti dans ses bras.

— Promettez-moi de ne rien me promettre.

La bouche de Tristan s'empara de nouveau de la sienne.

— Je vous le promets.

Seulement vêtue de ses sous-vêtements, Georgiana eut soudain froid, à l'exception de l'endroit où ses mains la touchaient. Son projet d'infliger une leçon à Tristan avait déserté son esprit – la seule chose qui importait, c'était lui et l'effet qu'il produisait sur elle, ses souvenirs brûlants et les sensations qui s'étaient emparées d'elle.

Il retira sa veste et la laissa tomber près de sa robe sur le sol. Sans détacher ses lèvres des siennes, il déboutonna son gilet et s'en débarrassa également.

— Vous m'avez manqué, murmura-t-il.

Elle dénoua sa cravate en un tournemain.

— Vous me voyez tous les jours, répondit-elle, haletante.

Ses mains enserrèrent sa taille, et il l'attira contre lui pour un autre baiser.

— Pas ainsi.

Sa bouche parcourut sa gorge au-dessus de l'encolure de sa chemise, et elle frémit sous l'habile caresse de ses lèvres et de sa langue. Sa passion l'effrayait un peu ; jusqu'à présent, c'était elle qui avait décidé des limites de leur relation, du cadre de leur intimité. Mais, ce soir, Tristan lui faisait l'effet d'un orage d'été, puissant et impétueux, prêt à s'abattre sur elle comme un torrent auquel elle ne saurait résister.

Elle dégagea les pans de sa chemise de son pantalon et fit remonter ses mains sur la peau tiède de son ventre. Ses muscles fermes frémirent sous ses doigts.

— Suis-je toujours le même ? demanda-t-il.

— Oui. Et non. Je vous connais, cette fois.

Il leva les bras, et elle fit passer sa chemise au-dessus de sa tête, avant de l'abandonner avec le reste de leurs vêtements. Tristan l'embrassa de nouveau et plaqua son dos contre un des montants du baldaquin.

— Georgiana, murmura-t-il en l'incitant à relever le menton pour tracer un chemin de baisers le long de sa gorge.

Un gémissement lui échappa et elle ferma les yeux, grisée par les sensations qui l'envahissaient. Il baisa sa poitrine à travers la fine étoffe de sa chemise. Ses mamelons durcirent et pointèrent sous la soie. Tandis qu'un autre gémissement montait dans sa gorge, elle plongea les doigts dans sa chevelure sombre pour l'attirer plus près.

Il s'agenouilla alors devant elle, et ses longs doigts fins remontèrent le long de ses jambes avec une lenteur délibérée, soulevant son jupon au gré de leur ascension. Elle eut un sursaut de panique. Non. Elle n'allait pas le laisser la blesser une fois de plus.

— Tristan.

Il leva les yeux.

— J'ai promis de ne rien promettre, Georgiana, dit-il à voix basse, mais…

— Non. C'est bien ainsi.

Elle ne voulait pas l'entendre dire qu'elle comptait pour lui, qu'il serait là quand elle se réveillerait au matin et qu'elle n'aurait pas à regretter ce qu'elle allait faire. Ce soir, elle avait envie de lui. Elle se soucierait du reste plus tard.

— En êtes-vous certaine ?

Elle sentit ses mots se répercuter en elle et frissonna.

— Oui.

Les mains de Tristan, douces et caressantes, reprirent l'ascension de sa jambe droite. Arrivées en haut de sa cuisse, elles s'immiscèrent sous le revers de son bas, qu'elles firent lentement rouler le long de sa jambe avant de soulever son pied pour le lui ôter. Il le lui offrit ensuite sans dire un mot. Elle l'accepta d'une main tremblante et le serra dans son poing jusqu'à ce qu'il lui tende le second de la même manière.

Il voulait que son geste soit lourd de sens, mais Georgiana se refusa à entrer dans son jeu. Elle avait choisi de placer cette soirée hors du temps. Hier et demain ne comptaient plus. Elle soutint son regard et laissa tomber ses bas sur la pile de vêtements.

— À votre tour, dit-elle. Retirez vos bottes.

Il se redressa, prit appui d'une main sur le montant du lit, enleva ses étincelantes bottes noires l'une après l'autre et les lança dans un coin.

— Voulez-vous que je retire autre chose ?

Heureuse qu'il l'autorise à reprendre les rênes, elle s'avança vers lui et défit le premier bouton de sa braguette.

— Oh oui.

Tristan prit son visage entre ses mains et l'embrassa sans retenue cette fois, sa langue instillant à sa bouche une passion qui lui coupa le souffle. Elle défit les deux autres boutons et tira sur son pantalon.

Elle sentit son sexe bondir tel un diable hors de sa boîte et, incapable de résister à la tentation, interrompit leur baiser pour baisser les yeux.

— Je me souviens de cela.

À vingt-quatre ans, il était très beau. Mais à trente, il était spectaculaire, le torse plus viril, les traits du visage plus affirmés, le regard plus assuré que jamais.

Georgiana effleura son sexe du bout des doigts et vit ses muscles tressaillir. Enhardie par sa nudité alors qu'elle portait encore sa chemise de soie, elle referma la main autour de son membre et la fit lentement aller et venir tandis qu'il restait parfaitement immobile, aussi somptueux qu'une statue de marbre – une statue tiède et pleine de vie.

— Tristan, murmura-t-elle en levant les yeux vers son étincelant regard bleu, je crois que je suis encore à demi vêtue.

— Plus pour longtemps.

Il fit glisser les bretelles de sa chemise sur ses épaules, et elle dut le lâcher quand la soie glissa le long de ses bras pour aller se répandre à ses pieds. Les doigts de Tristan effleurèrent alors ses épaules nues, descendirent sur sa poitrine, encerclèrent ses mamelons et se refermèrent sur ses seins.

— Je me souviens de vous, moi aussi, murmura-t-il en penchant la tête pour prendre un de ses seins dans sa bouche.

Elle retint son souffle, les jambes flageolantes, et dut s'agripper au montant du lit pour ne pas s'affaisser sur le sol tandis qu'il suçait et mordillait délicatement son mamelon.

Puis, tout en l'embrassant passionnément, Tristan la souleva dans ses bras, avant de la déposer sur le lit. Elle garda les bras autour de son cou, incapable de se séparer de lui, et l'embrassa comme il l'avait embrassée. D'une main, il ouvrit le lit, puis l'étendit sur les draps.

Il la rejoignit alors et reprit son sein dans sa bouche. Le corps de Georgiana vibrait tout entier ;

elle savait ce qui allait suivre. La langue de Tristan léchait son mamelon, ses mains traçaient sur son ventre des cercles langoureux, puis descendaient plus bas... Elle se cambra quand un de ses doigts la pénétra.

— Vous avez envie de moi, murmura-t-il en l'embrassant. Vous voulez que je vous possède.

Son doigt remua, lui arrachant un gémissement.

— Oui, j'ai envie de vous.

Une lueur de satisfaction et de désir mêlés fit briller ses yeux.

— Je n'aurais pas cru que ce soit possible...

Tristan lui écarta les jambes et s'allongea contre elle.

— Il n'y a eu personne d'autre que moi, n'est-ce pas ? murmura-t-il en se hissant sur son coude pour l'embrasser.

— Personne.

La première fois, il s'était montré patient et prudent. Ce soir, il n'avait plus besoin de l'être, et elle souleva les hanches pour aller à sa rencontre quand il la pénétra. Elle cria, non de douleur mais de satisfaction. Il étouffa son cri sous sa bouche et se mit à aller et venir en elle en gémissant, le lit se balançant au rythme de ses poussées – une autre danse rien que pour eux deux.

La tension qui nouait le ventre de Georgiana s'intensifia au point qu'elle crut mourir. Elle planta ses doigts dans les épaules de Tristan pour se rapprocher de lui autant qu'elle le pouvait, comme si elle voulait faire partie de lui, partie du feu qui les consumait.

— Dites mon nom, haleta-t-il en lui embrassant l'oreille.

— Tristan... Oh, Tristan.

Ce fut alors comme si un portail venait subitement de s'ouvrir. Elle eut l'impression de sentir son corps voler en éclats et se mit à trembler, à se contracter irrépressiblement autour de lui. Elle ne sentait plus que lui, Tristan, en elle, autour d'elle.

— Georgiana, gémit-il en la serrant soudain très fort, avant de se détendre et d'abandonner sa tête au creux de son épaule.

Elle se laissa aller à savourer le poids de son corps ferme et tiède sur elle. Elle n'avait plus ressenti cela depuis une éternité, cette impression de former un couple plutôt que d'être une seule personne. En retrouvant cette sensation, elle se souvint aussi qu'il avait quitté sa chambre quand elle s'était réveillée, emportant un de ses bas avec lui. En guise de souvenir, avait-elle pensé… pour découvrir ensuite qu'il s'agissait d'un pari.

Tristan glissa les mains sous ses fesses et roula sur le dos sans se retirer d'elle, la gardant serrée contre lui. Ils restèrent longtemps ainsi, les doigts de Tristan s'enroulant dans ses cheveux. Une fois que Georgiana eut retrouvé son souffle, elle souleva légèrement la tête pour le regarder.

— Suis-je restée la même ?

— Non. Vous êtes plus voluptueuse, répondit-il avec un sourire malicieux en faisant glisser ses mains sur ses fesses.

Elle soupira. Le monde réel se trouvait toujours de l'autre côté des rideaux du lit, mais elle décida de l'ignorer encore un moment. Elle caressa lentement son torse, et sa main s'immobilisa quand elle sentit un léger creux au niveau de sa clavicule.

— Ceci est nouveau, dit-elle. Que vous est-il arrivé ?

— La ruade d'un cheval m'a valu une chute sur des rochers, il y a trois ans. Cela m'a fait un mal de chien, répondit-il en écartant ses cheveux pour observer son visage. Vous souvenez-vous de la moindre de mes cicatrices ?

« Je me souviens de tout », faillit-elle répondre. Mais elle préféra mentir.

— Je pensais que c'était peut-être moi qui vous l'avais faite.

Il eut un petit rire tranquille et chaleureux.

— Ce n'est pourtant pas faute d'avoir essayé, Georgie. Mes orteils sont encore bleus, et mes phalanges me titillent quand il va pleuvoir.

— Vous exagérez.

— Peut-être un peu, répondit-il en déposant un baiser sur son front. Avez-vous froid ?

— Je commence à frissonner un peu.

Il ramena les couvertures sur eux. Quand il se rallongea près d'elle, elle nicha la tête au creux de son épaule, laissant reposer la main sur son torse.

Elle se sentait détendue, prête à dormir des semaines entières, blottie ainsi contre lui. Hélas...

— Que faites-vous d'Amélia Johns ? demanda-t-elle.

— Je m'occuperai d'elle plus tard. Parlons d'autre chose, ma douce.

Elle aurait aimé le questionner davantage, mais ses yeux se fermèrent et elle s'endormit, bercée par le bruit de sa respiration et le battement régulier de son cœur. Quand elle se réveilla, l'aube grise pointait au bord des rideaux bleus. Elle resta étendue, la poitrine de Tristan se soulevant et s'abaissant sous sa joue.

Elle n'avait pas envie de partir. Mais elle ne pouvait pas rester. Elle écarta délicatement le bras de Tristan de son épaule et se redressa. Il s'étira, tourna le visage vers elle, mais ne se réveilla pas.

Un instant tentée de déposer un baiser sur sa joue, elle se l'interdit aussitôt.

Il avait fini par la laisser approcher, persuadé qu'elle lui avait accordé son pardon. Ce qu'elle avait fait – mais pas complètement. Peu importait, de toute façon, puisqu'elle ne pourrait jamais lui confier le secret de son cœur. Ce qui venait de se passer n'était que l'expression d'un désir physique alimenté par la frustration de six ans d'hostilité.

Elle quitta prudemment le lit et alla remettre sa chemise. Lorsqu'elle la souleva, un de ses bas tomba par terre, et elle l'observa un instant. Ce serait une bonne leçon pour Tristan. Et cela lui ferait comprendre qu'il ne fallait jouer ni avec son cœur, ni avec celui d'aucune autre femme.

Cette idée en tête, elle se dirigea vers le secrétaire ouvert et griffonna un bref message, qu'elle déposa avec son bas sur l'oreiller qui se trouvait près de lui. Elle alla ensuite chercher le coffret d'acajou dans le tiroir de sa commode, l'ouvrit et le plaça également sur l'oreiller.

Il l'avait bien cherché, se rappela-t-elle, résistant à l'envie de regarder son visage. Ne lui avait-il pas fait la même chose ?

Sans un bruit, elle rassembla ses vêtements, se glissa hors de la chambre et referma la porte derrière elle. Avec un peu de chance, elle serait sortie de la maison avant son réveil. Et, avec un peu plus de chance, elle serait rentrée chez elle, dans le Shropshire, avant qu'il ait décidé de se venger. Et, avec encore plus de chance, elle réussirait à quitter Carroway House sans pleurer.

Mais des larmes roulaient déjà sur ses joues. Sa chance n'irait pas jusque-là.

11

Puck.

Le Songe d'une nuit d'été, acte II, scène 1

Un léger parfum de lavande restait accroché aux draps et à l'oreiller sur lequel reposait sa tête. Les yeux clos, Tristan respira profondément cette odeur, celle de Georgiana.

Six ans. Il pouvait se flatter de l'avoir attendue longtemps, mais il aurait attendu encore davantage. Il ne parvenait toujours pas à croire qu'il ait pu être pardonné. Il voulait l'en remercier de nouveau – plusieurs fois, en fait – avant que la maisonnée ne se réveille et qu'elle ne soit obligée de regagner sa chambre.

Mais, même alors, il ne l'autoriserait pas à lui échapper bien longtemps. Maintenant qu'il l'avait retrouvée, il n'était pas question qu'il laisse passer sa chance avec Georgiana. Dieu merci, il n'avait pas encore fait sa demande à Amélia.

Il s'étira prudemment pour ne pas risquer de la réveiller, puis ouvrit les yeux. L'autre côté du lit était vide. Tristan fronça les sourcils et se redressa.

— Georgiana ?

Seul le silence lui répondit.

Il s'assit complètement, et quelque chose glissa le long de son flanc nu. Il tendit la main et l'attrapa. Le coffret d'acajou. Il le regarda un long moment, l'esprit encore embrumé de sommeil, passa une main dans ses cheveux emmêlés et posa les yeux sur l'oreiller d'où avait glissé le coffret. Un bas s'y trouvait, posé sur une feuille de papier pliée en deux.

Tout son être se rebella à l'idée de prendre connaissance de ce message. Il ne pouvait cependant pas non plus rester éternellement assis nu dans son lit à le regarder, aussi le prit-il avec un long soupir et l'ouvrit-il.

Vous avez maintenant la paire. J'espère qu'ils vous plairont, car vous ne m'aurez plus.

Georgiana

Elle avait préparé ce piège depuis longtemps. Et il s'y était précipité la tête la première, avec l'ardeur d'un collégien amoureux pour la première fois. Un éclair de colère le transperça, et il froissa le message dans son poing pour le lancer dans la cheminée. Un seul juron franchit ses lèvres, bien senti et véhément.

Il bondit hors du lit, ramassa son pantalon et s'empara d'une chemise propre. Personne n'avait le droit de le ridiculiser de la sorte. Alors qu'il avait la tête pleine de demandes en mariage et d'ébats passionnés, elle avait attendu qu'il se réveille, jubilant d'avoir après six ans trouvé le moyen de prendre sa revanche.

Mais, au-delà de sa colère, Tristan se sentait profondément blessé, aussi meurtri que s'il avait reçu un coup de pied dans le ventre. Il tenta de se défaire de cette impression, mais elle demeura, assez réelle pour lui couper le souffle. Il ne pouvait accepter cela. Il détestait se sentir dans cet état.

Il tenta de modérer son humeur tandis qu'il enfilait ses bottes. Quand il avait couché avec Georgiana six ans plus tôt, il ne l'avait pas fait pour remporter ce maudit pari. Il l'avait fait parce qu'il en avait envie. Sur le moment, il n'avait pas réfléchi au-delà de cet instant de plaisir ; il ne s'attendait pas à passer les six années suivantes à s'en souvenir et à vouloir le renouveler.

Animé d'une rage froide, il alla prendre dans l'armoire un gilet et une veste qu'il enfila. Ce qu'ils avaient vécu la veille avait été différent, encore meilleur que la première fois. Il avait réfléchi au-delà de l'instant, cette fois.

Il attrapa une cravate amidonnée et la noua autour de son cou en fronçant les sourcils. Georgiana avait réfléchi au-delà de l'instant, elle aussi. Elle avait pensé au moyen de prendre sa revanche, de lui rendre la monnaie de sa pièce.

Furieux, il gagna la porte, l'ouvrit à la volée et traversa le couloir en direction de l'aile est de la maison. Sans prendre la peine de frapper, il ouvrit la porte de sa chambre.

— Georgi...

Elle n'était pas là. Des vêtements gisaient sur le sol et la courtepointe, mais le lit n'avait pas été défait. Des cascades de soie et de satin multicolores débordaient des tiroirs entrouverts, et la moitié de ses affaires de toilette avait disparu de la coiffeuse.

Il considéra ce chaos. Elle avait rassemblé quelques effets sans se donner la peine de cacher la précipitation de son départ, ce qui voulait dire qu'elle n'avait pas rassemblé ses effets la veille, avant de lui infliger ce petit coup de grâce.

Il tourna les talons et regagna sa chambre. Le message chiffonné gisait dans l'âtre éteint. Il le ramassa et le lissa du plat de la main. Son écriture n'était pas aussi précise que d'habitude, et l'encre avait bavé parce qu'elle avait plié la feuille avant que l'encre soit sèche. Elle était donc pressée.

Pourquoi ? Parce qu'elle craignait qu'il ne se réveille, ou parce qu'elle craignait de perdre courage ? Il fourra le message et les bas dans le tiroir de sa table de chevet, puis ressortit dans le couloir et gagna le hall.

Dawkins s'y trouvait, en train de bâiller.

— Comment se fait-il que vous soyez déjà debout ? demanda Tristan, contenant difficilement sa colère.

— Lady Georgiana m'a fait appeler il y a une demi-heure, répondit le majordome en se redressant.

— Pourquoi ?

— Elle m'a chargé de héler un cab, milord, pour elle et sa femme de chambre.

Elle avait emmené sa femme de chambre. Elle n'avait donc pas l'intention de revenir.

— A-t-elle dit où elle allait ? demanda Tristan, tremblant de fureur.

— À Hawthorne House, milord, répondit le domestique en reculant.

Tristan passa derrière lui pour attraper son pardessus.

— Je sors.

— Dois-je dire à Gimble de seller Charlemagne ?

— Je le ferai moi-même. Écartez-vous de mon chemin.

Dawkins s'exécuta en déglutissant, et Tristan ouvrit rageusement la porte d'entrée. Il dévala les marches du perron tout en enfilant son manteau.

L'écurie était sombre et silencieuse ; l'aube venait à peine de se lever. Il fut surpris de voir Sheba dans la stalle qu'elle occupait près de son hongre. Georgiana n'aurait pas laissé son cheval si elle avait tout planifié dès le début. Et elle n'aurait pas fait venir son cheval si elle avait eu l'intention de partir comme elle l'avait fait.

Tristan sella Charlemagne, l'enfourcha et quitta l'écurie, le haut du corps plaqué contre l'encolure de sa monture.

En dépit de l'heure matinale, Mayfair grouillait déjà de vendeurs et de charrettes de livraison. Tristan chevaucha parmi cette cohue jusqu'à Grosvenor Square, où se trouvait la résidence londonienne de la duchesse douairière de Wycliffe, qui comptait parmi les demeures des plus anciennes familles d'Angleterre. Aucun valet n'apparut quand il descendit de cheval – le personnel de la duchesse devait encore dormir.

Quelqu'un avait pourtant bien ouvert la porte à Georgiana. Il actionna le heurtoir. Plusieurs longues secondes s'écoulèrent sans réponse, et il laissa retomber de nouveau le heurtoir, avec nettement plus de vigueur.

Un verrou cliqueta et la porte s'ouvrit. Un majordome à la mine bien plus compassée que Dawkins apparut sur le seuil.

— L'entrée de service se tr… Lord Dare. Toutes mes excuses, milord. En quoi puis-je vous aider ?

— Je dois parler à lady Georgiana.

— Je suis navré, milord, mais lady Georgiana n'est pas ici.

Tristan laissa passer une seconde et s'efforça de garder son sang-froid.

— Je sais qu'elle est ici, déclara-t-il posément. Et je dois lui parler. Immédiatement.

— Le… Je vous en prie, bredouilla le majordome en reculant à l'intérieur du hall. Si vous voulez bien patienter au petit salon, je vais aller m'informer.

— Merci, répondit Tristan en pénétrant dans la maison.

Trop furieux pour s'asseoir, il arpenta le petit salon en serrant les poings. Un léger parfum de lavande imprégnait encore sa peau. Malédiction ! Il aurait dû prendre le temps de faire partir cette odeur qui risquait de le rendre fou.

La pendule de la cheminée marquait 5 h 50. Si Georgiana avait quitté Carroway House en cab une demi-heure avant son réveil, elle était sans doute arrivée depuis un quart d'heure. Dans sa fureur, Tristan n'avait pas même mis dix minutes pour traverser Mayfair à cheval.

Un juron lui échappa. Si elle ne se dépêchait pas de descendre, il n'hésiterait pas à monter la chercher. Elle ne lui échapperait pas aussi facilement. Pas après ce qu'il avait ressenti la veille. Pas après les projets qu'il avait faits.

— Lord Dare.

— Que diable av…

La phrase qu'il s'apprêtait à prononcer mourut sur ses lèvres quand il se tourna vers la porte.

— Votre Grâce, dit-il en s'inclinant.

— Votre visite est bien matinale, déclara la duchesse douairière en l'observant de son regard vert et froid depuis le seuil du salon. Souhaitez-vous achever votre phrase ?

Il ravala une réplique. La duchesse était habillée et coiffée ; elle s'était probablement levée à l'arrivée de sa nièce. Georgiana s'était-elle attendue qu'il la suive jusqu'ici ? Qu'il endosse la responsabilité de sa fuite de Carroway House ?

— Non, Votre Grâce. Je ne le souhaite pas. Je suis ici pour voir lady Georgiana.

— C'est ce que m'a dit Pascoe. Vous paraissez très agité, milord. Je vous suggère de rentrer chez vous, de vous raser, de vous ressaisir et de revenir à une heure décente.

— Avec tout le respect que je dois à Votre Grâce, répliqua-t-il, il faut vraiment que je parle à Georgiana. Je ne plaisante pas.

Elle haussa les sourcils.

— Non, je le vois bien. Je me suis déjà renseignée auprès de Georgiana, cependant, et elle ne souhaite pas vous parler.

Tristan prit une longue inspiration. Les choses n'arrivaient pas sans raison, se souvint-il. Sa carrière de joueur lui avait au moins appris cela.

— Comment… est-elle ? parvint-il à demander.

— Dans un état assez semblable au vôtre. Je ne chercherai pas à spéculer sur les causes de son agitation, mais vous devez partir, lord Dare. Si vous ne le faites pas de vous-même, j'appellerai mes valets pour qu'ils vous reconduisent à la porte.

Il acquiesça sèchement. Forcer le barrage que lui opposeraient les valets de la duchesse ne lui aurait sans doute pas déplu, mais aurait desservi sa cause.

— Fort bien. Veuillez faire savoir à Georgiana que son message a été reçu et… compris.

Une lueur de curiosité passa dans le regard de la duchesse.

— Je le ferai.

— Bonne journée, Votre Grâce. Je ne reviendrai pas aujourd'hui.

— Bonne journée, dans ce cas, lord Dare.

Elle disparut, et Tristan s'en alla retrouver Charlemagne. Cette affaire n'était pas terminée.

Et si ses soupçons étaient fondés, l'état dans lequel Georgiana avait laissé les choses entre eux était sans doute la meilleure nouvelle qu'il ait reçue depuis six ans. Et il en aurait le cœur net… s'il parvenait à se retenir de la tuer avant.

— Il est parti, ma chère, annonça la voix tranquille de tante Frédérica depuis le couloir.

Georgiana relâcha son souffle dans un sanglot étranglé.

— Merci.

— Puis-je entrer ?

Affronter sa tante était bien la dernière chose dont elle eût envie, mais elle avait conscience de se comporter comme une folle, et la duchesse méritait une explication. Georgiana sécha ses larmes, chancela jusqu'à la porte, tira le verrou et l'ouvrit.

Frédérica observa son visage et passa devant elle.

— Pascoe, lança-t-elle en entrant, demandez qu'on apporte une tisane.

La duchesse referma la porte derrière elle et s'y adossa.

— T'a-t-il fait du mal ? s'enquit-elle d'un ton paisible.

— Non ! Non, bien sûr que non. Nous… avons eu une dispute, c'est tout, et je… je ne voulais pas rester là-bas plus longtemps.

Elle laissa échapper un soupir hoquetant et s'approcha du fauteuil placé devant la fenêtre. Elle s'y blottit et ramena ses genoux sous son menton, en regrettant de toutes ses forces de ne pas pouvoir devenir invisible.

— Que voulait-il ?

— Te parler. C'est tout ce qu'il m'a dit. Hormis un message qu'il m'a chargée de te transmettre.

Oh non. Tristan était-il assez fâché pour avoir décidé de ruiner sa réputation ?

— De... de quoi s'agit-il ?

— Il m'a demandé de te dire qu'il avait bien reçu et compris ton message.

Georgiana se redressa un peu, soulagée.

— C'est tout ?

— C'est tout.

Une femme de chambre apporta la tisane, et la duchesse sortit dans le couloir pour se charger elle-même du plateau. Georgiana prit une longue inspiration et renifla. Il avait épargné sa réputation. Il n'avait pas rapporté ses bas et ne les avait pas jetés par terre en claironnant qu'il avait couché avec lady Georgiana Halley, par deux fois, et qu'elle n'était qu'une femme facile.

— Oh, il a dit aussi qu'il ne reviendrait pas aujourd'hui. Il a insisté sur ce dernier mot, ce qui signifie sans doute qu'il a l'intention de revenir ultérieurement.

Georgiana tâcha de rassembler ses pensées, encore trop soulagée pour que cette perspective lui fasse peur.

— Je vous remercie de l'avoir reçu.

La duchesse lui servit une tisane à laquelle elle ajouta deux morceaux de sucre et une bonne mesure de crème.

— Bois, dit-elle en lui tendant la tasse.

Le breuvage était amer, mais le sucre et la crème l'adoucissaient, et Georgiana en prit deux longues gorgées. Une agréable tiédeur se répandit depuis son ventre jusque dans ses extrémités, et elle but de nouveau.

— Te sens-tu un peu mieux ?

— Oui, merci.

Sa tante s'assit sur le banc placé sous la fenêtre, assez loin de sa nièce pour que celle-ci ne soit pas forcée de la regarder si elle n'en avait pas envie. Frédérica Brakenridge était dotée d'une grande intuition.

— Je dois dire que je ne t'avais pas vue dans un tel état d'hystérie depuis au moins… six ans. Dare avait déjà quelque chose à y voir, si je me rappelle bien.

— Il me met hors de moi.

— Je vois cela. Pourquoi le fréquenter, dans ce cas ?

Georgiana regarda la crème tourbillonner lentement à la surface de sa tisane.

— Je… j'avais décidé de lui donner une leçon.

— Il semble l'avoir comprise.

— J'espère bien, répliqua Georgiana avec toute l'indignation qu'elle fut en mesure de rassembler.

— Dans ce cas, pourquoi pleures-tu, ma chère ?

Parce que je ne suis pas sûre qu'il la mérite, parce que je ne le déteste pas vraiment et parce qu'à présent, lui me hait.

— Je suis simplement fatiguée. Et fâchée contre lui, bien sûr.

— Bien sûr. Je vais t'envoyer ma femme de chambre pour qu'elle t'aide à te déshabiller, annonça la duchesse en se levant. Finis ta tisane et repose-toi.

— Mais c'est le matin.

— Pas tout à fait. Et puis, tu n'as rien à faire aujourd'hui, pas d'obligations, pas de rendez-vous – rien d'autre à faire que dormir.

— Mais…

— Dors.

La tisane était certainement efficace, car Georgiana sentit qu'elle avait du mal à garder les yeux ouverts.

— Bien, tante Frédérica.

Frédérica Brakenridge était occupée à rédiger sa correspondance quand la porte de son bureau s'ouvrit.

— Que diable se passe-t-il ? s'enquit une voix grave.

Frédérica mit de côté la lettre qu'elle venait d'achever et entreprit d'en rédiger une autre.

— Bonjour, Greydon.

Elle sentit l'imposante silhouette de son fils hésiter avant de s'avancer jusqu'à elle. Une chevelure châtain apparut dans le coin de sa vision quand il se pencha pour embrasser sa joue.

— Bonjour, mère. Que se passe-t-il donc ?

— Qu'as-tu entendu dire ?

Il se laissa tomber en soupirant sur la chaise capitonnée qui se trouvait près d'elle.

— J'ai croisé Bradshaw Carroway au *Gentleman Jackson's*. Quand je lui ai demandé des nouvelles de Georgiana, il m'a répondu qu'elle était revenue ici et que Tristan était furieux – ou quelque chose dans ce goût-là.

— Bradshaw t'a-t-il dit pourquoi ?

— Il a affirmé qu'il n'en savait rien parce que Tristan ne voulait rien dire.

Frédérica continua de rédiger sa lettre.

— C'est à peu près tout ce que je sais également.

— C'est cet « à peu près » que je veux entendre de vous, mère.

— Non.

— Parfait, déclara Grey en se levant. J'irai demander à Tristan.

Réprimant un froncement de sourcils, Frédérica se tourna vers lui.

— Non, tu ne le feras pas.

— Et pourquoi ?

— Reste en dehors de cela. Cette affaire ne regarde qu'eux. Pas nous.

Grey se renfrogna.

— Où est Georgie ?

La duchesse hésita. Il lui déplaisait de ne pas connaître tous les faits ; cela rendait la traversée de cette affaire plus difficile, plus délicate.

— Elle dort.

— À 14 heures ?

— Elle était contrariée.

— À quel point ? demanda Greydon en soutenant son regard.

— Très contrariée.

Le duc se tourna vers la porte.

— C'est bon. J'irai soutirer des réponses à Dare, à coups de poing s'il le faut.

— Tu ne feras rien de tel. Je l'ai vu ce matin, et il m'a donné l'impression d'avoir grande envie de se servir de ses poings, lui aussi. Vous y perdrez votre amitié, si tu interviens.

— Par le d... Mais alors, que suis-je censé...

— Ne fais rien. Prends exemple sur moi et sois patient.

— Vous ne savez vraiment pas ce qui se trame, n'est-ce pas ? demanda-t-il d'un ton inquisiteur. Vous ne gardez pas le secret par principe ?

— Je ne sais pas tout, contrairement à ce que l'on prétend. Rentre chez toi. La rumeur de cette affaire a probablement déjà atteint les oreilles d'Emma, et je ne tiens pas à subir deux fois cet interrogatoire.

— Cela me déplaît, mais soit. Je ne ferai rien pour le moment.

— C'est tout ce que je demande.

— J'en doute, lâcha-t-il avant de quitter la pièce sur un sourire inquiet.

Frédérica pencha la tête au-dessus de sa lettre, puis s'adossa à sa chaise en soupirant. L'affaire était forcément sérieuse. Elle avait cru que Georgiana avait fini par pardonner à Tristan son précédent et mystérieux faux pas. Désormais, elle n'était plus sûre de rien. Elle aurait autorisé Greydon à intervenir si Georgiana avait été la seule à être meurtrie. Mais Dare souffrait aussi. Visiblement et profondément. Aussi préférait-elle attendre la suite des événements.

— Je ne tiens vraiment pas à sortir ce soir, dit Georgiana comme sa tante atteignait le rez-de-chaussée.

— Je sais bien que tu n'en as pas envie. C'est pourquoi nous irons seulement dîner avec Lydia et James. Ce sera en petit comité, et nous rentrerons tôt.

Georgiana rejoignit la duchesse près de la porte d'entrée.

— Ce n'est pas parce que je crains de le revoir, vous savez.

— Cela ne me regarde pas, répondit sa tante. Je suis seulement contente que tu sois revenue à la maison.

Justement, songea Georgiana, elle n'était pas à la maison. Elle n'avait pas de véritable foyer. Ses parents étaient dans le Shropshire avec ses sœurs ; son frère était en Écosse ; Helen et son mari étaient à York. Quant à elle, elle était la bienvenue chez Frédérica ou chez Grey et Emma, à sa convenance. Mais c'était à Carroway House qu'elle avait eu le plus de plaisir à séjourner, à bavarder avec Milly et Edwina, à jouer avec Edward et à parler de pays lointains avec Bradshaw. Et aussi, bien sûr, à voir Tristan.

— Viens-tu, Georgiana ?

— Oui.

Elle fut toute la soirée sur les nerfs. Si Tristan était aussi fâché que Frédérica le lui avait confié, il ne laisserait pas l'affaire en l'état. Georgiana ne l'avait pas fait, après la première fois. Elle s'était montrée épouvantable et lui avait tenu des propos que d'autres auraient sans doute trouvés amusants, mais qui étaient destinés à lui faire savoir à quel point elle le méprisait et le haïssait. Agirait-il de la même manière avec elle ?

Les deux journées suivantes, elle ne quitta guère la maison, mais Tristan ne vint pas et n'envoya pas de message. Cela signifiait-il qu'il était allé présenter sa demande à Amélia Johns ? Elle s'empressa de chasser cette pensée. S'il l'avait fait, tant mieux. N'était-ce pas la raison première de cette histoire, après tout ?

Elle devait assister au bal des Glenview avec Lucinda et Evelyn, et bien qu'elle n'eût guère envie d'y aller, elle ne voulait pas non plus se transformer en ermite. Le plus sage aurait été de retourner dans le Shropshire, comme elle en avait d'abord eu l'intention. Mais c'eût été céder à la lâcheté. De plus, elle n'avait aucune raison de fuir. Tristan ne s'était pas bassement vengé et, de son côté, Georgiana n'avait rien fait de mal. Enfin si, mais cela, seul Tristan le savait.

— Georgie ! s'exclama Lucinda en s'avançant vers elle pour saisir ses mains. J'ai appris que tu étais rentrée chez ta tante. Est-ce que tout va bien ?

Georgie embrassa la joue de son amie.

— Oui. Tout va bien.

— Tu l'as fait, n'est-ce pas ? Tu as délivré ta leçon.

Georgiana déglutit et, portant son regard sur la foule qui se trouvait derrière son amie, acquiesça.

— Je l'ai fait. Comment le sais-tu ?

— Tu n'aurais pas quitté Carroway House, autrement. Tu étais très déterminée.

— Je suppose que je l'étais.

Evelyn les rejoignit depuis le salon de musique.

— Tout le monde raconte que Dare et toi avez eu une nouvelle dispute.

— Oui, je ne peux pas le nier.

Pourtant, cela faisait trois jours qu'ils ne s'étaient pas croisés, et elle voyait mal comment quiconque pouvait savoir qu'ils étaient fâchés. Sans doute parce qu'ils se disputaient perpétuellement.

— Alors, tu sais probablement déjà qu…

— Bonsoir, mesdemoiselles.

— … qu'il est là, acheva Evelyn dans un murmure.

Georgiana se figea. Tout son être se rebellait à l'idée de se retourner. Mais elle ne pouvait pas faire autrement. Tristan se trouvait si près d'elle qu'elle aurait pu le toucher. Elle ne parvint pas à déchiffrer son expression, mais remarqua qu'il était un peu pâle et que ses yeux brillaient.

— Lord Dare, le salua-t-elle d'une voix mal assurée.

— Je me demandais si vous auriez la bonté de venir parler à mes tantes un instant, lady Georgiana, dit-il sèchement en gardant le dos bien droit. Elles sont assez inquiètes à votre sujet.

— Certainement, répondit-elle.

Elle redressa les épaules, fit mine de ne pas remarquer les regards inquiets de ses amies et s'éloigna avec lui.

Il ne lui offrit pas son bras, et elle garda les mains croisées derrière elle. Elle rêvait de s'enfuir, mais c'était impossible. Tout le monde aurait su alors qu'il s'était passé quelque chose entre eux. Les rumeurs étaient une chose, mais si Tristan ou elle faisaient quoi que ce soit pour confirmer celles-ci, elle n'aurait plus d'autre choix que de retourner dans le Shropshire.

Elle lui glissa un coup d'œil prudent. Il serrait les dents, mais hormis cela, ne présentait aucun signe d'agitation. Georgiana, elle, tremblait intérieurement. Pourtant, contrairement à ce qu'elle avait cru, il fit ce qu'il avait dit et se contenta de la conduire jusqu'à ses tantes.

— Oh, chère Georgie, dit Edwina en prenant sa main pour l'attirer vers elle. Nous étions si inquiètes ! Partir ainsi sans rien dire !

— Je suis profondément désolée, répondit-elle en pressant la main de la vieille dame. Il m'a fallu partir, mais je n'aurais pas dû le faire sans vous parler avant. Je ne voulais pas vous inquiéter.

— Comment se porte votre tante ? demanda Milly en s'avançant.

— Elle va très...

Georgiana s'interrompit quand elle se rendit compte qu'elle n'avait pas besoin de baisser les yeux vers la tante de Tristan.

— Milly, vous marchez !

— Avec l'aide de ma canne, mais oui. Alors, que vous est-il arrivé ? Tristan a-t-il encore dit quelque chose qui vous a mise en colère ?

Elle sentit son regard peser sur son visage, mais refusa de le croiser.

— Non. J'ai simplement dû partir. Et regardez-vous ! Vous n'avez plus besoin de moi.

— Nous apprécions toujours votre compagnie, ma chère.

— Et moi la vôtre. Je viendrai vous voir bientôt. Je vous le promets.

— Venez, Georgiana, intervint Tristan. Allons vous chercher un verre de punch.

— Je n'ai vraiment pas...

— Suivez-moi, répéta-t-il plus bas en lui offrant ostensiblement son bras.

Avec ses tantes qui les regardaient, Georgiana n'osa pas le repousser. Les muscles de son bras étaient aussi durs que l'acier, et Georgiana vit ses doigts trembler sur sa manche.

— Dare, je...

— Auriez-vous peur de moi ? demanda-t-il d'un ton tranquille.

— Peur ? N... non. Bien sûr que non.

— Vraiment ? insista-t-il en baissant les yeux sur elle. Vous devriez, pourtant. Je pourrais vous anéantir en moins d'une seconde.

— Je n'ai pas peur, parce que vous le méritiez.

Tristan se pencha vers elle, sa bouche formant un rictus.

— Qu'est-ce que je méritais, exactement ?

À l'autre bout de la salle, tante Frédérica les observait d'un air inquiet. Grey se tenait près d'elle, visiblement sur le qui-vive.

— Nous ne devrions pas parler de cela ici.

— Vous refusez de me voir ailleurs. Répondez-moi. S'agissait-il d'une revanche ?

— Une revanche ? Non. Ce... Je...

— Savez-vous ce que je pense ? demanda-t-il en recouvrant sa main de la sienne.

Aux yeux du public, le geste parut sans doute affectueux. Personne ne pouvait deviner la dureté d'acier de son étreinte : même si elle l'avait voulu, Georgiana n'aurait pu s'en dégager.

— Tristan...

— Je pense que vous avez peur, murmura-t-il, parce que cela vous a plu.

Oh non.

— Ce n'est pas du tout cela. Lâchez-moi.

Il lui obéit aussitôt.

— Et vous avez décidé de me blesser avant que je puisse le faire, reprit-il.

— C'est absurde. Je pars. Ne me suivez pas.

— Je vous laisserai faire... si vous me gardez une valse.

Elle s'immobilisa. Les choses n'étaient pas censées se passer ainsi. Tristan aurait dû ramper devant Amélia Johns et se comporter avec elle en futur bon époux. Mais Georgiana devait s'assurer qu'il avait bien compris que la leçon qu'elle lui avait donnée n'était pas une forme de vengeance. Et si cela impliquait de danser avec lui ce soir, elle le ferait.

— C'est entendu.

— Parfait.

12

Troïlus : Vous m'avez ôté
l'usage de la parole, madame.
Pandare : Les paroles ne payent aucune dette,
donnez-lui des effets.

Troïlus et Cressida, acte III, scène 2

Tristan s'était attendu à de la jubilation, à du dédain ou à quelque nonchalante arrogance. Mais elle avait tremblé. S'il passait outre sa colère et la prétention de Georgiana – elle avait vraiment cru pouvoir lui infliger une leçon ! –, il devait reconnaître que plus leurs vies étaient liées, plus il trouvait cela passionnant.

Il la regarda rejoindre ses amies et observa ses gestes, son maintien. Elle était blessée, il le voyait, ce qui n'avait aucun sens puisqu'il ne l'avait pas abandonnée ni ne lui avait demandé de partir. Il avait même été sur le point de la demander en mariage. Cela lui avait semblé parfait : tous ses problèmes d'argent réglés et une femme qu'il désirait dans son lit. Visiblement, il était passé à côté de quelque chose, et Georgiana détenait toutes les réponses.

Il avait étudié le billet qu'elle lui avait laissé jusqu'à en connaître par cœur chaque plein, chaque délié. Il contenait un message caché qu'il se faisait fort de découvrir.

— On croirait que tu rêves de la dévorer, marmonna Bradshaw derrière lui. Pour l'amour du Ciel, regarde donc quelqu'un d'autre.

Tristan battit des cils.

— Ai-je sollicité ton avis ? Va donc ennuyer un amiral ou je ne sais qui.

— Tu ne sers vraiment pas ta cause, tu sais.

Tristan se retourna et fusilla son frère du regard.

— Quand cela t'explosera au visage, souviens-toi que je t'aurai prévenu. Un peu de subtilité, que diable, Dare.

Sans lui laisser le temps de répondre, Shaw disparut vers l'escalier. Tristan tâcha de détendre les muscles crispés de son dos. Son frère avait raison : six ans plus tôt, il avait tout fait pour étouffer la rumeur, et il se comportait à présent avec toute la discrétion d'un taureau en rut.

— Bonsoir, Tristan.

Il regarda par-dessus son épaule.

— Amélia. Bonsoir.

Elle s'inclina gracieusement, sa robe de tulle bleu pâle la faisant paraître plus délicate que jamais.

— J'ai décidé de me montrer audacieuse et de vous demander une danse, dit-elle avec un sourire qui révéla une fossette sur sa joue.

— Et je vous en remercie, mais je n'ai pas l'intention de rester plus longtemps, ce soir. J'ai… des affaires à régler.

L'excuse était pitoyable, mais il n'était pas d'humeur à en inventer une qui fût plus crédible ni à écouter son inepte bavardage. Sur une brève inclinaison du buste, il prit congé d'elle, déterminé à ne pas quitter Georgiana d'une semelle.

Elle semblait veiller à garder ses distances avec lui et restait avec ses amies à l'autre bout de la pièce, s'appliquant à laisser échapper un rire nerveux de temps à autre, comme pour convaincre tout le monde qu'elle s'amusait. Mais Tristan n'était pas dupe de son manège.

Finalement, lady Hortensia fit venir l'orchestre, et les groupes éparpillés dans la salle migrèrent vers la piste de danse. Tristan dut laisser passer deux quadrilles et une danse folklorique que Georgiana accorda respectivement à lord Luxley – apparemment absous après l'incident avec la marchande d'oranges –, à Francis Henning et à Grey, le seul point positif étant que Westbrook n'avait pas encore fait son apparition.

Quand l'orchestre entonna la première valse, Georgiana se trouvait en compagnie de son cousin Grey et d'Emma. Tristan les rejoignit en s'efforçant de ne pas se déplacer trop rapidement.

— C'est notre danse, je crois, dit-il en lui offrant sa main.

Grey fronça les sourcils.

— Georgiana est fatiguée. Si tu n'y vois pas d'inc…

— Si, j'en vois un, l'interrompit-il sans détacher les yeux de Georgiana, malgré l'attitude menaçante du duc.

Si Grey voulait se battre, il était parfaitement d'humeur à le satisfaire.

— Georgiana ?

— Tout va bien, Grey. Je lui ai promis cette danse.

— Peu importe, si tu ne veux pas…

— J'apprécie ta galanterie, cousin, dit-elle d'un ton plus ferme, mais permets-moi de parler en mon nom.

Greydon s'inclina sèchement avant d'offrir son bras à son épouse pour la conduire sur la piste de danse.

— Comme si je t'en avais jamais empêchée, marmonna-t-il avant de s'éloigner.

Tristan ignora leur départ ; il n'avait d'yeux que pour Georgiana.

Quand elle prit sa main, le souvenir de la valse silencieuse qu'ils avaient dansée à moitié nus dans sa chambre à coucher lui revint. Il glissa son bras autour de sa taille et l'entraîna sur la piste.

Elle fit tout ce qu'elle put pour éviter son regard, se concentrant tour à tour sur sa cravate, les autres danseurs, l'orchestre et les décorations qui ornaient les murs. Tristan restait silencieux, tâchant de trouver la meilleure façon d'aborder les sujets qui lui tenaient à cœur sans risquer de perdre la face.

Finalement, elle poussa un long soupir et leva les yeux vers lui. Elle semblait fatiguée, et les fines rides qui entouraient ses yeux atténuaient l'éclat de son regard.

— J'ai accepté cette valse pour que vous me laissiez tranquille.

— Après m'avoir encouragé, vous m'avez insulté. Qu'est-ce qui vous a fait penser que je ne voudrais pas d'explications ?

— Vous avez dit à ma tante que vous aviez compris le message. Visiblement, ce n'est pas le cas. Autrement, vous ne danseriez pas avec moi.

— Expliquez-le-moi, dans ce cas.

Il avait baissé la tête, et sa joue effleura son oreille. Son parfum de lavande le fit déglutir. Fâché ou non, il avait toujours envie d'elle. Follement.

— J'ai éprouvé de la passion, Georgiana. Et vous aussi. C'est pourquoi je vous prie de m'expliquer pourquoi vous êtes partie comme vous l'avez fait.

Un voile rosé se répandit sur ses joues.

— Très bien. Vous étiez censé faire la cour à Amélia Johns, vous me l'avez dit vous-même. Pourtant, vous n'avez pas résisté à la tentation de me séduire. Je voulais que vous sachiez ce que cela fait d'attendre quelque chose de quelqu'un et de s'en trouver subitement privé. Vous apprendre qu'on ne peut pas briser tous les cœurs sur son chemin par simple caprice.

— Vous m'avez séduit autant que je vous ai séduite, ma chère.

— Oui, pour vous donner une leçon, répondit-elle en regardant autour d'elle pour s'assurer qu'on ne risquait pas de les entendre. Et il se trouve que cette leçon offrait en outre l'avantage de nous mettre à égalité.

— À égalité, répéta-t-il, un frémissement de colère et de désir mêlés parcourant ses veines.

— Oui. Vous m'avez blessée, et je vous ai rendu la pareille. La leçon est terminée. Allez retrouver Amélia et comportez-vous en gentleman, si vous en êtes capable.

Tristan la regarda longuement. Ils étaient effectivement à égalité – à un détail près.

— Vous avez raison.

— Alors mariez-vous et soyez un bon époux.

— Je voulais dire que vous avez raison quand vous dites que nous sommes à égalité. Néanmoins, les choses ne sont pas les mêmes qu'il y a six ans.

Elle l'étudia d'un œil méfiant.

— Que voulez-vous dire ?

— Quand vous êtes partie la première fois, je vous ai laissée faire. Je n'ai pas l'intention de rester sans réagir cette fois-ci.

— Qu… De quoi parlez-vous ? Et Amélia ? Elle s'attend à une demande de votre part.

— Si nous sommes quittes, poursuivit-il sans tenir compte de son interruption, rien ne nous empêche de recommencer.

Georgiana resta un instant bouche bée.

— Vous n'êtes pas sérieux !

— Je suis parfaitement sérieux. Vous m'intéressez bien plus qu'Amélia Johns ne saura jamais le faire. Pour dire les choses crûment, et parce que vous ne manquerez pas de me le jeter à la figure de toute façon, vous êtes une héritière, et tout le monde sait qu'il faut que j'en épouse une.

— Je ne vous crois pas, répliqua-t-elle en dégageant sa main. Vous ne supportez pas d'avoir perdu. Vous voulez m'embarquer dans un nouveau jeu que vous pensez gagner à mes dépens. Je refuse d'y participer.

— Il ne s'agit pas d'un jeu, Georgiana, gronda-t-il en reprenant sa main.

Elle s'écarta, se dégageant si vivement de son étreinte qu'elle faillit bousculer le comte de Montrose et sa cavalière.

— Prouvez-le, Dare.

Tristan eut un sourire narquois. Il adorait les défis, et plus l'enjeu était important, plus il y prenait plaisir.

— Je le ferai, dit-il en saisissant sa main pour baiser ses doigts. Croyez-moi, je le ferai.

Le lendemain, assise au salon avec sa tante, Georgiana faisait mine de s'appliquer à son ouvrage de broderie tout en se disant qu'elle aurait donné cher pour échapper au silence de la maison, seulement rompu par le tic-tac de la pendule, quand Pascoe apparut sur le seuil.

— Vous avez de la visite, lady Georgiana.

— Qui est-ce ?

— Lord Dare, milady.

Elle sentit son cœur bondir et déglutit.

— Je ne reçois pas ce matin, Pascoe.

— Très bien, milady, répondit le majordome avant de disparaître.

— Greydon a proposé de parler à Dare, si tu souhaites qu'il arrange les choses, dit tante Frédérica de ce ton prudent dont elle usait depuis le retour de Georgiana, comme si elle craignait que sa nièce ne s'emporte si elle avait le malheur de dire ce qu'il ne fallait pas.

— Grey est l'ami de Dare. Et je tiens à ce qu'il le reste.

— Lady Georgiana ? fit Pascoe en réapparaissant sur le seuil.

— Oui, Pascoe ?

— Lord Dare a rapporté votre cheval. Il aimerait savoir s'il vous plairait d'aller chevaucher et discuter avec vous du retour de vos effets personnels à Hawthorne House.

— Vous remercierez lord Dare, mais…

— Ah, je dois aussi vous faire savoir que le… Gnome est ici et qu'il aimerait faire une promenade à cheval avec vous.

— Pascoe, ma nièce a dit non. Je vous prierais de ne p…

Oh, le sournois. Georgiana posa son ouvrage et se leva.

— Je devrais au moins aller dire bonjour à Edward. Je suis certaine qu'il n'a pas la moindre idée de la raison pour laquelle je suis partie.

— Pas plus que moi, marmonna sa tante.

Georgiana feignit de ne pas l'avoir entendue et quitta la pièce.

— Georgie ! glapit Edward en se précipitant vers elle dès qu'elle apparut dans le vestibule.

— Edward, le réprimanda aussitôt Tristan d'un ton qui incita le garçon à s'immobiliser. Un peu de tenue, je te prie.

Edward fronça les sourcils et s'inclina devant Georgiana.

— Bonjour, lady Georgiana. Vous m'avez beaucoup manqué, ainsi qu'à Tempête.

— Vous m'avez manqué aussi. Je suis très heureuse de votre visite.

— Allez-vous venir vous promener avec nous ? Ce serait épatant. Je peux chevaucher sans que personne me tienne les rênes, vous savez.

Georgiana plongea son regard dans les yeux pleins d'espoir de l'enfant et sourit.

— Cela me ferait très plaisir.

— Hourra !

— Mais je dois d'abord aller me changer.

— Nous attendrons, déclara Tristan en haussant les sourcils quand elle lui adressa un regard noir par-dessus l'épaule de son frère.

Lorsqu'elle redescendit, quelques minutes plus tard, les deux frères Carroway l'attendaient dans l'allée. Dès qu'elle apparut, Tristan souleva Edward pour le jucher sur le dos de Tempête, puis s'avança pour aider Georgiana à grimper sur Sheba.

— Vous n'êtes qu'un tricheur, siffla-t-elle en appuyant son pied plus fort que nécessaire sur ses mains jointes. Et une canaille.

— En effet. Je suis également très rusé. Le Gnome me sert à la fois de prétexte et de chaperon, répondit-il en saisissant sa cheville pour placer son pied dans l'unique étrier de sa selle d'amazone.

— Un homme, une femme et un enfant. N'est-ce pas au motif de cette configuration que vous avez interdit à Bradshaw de m'escorter où que ce soit ?

— Mes objections concernant Bradshaw sont nombreuses et variées. Si l'une d'elles me permet de l'éloigner, je m'en sers volontiers.

— Et que croyez-vous faire en venant ici ? demanda-t-elle.

La présence d'Edward l'obligeait à modérer ses propos.

— Je vous rends visite. Hyde Park vous convient-il ?

— Oui, je suppose que cela ira.

Il grimpa souplement sur la selle de Charlemagne, et tous trois partirent au trot en direction du parc. Georgiana regarda Tristan se pencher de côté pour rectifier le maintien des rênes de son frère. Tristan était un cavalier hors pair, et même si une partie d'elle le détestait, elle aimait le regarder chevaucher. Mais, en cet instant, ce n'était pas seulement son talent pour l'équitation qu'elle admirait.

— Je précise, à toutes fins utiles, dit-il en se tournant vers elle, que je n'ai pas l'intention de dire ou de faire quoi que ce soit de déplaisant, aujourd'hui. J'ai décidé de vous faire officiellement la cour.

Alors qu'ils pénétraient dans l'enceinte du parc, elle garda le regard rivé sur les oreilles de Sheba.

— Je ne comprends pas, Tristan, déclara-t-elle à voix basse. Pourquoi prendre ce risque ? Vous avez déjà une héritière qui vous est tout acquise.

— Je n'ai jamais rien fait qui puisse s'apparenter à une demande en mariage auprès d'Amélia Johns, répondit-il d'un ton sec. Ne pensez plus à elle. C'est de nous qu'il s'agit et du fait que je vous désire.

— Cherchez-vous à me faire la cour ou à me séduire ? répliqua-t-elle d'une voix légèrement étranglée.

— Je vous fais la cour. La prochaine nuit que nous partagerons ne s'achèvera pas comme la précédente. Personne ne prendra la fuite.

Georgiana rougit. Elle était censée lui avoir brisé le cœur, et il prévoyait déjà leur prochain rendez-vous galant. Mais avait-il seulement un cœur ?

— Vous êtes bien sûr de vous.

— C'est une de mes plus grandes qualités.

Elle avait visiblement fait une erreur de calcul quelque part. Il se piquait à présent de lui dicter quand et comment ils se rencontreraient et ce que cela signifierait. Elle plissa les yeux. S'ils étaient à égalité, elle avait tout autant le droit que lui d'influer sur le cours des choses.

— Raccompagnez-moi, je vous prie, dit-elle en incitant Sheba à faire demi-tour.

— Nous venons à peine d'arriver.

— Je sais, mais je dois aller pique-niquer avec lord Westbrook tout à l'heure et j'ai besoin de me changer et de me rafraîchir.

Le visage de Tristan s'assombrit.

— Vous n'avez aucun pique-nique prévu. Vous venez d'inventer ce prétexte.

— Pas du tout. Vous pourrez attendre jusqu'à ce qu'il arrive si cela vous chante, mais courtiser une femme dont chacun sait qu'elle vous méprise vous fera paraître plus ridicule encore que vous ne l'êtes déjà.

Tristan pinça violemment les lèvres.

— Ce n'est pas ainsi que les choses se passeront.

— Mais si. Vos tantes n'ont plus besoin de moi, et j'ai par conséquent accepté les invitations de plusieurs gentlemen. Vous n'êtes que l'un d'entre eux.

— Vous disiez n'avoir aucunement l'intention de vous marier, lui rappela-t-il à voix basse en rapprochant Charlemagne de sa jument.

— Oui, mais depuis, j'ai réfléchi. C'est vous qui m'avez fait remarquer que je pourrais me marier avec quiconque s'intéresserait à ma dot. Et, étant donné la fortune que celle-ci représente, je pourrais épouser à peu près n'importe qui.

— Vous feriez bien de réviser ce raisonnement. Westbrook est mortellement ennuyeux et n'a nul besoin de votre argent.

— C'est justement le fait qu'il n'en ait pas besoin qui m'incite à penser qu'il apprécie vraiment ma compagnie et ma conversation. Vous disiez qu'un homme qui m'aimerait saurait pardonner mon... écart. Vous êtes d'excellent conseil, Tristan.

— Révisez aussi ce raisonnement-là. Passez la journée avec moi.

Georgiana constata avec ennui que sa proposition la tentait.

— Non. Nous sommes à égalité, Dare, et par conséquent, mon temps ne vous appartient pas.

— Je crois que si. Je pourrais vous obliger à passer votre temps avec moi, Georgiana. Je pourrais même vous obliger à m'épouser.

Elle soutint son regard, dur, étincelant de défi.

— Si vous avez l'intention de me faire la cour de cette manière, je vous détesterai, ma réputation sera ruinée et je m'en retournerai dans le Shropshire. Seule.

Il retint son souffle un instant, puis poussa un long soupir.

— Malédiction. Vous avez deviné que je bluffais.

Le cœur de Georgiana se remit à battre.

— Oui, je l'avais deviné.

Dieu merci, elle avait aussi le pouvoir de lui mentir, apparemment.

— Que je me refuse à ébruiter nos ébats ne prouve-t-il pas quelque chose ?

— Je suis ici avec vous, non ? répondit-elle en faisant aller et venir sa main entre eux deux. Mais le fait de garder le secret quant à votre lamentable écart ne vous vaudra rien de plus.

Il accueillit cette déclaration d'un rire chaleureux qui la surprit et la charma tout à la fois. Edward tourna la tête vers eux pour leur adresser un sourire. Georgiana fut tentée de sourire, elle aussi, mais résista vaillamment.

— Qu'y a-t-il d'amusant ? demanda-t-elle.

— Il y a quelques semaines, mon lamentable écart me valait des orteils écrasés et des phalanges meurtries, répondit-il en gloussant. Il semblerait que je sois en progrès.

Elle eut un reniflement hautain.

— Pas tant que cela, répliqua-t-elle. Maintenant, raccompagnez-moi.

— Bien, milady, soupira Tristan. Nous rentrons, le Gnome, ajouta-t-il plus haut à l'intention de son frère.

— Pourquoi ?

— D'autres gentlemen attendent de voir Georgie.

— Mais nous n'avons pas fini de la voir !

— Nous n'avions pas rendez-vous.

Georgiana adressa à Tristan un froncement de sourcils qu'il ignora. La situation menaçait de se révéler problématique. Une part d'elle-même avait envie de fondre chaque fois qu'il la regardait, tandis qu'une autre avait envie de hurler et de lui lancer des objets à la tête. Il n'était cependant pas question de lui faire confiance, surtout pas quand il feignait d'être honnête. Et si elle ne pouvait pas s'empêcher de le désirer, elle ne tomberait plus jamais – jamais – amoureuse de lui.

Un des valets l'aida à descendre de cheval avant que Tristan puisse le faire, et elle remercia le domestique d'un sourire si chaleureux que le pauvre homme rougit et s'enfuit plutôt qu'il ne partit, emmenant Sheba avec lui. Peste. Se comporter comme une idiote ne l'aiderait donc pas davantage.

— Je vous remercie de cette agréable promenade, dit-elle à Edward.

— Il n'y a pas de quoi.

— Irez-vous admirer les feux d'artifice de Vauxhall, jeudi ? demanda Tristan en descendant de cheval pour l'escorter jusqu'à la porte.

Il le saurait facilement et elle n'avait pas l'intention d'assister au bal qui suivrait, de toute façon.

— Oui, ma tante et moi devons y aller.

— Puis-je vous envoyer ma voiture et vous proposer à toutes deux mon escorte, en ce cas ?

Malédiction. Il avait décidément plus d'un tour dans son sac.

— Je... ne puis vous répondre pour ma tante.

— Si vous voulez bien l'informer de ma requête et lui dire que mes tantes seront là aussi, je vous en serais reconnaissant. Milly attend avec impatience les feux d'artifice depuis le début de la saison.

Georgiana crispa la mâchoire.

— Vous trichez sans cesse.

— Je vous rappelle qu'il ne s'agit pas d'un jeu. Et que j'ai l'intention de gagner.

— Très bien. Je suis certaine que tante Frédérica sera enchantée d'avoir l'occasion de bavarder avec vos tantes. Je l'informerai donc de votre requête. Mais cela ne me plaît guère.

Tristan s'inclina et prit sa main dans la sienne.

— Je vous souhaite un agréable pique-nique, Georgiana, murmura-t-il.

En montant les marches du perron, ce n'était pas au pique-nique que songeait Georgiana, mais aux longs cils qui bordaient les yeux bleus de Tristan et aux promesses – ou aux mensonges – qu'elle avait lues au fond de ceux-ci.

— Tristan, dit Edward alors qu'ils s'en retournaient à Carroway House, pourquoi m'as-tu fait venir jusqu'ici ? Je t'ai dit que j'étais déjà allé me promener avec Andrew et Shaw.

— Parce que je voulais voir Georgiana et que je savais qu'elle voudrait te voir.

— Pourquoi n'aurait-elle pas voulu te voir ? Est-elle fâchée contre toi ?

Tristan eut un petit sourire triste.

— Oui, elle l'est.

— Tu devrais lui envoyer des fleurs. C'est ce que fait Bradshaw, et il dit que toutes les filles l'adorent.

— Des fleurs, hein ? répéta Tristan en se disant que l'idée n'était pas mauvaise. Et que leur fait-il porter d'autre ?

— Des chocolats. Tout plein de chocolats ! Il dit que Melinda Wendell serait prête à faire des galipettes avec un bœuf pour une boîte de chocolats.

— Bradshaw t'a-t-il personnellement dit cela ?

— Non, répondit Edward d'un air penaud. C'est ce qu'il a dit à Andrew quand Andrew lui a confié son envie de faire des galipettes avec Barbara Jamison. J'aimerais bien faire des galipettes avec une fille, moi aussi. Cela semble très amusant.

— Quand tu seras plus grand. Et surtout, ne parle jamais de galipettes devant Georgiana, d'accord ?

— Pourquoi ? Elle n'aime pas cela ?

Tristan était intimement persuadé du contraire.

— Les galipettes sont un sujet dont peuvent seulement parler les hommes, et uniquement entre eux, le Gnome. On ne peut même en parler qu'entre frères. Compris ?

— Oui, Dare. Pas même avec les tantes ?

— Bonté divine, surtout pas !

— D'accord.

— Merci pour l'idée des fleurs, au fait. Je crois que je vais essayer.

— Tu devrais. J'aime beaucoup Georgiana.

— Moi aussi.

Quand il n'avait pas envie de l'étrangler.

Leurs querelles étaient devenues entre eux une sorte de rituel de séduction. Elle l'agaçait et avait le pouvoir de le mettre hors de lui. Mais elle lui donnait principalement envie de faire des galipettes. Beaucoup de galipettes.

13

Note de l'auteur

Il n'y aura pas de chapitre treize. Selon moi, Tristan et Georgiana ont déjà tant à faire qu'il serait malvenu d'ajouter un nombre porte-malheur à leurs péripéties.

14

Allons, encore une fois à la brèche,
chers amis, encore une fois ;
ou comblons-la de nos morts anglais.

Henri V, acte III, scène 1

Georgiana Halley était intelligente et méfiante – surtout avec lui –, et la meilleure façon de la prendre en défaut consistait à la déstabiliser. Tristan s'installa en face d'elle dans sa voiture et regarda par la fenêtre. Ils étaient en guerre, cela ne faisait aucun doute, et il avait l'intention de remporter la victoire.

La victoire absolue consisterait à l'épouser. Georgiana avait placé l'enjeu à ce niveau quand elle avait joui dans ses bras, pour l'abandonner ensuite en lui laissant un cadeau sur l'oreiller. En faire son épouse légitime l'empêcherait à tout jamais de fuir son lit.

Il lui restait encore à trouver le moyen d'y parvenir. Il appréciait sa compagnie et la désirait physiquement. Elle le désirait aussi, mais il n'était pas certain qu'elle l'apprécie véritablement. Il devait coûte que coûte la convaincre de dire oui. Au moins avait-elle accepté de se joindre à lui ce soir.

— J'ignorais que l'on pouvait encore trouver des kiosques disponibles à Vauxhall à cette époque de la saison.

La duchesse douairière de Wycliffe, plus distante encore que Georgiana, le fusillait du regard depuis qu'il était passé les prendre à Hawthorne House. Tristan, qui ne l'avait invitée que pour garantir la présence de Georgiana, lui prêtait cependant à peine attention.

Son commentaire sous-entendait perfidement qu'elle se demandait où il avait bien pu trouver l'argent de la location d'un kiosque, et Tristan en fut un instant ennuyé.

— Le marquis de St. Aubyn quittait Londres pour la semaine, et il m'a cédé la sienne, répondit-il.

— Seriez-vous un intime de St. Aubyn ?

— Disons que je le connais.

Elle ne sembla pas y voir un point en sa faveur.

— Et il vous a simplement proposé son kiosque ?

— Oui, répondit Tristan, omettant de préciser qu'il avait d'abord délesté St. Aubyn de cinquante livres au pharaon. Et ma première pensée a bien sûr été pour vous et Georgiana.

— J'avais cru comprendre que vos tantes nous accompagneraient, ajouta la duchesse d'un ton encore plus accusateur.

— Elles seront là. Ce sont mes frères qui les escortent.

Georgiana refusait de croiser son regard depuis son arrivée, tandis que Tristan ne pouvait s'empêcher de la dévorer des yeux. Elle portait une étole argentée sur une toilette bleu nuit et des pinces bleu et argent agrémentaient sa coiffure.

Quand il l'avait aidée à monter dans la voiture, le simple fait de tenir sa main lui avait desséché la bouche. Il brûlait d'envie de faire courir ses doigts sur sa peau, rêvait de sentir ses mains sur lui et son corps sous le sien.

— Georgiana, reprit sa tante d'un ton qui le fit sursauter, parle-moi donc de ton pique-nique avec lord Westbrook.

— Je ne pense pas que lord Dare ait envie d'entendre…

— Sans doute pas, mais moi, j'en ai envie. Raconte-moi.

Tristan n'avait pas besoin qu'on lui rappelle qu'elle avait d'autres prétendants. Il avait été tenté de la suivre à ce maudit pique-nique, rien que pour s'assurer qu'elle ne lui avait pas menti – et qu'elle ne s'amusait pas trop. S'il n'avait pas été obligé d'aller trouver St. Aubyn pour lui demander son kiosque, il l'aurait sans doute fait.

— Ce fut charmant. Il avait apporté du canard rôti.

— Et de quoi avez-vous parlé ?

— De rien d'important. Du temps qu'il fait et des divertissements de la saison.

— T'a-t-il fait sa demande ?

Cette fois, Georgiana croisa son regard, puis s'empressa de détourner les yeux.

— Vous savez bien que non. Cessez de me questionner, je vous prie.

— Je veux seulement te voir heureuse.

— Ce n'est pas l'impression que…

— Vous attendez-vous qu'il vous fasse sa demande ? demanda Tristan, incapable de s'en empêcher.

— Oh, regardez, nous sommes arrivés !

La voiture s'engagea dans les jardins de Vauxhall et s'immobilisa derrière la file des véhicules à l'arrêt. Le valet ouvrit la portière, déploya le marchepied, et Tristan descendit pour aider ces dames. La duchesse sortit la première, le regardant toujours comme s'il avait contracté la peste.

— Pourquoi sommes-nous ici en votre compagnie ? demanda-t-elle.

— Tante Frédérica, lança Georgiana d'un ton de reproche depuis l'habitacle de la voiture.

Tristan soutint le regard de la duchesse.

— Parce que je courtise votre nièce, répondit-il. Et parce que je suis si charmant et fascinant que vous n'avez pas pu refuser mon invitation.

À sa grande surprise, la duchesse accueillit sa réponse d'un bref éclat de rire.

— C'est peut-être pour cela, en effet.

— Georgiana ? dit-il comme la duchesse s'éloignait dans l'allée. Descendez-vous ou préférez-vous que je vous rejoigne ?

La main de la jeune femme apparut, et il la saisit. Malgré ses gants, il sentit la force du courant qui passa entre eux. Une fois qu'elle eut descendu le marchepied, il garda sa main dans la sienne.

— Autorisez-vous Westbrook à vous embrasser ? murmura-t-il.

— Cela ne vous regarde pas. Avançons, voulez-vous ?

Il lâcha sa main à regret.

— J'aimerais savourer encore votre bouche, poursuivit-il sur le même mode en lui offrant son bras.

— Cela ne se produira pas, répliqua-t-elle en détournant la tête, exposant ainsi à sa vue la courbe gracieuse de son cou.

Tristan se sentit durcir et fut heureux d'avoir son ample pardessus sur le dos.

— Westbrook vous fait-il frissonner ? murmura-t-il en mobilisant tout son self-control pour résister à l'envie d'embrasser son oreille.

— Cessez. Immédiatement. Un mot de plus dans cette veine, et je vous infligerai un coup qui vous enverra rejoindre le chœur des garçons de Westminster.

— Dites mon nom.

Elle soupira.

— Très bien. Tristan.

Il s'arrêta, l'obligeant à en faire autant.

— Non, regardez-moi dans les yeux et dites mon nom.

— C'est ridicule.

— Faites-moi plaisir.

Sa poitrine se souleva quand elle inspira, et elle tourna la tête pour poser sur lui le regard de ses yeux vert tendre éclairés par la lune.

— Tristan, souffla-t-elle d'une voix légèrement tremblante.

Il aurait pu se noyer dans ces yeux-là. Le problème étant que c'était indubitablement le sort qu'elle lui souhaitait.

— C'est mieux.

— Y a-t-il autre chose que vous souhaitiez m'entendre dire ? Le nom de votre cheval, peut-être ? Ou les tables de multiplication ?

— Mon nom suffira, je vous remercie.

Ils se remirent en marche et pressèrent le pas pour rattraper la duchesse.

— Je ne sais pas pourquoi vous insistez, dit-elle, parlant toujours bas. Je vous ai dit que je ne vous ferais jamais confiance.

— Vous me faites déjà confiance, ma douce.

— Qu'est-ce qui peut bien vous pousser à croire cela ?

— Vous avez laissé en ma possession des effets très personnels parce que vous savez que je ne les utiliserai jamais contre vous, dit-il en saisissant son bras de façon à la faire pivoter vers lui. Jamais, répéta-t-il.

Elle rougit.

— Vous avez donc une qualité. Vu tous vos défauts, il n'y a vraiment pas de quoi se vanter.

— Je commence à penser que j'aurais dû vous apporter un éventail.

— Je…

— Ah, vous voilà enfin, dit la duchesse en s'emparant de l'autre bras de Georgiana pour la libérer de Tristan. Je comptais sur toi pour voler à mon secours, j'aperçois lord Phindlin qui approche.

— Vous êtes une fort jolie veuve, dit Georgiana, déployant tout son charme maintenant qu'elle ne s'adressait plus à Tristan. Vous ne pouvez pas lui reprocher de vous faire la cour.

— Je crois que c'est surtout mon argent qui l'intéresse, répondit la duchesse en coulant un regard vers Tristan.

Merveilleux. On le rangeait à présent dans la catégorie des coureurs de dot.

— Il se peut aussi, Votre Grâce, qu'il ait simplement bon goût, dit-il d'un ton suave. S'il était seulement en quête d'argent, son choix se serait porté sur une femme plus… flexible.

— Certes, commenta la duchesse avec un haussement de sourcils prononcé.

Milly, Edwina, Bradshaw, Andrew et – au grand étonnement de Tristan – Robert occupaient déjà le kiosque quand ils arrivèrent. Georgiana salua tout le monde, gratifiant Milly et Edwina d'un baiser sur la joue, puis s'assit entre elles deux. Frédérica se mit à bavarder avec ses amies, ignorant le feu d'artifice et l'orchestre. Tristan les observa avec une irritation croissante. Il savait qu'il ne laissait pas Georgiana indifférente, sinon elle n'aurait pas pris la peine de se cacher ainsi. Mais tant que la duchesse se trouvait entre eux, il ne pouvait pas espérer lui conter fleurette.

Tristan s'autorisa un bref sourire. Il n'avait encore jamais songé à associer « conter fleurette » et « Georgiana » dans une même phrase. Il n'arrivait pas à la quitter des yeux, et quand elle lui rendit son regard, il sentit son sang s'échauffer. Elle avait été si fâchée contre lui six ans plus tôt que tout cela était peut-être le début d'un nouveau jeu, mais Tristan pratiquait les jeux de hasard depuis bien plus longtemps qu'elle...

— N'y a-t-il pas le marquis, Georgiana ?

Georgiana détacha à regret les yeux de Tristan pour se tourner vers sa tante.

— Je vous demande pardon, que disiez-vous ?

Frédérica plissa brièvement le front.

— Milly s'enquérait de tes prétendants.

— Oh. Oui, il y a le marquis, bien sûr.

C'était au moins la troisième fois depuis que Tristan était venu les chercher que sa tante mentionnait ses prétendants, songea Georgiana avec un certain déplaisir.

Elle n'épouserait pas lord Luxley, ni aucun de ceux qui venaient presque chaque semaine présenter leur demande. Outre les raisons personnelles qu'elle avait de les éconduire, ils ne l'intéressaient pas. La plupart l'ennuyaient. Et l'idée que Tristan puisse lui faire la cour dans l'intention de l'épouser était tout simplement... absurde. Elle l'avait humilié, avait provoqué sa colère, et il essayait à présent de lui rendre la pareille. Il s'attendait qu'elle tombe de nouveau amoureuse de lui pour pouvoir rire d'elle ensuite et remporter la victoire. Elle aurait pu traverser la Tamise sur la multitude de cœurs qu'il avait brisés, mais quand c'était lui qui était touché, il ne le supportait pas.

Et si elle frissonnait chaque fois qu'il prenait sa main ou frôlait son bras, sa réaction reflétait uniquement son désir. Son corps se tendait vers lui, mais il n'avait aucune emprise sur son esprit. Et son cœur ne suivrait jamais que son esprit.

— Georgiana, cesse donc de rêvasser.

Elle sursauta de nouveau.

— Je suis désolée. De quoi s'agit-il ?

— Où donc as-tu la tête, ce soir ? demanda sa tante tandis que Milly et Edwina l'observaient.

— Je me contentais de penser. Qu'ai-je manqué ?

— Les intentions de lord Westbrook.

— Oh, pour l'amour du Ciel, tante Frédérica, dit-elle en se levant et en serrant son étole autour de ses épaules. Ne faites pas cela, je vous prie.

— Être courtisée par autant de gentlemen est plutôt flatteur.

— Je me sens comme un asticot au bout d'un hameçon, encerclé de truites. Est-ce ma façon de remuer qui les attire ou bien me trouvent-elles joliment dodue ?

Bradshaw éclata de rire.

— Personnellement, je me suis toujours vu comme une sole plutôt que comme une truite, déclara-t-il avant de se tourner vers ses frères. Et vous, quelle sorte de poisson êtes-vous ?

— Un vairon, dit Andrew avec un grand sourire.

— Un requin, marmonna Robert sans détacher son regard du feu d'artifice.

Tristan tourna les yeux vers son frère, et Georgiana ne put s'empêcher d'admirer la patience et la compréhension dont il faisait preuve avec lui.

Il se contentait de rester là, disponible, au cas où Robert aurait besoin de lui.

— Quelqu'un a-t-il envie d'une glace ? demanda Tristan en se tournant vers ses tantes.

Milly sourit.

— Je n'ai pas mangé de glace au citron depuis une éternité, dit-elle.

— J'en prendrais bien une aussi, ajouta Edwina.

Chacun voulut une glace, et Tristan sortit du kiosque.

— Un volontaire pour m'aider à les porter ? demanda-t-il en regardant Georgiana.

Andrew amorça le geste de se lever, mais retomba brusquement quand Robert referma la main sur la queue-de-pie de son habit pour l'obliger à se rasseoir. Bradshaw parut comprendre qu'il n'était pas le bienvenu, et il n'était pas question que Milly ou la duchesse accompagnent Tristan. Avant qu'Edwina puisse se proposer, Georgiana se leva et descendit les marches du kiosque. Malédiction. Apparemment, son corps et son cœur conspiraient contre elle.

— Nous revenons tout de suite, dit Tristan en lui offrant son bras.

Georgiana appela son esprit à la rescousse et secoua la tête.

— Pas sans chaperon.

Tristan maugréa un vague juron, puis regarda ses frères. Andrew eut de nouveau l'impulsion de se lever, mais Robert le devança et passa devant lui. Il décocha un bref coup d'œil à Georgiana, qui crut voir étinceler une lueur de malice au fond de ses yeux bleus.

Robert se mit aussitôt en route, et Tristan et Georgiana durent presser le pas pour le rejoindre.

— La manœuvre n'était pas très subtile, dit-elle. Surtout la façon dont Robert a rabroué Andrew.

— J'ignorais qu'il avait fait cela. Je le remercierai plus tard. Il fait également un excellent chaperon, ajouta-t-il en jetant un coup d'œil vers Robert qui se trouvait à présent à une bonne douzaine de mètres devant eux. D'ici quelques secondes, nous l'aurons complètement perdu de vue.

Georgiana gloussa et posa la main sur le bras de Tristan. Elle aurait voulu ne pas aimer autant le toucher, mais c'était plus fort qu'elle.

— Ne fait-il pas un peu frais pour manger des glaces ? dit-elle pour éviter de penser au fait qu'elle appréciait plus encore de toucher sa peau nue.

— C'est le seul prétexte assez innocent qui me soit venu à l'esprit pour vous attirer loin de votre ange gardien.

— C'est *vous* qui avez invité tante Frédérica, objecta-t-elle en se sentant rougir.

Les allées des jardins de Vauxhall, cernées de massifs fleuris et assombries par le feuillage des arbres, serpentaient parmi les kiosques et le pavillon principal. Robert ralentit le pas et se retourna vers eux.

— Je rentre, annonça-t-il. Bonsoir.

— Robert, lança Georgiana quand elle se rendit compte que Tristan et elle allaient se retrouver complètement seuls. Est-ce que tout va bien ?

Il s'arrêta et jeta un coup d'œil par-dessus son épaule.

— Oui. C'est juste qu'il y a trop de monde.

Un instant plus tard, il avait disparu. Des rires et des conversations s'élevaient des kiosques voisins, mais personne n'était en vue.

Elle déglutit et leva les yeux vers le profil de Tristan tandis qu'ils continuaient à cheminer vers le centre du jardin.

— Ne craignez-vous pas qu'il ne lui arrive quelque chose ?

— Il ne risque rien. Ne vous avais-je pas dit qu'il faisait un excellent chaperon ?

Georgiana soupira. Pourquoi ne ressentait-elle pas cette attirance pour Luxley, Westbrook ou n'importe laquelle des autres truites qui frétillaient autour d'elle ? Pourquoi cela ne se produisait-il qu'avec Tristan, le pire de ses prétendants ?

— Que contemplez-vous ? murmura-t-il sans quitter l'allée des yeux.

— J'aimerais bien le savoir, répondit-elle en s'empressant de détacher son regard de son profil.

— Pas une truite, j'espère.

— Cela dépend. Dites-moi, jouerions-nous à ce jeu si j'étais pauvre ?

Tristan s'immobilisa et pressa le bras contre son flanc pour attirer Georgiana près de lui. Elle fut surprise de lui voir l'air sérieux, plutôt que fâché.

— Je ne sais pas. Je le voudrais, sans doute. Je... n'ai pas envie de vous voir avec un autre homme. Jamais.

— C'est donc seulement de la jalousie ? Vous ne me faites la cour que pour empêcher les autres de m'approcher ?

— Non.

Il se rembrunit et rejeta ses cheveux en arrière.

— Je suis dans une situation inconfortable. Je ne m'en plains pas, mais c'est un fait. Et je ne me déroberai pas au devoir que j'ai envers ma famille. Mes désirs, en revanche, n'appartiennent qu'à moi.

Il lui releva le menton pour l'obliger à le regarder dans les yeux.

— Choisiriez-vous délibérément la pauvreté ? Les intentions d'un prétendant vous paraîtraient-elles moins douteuses si vous étiez pauvre et jolie ?

C'était la première fois qu'il lui parlait ainsi, et l'âpre curiosité qu'elle entendait dans sa voix semblait presque douloureuse.

— Je... l'ignore.

— Cessons donc de spéculer sur des circonstances qui ne sont pas réelles. Entendu ?

— Entendu.

— Bien.

Après un bref coup d'œil alentour, il pressa sa bouche contre la sienne.

Un violent désir submergea aussitôt Georgiana. Elle enfonça ses doigts dans son bras pour résister à la tentation de se plaquer contre lui, se forçant à rester bien droite, aussi rigide qu'une statue. Mais elle ne put empêcher sa bouche d'épouser la sienne, ses lèvres exprimant ce que le reste de son corps refusait de dire.

Un rire retentit soudain, très proche. Tristan interrompit leur baiser, et ils se remirent en marche alors qu'un petit groupe d'hommes et de femmes surgissait devant eux, au détour de l'allée.

Ils croisèrent d'autres groupes sur leur chemin, et Georgiana eut bien du mal à articuler les formules de politesse d'usage en pareil cas. Certaines personnes les dévisagèrent étrangement, mais elle mit cela sur le compte de leur étonnement de les voir ensemble sans qu'ils se chamaillent.

Tristan fit mine de ralentir quand ils se retrouvèrent de nouveau seuls, mais elle ne l'imita pas, ne lui laissant pas d'autre choix que de marcher aussi vite qu'elle ou de rester à la traîne. Il n'était pas question qu'ils se retrouvent nus dans un massif de rhododendrons. Car s'il l'avait de nouveau embrassée, c'était précisément ce qui se serait passé.

— Pourquoi courez-vous ? demanda-t-il d'un ton amusé.

— Parce que si je cours, vous ne pouvez pas mettre votre langue dans ma bouche.

— Je le pourrais sans doute, si je le décidais.

Elle tourna la tête vers lui.

— Voulez-vous bien cesser de rire ?

— Je ris parce que c'est drôle.

Il n'avait pas besoin de le souligner, pour l'amour du Ciel !

— Vous ne devriez pas m'embrasser, de toute façon.

— Parce que vous m'avez donné une leçon ?

Georgiana s'arrêta brusquement.

— Vous en aviez besoin, Dare, avant de blesser quelqu'un d'autre.

— J'ai compris la leçon. Et maintenant, je veux encore coucher avec vous.

Dieu tout-puissant. Elle se remit à marcher aussi vite qu'elle le pouvait.

— Si vous aviez compris la leçon, dit-elle en apercevant la carriole du marchand de glaces, c'est avec Amélia Johns que vous seriez venu ici.

— Pour la centième fois, je ne veux pas d'Amélia Johns, murmura-t-il, sa joue effleurant la chevelure de Georgiana. C'est vous que je veux. Le reste du monde peut bien aller au diable.

— Ce n'est pas ce que vous êtes censé…

— Ce n'est pas à vous de décider de tout, Georgie. Je vous rappelle que nous sommes à égalité.

— Commandez les glaces, voulez-vous ?

Tristan s'exécuta après l'avoir gratifiée d'un sourire aussi lent que malicieux. Il lui remit ensuite la moitié des glaces, se chargeant de celles qui restaient, et ils regagnèrent le sentier. Maintenant qu'il avait les mains pleines, il ne pouvait plus espérer la toucher ni l'embrasser.

Ils regagnèrent le kiosque sans incident, et même si sa tante l'observa un peu trop attentivement, Georgiana ne pensait pas que quiconque ait pu deviner qu'elle avait laissé Dare l'embrasser. Mais elle ne devait plus lui permettre de faire cela, tant pour le bien d'Amélia Johns que pour le sien. Car, quoi que Tristan dise, il ne pouvait pas lui faire sérieusement sa cour.

— Où est passé Robert ? demanda Milly.

— Il a articulé une phrase complète et est rentré à la maison, répondit Tristan en distribuant les glaces. Il a même failli en dire deux. Je crois que Georgiana l'inspire.

Il s'assit à côté d'elle et la regarda creuser le centre de sa glace au citron.

— Vous vous amusez bien, j'espère ? s'enquit-il.

— Oui, beaucoup, répondit-elle, soulagée de pouvoir lui faire une réponse franche. Plaisantiez-vous en disant que j'inspire Robert ?

L'expression de Tristan s'assombrit légèrement.

— Pourquoi ?

— Seriez-vous jaloux ?

— Cela dépend. Devrais-je l'être ?

Georgiana soupira.

— Peu importe. Je pensais que je serais peut-être en mesure de l'aider, mais si cela doit vous inciter à jouer les primates, il vaut mieux que vous oubliiez ma question.

Tristan l'observa un instant.

— Veuillez m'excuser. J'oublie parfois que vous n'êtes pas aussi cynique que vous feignez de l'être.

— Tris...

— Si vous pouvez réussir à le faire parler, je vous en prie, faites-le. Mais soyez prudente. Il…

— Il a traversé de rudes épreuves, suggéra-t-elle.

— Oui.

Georgiana sentit son regard peser sur elle quand elle prit une nouvelle bouchée de sa glace.

— Je suis content que vous soyez venue.

— Cela ne signifie rien.

— Tout a un sens, répliqua-t-il avec un sourire.

Georgiana rougit. Dès que la conversation revenait sur eux, elle perdait ses moyens.

— Fort bien. Alors, que signifie selon vous : « Je ne vous fais toujours pas confiance » ?

— Vous avez dit « toujours pas », ce qui sous-entend que vous le ferez peut-être un jour.

Il effleura le coin des lèvres de Georgiana d'un doigt, qu'il porta ensuite à sa bouche.

Tante Frédérica surgit devant eux et s'assit à côté de sa nièce. À en juger par le regard sévère dont elle la gratifia, elle avait surpris le geste de Tristan. Georgiana soupira de nouveau.

Ses sentiments étaient si confus ! Elle aurait dû détester Tristan, ou au moins lui en vouloir de penser que sa cour pouvait mener quelque part. Mais, au lieu de cela, chaque fois qu'elle le regardait, son pouls s'emballait et tout devenait désespérément embrouillé. S'il s'était agi de la première fois qu'il lui faisait la cour plutôt que de la seconde, elle aurait déjà fini dans son lit.

Georgiana fronça les sourcils. Elle avait *déjà* fini dans son lit – pour la deuxième fois. Quelque chose n'allait vraiment pas chez elle.

— Pourquoi une mine si sévère ? demanda-t-il.

— Je pensais à vous, répondit-elle.

Si elle avait été raisonnable, elle se serait contentée d'un haussement d'épaules. Mais elle n'avait pas besoin de surveiller sa langue avec Dare – sauf quand celle-ci tentait de se mêler à la sienne.

— Que pensiez-vous donc à mon sujet ?

— Je me disais que vous ne semblez jamais avoir conscience du moment où votre présence n'est plus désirée.

— Je crois que c'est plutôt vous qui avez du mal à prendre conscience des choses, déclara-t-il. Et non moi.

— Eh bien, vous avez tort.

Son gloussement fit palpiter le cœur de Georgiana.

— Je me suis toujours demandé pourquoi vous...

— Georgiana, fit la duchesse en se levant, je me sens assez lasse, ce soir. Lord Dare, pensez-vous connaître quelqu'un qui puisse nous raccompagner ?

— Je serais heureux de le faire, Votre Grâce.

Il se leva et offrit sa main à Georgiana. Elle la prit, gagnée par la déception. Cela faisait plusieurs jours qu'ils n'avaient pas eu l'occasion de se quereller, et elle commençait seulement à se détendre un peu.

— Ce n'est pas nécessaire, milord. Je suis certaine que vous souhaitez rester ici avec votre famille. Si vous voulez bien nous prêter votre attelage, cela suffira.

Tristan acquiesça sans rien laisser paraître de ses pensées.

— Je vous accompagne jusqu'à la voiture, dans ce cas.

Ils marchèrent jusqu'à l'entrée des jardins, Tristan se tenant entre les deux femmes, la duchesse veillant à entretenir une conversation de pure politesse. Mais elle avait beau faire preuve de beaucoup de talent et d'humour, elle n'en privait pas moins Tristan de toute possibilité de parler avec Georgiana. Ce qu'elle avait surpris lui avait visiblement déplu.

Tristan siffla, et sa voiture se détacha de la file des véhicules qui stationnaient de l'autre côté de la rue pour venir se ranger devant eux. Il aida Frédérica à monter et put enfin consacrer son attention à Georgiana.

— J'aimerais que vous puissiez rester, murmura-t-il en s'inclinant au-dessus de sa main.

— Ma tante est fatiguée.

Il se redressa en faisant la grimace.

— Oui, je sais.

Il lui donna la main pour lui permettre de monter dans la voiture et retint ses doigts dans les siens un peu plus longtemps que nécessaire.

— Passez une bonne soirée, Georgiana. Et faites de beaux rêves.

Elle aurait de la chance si elle parvenait à fermer l'œil, songea Georgiana. Une fois qu'elle fut assise, la voiture s'ébranla.

— Que se passe-t-il ? demanda-t-elle à sa tante. Vous n'êtes jamais fatiguée aussi tôt, d'habitude.

La duchesse retirait ses gants de soirée.

— Je convoquerai Greydon demain matin pour lui demander d'aller faire savoir à lord Dare que sa cour n'est pas désirée et que celle-ci doit cesser immédiatement.

Georgiana sentit son sang se figer dans ses veines.

— Ne faites pas cela, je vous prie.

— Et pourquoi donc ? Dare en a évidemment après votre argent, et vous avez toujours fait savoir que vous goûtiez fort peu sa compagnie. Autant mettre un terme à cette situation embarrassante sans délai.

— Je m'en voudrais de briser leur amitié, répondit Georgiana en s'efforçant de rassembler ses pensées pour trouver un argument à opposer à sa tante – une perspective difficile quand la logique lui disait que la duchesse avait parfaitement raison.

— Je n'en serais pas fâchée, pour ma part. Dare a une mauvaise influence. Je plains ses tantes.

— Il se soucie beaucoup d'elles – et de ses frères aussi, dit Georgiana, consciente qu'elle devait donner l'impression de prendre sa défense. Laissez-moi régler cela par moi-même. Vous savez combien j'ai horreur de laisser autrui agir à ma place.

— C'est un fait, soupira la duchesse. Mais Tristan Carroway est un débauché, doublé d'un joueur de la pire espèce. Il a beau prétendre te faire la cour, je doute qu'il sache seulement comment courtiser une jeune femme de la façon qui convient. Pour l'amour du Ciel, il bavait littéralement devant toi. Si quelqu'un l'avait vu, il aurait aussitôt compris ses intentions. Ce n'est pas ainsi que l'on fait sa cour.

— Vous saviez avant ce soir qu'il prétendait me faire la cour, répliqua Georgiana. Pourquoi y êtes-vous soudain opposée ?

— Parce que je t'ai vue rougir, Georgiana. Et lui sourire.

— Comment ? Mais je me contentais d'être polie !

— Avec Dare ?

— Ses tantes étaient là. Et je... réglerai cela moi-même, dit-elle en chassant de son esprit ses propres doutes. Je vous en prie, promettez-moi de ne pas y mêler Grey.

Frédérica observa un long silence.

— Il faudra que nous ayons une conversation sérieuse, toi et moi. Le plus tôt possible.

— Alors, vous me le promettez ?

— Oui. Pour le moment.

Sa tante venait de lui offrir le moyen de congédier Tristan sans avoir à intervenir elle-même, et elle avait refusé. Georgiana allait devoir avoir une sérieuse conversation avec *elle-même.*

Quand elle descendit le lendemain matin après une nouvelle nuit de rêves inspirés par Tristan, elle découvrit la moitié du personnel rassemblée autour de la table du hall, en train de discuter avec animation.

— Que se passe-t-il ? demanda-t-elle.

Les domestiques firent silence et s'écartèrent de la table. Un bouquet de lys jaunes, orné de délicats rubans jaunes et bleus, occupait le centre de celle-ci. L'espace d'un instant, Georgiana ne put rien faire d'autre que les contempler. *Des lys.*

— C'est ravissant, dit-elle finalement, avant que les domestiques ne se lancent dans de nouveaux murmures spéculatifs.

— Il y a une carte pour vous, annonça Mary en souriant.

Georgiana n'avait pas besoin de la voir pour savoir de qui venaient ces fleurs. Un seul homme lui avait demandé quelles étaient ses fleurs favorites, et la chose s'était produite il y avait bien longtemps. Son cœur se mit à battre plus vite quand elle prit la carte parmi les feuilles et les rubans.

Son nom était inscrit à l'extérieur, d'une écriture qu'elle reconnut aussitôt. Elle s'efforça de maîtriser le tremblement de ses mains lorsqu'elle la déplia. Elle ne comportait qu'un mot : « Enlacés », et la lettre T inscrite en dessous.

— Mon Dieu, souffla-t-elle.

Cette affaire menaçait de devenir très compliquée.

15

L'étoffe de nos vies est un tissage mixte,
où le bien et le mal s'entrelacent ;
nos vertus seraient fières
si nos fautes ne les flagellaient pas ;
et nos vices désespéreraient
s'ils n'étaient pas adorés par nos vertus.

Tout est bien qui finit bien,
acte IV, scène 3

Georgiana aimait aller chevaucher de bonne heure, le lundi matin. C'est avec cette idée en tête que Tristan sortit de son lit à l'aube, enfila sa tenue d'équitation et descendit faire seller Charlemagne.

À défaut d'autre chose, courtiser Georgie le maintenait à l'écart des clubs et des cercles de jeu qu'il avait l'habitude de hanter. Il avait également reçu plusieurs messages, aussi parfumés que l'avaient été ceux destinés à Georgie, de la part de dames fort désappointées par son absence dans leur chambre à coucher. Mais Tristan n'avait aucun désir de soulager sa frustration ailleurs.

Six ans plus tôt, il n'avait pas eu à accomplir le moindre effort pour séduire Georgie. Elle était venue à lui avec ses grands yeux innocents, haletant presque d'impatience. Et ce n'est qu'après l'avoir séduite que sa vie s'était retrouvée inextricablement embrouillée.

Jamais il n'oublierait le regard qu'elle avait eu le lendemain soir, quand il l'avait approchée au bal des Ashton. Et jamais il ne se le pardonnerait. Elle avait découvert qu'il n'avait fait que s'amuser, et ce qui avait été un acte de désir et de plaisir s'était instantanément transformé en odieux mensonge. Quelle que soit la leçon que Georgiana estimait qu'il méritait, ils ne seraient jamais quittes.

Il l'aperçut à mi-parcours du Ladies' Mile de Hyde Park. Elle portait la tenue d'équitation qu'il préférait, une robe à longue traîne d'un vert soutenu qui faisait ressembler ses yeux à des émeraudes. Son souffle et celui de Sheba formaient un nuage dans l'air frais du matin tandis qu'elles galopaient, le valet de Georgiana perdant du terrain à chaque foulée. Elle était somptueuse.

Il pressa de ses genoux les flancs de Charlemagne et s'élança derrière elle. Courbé en avant pour lutter contre le vent, il la rattrapa petit à petit. Si Sheba était rapide, Charlemagne était plus puissant. Elle aurait sans doute pu le battre sur un chemin en lacets, mais sur une ligne droite et sur terrain plat, la jument n'avait aucune chance. Georgiana jeta un coup d'œil par-dessus son épaule quand elle les entendit approcher et poussa Sheba à accélérer, mais cela ne suffit pas.

— Bonjour, dit-il quand ils furent côte à côte.

Elle lui sourit, la crinière de la jument fouettant son visage et mêlant son poil sombre à ses boucles d'or.

— Aller-retour jusqu'au pont, dit-elle d'une voix haletante. Je suis sûre que je vous bats.

— C'est moi qui vais gagner.

— Peut-être, répondit-elle en faisant claquer ses rênes pour lancer Sheba au grand galop.

Les courses étaient interdites à Hyde Park ; ils auraient une amende s'ils se faisaient prendre. Mais il suffit que son rire de gorge flotte jusqu'à lui pour qu'il oublie toute prudence.

Il pressa les flancs de sa monture impatiente, et ils s'élancèrent. Quand il atteignit le pont qui enjambait un des ruisseaux du parc, il l'avait de nouveau rattrapée, et elle tenta de lancer Sheba sur lui. N'ayant pas l'intention de tomber à l'eau une deuxième fois, il fit décrire une grande boucle à Charlemagne afin de l'éviter.

Voyant qu'elle avait une chance de reprendre la tête, Georgiana se servit de sa cravache pour faire prendre à Sheba un virage plus serré et être ainsi la première à s'élancer sur le chemin du retour. Tristan vit le caillou à l'instant précis où le sabot de la jument le heurta, et son cœur cessa de battre.

— Georgiana !

Déstabilisée, la jument s'effondra, la tête la première. Forcée de lâcher les rênes, Georgiana se retrouva projetée sur le sol humide. Tristan immobilisa Charlemagne en laissant échapper un juron et sauta de sa selle. Il courut rejoindre Georgie, étendue par terre dans un bouillonnement de jupons, la jument ruant et hennissant à quelques pas de là.

— Georgiana ? Est-ce que vous m'entendez ?

Son chapeau était tombé, et sa chevelure se répandait sur son visage. Les doigts tremblants, Tristan écarta délicatement ses boucles d'or.

— Georgiana ?

Elle prit une longue inspiration, ouvrit les yeux et se redressa en position assise.

— Sheba !

Tristan lui saisit l'épaule.

— Ne bougez pas. Assurez-vous d'abord que vous n'avez rien de cassé.

— Mais... suffoqua-t-elle avant de cligner des yeux et de s'affaler contre son torse. Aïe !

— Qu'est-ce qui vous fait mal ?

— Mon derrière. Et ma hanche. Sheba n'a rien ?

— Je m'occupe d'elle, milady, annonça le valet en s'empressant d'aller trouver la jument.

— Vous pourrez vous estimer heureuse si vous ne vous êtes pas brisé le coccyx, dit Tristan en reportant son attention sur Georgiana.

— Arrangez ma robe. Pour l'amour du Ciel, elle me remonte pratiquement jusqu'au cou !

Réprimant un sourire de soulagement, il rabattit ses jupes.

— Parvenez-vous à redresser le dos ?

— Oui, répondit-elle en s'exécutant avec une grimace.

— Et vos jambes ? Vos bras ? Pliez-les. Serrez les poings.

— Je vais bien. Sheba est-elle blessée, John ?

— Elle est seulement empêtrée dans les rênes, lady Georgiana. Milord, je vous serais reconnaissant si vous pouviez venir m'aider.

Tristan garda la main sur l'épaule de Georgiana. Son cœur avait repris un rythme normal, mais il hésitait à s'éloigner d'elle.

— Georgiana, si vous vous levez avant que je vous dise de le faire, je veillerai personnellement à...

— J'ai compris. Je ne bougerai pas.

Tristan se releva en époussetant ses genoux, puis alla se plaquer contre l'encolure de Sheba pour l'immobiliser pendant que John tranchait les rênes emmêlées. Quand ce fut fait, la jument se redressa et s'ébroua. Tristan saisit sa bride pour l'empêcher de s'enfuir et s'accroupit pour examiner celui de ses sabots qui avait heurté le caillou.

Georgiana resta sagement assise. Une manche de sa jaquette était déchirée, et ses cheveux retombaient devant son visage. Tristan abandonna la jument aux soins de John, puis alla aider Georgie à se relever.

— Sheba a sans doute une entorse, mais rien de cassé. Vous avez eu une sacrée chance, toutes les deux.

Georgiana boitilla jusqu'à Sheba et caressa sa crinière.

— Pardon, ma belle.

Elle chancela, grimaçante, et Tristan saisit son bras.

— Je vais vous ramener chez vous, déclara-t-il en se tournant vers le valet. Aidez-moi à hisser lady Georgiana sur mon cheval, je vous prie, John. Vous nous suivrez avec Sheba.

— Mais… voulut-elle objecter.

— Pour une fois, vous ferez ce que je vous dis, coupa-t-il d'un ton sans réplique.

S'écartant d'elle à regret, Tristan remonta sur Charlemagne. Il se pencha ensuite pour attraper Georgiana sous les bras tandis que John la hissait vers lui. Un instant plus tard, elle était assise entre ses jambes, face à lui, un bras passé autour de son cou pour garder l'équilibre.

Elle garda le regard rivé derrière son épaule, surveillant sa jument, jusqu'à ce qu'ils aient quitté le Ladies' Mile.

— C'était stupide de ma part, marmonna-t-elle. Je n'aurais jamais dû me lancer dans cette course.

— Je fais ressortir vos plus mauvais côtés, Georgie. Ce n'est pas votre faute.

— Merci, soupira-t-elle en laissant aller sa tête contre son épaule.

Il résista à l'envie d'enfouir son visage dans ses cheveux.

— Vous m'avez fait une belle peur.

— Vraiment ? demanda-t-elle en levant les yeux vers lui.

Osant à peine respirer, il se pencha vers elle et l'embrassa.

— Je suis navré que vous vous soyez fait mal au derrière, Georgie. Je vous le masserai, si vous voulez.

— Cessez donc, protesta-t-elle en se tortillant. Quelqu'un pourrait nous voir.

— Seuls les laitiers sont debout à cette heure-ci.

— Que faisiez-vous là, à propos ? Vous n'êtes pas laitier, que je sache.

— J'ai eu envie de prendre l'air frais du matin.

— Sur le Ladies' Mile ?

— Absolument.

— Vous me cherchiez, n'est-ce pas ?

— J'aime vous voir au réveil. La chose ne se produit pas aussi souvent qu'il me plairait.

Elle remua pour affermir sa position, son corps souple et tiède blotti contre le sien privant soudain Tristan de toute faculté de concentration. Le parc étant désert, une clairière isolée leur fournirait toute l'intimité voulue…

— Ouille, gémit-elle en remuant de nouveau.

Tristan refoula ses pensées lubriques pour l'attirer contre lui afin de la soulager d'une partie du poids de son corps.

— Une fois que vous serez rentrée, prenez un long bain chaud. Aussi long et chaud que vous pourrez le supporter.

— Seriez-vous expert en blessures infligées par une chute de cheval ? s'enquit-elle d'une voix adoucie.

— J'en ai subi un certain nombre.

Georgiana posa sa main libre juste en dessous de son épaule, là où se trouvait sa cicatrice.

— Je me souviens.

Sa main remonta lentement le long de son cou et de son visage, puis se perdit dans ses cheveux.

— Vous avez eu l'air si inquiet, murmura-t-elle en attirant son visage vers elle pour l'embrasser.

Elle délirait, sans doute. Il n'avait pas vérifié l'état de sa tête. Malgré tout, il ne put s'empêcher de lui rendre son baiser et laissa échapper un gémissement quand elle fit passer sa langue sur ses dents. Charlemagne s'arrêta et tourna la tête vers eux lorsque Tristan détendit les rênes pour serrer Georgiana dans ses bras.

— Lady Georgiana se trouve-t-elle mal, milord ?

Tristan se redressa et tourna la tête. John arrivait à leur hauteur, tirant Sheba derrière lui.

— Non, tout va bien. Mais elle a perdu conscience un instant, et j'ai craint qu'elle n'ait cessé de respirer.

Georgiana enfouit son visage contre son torse, les épaules secouées d'un rire nerveux.

Le valet eut l'air alarmé.

— Je devrais peut-être aller chercher de l'aide…

— Oui, ce serait préférable. Je me charge de Sheba.

— Ce n'est pas nécess… marmonna Georgiana.

— Taisez-vous, murmura Tristan en maintenant son visage contre son torse.

Le valet lui remit les rênes tranchées de Sheba, puis s'éloigna au galop en direction de Hawthorne House.

— Il va effrayer ma tante, se lamenta Georgiana quand Tristan la relâcha.

— Oui, mais je ferai figure de héros, ma chère.

Elle gloussa, et Tristan se demanda plus sérieusement si elle ne s'était pas blessée à la tête. Il fit avancer Charlemagne, Sheba trottinant derrière eux.

— Êtes-vous sûr qu'elle n'a rien ? Je me sens tellement idiote.

— Je vous promets de l'examiner de nouveau quand nous arriverons et de lui mettre une compresse. Remarquez qu'elle ne se plaint pas et que sa jambe n'est pas enflée. Elle s'en sortira.

— Je l'espère.

— Je suis plus inquiet à votre sujet. Savez-vous que votre coude est en sang ?

Elle baissa les yeux.

— Non, je n'avais pas remarqué. Oh, vous avez du sang plein votre veste. Je suis déso…

— Cessez, Georgiana. Taisez-vous plutôt et embrassez-moi.

À sa grande surprise, Georgiana fit ce qu'il lui demandait. Quand il releva la tête pour reprendre son souffle, il était tout disposé à se mettre en quête d'une clairière isolée. Georgiana, à qui son trouble n'avait pas échappé, se remit à se tortiller entre ses jambes.

— Vous le faites exprès, grommela-t-il.

— Évidemment.

— Eh bien, arrêtez. Votre valet revient.

John remontait l'allée au galop, escorté de trois autres domestiques. Tristan se demanda ce qu'ils comptaient faire, à quatre, d'un seul cheval, mais quelles que soient leurs intentions, il n'était pas question qu'il laisse l'un d'eux se charger de Georgiana.

— Milord, annonça John, essoufflé, Bradley que voici peut aller chercher le médecin s'il faut.

Tristan baissa les yeux vers Georgiana. Elle allait sans doute très bien, mais elle ne le laisserait jamais regarder ses fesses, et il faudrait bien que quelqu'un le fasse. Il hocha la tête.

— Faites.

— Tris...

— Vous vous êtes peut-être cassé quelque chose. Ne discutez pas.

Cela laissait trois valets à rôder autour d'eux. Charlemagne se mit à donner des signes d'impatience, et Tristan raccourcit les rênes. Il n'était pas question que Georgiana fasse une nouvelle chute.

— Occupez-vous de Sheba, dit-il en remettant à John les rênes de la jument. Quant à vous deux, écartez-vous, que diable.

Les valets s'exécutèrent dans un chœur de « bien, milord », « oui, milord » et s'empressèrent d'aller se ranger derrière lui. Quand ils atteignirent Hawthorne House, Tristan se faisait l'effet d'être le tambour-major d'une parade. Mais lorsque la duchesse douairière apparut sur le perron, il eut le sentiment que la situation risquait de lui échapper.

— Que s'est-il passé ? demanda Frédérica Brakenridge, qui descendit les marches et alla toucher le pied de Georgiana. Comment te sens-tu ?

— Je vais très bien, répondit Georgiana en se tournant pour que Tristan puisse la faire descendre. Inutile de vous affoler.

Ses genoux la trahirent quand ses pieds touchèrent le sol, et elle s'agrippa à l'étrier pour éviter de tomber. Tristan bondit de son cheval et la souleva dans ses bras.

— Suivez-moi, ordonna la duchesse.

Les domestiques qui encombraient le hall et contemplaient la scène, bouche bée, s'égaillèrent dès qu'ils virent leur maîtresse agiter les doigts avec irritation. Tristan laissa Frédérica le guider jusqu'à la chambre de Georgiana, où il déposa délicatement celle-ci sur le lit. Il la vit grimacer quand ses fesses touchèrent le couvre-lit.

— Merci, lord Dare, dit la duchesse. Voulez-vous à présent avoir l'obligeance de sortir afin que je puisse prendre soin de ma nièce ?

Il acquiesça, mais Georgiana saisit sa main.

— Vous avez promis de vous occuper de Sheba, dit-elle.

— J'y vais de ce pas, assura-t-il en souriant.

Georgiana le regarda sortir et refermer silencieusement la porte derrière lui. Il ne lui avait encore jamais rien promis, et cela lui parut significatif. Tout comme son expression inquiète et la façon dont ses mains avaient tremblé quand il l'avait soulevée après sa chute.

— Commençons par t'enlever cette robe, dit sa tante, interrompant sa rêverie.

— Ce n'est vraiment pas grave. J'ai heurté le sol en tombant, voilà tout.

— Ton coude saigne.

— Oui, je sais. Cela picote un peu. C'est bien fait pour moi, de toute façon. Je n'aurais pas dû faire la course contre Dare. Personne ne peut le battre.

Sa tante se figea.

— Vous faisiez la course ? Pourquoi cela ?

— Parce que j'en avais envie. Il n'y avait personne, et je me suis dit que ce serait amusant.

Et elle s'était amusée – follement – jusqu'à ce que Sheba trébuche.

— Cette course... était-ce son idée ?

— Non, la mienne.

Georgiana glissa au bord du lit pour ôter ses souliers, mais grimaça de nouveau et tâcha de ne pas prendre appui sur sa hanche droite.

— Je crois bien qu'il a failli mourir de peur lorsque je suis tombée, aussi vous saurais-je gré de ne pas le réprimander pour cela, ajouta-t-elle.

— Je ne te comprends pas, dit Frédérica en déboutonnant le dos de sa robe. Tu le détestes, mais tu vas vivre chez lui. Tu fuis sa maison, mais tu montes à cheval avec lui.

— Je ne comprends pas moi-même, ma tante. Ouille.

— Où as-tu mal ?

— Principalement au derrière. Tristan pense que je me suis peut-être cassé le coccyx.

Les doigts de sa tante s'immobilisèrent.

— Tu as dit à lord Dare que tu t'étais fait mal au derrière ? demanda-t-elle d'une voix très lente.

Georgiana sentit le rouge lui monter aux joues.

— La chose était assez évidente.

— Bonté divine. J'espère qu'il n'ira parler de cela à personne, Georgiana. Vraiment, je ne te reconnais plus.

— Il ne le dira à personne.

Sa tante continua de l'observer d'un œil réprobateur, mais Georgiana feignit d'être prise de vertige pour ne plus avoir à lui parler jusqu'à l'arrivée du médecin.

Celui-ci décida heureusement qu'un bain chaud et une journée de repos sur le ventre suffiraient à soulager le plus gros de ses blessures. Georgiana se demanda comment il pouvait en être aussi certain, étant donné qu'il n'avait même pas soulevé son jupon pour examiner son postérieur endolori, mais Tristan avait préconisé le même remède.

Après le bain chaud qui soulagea ses muscles endoloris et lava ses plaies, Mary l'aida à se coucher à plat ventre, et elle cala son menton sur ses bras croisés.

Sa tante revint dans sa chambre.

— Lord Dare est encore là, et il souhaite te parler.

— Faites-le monter, je vous prie... si vous n'y voyez pas d'objection.

— Sur le pas de la porte, seulement.

— Bien sûr, s'empressa-t-elle de répondre.

Un instant plus tard, on frappa à la porte.

— Georgiana ? s'enquit la belle voix grave de Tristan.

Il poussa la porte et resta sur le seuil.

— Je crois que votre tante ne m'apprécie pas beaucoup, déclara-t-il en calant son épaule contre l'encadrement de la porte.

Georgiana gloussa.

— Comment va Sheba ?

— C'est une simple entorse, comme je le pensais. Je lui ai mis une compresse, et John la promènera deux fois par jour pendant une semaine. Après cela, vous pourrez la monter, mais il ne faudra pas la faire galoper avant un bon mois.

— Je ne serai pas en état de galoper pendant au moins aussi longtemps, dit-elle d'un ton contrit.

Tristan jeta un coup d'œil à Mary, occupée à ranger dans un coin de la chambre.

— Je suis heureux que vous ne vous soyez rien cassé.

— Moi aussi.

Son regard clair la dévisagea un long moment, puis il s'étira.

— Je dois partir, annonça-t-il. J'étais censé me présenter au Parlement il y a une heure. Je passerai vous voir ce soir, ajouta-t-il.

Il se remettait déjà à tout régenter.

— Si vous me faites la cour, vous devez me demander la permission de me rendre visite.

Il haussa les sourcils.

— Fort bien. Puis-je passer vous voir ce soir ?

— Oui, répondit-elle en souriant, secrètement ravie de le voir obéir aussi docilement. D'ici là, je serai même reconnaissante de recevoir votre visite, je suppose.

— On peut toujours espérer.

Elle reçut en fait plus de visites qu'elle ne l'avait escompté. Avant midi, Evelyn et Lucinda se présentèrent.

— Juste Ciel, s'exclama Lucinda alors que Mary quittait la pièce. Je m'attendais presque à te voir couverte de bandages de la tête aux pieds.

— Ce n'était qu'une petite chute, répondit Georgiana. Comment l'avez-vous appris ?

— La femme de chambre de Mme Grawtham a croisé la fille du Dr Barlow chez la modiste.

— Oh non, gémit Georgiana en plaquant son visage contre son oreiller. Mme Grawtham est incapable de garder un secret.

— De toute façon, enchaîna Evie en s'asseyant au bord du lit, on ne parle déjà plus que de ta chute de cheval et de la façon dont lord Dare t'a escortée chez toi.

— Ma foi, c'est la vérité, dit Georgiana en soulevant la tête afin de respirer.

— Il paraît que Dare était si inquiet qu'il a refusé de quitter cette maison jusqu'à ce que le Dr Barlow lui ait assuré que tu serais bientôt rétablie et que ta tante lui ait juré de le faire prévenir s'il y avait le moindre changement.

— Ce n'est pas...

— Tout le monde dit qu'il est amoureux de toi, ajouta Lucinda en la considérant avec sérieux. Je croyais que tu devais lui donner une leçon, Georgiana. Cette histoire commence à te porter préjudice. Si tu as toujours l'intention de mener Dare en bateau, cela pourrait se révéler très dangereux.

— Je ne mène pas Dare en bateau, et il n'est certainement pas amoureux de moi. Je te rappelle que nous ne nous apprécions même pas.

— Raison de plus pour que tout le monde trouve cela follement romantique, déclara Evelyn, visiblement inquiète, elle aussi. Tu as juré de ne jamais te marier, et jamais, au grand jamais, avec Dare. Et voilà qu'il te courtise et que tu changes d'avis !

— Oh, pour l'amour du Ciel ! s'exclama Georgiana en battant des pieds sous ses couvertures. Je n'ai jamais rien juré et je ne change pas d'avis et... voilà !

Lucinda et Evelyn échangèrent un regard.

— Je n'infligerai aucune leçon à personne, si les choses doivent se passer ainsi, déclara Evelyn.

— Il ne se passe rien, décréta Georgiana en se demandant qui elle cherchait à convaincre.

— Il me semble pourtant que Dare t'a escortée à Vauxhall, l'autre soir, reprit Lucinda en calant son menton au creux de sa main. Et il faut bien que tu sois allée chevaucher avec lui pour qu'il ait pu te raccompagner chez toi.

— Il prétend me faire la cour, mais ce n'est pas sérieux, protesta Georgiana. Il espère seulement prendre sa revanche maintenant que j'ai réussi à prendre la mienne.

Evelyn eut l'air encore plus perplexe, mais le regard de Lucinda s'assombrit.

— Attends un peu, dit-elle en se penchant en avant. Il *prétend* te faire la cour ? Tu veux dire qu'il te courtise bel et bien, Georgiana. Et tout le monde le sait.

Georgiana cacha de nouveau son visage.

— Allez-vous-en. Je ne sais plus ce que je raconte.

Lucinda lui tapota le bras.

— Tu ferais bien de te ressaisir, ma chérie. Parce que nous ne sommes pas les seules à nous poser des questions, et nous, nous sommes tes amies.

Moins d'une heure après leur départ, on frappa à la porte, et Mary alla ouvrir. Joséphine, une servante du premier étage, fit sa révérence.

— Lady Georgiana, on me charge de vous informer de la visite de lord Westbrook.

— Mon Dieu, j'avais oublié. Nous devions aller nous promener. Dites à Pascoe d'expliquer au marquis que je me suis blessée et de lui transmettre toutes mes excuses, je vous prie.

— Oui, milady, répondit Joséphine en s'inclinant de nouveau.

Elle revint quelques minutes plus tard.

— Lord Westbrook tient à vous exprimer son chagrin et vous fait savoir qu'il vous écrira.

— Merci, Joséphine.

Georgiana passa ensuite un long moment à réfléchir. Tout le monde pensait que Tristan lui faisait la cour et qu'elle était heureuse de ses attentions. Ce qui était vrai. Elle attendait chacune de leurs rencontres avec impatience et réagissait de tout son être à son contact et au son de sa voix.

Se pouvait-il qu'il ne s'agisse pas d'un jeu ? Qu'il soit sincère ? Qu'il ait véritablement l'intention de lui demander sa main ? Que ferait-elle, alors ?

Georgiana gémit, frustrée de ne pas pouvoir se lever pour arpenter sa chambre. Elle réfléchissait toujours mieux en marchant. Toute cette histoire tournait au désastre, et le pire de tout, c'était qu'elle ne pouvait s'en prendre qu'à elle-même.

— Oh, j'abandonne, soupira Edwina en se penchant pour attraper Dragon et le poser dans son giron. Je suis forcée de reconnaître que tu avais raison au sujet de leur risque de combustion.

Milly aurait aimé trouver une forme de satisfaction dans le fait que sa sœur lui donnait pour une fois raison.

— C'est tellement dommage, poursuivit Edwina. Par moments, j'ai vraiment cru qu'ils voulaient arranger les choses.

— Crois-tu qu'il va se rabattre sur Mlle Johns, à présent ?

— Probablement. Que veux-tu ? Elle a de la fortune, mais elle n'a pas l'étoffe d'une épouse Carroway ; elle est bien trop collet monté. Et une fois qu'il sera marié, nous devrons retourner dans l'Essex. Nous pouvons aussi bien faire nos adieux aux garçons dès maintenant. Nous ne les reverrons plus qu'à Noël, une fois que nous serons bannies dans ce cottage.

Dragon sauta des genoux d'Edwina pour attaquer le rideau le plus proche.

— J'aurais tant aimé qu'il épouse Georgiana, se lamenta-t-elle.

Milly tapota le genou de sa sœur.

— Il n'est pas encore marié. Je ne ferai mes adieux à personne tant que la nouvelle lady Dare ne m'aura pas mise à la porte. Contentons-nous pour le moment d'espérer que tout finira bien.

— Et prions pour que personne ne se brise le cou, ajouta Edwina avec un petit sourire.

— Voilà, je préfère te voir de cette humeur.

16

Ne malmenez pas davantage
votre cervelle à ce sujet...

Hamlet,
acte V, scène 1

— Alors elle s'est évanouie et il l'a ramenée dans ses bras jusque chez sa tante. Il était si inquiet qu'il n'a pas voulu quitter son chevet.

Cynthia Prentiss reprit un chocolat et le porta à sa bouche. L'enthousiasme qu'avait mis jusqu'ici Amélia à choisir des douceurs au buffet des desserts décrut nettement.

— Leurs familles sont très proches, dit-elle. Il voulait sans doute s'assurer qu'elle allait bien. Qu'y a-t-il de surprenant à cela ?

— À quand remonte ta dernière promenade à cheval avec lord Dare, Amélia ? demanda Felicity d'un ton pensif.

— Nous avons fait un pique-nique la semaine dernière, lui rappela-t-elle, son choix se portant sur les écorces d'orange confites.

Il s'était d'ailleurs montré si attentif qu'elle s'était sentie prête à choisir le tissu pour sa robe de mariée en rentrant chez elle. Mais elle ne l'avait pas revu depuis ce jour et n'avait reçu de lui ni lettre ni bouquet.

— Il paraît qu'il lui a aussi fait porter un énorme bouquet de fleurs, dit Cynthia, confirmant ce qu'Amélia avait déjà entendu dire, elle aussi. *Avant* sa chute de cheval.

Amélia dut se forcer pour émettre un rire insouciant.

— Il faut toujours que vous cancaniez à propos de tout et de rien. Tout le monde sait que Tristan et lady Georgiana se détestent. Il s'est contenté de se montrer courtois par égard pour son cousin, le duc de Wycliffe.

Ces derniers jours ne s'étaient pourtant pas déroulés comme elle s'y était attendue. Mais elle savait ce que son cher vicomte et lady Georgiana ressentaient l'un pour l'autre – Tristan s'était même permis de commenter en sa présence le caractère aigre et entêté de sa rivale. Lady Georgiana se chargeait de lui donner une leçon qui permettrait à Tristan de tomber follement amoureux d'elle et qui ferait d'elle une vicomtesse avant la fin de l'été.

— Il se peut que tu aies raison, dit Felicity. Lord Dare est certes plutôt avenant, mais tout le monde sait qu'il n'a plus d'argent. Il ne lui reste que son titre, et lady Georgiana est déjà la fille d'un marquis et la cousine d'un duc. Pourquoi voudrait-elle devenir vicomtesse ?

— Exactement. Et chacun sait aussi que je reçois trois mille livres de rente, aussi ne vois-je pas l'intérêt de poursuivre cette conversation absurde.

Tristan Carroway l'épouserait. Il avait commencé à lui faire la cour à cause de son argent et parce qu'il la trouvait charmante, et il l'épouserait pour les mêmes raisons.

— Le voici, murmura Cynthia. Tu ferais peut-être bien de *lui* rappeler le montant de ta rente.

Amélia prit une inspiration et se retourna. Lord Dare venait de faire son entrée dans la grande salle de l'*Almack's*. Il était seul, vêtu d'une veste à queue-de-pie noire qui semblait avoir été moulée sur ses larges épaules. L'espace d'un instant, elle se contenta de l'admirer.

Entre la haute stature de Tristan et sa délicate silhouette, ils formeraient un couple éblouissant. Ils étaient faits l'un pour l'autre, cela sautait aux yeux – et son père avait décidé que, dès l'annonce de leurs fiançailles, il augmenterait la somme, déjà fort coquette, qu'il lui allouait chaque mois pour ses menues dépenses. Lady Dare… oui, elle ferait une vicomtesse parfaite.

Tristan semblait soucieux. Amélia jeta un coup d'œil à ses cyniques amies et entreprit de se diriger vers l'orchestre selon un axe qui lui permettrait de croiser Tristan. Elle était très contente de porter sa robe de satin jaune à manches de dentelle ce soir. Tout le monde disait qu'elle donnait à ses yeux le bleu parfait des poupées de porcelaine.

Au tout dernier moment, elle se retourna pour agiter les doigts à l'intention de Cynthia, puis recula, de façon à heurter Tristan.

— Ô mon Dieu, souffla-t-elle en chancelant pour qu'il glisse ses mains sous ses bras.

— Amélia, toutes mes excuses, dit-il en lui souriant tandis qu'il la remettait d'aplomb. Je garde pourtant les yeux ouverts pour marcher. Je dois être un peu distrait, ce soir.

— Vous n'avez pas à vous excuser, Tristan, dit-elle en lissant son corsage pour qu'il remarque son décolleté.

Son regard bleu glissa effectivement sur son corsage, puis remonta vers son visage.

— Vous êtes ravissante, ce soir.

— Merci, dit-elle avec une légère révérence qui révéla encore davantage sa poitrine à son regard.

Toutes les belles théories de lady Georgiana sur les hommes qui méritaient de recevoir une leçon n'empêchaient pas ceux-ci d'être très prévisibles.

— Si vous persistez à tenir des propos aussi aimables, je serai tenue de vous réserver une valse.

— Si vous persistez à vous montrer aussi généreuse, je serai tenu d'accepter, répondit-il en s'inclinant avant de reculer d'un pas. Si vous voulez bien m'excuser, j'aperçois là-bas quelqu'un à qui je dois parler.

— Bien sûr. Nous bavarderons plus tard.

Le sourire de Tristan s'accentua.

— Ou plus tôt.

Ah, une petite victoire. Il n'était jamais aussi poli d'habitude. Le sourire victorieux qu'elle adressa à ses stupides amies s'évanouit cependant quand elle se retourna pour voir à qui il était allé parler. Lady Georgiana Halley se tenait entre le duc de Wycliffe et son épouse. Amélia ne pouvait qu'admirer Emma Brakenridge, qui avait accompli un grand écart prodigieux en devenant duchesse, puisqu'elle n'était à l'origine que la directrice d'une institution pour jeunes filles.

Amélia soupira. Elle était la petite-fille du frère d'un comte et n'aspirait somme toute qu'à devenir vicomtesse. Mais cette modeste perspective semblait désormais moins certaine. Jamais Tristan n'avait eu pour elle le regard qu'elle venait de le voir adresser à lady Georgiana.

Mieux valait regarder les choses en face. Que lady Georgiana pense sincèrement lui venir en aide ou qu'elle dise cela alors qu'elle nourrissait d'autres intentions, c'était à Amélia qu'il revenait d'orienter Tristan dans la bonne direction. Et étant donné ce qu'elle savait des hommes, elle avait une idée très précise de la façon d'y parvenir.

Grey ne parut pas très heureux de le voir, mais Tristan s'inquiéta davantage de la présence de Luxley, de Paltridge et, dans une moindre mesure, de Francis Henning, qui rôdaient autour de Georgie.

— Georgiana, dit-il en écartant Henning d'un coup de coude pour prendre la main de la jeune femme et la porter à ses lèvres. Votre regard a retrouvé tout son éclat. Vous sentez-vous mieux ?

— Beaucoup mieux, répondit-elle en souriant. Peut-être pas assez pour danser, cependant.

Ce commentaire était sans doute destiné à ses autres prétendants, mais aucun ne parut saisir l'allusion. Ils entonnèrent même un chœur de compassion et de compliments qui lui fit froncer les sourcils. Cet avertissement lui était peut-être destiné, mais il n'était pas question qu'il s'en aille. Toutefois, avant qu'il ait pu inciter ces bouffons à aller chasser sur d'autres terres, Emma prit son bras.

— Vous vous êtes comporté en véritable héros, hier, lui dit-elle en levant vers lui son malicieux regard noisette.

Il considéra d'un œil irrité le cercle des admirateurs de Georgiana et s'en éloigna avec elle.

— Oui, je suppose que j'ai réagi avant que la part la plus sage de ma nature n'ait eu le temps de m'en empêcher.

La duchesse gloussa.

— Je ne vous crois pas, lui confia-t-elle à voix basse. J'ai été témoin de votre bon cœur, Tristan.

— Je vous serais reconnaissant de garder cela pour vous. Un cœur généreux et des poches vides risqueraient de faire de moi un être très seul. Figurez-vous que certains doutent que j'aie seulement un cœur, ajouta-t-il en glissant un coup d'œil vers Georgie.

— Ma foi, vous devez vous efforcer de la convaincre du contraire. Sachez que, pour ma part, je suis de votre côté.

Il haussa les sourcils.

— Qu'en pense le tout-puissant Wycliffe ?

— Il est plus enclin à protéger Georgiana. Je vous conseille de rester patient mais déterminé.

— Votre conseil, chère Emma, me vaudra probablement d'être tué, déclara Tristan en déposant un baiser sur sa joue pour adoucir son propos. Mais je vous en suis reconnaissant.

— Combien de fois faudra-t-il que je te dise, gronda Grey en approchant d'eux, Georgiana à son bras, de tenir tes lèvres loin de mon épouse ?

— Tu refuses que je t'embrasse, répondit Tristan, alors je n'ai pas d'autre choix.

— Que diriez-vous de m'accompagner à la table des rafraîchissements ? suggéra Georgiana en lui offrant sa main.

Wycliffe avait fort bien agi en l'éloignant de la meute de ses admirateurs.

— Avec plaisir. Vos Grâces, si vous voulez bien nous excuser…

— Oh, épargne-moi les simagrées, répondit Grey. Mais garde l'œil sur ma cousine. Elle a failli tomber en descendant de voiture.

— J'ai marché sur l'ourlet de ma robe, protesta Georgie en rougissant.

— Je veillerai sur elle au péril de ma vie.

Elle leva les yeux vers lui, l'air ouvertement surpris, et Tristan, lui-même étonné, se rendit compte qu'il pensait vraiment ce qu'il venait de dire.

Il était hors de question que Georgiana appartienne à qui que ce soit d'autre que lui. Quoi qu'il doive faire pour cela, elle serait à lui. Pour toujours.

— Comment se fait-il que vous me préfériez à vos autres prétendants ? demanda-t-il en la guidant vers un coin plus tranquille.

— Je ne peux pas leur dire d'aller au diable, répondit-elle avec nonchalance. À vous, je peux.

Il hocha la tête.

— Je pense avoir développé une carapace contre vos insultes au fil des ans. Comment va votre derrière ?

Le rose de ses joues s'accentua.

— Il est bleu et noir, mais ne me fait plus souffrir. Heureusement, tout le monde croit que je me suis simplement tordu le genou, et aucune rumeur ne fait état de mon derrière.

— Je suis content que vous soyez venue ce soir, dit-il pour alimenter la conversation sans s'étendre davantage sur son postérieur.

Elle scruta son regard un moment.

— Moi aussi. Tristan, je...

— Tu es là ! s'exclama Lucinda Barrett en surgissant tout à coup.

Elle s'empressa de saisir la main libre de Georgiana.

— J'espérais que tu te sentirais assez bien pour venir ce soir.

Tristan réprima un pincement d'ennui et salua la jeune femme d'un hochement de tête.

— Je n'aurais pas hésité moi-même à invoquer la maladie pour éviter l'*Almack's*, dit-il.

Georgiana leva vers lui un regard incrédule.

— Dans ce cas, pourquoi êtes-vous venu ?

— Parce que vous êtes là.

— Taisez-vous donc, ordonna-t-elle. À cause de vous, les gens vont parler de nous.

— C'est déjà le cas, déclara Lucinda avec un grand sourire. Tout Londres ne parle plus que de vous deux !

Pour la première fois de la soirée, Tristan regarda autour de lui. Ils semblaient effectivement faire l'objet de toutes les conversations. Eh bien, qu'il en soit ainsi. Les rumeurs ne pouvaient qu'accroître ses chances de faire Georgiana sienne.

— Ne sois pas sotte, Luce. Il n'en a qu'après mon argent.

Lucinda pâlit et ne put s'empêcher de braquer son regard sur lui.

— Georgie, tu ne devrais pas dire des choses pareilles.

Tristan étouffa une soudaine bouffée de colère. Ce n'était pas la première fois qu'il entendait de tels propos ; il avait même un jour surpris une conversation entre des dames de la haute société qui se demandaient si l'on pouvait acheter ses services. Il avait tout particulièrement apprécié cette soirée...

Mais Georgiana n'avait jamais mentionné l'état de ses finances devant quiconque, pour autant qu'il sache. Et même s'il s'agissait d'une plaisanterie, celle-ci ne lui plaisait pas du tout.

Il détacha délicatement la main de Georgiana de son bras.

— Mademoiselle Barrett, si vous voulez bien vous occuper de lady Georgiana, j'ai promis une danse à Mlle Johns, dit-il en s'inclinant brièvement. Mesdemoiselles, les salua-t-il.

Georgie le retint par la manche.

— Dare.

Il s'immobilisa et la dévisagea d'un regard froid.

— Oui ?

— Va-t'en, Luce, murmura-t-elle.

Mlle Barrett s'exécuta, visiblement soulagée de s'en tirer sans égratignure. Les murmures s'amplifièrent autour d'eux, mais Tristan ne s'en souciait guère. Les gens parleraient, et il pouvait seulement espérer qu'ils croiraient à une dispute entre Georgiana et lui. Ils passaient leur temps à se disputer, de toute façon.

— Je suis désolée, murmura-t-elle. Je n'étais pas sérieuse, et c'était méchant de ma part.

Il eut un haussement d'épaules faussement désinvolte.

— Ce n'était pas totalement faux. Mais l'argent n'est pas la seule chose que je veuille de vous, Georgiana, vous le savez.

— Je ne sais si je dois vous croire. Vous m'avez déjà piégée par le passé.

— Et vous l'avez fait aussi, répliqua-t-il à voix basse. Comment pourrais-je vous prouver ma sincérité ?

Alors qu'il prononçait ces mots, il songea que c'était peut-être justement ce qu'elle avait attendu : l'amener à déclarer les sentiments qu'il avait pour elle devant tout le monde afin de se moquer de lui et de l'humilier publiquement. Et parce qu'il ne pouvait pas résister à l'envie d'être près d'elle, de la toucher, il venait de tomber dans son piège.

— Je ne sais pas quoi penser, parfois, dit-elle.

— Ne pensez pas autant. Je ne le fais jamais.

Elle laissa échapper un rire bref.

— Peste, je n'ai pas d'éventail. Si mon derrière ne me tiraillait pas, je vous donnerais un coup de pied.

Il ébaucha un sourire.

— Si votre derrière ne vous tiraillait pas, je suggérerais que nous nous livrions ensemble à des activités plus agréables, dit-il en résistant à la tentation de faire courir son doigt sur sa joue. Je vous désire, murmura-t-il. Follement.

Georgiana déglutit.

— Vous cherchez seulement à me faire rougir. Vous n'y arriverez pas, alors cessez vos cajoleries.

— Je ne veux pas vous faire rougir. Je veux vous faire crier mon nom et vous voir jouir pour moi.

— Taisez-vous, répliqua-t-elle d'une voix chancelante. Vous êtes fou.

Le sourire de Tristan s'accentua.

— Promettez-moi de venir vous promener avec moi demain à Covent Garden et je me tairai.

— Je dois prendre le thé avec Lu...

— Et moi, je veux sentir la tiédeur de votre peau sous mes doigts, votre corps sous le mien, ma Georgi...

— D'accord ! coupa-t-elle en l'entraînant vers la table des rafraîchissements, aussi rouge qu'une tomate. Présentez-vous à 10 heures précises, ou je promets de vous flanquer un bon coup de pied la prochaine fois que je vous verrai.

— Cela me convient, acquiesça-t-il.

La soirée se passait plutôt bien, finalement. Il avait trouvé une stratégie qui semblait fonctionner. Et Georgiana avait envie de lui, ce qui faciliterait grandement l'étape suivante.

Tristan serait-il parti si elle n'avait pas saisi son bras ? Georgiana n'avait pas eu l'intention de le retenir, mais dès qu'il s'était écarté d'elle, elle n'avait pas pu s'empêcher de tendre la main vers lui. Et maintenant, elle avait accepté d'aller se promener avec lui.

Pire encore, toutes les personnes présentes à l'*Almack's* les avaient vus discuter, échanger des sourires, et on l'avait vue rougir comme une idiote. Si elle avait refusé d'aller se promener avec lui, cependant, elle avait la nette impression qu'il l'aurait traînée dans l'alcôve la plus proche, déshabillée et possédée – et malgré son postérieur endolori, Georgiana aurait pris grand plaisir à la chose.

Douze gentlemen lui avaient présenté leur demande au cours des deux dernières années, et aucun d'eux ne lui avait plu autant que Tristan lui plaisait. Depuis leur deuxième nuit ensemble, elle avait tenté de s'imaginer nue entre les bras de ses autres prétendants, mais ces tentatives n'avaient éveillé en elle que du dégoût. Certains de ces gentlemen étaient assez plaisants à regarder, et plusieurs, comme Luxley ou Westbrook, étaient même vraiment beaux. Pourtant, Georgiana ne supportait pas l'idée qu'ils puissent la toucher, l'embrasser et moins encore mettre leur…

— Milady, dit le comte de Drasten en s'approchant d'elle, je vous supplie de m'accorder cette danse.

Près d'elle, Tristan se raidit, et elle sentit les muscles de son bras se crisper sous sa main. Elle se força à sourire poliment. Il n'était pas question que l'on se batte pour elle, surtout pas à l'*Almack's* ; elle en serait bannie à vie.

— Je ne danse pas ce soir, milord.

— C'est trop cruel, protesta le comte en décochant à Dare un regard noir. Vous ne pouvez pas nous priver de votre compagnie au profit de ce débauché.

L'onde de la bouffée de colère de Tristan parvint jusqu'à elle.

— Êtes-vous sourd, Dras…

— Lord Drasten, intervint-elle avant que Tristan ne s'avise de provoquer le comte en duel, j'ai été victime d'un accident de cheval avant-hier et je ne suis pas en mesure de danser ce soir. Je serais néanmoins ravie de boire un chocolat.

— Permettez-moi de vous escorter, dit Drasten en lui offrant son bras.

— Je vous l'interdis, gronda Tristan.

— Allez trouver une autre héritière, Dare. Celle-ci ne vous apprécie même pas.

Georgiana pâlit et écarta Tristan d'une poussée sur le torse avant qu'il ne se serve de son poing serré. Il ne chancela même pas, mais s'abstint de frapper.

— Non, dit-elle en captant son regard.

Ses yeux lançaient des éclairs, mais Georgiana ne lâcha pas les revers de sa veste. Au bout d'un long moment, il laissa échapper un soupir et fit la grimace.

— Je n'ai encore tué personne ce mois-ci, murmura-t-il, une lueur d'amusement faisant étinceler son regard. Personne ne regretterait la disparition d'un simple comte.

— Voyons, Dare, vous ne pouvez pas dire…

Tristan contourna prestement Georgiana et se planta devant le comte. Il lui prit la main comme pour la serrer et en profita pour se pencher vers lui.

— Partez, siffla-t-il entre ses dents. Immédiatement.

Le comte lut sans doute dans son regard ce que Georgiana venait d'y voir, car il lui adressa un bref hochement de tête, recula et s'en alla rejoindre un groupe d'amis. Georgiana poussa un long soupir.

— Toutes mes excuses, dit Tristan en posant la main sur celle de Georgiana, à présent parfaitement maître de lui.

— Je suis contente d'être débarrassée de lui, répondit-elle en se demandant s'il sentait l'accélération des battements de son cœur. Je vous remercie.

— Tout le plaisir est pour moi.

L'atmosphère entre eux lui parut soudain se charger d'électricité. Ne pas pouvoir le toucher et l'embrasser sur-le-champ lui causait une douleur presque physique. Il sembla ressentir la même chose et regarda autour de lui comme s'il avait pu par son seul regard faire disparaître tous les invités. Peut-être n'était-il pas aussi maître de lui qu'elle l'avait cru.

— Auriez-vous la bonté de m'emmener... ailleurs ? suggéra-t-elle d'une voix presque haletante de désir.

— Au vestiaire ? proposa-t-il. Vous frissonnez.

Elle était brûlante.

— Oui, excellente idée.

Georgiana aurait voulu quitter cette salle en courant, mais ils traversèrent la foule des invités d'un pas très digne. Un valet montait la garde devant la porte du vestiaire. Comme ils s'approchaient de lui, Tristan croisa les mains derrière son dos.

— Donnez-moi, je vous prie... Ah, peste ! s'interrompit-il. J'ai oublié mes gants. Allez trouver mon frère Bradshaw, je vous prie, et rapportez-les-moi.

— Tout de suite, milord, acquiesça le valet.

Dès qu'il fut hors de vue, Tristan entraîna Georgiana dans la petite pièce et referma la porte.

— Vous portez vos gants, remarqua-t-elle en voyant ses mains.

Il les ôta et les fourra dans sa poche.

— Mais non, affirma-t-il en la plaquant contre la porte pour s'emparer de sa bouche dans un baiser ardent.

Georgiana gémit et attira son visage vers elle pour répondre fougueusement à son baiser. Les mains de Tristan glissèrent le long de son dos jusqu'à ses fesses, et il l'attira contre lui.

— Aïe !

— Qu… Malédiction, souffla-t-il en la relâchant aussitôt pour poser ses mains sur ses épaules. Je vous demande pardon.

— Et Bradshaw ? demanda-t-elle en se mordillant la lèvre. Cet homme est parti le chercher.

— Il mettra longtemps à le trouver : Bradshaw n'est pas ici ce soir.

Georgiana eut envie de lui faire compliment de sa ruse, mais ils avaient très peu de temps devant eux, et elle préféra le mettre à profit pour l'embrasser passionnément.

— Quel dommage que cette porte n'ait pas de verrou, murmura-t-il contre ses lèvres, avant de l'embrasser jusqu'à ce qu'elle se sente défaillir de désir.

— Nous ne pourrions rien faire, de toute façon, dit-elle en faisant glisser ses mains sous sa veste pour encercler sa taille. N'est-ce pas ?

La bouche de Tristan s'attarda encore sur ses lèvres avant qu'il lui réponde.

— Non, nous ne pourrions rien faire, dit-il d'une voix haletante de désir. Vous seriez déshonorée, et si j'avais voulu écarter mes rivaux en ruinant votre réputation, je l'aurais fait depuis longtemps.

Georgiana se laissa aller contre la porte, tâchant de retrouver ses esprits et son souffle.

— Comment comptez-vous donc écarter vos rivaux ?

Le sourire malicieux qui se dessina sur les lèvres de Tristan lui donna envie de se blottir de nouveau contre lui.

— Grâce à mon obstination et à ma patience, répondit-il en faisant courir ses doigts sur sa joue. Ce n'est pas seulement votre corps que je veux, Georgiana. Je vous veux tout entière.

Quelques semaines plus tôt, elle aurait douté de sa sincérité. Mais ce soir, en regardant ses beaux yeux, intelligents et affamés, elle le crut. Et elle en fut à la fois effrayée et excitée.

Un coup discret fut frappé à la porte. Tristan jura, se laissa tomber sur le sol recouvert d'un tapis et saisit un de ses genoux à deux mains.

— Malédiction, Georgie, je me suis contenté de vous *demander* un baiser ! cracha-t-il avant de jeter un coup d'œil au valet qui venait d'entrer. Avez-vous trouvé mon frère ?

— N… non, milord. J'ai cherché, mais…

— Peu importe. Aidez-moi à me relever. Les femmes ne sont que de maudites girouettes.

Le domestique rougit et s'empressa d'aider Tristan à se remettre debout.

Georgiana réprima un sourire quand il lui jeta un coup d'œil, puis se pencha pour ramasser son châle qui avait glissé par terre.

— Je suppose que vous souhaitez retourner auprès de votre cousin ? demanda-t-il en haussant les sourcils.

— Oui. Immédiatement, je vous prie.

Une lueur amusée passa dans les yeux du valet quand Tristan offrit son bras à Georgiana avec la plus extrême prudence. Celle-ci feignit d'hésiter, puis l'accepta.

Tandis qu'ils regagnaient la grande salle, Georgiana ne put s'empêcher de le regarder. Les rumeurs qui résulteraient de cette petite aventure auraient exactement l'effet qu'il recherchait : on dirait qu'il avait voulu lui voler un baiser et qu'elle s'était défendue.

Face à l'absence de réaction de la bonne société après leur première incartade, Georgiana avait compris qu'il s'était arrangé pour étouffer la rumeur. Mais ce qu'elle n'avait pas compris jusqu'alors, c'était qu'il avait préféré ternir sa propre réputation plutôt que de salir la sienne.

— Merci, dit-elle en levant les yeux vers lui.

— Vous n'avez pas à me remercier. Si je vous détourne du droit chemin, je me dois de vous protéger des médisances.

Georgiana se dit qu'il n'avait pas eu besoin d'insister beaucoup pour la détourner du droit chemin.

— C'était toutefois charmant de votre part.

— Dans ce cas, vous me remercierez en venant vous promener avec moi demain matin.

Georgiana se demanda si elle supporterait de garder ses mains aussi longtemps loin de lui.

— C'est entendu.

17

Pars, maudite tache ! Pars, te dis-je !

Macbeth, acte V, scène 1

Amélia ordonna au cocher de l'attendre au coin de la rue et, pour s'assurer de son silence, lui donna cinq shillings. Après avoir rabattu sa capuche sur sa tête, elle se faufila le long de la rue et remonta l'allée de Carroway House. Elle n'avait jamais vu cette demeure majestueuse que de l'extérieur, et l'idée qu'elle serait bientôt la sienne la fit frissonner d'aise.

La maison de ses parents était opulente, certes, mais elle ne donnait pas sur Albermarle Street. Seules les vieilles familles de sang bleu vivaient dans cette enclave, la partie la plus huppée de Mayfair. Et, bientôt, elle ferait partie de cette prestigieuse élite, seul cercle où elle ne pouvait être admise malgré tout l'argent de son père.

L'aube ne se lèverait pas avant deux heures, et elle s'attendait à trouver la maison endormie. Quand elle poussa doucement la porte d'entrée, heureusement déverrouillée, il lui sembla qu'elle avait vu juste. La lune était pleine, et ses rayons qui filtraient par les fenêtres lui permirent de trouver son chemin jusqu'à l'escalier et de monter à l'étage.

Cela promettait d'être si simple qu'elle regrettait de ne pas y avoir pensé avant. Le plan de lady Georgiana ne semblait vraiment pas fonctionner, aussi avait-elle estimé nécessaire de prendre les choses en main. Amélia réprima un gloussement. Les choses tourneraient à son avantage, elle en était certaine.

Derrière la première porte close, elle ne trouva qu'une pièce sombre et vide, aussi referma-t-elle doucement le battant avant de passer à la chambre suivante. Les couvertures formaient un petit monticule au milieu du lit. Elle retint son souffle, s'avança dans la pièce et fronça les sourcils. Le visage qui émergeait des draps était bien trop lisse et juvénile pour être celui de Tristan. Un de ses jeunes frères, sans doute ; il en avait toute une ribambelle.

Elle reconnut l'occupant endormi de la chambre suivante : Bradshaw, un officier de marine. Il était assez beau garçon, mais il n'avait pas de titre et ne pourrait en avoir un que si Tristan mourait sans laisser d'héritiers. Ce qui ne se produirait pas si Amélia avait son mot à dire.

Le tic-tac de la pendule du couloir lui rappela qu'elle n'avait que peu de temps avant le réveil des domestiques. Elle poussa la porte suivante et regarda à l'intérieur.

Ah, victoire. C'était bien Tristan qui était étendu sur le dos sous les couvertures, et non son frère Robert. La seule fois où elle avait vu celui-ci, Amélia s'était sentie mal à l'aise et nerveuse face à son silence et à son regard sagace.

Amélia referma silencieusement la porte derrière elle et s'approcha du lit sur la pointe des pieds tout en retirant sa cape. Elle ne put réprimer un sourire. Si la réputation de Tristan n'était pas usurpée, cette nuit promettait d'être agréable de plus d'une façon.

Tristan entrouvrit un œil quand il sentit des doigts délicats parcourir son torse. Il crut d'abord qu'il était encore en train de rêver de Georgiana et, plutôt que de se réveiller, soupira et referma l'œil.

Une langue lécha son oreille et des doigts délicats glissèrent sous la couverture. Il se figea. Même dans ses rêves, ses étreintes avec Georgiana avaient un parfum de lavande, alors que là, il percevait une étrange fragrance acidulée.

Un corps remua près de lui, puis enfourcha ses hanches. Tristan ouvrit les deux yeux.

— Bonsoir, Tristan, souffla Amélia Johns en se penchant vers lui pour l'embrasser, sa chevelure brune se répandant sur ses épaules et ses seins nus.

Il la repoussa dans un juron et sortit précipitamment de son lit.

— Que diable faites-vous ici ? demanda-t-il, soudain parfaitement réveillé.

Elle s'assit au bord du lit, et le clair de lune fit briller ses yeux dans la pénombre. Son regard parcourut le corps de Tristan, puis se concentra sous sa taille, moins surpris qu'il n'aurait dû l'être chez une innocente débutante. Visiblement, Amélia Johns n'était pas aussi naïve qu'il l'avait cru.

— Je suis venue vous assurer que j'apprécie grandement la cour que vous me faites, roucoula-t-elle avant de glisser la langue sur sa lèvre supérieure.

Tristan attrapa une courtepointe sur le dossier d'une chaise et en ceignit ses hanches. Avant le retour de Georgiana dans son lit, la visite nocturne d'une charmante jeune femme l'aurait sans doute ravi, mais les choses avaient changé. De plus, il savait reconnaître un piège quand on lui en tendait un. Et celui-ci était de belle taille. Amélia Johns était complètement nue, et il lui suffirait d'appeler à l'aide pour que Tristan se retrouve marié.

La saine part virile de sa personne devait reconnaître qu'elle était fort jolie et désirable – et il n'ignorait pas par ailleurs qu'elle était riche. Il déglutit et reporta les yeux sur son visage.

— Je ne suis pas certain de comprendre de quoi vous parlez, dit-il à voix basse, mais nous ferions mieux de déjeuner ensemble demain midi pour en discuter, ne croyez-vous pas ?

Amélia secoua la tête.

— Je suis capable de vous satisfaire aussi bien que n'importe quelle autre femme.

Il en doutait, mais étant donné les circonstances, il jugea préférable de ne pas protester.

— Amélia, je parlerai avec vous de tout ce que vous voudrez demain, mais ceci ne me semble pas... correct.

Juste Ciel, voilà qu'il se mettait à parler comme les femmes qu'il avait l'habitude de séduire. Pourvu que ces propos raisonnables aient plus d'effet sur elle qu'ils n'en avaient eu sur lui, se dit-il.

— Je sais bien que ce n'est pas correct, répondit-elle avec une petite moue. Mais vous ne m'avez pas vraiment laissé le choix. Vous faites à peine attention à moi ces derniers temps. Et je sais pourquoi.

Cela ne présageait rien de bon. Tristan ne savait pas au juste ce qu'elle mijotait, mais il devait être plus que jamais sur ses gardes.

— Dites-moi pourquoi, voulez-vous ?

— Lady Georgiana Halley. Elle m'a prévenue que vous feriez un mari épouvantable.

— Elle a fait cela, vraiment ?

La petite fouineuse. À dire vrai, cela ne le surprenait guère.

— Oh oui. Elle m'a dit des choses affreuses sur vous. Et elle m'a promis de vous donner une leçon qui vous inciterait à mieux m'apprécier.

Elle glissa du lit et s'approcha de lui, son corps nu d'une pâleur laiteuse dans la pénombre de la chambre.

— Voyez-vous, ajouta-t-elle, sa seule ambition est de vous ridiculiser.

Il recula tandis qu'elle approchait, soucieux de maintenir entre eux la plus grande distance possible au cas où quelqu'un les surprendrait.

— Je pourrais en dire autant de vos intentions, Amélia.

Elle secoua la tête, et les mamelons de ses jeunes seins pointèrent entre les mèches de sa chevelure.

— Je ne veux pas vous ridiculiser, souffla-t-elle. Je veux que vous m'épousiez.

Dieu merci, Georgiana avait été honnête avec lui à propos de sa petite leçon, sans quoi Tristan aurait pu être tenté de se servir d'Amélia pour chasser le souvenir de Georgiana.

— Je vois, répondit-il en se baissant pour ramasser sa robe tandis qu'ils progressaient en cercle, Amélia cherchant à fondre sur lui et lui reculant. Pourquoi ne remettriez-vous pas cela ?

— Je n'en ai pas envie.

— Quoi qu'il en soit, il est fort tard, et si vos parents découvrent que vous avez quitté la maison, ils seront fort inquiets.

Ses paroles semblèrent lui donner à réfléchir, car elle ralentit le pas et Tristan en profita pour lui tendre sa robe.

— Voulez-vous bien vous couvrir, je vous prie ? insista-t-il. Vous... me distrayez trop, Amélia. Une discussion de cette importance doit avoir lieu dans le cadre qui convient.

— Je n'en vois pas la nécessité. Je commence à perdre patience, Tristan. Voilà des semaines que vous me faites la cour. J'estime que vous devriez m'emmener au lit et...

— Nous aurons toujours le temps pour cela plus tard, l'interrompit-il.

C'était bien la première fois qu'il faisait autant d'efforts pour éviter de coucher avec une jolie femme. Son pantalon était posé sur le dossier d'une chaise, et il laissa tomber la robe d'Amélia pour s'en emparer.

— Je suis très fatigué, voyez-vous, ajouta-t-il.

— Je pourrais crier et réveiller tout le monde, dit-elle d'une voix mielleuse.

Malédiction. Tristan plissa les yeux.

— Dans ce cas, vous devriez expliquer pourquoi c'est vous qui êtes dans ma chambre et non l'inverse. On vous soupçonnera de vous être montrée un peu trop entreprenante.

— Comment le pourrait-on alors que j'ai été d'une patience d'ange et que j'attends depuis le début de la saison que vous vous déclariez ? demanda-t-elle en faisant la moue.

Elle voulut écarter la courtepointe dans laquelle il s'était drapé, mais Tristan devina son intention et saisit sa main pour l'en empêcher.

— Si vous me mettez en colère, dit-il d'un ton ferme, je ne vous épouserai pas, quelles qu'en soient les conséquences pour votre réputation. La mienne y survivra très bien.

— Mais personne ne voudra plus vous épouser si vous vous comportez honteusement avec moi.

— Je suis prêt à prendre le risque.

C'était un coup de bluff, mais si Amélia le croyait, il pourrait finir la nuit tout seul dans son lit.

Elle lâcha un soupir exaspéré et frappa le sol de son pied nu, puis se décida finalement à ramasser sa robe.

— Savez-vous ce que je pense ? Je pense que vous êtes épris de lady Georgiana et que lorsque vous vous déclarerez, elle ne fera que rire de vous. Vous devrez alors me supplier de vous épouser. Et, croyez-moi, je vous ferai *ramper* devant moi.

Se détournant à demi, il enfila son pantalon et laissa retomber la courtepointe à ses pieds.

— Je vous ai dit que nous pourrions déjeuner ensemble demain si vous souhaitez discuter. Nous serons plus calmes et reposés.

Plus habillés, aussi.

— Oh, très bien.

— Où sont vos souliers ?

— Là-bas, près de ma cape.

Il alla les récupérer et alluma une lampe tandis qu'Amélia enfilait sa robe, d'autant plus dépitée par son échec qu'elle avait pu admirer la splendeur de son anatomie. La flamme de la lampe palpita, projetant un halo de lumière jaunâtre dans la chambre. Amélia aperçut alors la pointe d'un bas de femme qui dépassait du tiroir de sa table de chevet. Tristan étant toujours occupé à rassembler le reste de ses effets, elle en profita pour s'approcher de la table de chevet et tira sur le bas. Une feuille de papier vint avec. Elle la déplia et la parcourut rapidement.

Les réticences du vicomte à délaisser Georgiana Halley s'expliquaient enfin. Elle avait partagé son lit. Et lui avait laissé ses bas en souvenir. Amélia jeta un coup d'œil vers l'ample dos nu de Tristan, sortit le second bas de sa jolie petite boîte et l'envoya rejoindre l'autre dans sa poche avec la lettre.

Lady Georgiana n'avait jamais eu l'intention de donner une leçon à Dare. Cette catin voulait lui voler Tristan depuis le début et avait invoqué ce prétexte pour détourner ses soupçons. Eh bien, Amélia lui réservait une sacrée surprise...

— Allons, enfilez vos souliers et votre cape et mettons-nous en route, gronda-t-il.

Amélia fut tentée d'en revenir à son idée de réveiller la maisonnée pour forcer Dare à l'épouser. Mais ses amies la railleraient d'avoir eu recours à une mesure aussi désespérée quand, depuis des semaines, elle ne cessait de leur assurer qu'elle était certaine que Dare lui demanderait sa main.

— Cela ne me plaît guère, fit-elle mine de ronchonner en enfilant ses souliers.

— À moi non plus, répondit-il en lui tendant sa cape à bout de bras, veillant à ne pas la toucher. Avez-vous une voiture ? s'enquit-il en enfilant son manteau.

— Un cab m'attend au coin de la rue.

— Je vous y accompagne, dans ce cas.

Amélia comprit qu'il redoutait seulement quelque tentative sournoise de sa part. Mais elle avait la lettre et les bas. Elle posa la main sur sa poche pour s'assurer que rien n'en tomberait et le précéda dans l'escalier jusqu'à la porte d'entrée.

— Souvenez-vous que vous déjeunez avec moi demain, dit-elle comme ils atteignaient le cab. Vous n'aurez qu'à vous présenter chez mes parents.

— Je le ferai, assura-t-il avant de se rapprocher soudain d'elle. Ceci ne me plaît pas du tout, Amélia. Je n'aime pas qu'on me joue des tours ni qu'on me tende des pièges.

— Je ne pense qu'à nous deux, répliqua-t-elle en s'écartant d'un pas sans manifester la moindre panique – elle connaissait la facette menaçante de Tristan et la trouvait plutôt excitante. Je veux un titre et vous voulez mon argent. Mais vous n'êtes pas mon seul prétendant, Tristan. Réfléchissez-y d'ici demain.

— Je serai chez vous à 13 heures.

— Je vous attendrai, répondit-elle en grimpant dans le cab.

Tristan regagna discrètement la maison et referma la porte. Avec un long soupir, il se laissa aller contre le panneau de chêne massif et tira le verrou. Il l'avait échappé belle.

Mais la soudaine apparition d'Amélia avait répondu à la question qui lui taraudait l'esprit. Elle possédait toutes les qualités requises chez une épouse : jeune, docile – quoique moins qu'il ne l'avait cru – et riche. Et il ne voulait absolument pas l'épouser.

Il s'écarta de la porte avec un léger sourire et gagna l'escalier. Il se demanda ce que Georgiana répondrait s'il lui faisait sa demande le lendemain. Une fois qu'elle aurait repris connaissance, bien sûr.

Georgiana et lui étaient destinés à se marier. Il se pouvait tout à fait qu'elle manigance une nouvelle humiliation à sa façon, mais il saurait contrecarrer ses plans. Tant qu'elle disait oui, le reste ne lui faisait pas peur.

Une forme sombre remua en haut de l'escalier. Tristan se raidit et serra les poings. S'il s'agissait d'une autre femme que Georgiana, il n'hésiterait pas à se jeter par la fenêtre pour lui échapper.

— Tu vas l'épouser ? s'enquit Robert à voix basse.

Il se détendit.

— C'est toi, Dieu merci ! Et non, je ne vais pas l'épouser.

— Tant mieux, répondit Bert en tournant les talons pour se fondre dans les ténèbres. Bonne nuit.

Quoi qu'ait pu voir ou entendre Robert, il était évident qu'il ne dirait rien. Tristan retourna dans sa chambre et tira le loquet, puis alla chercher une chaise dont il cala le dossier sous la poignée. Il ne voulait plus recevoir aucune visite avant l'aube. Il avait besoin de réfléchir sérieusement.

Quand Tristan se présenta à Hawthorne House le lendemain matin à 10 heures précises, il était vêtu d'une stricte redingote bleue rehaussée d'une cérémonieuse cravate blanche, et ses bottes étaient parfaitement lustrées. Depuis sa fenêtre, Georgiana le regarda remonter l'allée et frapper à la porte.

Le fait qu'il vienne lui rendre visite lui semblait toujours un peu irréel. Même à l'époque où elle le détestait, la vision de ces yeux bleus et de ces boucles brunes qui effleuraient son col suffisait à faire battre son cœur un peu plus vite. Elle avait mis cela sur le compte de la colère. D'ailleurs, si elle l'avait poursuivi chaque fois qu'elle en avait eu l'occasion pour l'insulter et le frapper, c'était pour la même raison. Du moins l'avait-elle cru. Elle n'en était plus aussi certaine à présent.

Quel genre de femme était-elle, pour être toujours attirée par un homme qui l'avait blessée et humiliée ? Avait-il vraiment changé ou bien avait-elle seulement envie de le croire ? En lui rendant cette visite, lui jouait-il un nouveau tour qui lui briserait le cœur, à tout jamais cette fois, ou bien était-il sincère ?

— Lord Dare est ici pour vous, milady, annonça Pascoe depuis le seuil de son boudoir.

— Merci, répondit-elle en se tournant vers le majordome. Je descends dans un instant.

— Très bien, milady.

Georgiana enfila ses gants, prit son ombrelle et, après avoir jeté un dernier regard à son reflet dans le miroir, descendit au rez-de-chaussée. Tristan était au salon, occupé à marcher de long en large, comme à son habitude quand il venait chez sa tante.

— Bonjour.

— Bonjour, répondit-il en s'immobilisant.

Leurs regards se croisèrent, et un flot de chaleur familier parcourut ses veines tandis que l'envahissait une folle envie de courir jusqu'à lui pour l'embrasser – elle y résista difficilement. Cette envie était nouvelle. Jusqu'alors, quand son sang s'échauffait à la vue de Tristan, l'envie qui succédait était celle de lui briser son éventail sur son crâne. Peut-être cela faisait-il partie de l'attirance qu'il exerçait sur elle : désirer Tristan Carroway était dangereux. L'apprécier était encore plus périlleux.

— Comment se porte votre… commença-t-il avant de jeter un coup d'œil à Pascoe, qui rôdait dans le couloir. Comment va votre blessure ? se reprit-il.

— Beaucoup mieux, quoique je me sente encore un peu raide et que ma peau présente d'intéressants coloris par endroits.

— Je suis heureux d'apprendre que vous vous sentez mieux, répondit-il avec un grand sourire. Êtes-vous prête ?

— Oui. Mary va nous accompagner.

— Très bien. Aurons-nous aussi une escorte armée ?

— Pas si vous vous tenez convenablement.

Son sourire s'accentua.

— Vous feriez peut-être bien d'en envoyer chercher une dès maintenant, dans ce cas.

— Oh, cessez donc. Mettons-nous en route.

Ils descendirent les marches du perron avec Mary et prirent la direction de Grosvenor Street. Georgiana posa la main sur le bras de Tristan, en regrettant de devoir porter des gants. Elle aimait toucher sa peau nue et trouvait enivrant le parfum de savon, de cuir et de tabac qui l'entourait toujours.

— N'avez-vous pas quelque chose à me dire ? demanda-t-il.

— Non, répondit-elle en rougissant.

— Ah. Eh bien, moi si.

— Je vous écoute, répondit-elle en s'efforçant de masquer son trouble.

Il la regarda, et son expression s'adoucit d'un sourire.

— Le chat d'Edwina fait régner la terreur dans la maison. Ce matin, Dragon s'est emparé du plumet qui orne le chapeau d'uniforme de Bradshaw et l'a apporté aux tantes, aussi fièrement que s'il venait de tuer un éléphant.

— Oh non. Qu'a fait Bradshaw ?

— Il ne le sait pas encore. Milly a prélevé une des fanfreluches de son affreux chapeau en plumes d'autruche, l'a coupée et teinte avec de l'encre et l'a cousue sur le chapeau de Bradshaw.

— Allez-vous le lui dire ? demanda-t-elle en gloussant.

— Il se vante d'avoir la vue perçante. S'il ne remarque rien, il n'aura à s'en prendre qu'à lui-même.

— Vous êtes abominable ! Imaginez qu'un de ses supérieurs le remarque...

— Connaissant Bradshaw, je le crois capable de lancer une nouvelle mode dans toute la marine. À la rentrée, ses collègues porteront tous des chapeaux de femme et des bijoux fantaisie.

Il tourna la tête au passage d'une voiture, et Georgiana en profita pour étudier son profil.

— C'est donc cela que vous vouliez me dire ? demanda-t-elle.

— Non. Mais j'imagine que l'on vous complimente perpétuellement sur vos yeux d'émeraude et votre chevelure aussi dorée que le soleil, alors j'essaie de faire preuve d'originalité, répondit-il en jetant un coup d'œil derrière lui pour s'assurer que Mary ne pouvait pas l'entendre. Vous complimenter sur la splendeur de votre poitrine ne servirait probablement pas ma cause, ajouta-t-il à voix basse.

— Et quelle est donc votre cause ? demanda-t-elle en adoptant le même ton que lui.

— Je crois que vous le savez déjà, répondit-il. Je m'efforce de reconquérir votre pleine et entière confiance.

— Je...

— Dare !

La voix joyeuse qui venait de s'élever devant eux la fit sursauter. Lord Bellefeld, qui sortait tout juste de la boutique d'un tailleur, s'approcha pour serrer la main de Tristan.

— On vient de me rapporter la plus extraordinaire des rumeurs, gronda le robuste marquis en s'inclinant devant Georgiana.

— De quelle rumeur s'agit-il ? demanda Tristan. Il y en a tant qui circulent sur mon compte.

— Ah, je ne vous le fais pas dire, mon garçon. Celle dont je vous parle prétend que vous courtisez la charmante lady que voici. Est-ce vrai ?

Le sourire que Tristan adressa à Georgiana fit palpiter son cœur.

— Oui, c'est la vérité.

— Excellent, mon garçon ! Je m'en vais de ce pas miser dix livres sur lady Georgiana, dans ce cas. Bonne journée.

Georgiana sentit son sang se figer. Presque sans en avoir conscience, elle lâcha le bras de Tristan et posa la main sur l'épaule du marquis.

— Que voulez-vous dire ? demanda-t-elle. Pourquoi dites-vous que vous allez miser dix livres sur moi ?

Bellefeld ne parut pas le moins du monde perturbé.

— Oh, un pari a été lancé au *White's* pour déterminer avec qui lord Dare finira par se marier. Pour l'instant, la cote est à deux contre un en faveur de lady Amélia, mais je dispose à présent d'informations de première main, ajouta-t-il avec un clin d'œil.

Georgiana pâlit et, se sentant sur le point de défaillir, s'agrippa à la veste de Bellefeld.

— Qu… qui d'autre est en lice ? parvint-elle à demander.

— Oh, je ne me souviens plus de tous les noms. Une certaine Daubner, je crois, et une Smithee ou quelque chose d'approchant. Il y en a une bonne demi-douzaine, si je me souviens bien. N'est-ce pas, Dare ?

— Je n'en sais rien, répondit-il au bout d'un moment d'une voix étrangement atone. Personne ne m'a rien dit.

Bellefeld parut alors prendre conscience qu'il venait de commettre un impair. Il rougit et recula.

— Personne n'y voit aucun mal, j'en suis sûr, bredouilla-t-il. C'est un simple passe-temps, vous savez.

— Bien sûr, dit Georgiana en le relâchant.

Bellefeld partit sans demander son reste, et Georgiana resta immobile, incapable de se tourner vers Tristan. Elle avait envie de rentrer chez elle en hurlant et de ne plus jamais voir personne.

— Georgiana… dit-il.

— Je vous interdis…

— Rentrez chez vous avec Mary, si vous le souhaitez, dit-il d'une voix chargée de colère qu'elle ne lui avait encore jamais entendue. Il faut que je m'occupe de quelque chose.

Elle se força à le regarder. Son visage était gris – tout comme le sien, probablement. Il était contrarié, évidemment : il venait d'être découvert et son petit stratagème révélé au grand jour.

— D'aller parier sur moi, j'imagine ? répliqua-t-elle. Je m'en abstiendrais, à votre place. Et pour répondre à votre demande, non, je ne vous fais pas confiance. Je ne vous ferai *jamais* confiance.

— Rentrez chez vous, répéta-t-il d'une voix qui vibrait de rage.

Il soutint son regard un instant, puis se retourna et prit la direction de Pall Mall, sans doute pour aller parier sur une candidate plus conciliante.

— Quelque chose ne va pas, milady ? demanda Mary en approchant.

Une larme coula sur la joue de Georgiana, mais elle l'essuya avant que quiconque puisse la voir. Il ne serait pas dit que le départ de Tristan l'avait fait pleurer.

— Non. Rentrons.

— Mais… Et lord Dare ?

— Oubliez-le. C'est déjà fait en ce qui me concerne.

Elle prit le chemin du retour d'un pas décidé, forçant Mary à trottiner derrière elle. Elle avait mal aux fesses, mais cette souffrance était salutaire. Elle lui permettait de penser à autre chose. Dare avait recommencé. Il l'avait séduite et trahie. Et, cette fois, elle ne pouvait s'en prendre qu'à elle-même.

Dieu merci, elle avait tout découvert avant de lui avoir donné son cœur. Un sanglot remonta dans sa gorge quand Pascoe ouvrit la porte d'entrée. Non, elle ne souffrait pas, car cela ne comptait pas. Tout cela se résumait à une simple histoire de désir, et le désir, elle pouvait le chasser de son esprit.

— Milady ?

— Je serai dans ma chambre, dit-elle en passant devant le majordome. Qu'on ne me dérange sous aucun prétexte. Est-ce clair ?

— Oui, milady.

N'importe quel membre du très sélectif club *White's* pouvait inscrire un pari dans le grand registre réservé à cet effet. Il s'agissait généralement de paris privés entre deux parties, mais il arrivait que certains paris impliquent un plus grand nombre de participants ou retiennent plus particulièrement l'intérêt.

À son entrée au *White's*, Tristan, sans daigner accorder la moindre attention au portier qui voulait l'informer que le déjeuner ne serait pas servi avant une heure, gagna tout droit la salle de jeu, où le registre des paris trônait sur un pupitre. Il avait fini par se trouver à court de jurons pendant son trajet jusqu'au club, mais quand il aperçut le registre et la demi-douzaine de gentlemen qui l'encerclaient, plusieurs insultes bien senties lui revinrent en mémoire.

En le voyant approcher, l'un des plus jeunes membres du club se mit à ricaner.

— Dare, sacré veinard, vous ne pouvez pas miser sur vous-même, vous savez…

Tristan serra le poing et l'écrasa sur la mâchoire du freluquet.

— Poussez-vous, dit-il inutilement alors que le jeune homme s'écroulait comme une chiffe molle.

Des valets surgirent de toutes parts tandis que les autres membres du club s'écartaient précipitamment de son chemin. Sans leur accorder un regard, Tristan fit pivoter vers lui le lourd registre et lut :

Les participantes en lice pour épouser Tristan Carroway, lord Dare, sont énumérées ci-dessous. Veuillez placer votre mise en fonction de votre choix.

Aucun nom ne signait le pari, mais la liste des candidates et de leurs supporters occupait déjà deux pages pleines alors que le pari datait seulement de la veille.

— Qui est responsable de cela ? grinça-t-il en se retournant vers l'assemblée grossissante.

— Milord, venez par ici, je vous prie. Joignez-vous à moi pour boire un verre en privé, suggéra d'un ton apaisant Fitzsimmons, le gérant du club.

— J'ai dit : qui est responsable de cela ? répéta Tristan, frémissant de rage.

Le regard qu'avait eu Georgiana en écoutant Bellefeld avait failli le tuer. Elle avait commencé à lui faire confiance ; il l'avait vu dans ses yeux. Et maintenant, cette confiance était à tout jamais brisée. Il aurait beau clamer son innocence, elle penserait toujours qu'il était responsable de ce pari ou qu'il était au moins au courant. Quelqu'un allait payer pour cela – et avec un peu de chance, cette personne allait même payer de son sang.

— Milord...

— Qui ? tonna-t-il en saisissant les pages à pleines mains pour les arracher du registre.

Un brouhaha effaré parcourut la salle. Personne n'ôtait de pages au registre. Cela ne se faisait pas. Tristan considéra d'un air furieux l'offensant document et le déchira en deux, puis le déchira encore et encore jusqu'à le réduire en confettis.

— Lord Dare, dit Fitzsimmons d'un ton plus ferme, veuillez me suivre, je vous prie.

— Certainement pas, grinça-t-il. Ce pari est annulé. Est-ce clair ?

— Je vais devoir vous demander de part...

— Je ne remettrai plus les pieds ici – à moins que je n'entende parler d'un autre pari concernant lady Georgiana Halley. Si cela arrivait, je ferais brûler cet établissement, je le jure devant Dieu.

Avant qu'un des robustes valets du club n'ait eu le temps de s'approcher pour l'escorter jusqu'à la porte, il s'avança jusqu'à Fitzsimmons et le saisit par la cravate.

— Et maintenant, pour la dernière fois, Fitzsimmons, qui a inscrit ce pari ?

— C'est... votre frère qui l'a fait, milord. Bradshaw.

Tristan se figea.

— Brad...

— Oui, milord. À présent, lâchez-moi, je...

Tristan le relâcha si soudainement que Fitzsimmons chancela. D'un pas furieux, Tristan sortit du club et héla le premier cab qu'il vit passer.

— Carroway House, gronda-t-il en faisant claquer la portière.

L'heure du déjeuner approchant, la circulation était devenue très dense, ce qui lui permit de réfléchir à l'étendue des dégâts que le pari de Bradshaw avait causés. Jamais il n'aurait cru avoir à affronter une nouvelle affaire de pari avec Georgiana.

Quand le cab s'arrêta, il descendit prestement, lança un shilling au cocher et se précipita chez lui. Dawkins, pour une fois à son poste, faillit recevoir la porte en pleine figure quand Tristan l'ouvrit sans lui laisser le temps de le faire pour lui.

— Où est Bradshaw ? gronda-t-il en laissant tomber par terre son pardessus et son chapeau.

— M. Bradshaw est dans la salle de billard, me semb...

Tristan était parvenu à l'étage avant que Dawkins ait fini de parler. La porte de la salle de billard était entrouverte, et il poussa le battant avec une telle violence qu'un cadre du couloir alla s'écraser sur le sol.

— Bradshaw !

Son frère était en train de se redresser, une queue de billard à la main, quand Tristan lui rentra dedans. Tous deux passèrent par-dessus la table et atterrirent durement par terre. Tristan fut le premier à se relever et projeta son poing dans la mâchoire de Bradshaw. Ce dernier roula sous la table et se releva de l'autre côté, récupérant sa queue de billard au passage.

— Que diable t'arrive-t-il ? demanda-t-il en essuyant d'un revers de manche sa lèvre fendue.

Tristan contourna la table, trop furieux pour arriver à parler. Bradshaw en fit autant, maintenant la table entre eux. Dawkins avait dû prévenir ses frères qu'il se passait quelque chose, car

Andrew, bientôt suivi d'Edward, apparut sur le seuil. Robert les rejoignit un instant plus tard.

— Que se passe-t-il ? demanda Andrew en s'avançant dans la pièce.

— Sors ! cracha Tristan. Il s'agit d'une affaire entre Bradshaw et moi.

— Quoi donc ?

— Je n'en ai pas la moindre idée, haleta Bradshaw en essuyant de nouveau sa lèvre. Il est devenu fou. Il est entré et m'a sauté dessus !

Tristan plongea en travers de la table et reçut un coup de queue de billard qui lui fit perdre l'équilibre ; il alla s'écraser contre l'épaule de Bradshaw. Il ne savait pas très bien ce qu'il faisait. Il voulait que Bradshaw ait mal, parce que lui-même avait mal et que Georgiana avait mal.

— Il faut le retenir ! cria Edward en s'avançant à son tour.

Robert le rattrapa par la peau du cou.

— Ne te mêle pas des affaires des grands, dit-il en passant Edward à Andrew. Emmène-le en bas, ordonna-t-il à ce dernier.

Andrew rougit.

— Mais...

— Tout de suite.

Andrew s'exécuta en ronchonnant, et Robert referma la porte derrière ses deux frères, maintenant ainsi les domestiques à distance.

— Reste en dehors de cela, lui ordonna Tristan en poussant Bradshaw.

— Pourquoi cherches-tu à le tuer ?

— Parce qu'il a fait un pari, répondit Tristan en projetant de nouveau son poing, que son frère évita de justesse.

— Je fais sans cesse des paris, s'exclama Bradshaw. Et toi aussi !

— Tu as parié sur Georgiana, maudit bâtard !

Bradshaw trébucha contre une chaise et tomba. Il recula en rampant sur les fesses, saisit la chaise et la brandit devant lui.

— De quoi parles-tu ? J'ai ouvert un pari sur la femme que tu finiras par épouser. Rien de plus, Dare. Pour l'amour du Ciel, qu'est-ce qui ne va pas ?

— Elle ne me fait pas confiance. Voilà ce qui ne va pas. Et maintenant, elle ne le fera jamais, et c'est à cause de toi. Je veux que tu quittes cette maison aujourd'hui même. Et je ne veux plus jamais te rev…

— Elle t'accuse d'avoir lancé ce pari ? l'interrompit Robert.

— Oui, elle m'en croit responsable.

— À cause de l'autre pari ? poursuivit Bert.

Tristan pivota sur lui-même pour lui faire face.

— Depuis quand t'es-tu décidé à parler ? Laisse-moi tranquille et va-t'en.

— Si tu renvoies Bradshaw, continua Robert en croisant les bras, il ne pourra rien expliquer. Qu'est-ce que tu préfères : qu'il s'en aille ou qu'il explique les choses à Georgiana ?

La question de Bert eut le mérite de faire réfléchir Tristan et de l'obliger à considérer ce qu'il était en train de faire. Bradshaw brandissait toujours la chaise, les pieds dirigés vers lui. Il avait le souffle court et ne le quittait pas des yeux.

Tristan lui lança un regard noir.

— Georgiana, lâcha-t-il. Elle croit que j'ai quelque chose à voir avec ce pari.

Bradshaw baissa la chaise mais ne la lâcha pas.

— Alors je lui dirai que tu n'y es pour rien.

— Ce n'est pas aussi simple. Le seul fait d'être au courant de ce pari est pour elle aussi grave que d'en être l'initiateur. Enfer et damnation, Bradshaw !

— Je lui dirai que tu ne savais rien et que tu as failli me tuer quand tu as appris que c'était ma faute.

Cela ne ferait sans doute aucune différence aux yeux de Georgiana. C'était déjà trop tard.

— Va t'habiller, ordonna-t-il en se dirigeant vers la porte.

Quand il passa devant Robert, il voulut lui saisir l'épaule mais son frère l'évita, se contentant de le suivre.

— Explique-toi, ordonna Tristan quand ils furent dans le couloir qui menait à sa chambre.

La manche de sa veste était déchirée et Bradshaw avait la lèvre fendue. S'ils n'avaient pas l'air à peu près civilisés, Georgiana ne voudrait jamais les écouter.

— Expliquer quoi ?

— Pourquoi as-tu décidé de te montrer aussi bavard ?

Robert ne lui répondit pas. Agacé, Tristan se tourna vers lui.

— S'agit-il d'un jeu, Bert ?

Robert secoua la tête, le visage très pâle, la bouche crispée. Tristan comprit alors que son frère s'était fait violence pour intervenir. Il reprit le chemin de sa chambre.

— Tu me le diras quand tu en auras envie. Mais va t'assurer que Bradshaw ne s'est pas enfui.

— Il ne le fera pas.

Tristan respira profondément pour calmer le tourbillon de ses émotions et retrouver un peu de bon sens. Il répugnait à le reconnaître, mais Robert avait raison : s'il y avait un espoir qu'il retrouve une once de la confiance de Georgiana, il fallait que Bradshaw lui explique ce qui s'était passé. Après quoi il devrait faire quelque chose qu'il n'avait pas fait depuis très longtemps. Il devrait adresser une prière. À quiconque serait encore disposé à l'entendre.

18

C'est ainsi que je changerai sa vertu en poix,
Et que de sa bonté je ferai le filet
Qui les enserrera tous.

Othello, acte II, scène 3

Amélia se tenait dans le petit salon, occupée à broder une fleur au coin d'un mouchoir. Sa mère, assise devant le secrétaire, rédigeait sa correspondance, et elle savait que son père s'occupait de sa comptabilité dans son bureau.

Étant donné l'importance de cette journée, elle avait choisi une robe de mousseline bleu pâle à la fois discrète et charmante, qui faisait avantageusement ressortir la couleur de ses yeux ainsi que la blancheur laiteuse de sa gorge et de ses bras. Le double rang de perles qu'elle portait était peut-être un peu excessif pour un simple déjeuner, mais elle tenait à rappeler à Tristan Carroway ce qu'elle apporterait à leur union.

Il avait eu raison sur un point : une demande en mariage en bonne et due forme serait bien plus satisfaisante qu'un mariage forcé pour préserver sa réputation. De cette façon, ses parents pourraient dire que le vicomte Dare était venu les trouver pour présenter sa demande. Certes, Amélia lui avait un peu forcé la main, mais cela, personne n'avait besoin de le savoir.

La pendule sonna le quart, et elle laissa échapper un doux soupir. Elle n'était pas précisément impatiente, plutôt dans l'expectative. Il lui avait fallu manœuvrer pendant plusieurs semaines, mais la récompense de ses efforts était sur le point de se matérialiser devant sa porte pour faire d'elle une vicomtesse.

Amélia ne s'attendait pas que lord Dare arrive de bonne heure ; il avait dit qu'il serait là à 13 heures et il n'arriverait pas avant.

Elle l'avait dit à ses parents, qui s'étaient montrés encore plus enthousiastes qu'elle, tout en prenant soin de ne pas mentionner à voix haute ce que chacun espérait tout bas. Le protocole était essentiel, et aucun de ses parents ne prononcerait le mot « mariage » avant que Dare ne le fasse. Mais ils savaient, tout comme elle, qu'à la fin du déjeuner elle serait fiancée.

Quand on frappa discrètement à sa porte, juste avant 13 heures, Georgiana pensa que sa tante Frédérica lui apportait une tasse de tisane.

— Je vous en prie, partez, dit-elle sans interrompre le balancement de son fauteuil devant la fenêtre, un coussin serré contre sa poitrine.

— Milady, annonça la voix de Mary, lord Dare et son frère sont ici pour vous voir.

Son cœur fit un bond.

— Dites à lord Dare que je ne veux pas le voir, parvint-elle à répondre. Plus jamais.

Le simple fait de prononcer son nom lui était douloureux.

— Je le lui ai dit, milady.

L'éviter à Londres serait presque impossible, étant donné qu'ils fréquentaient les mêmes cercles. Non, cette fois, elle allait devoir retourner dans le Shropshire, comme elle aurait dû le faire quand elle s'était enfuie de Carroway House. Elle ne risquerait pas de croiser Dare là-bas.

Mary frappa de nouveau à la porte.

— Milady, il insiste absolument pour que lui et son frère s'entretiennent avec vous.

Il avait dû venir avec Edward, car il savait qu'elle avait un faible pour lui, songea Georgiana. Mais il ne réussirait pas à l'attendrir. Ce qu'il avait fait cette fois était plus qu'impardonnable.

— Dites-lui non, Mary.

La femme de chambre hésita.

— Bien, milady.

Quand elle revint frapper à sa porte, sa voix était agitée.

— Il refuse de partir, lady Georgiana. Dois-je aller chercher Gilbert et Hanley ?

Il n'aurait pas déplu à Georgiana de voir les deux robustes valets d'écurie faire sortir Dare par la force. Mais aller lui dire en face de la laisser tranquille et de ne plus jamais revenir pouvait se révéler encore plus satisfaisant.

— Je descends dans un instant.

— Bien, milady, répondit Mary, visiblement soulagée.

Georgiana tremblait quand elle se leva, et chaque pas lui demanda autant d'efforts que si elle avait porté des semelles de plomb. Se concentrer sur sa marche l'aida cependant, et elle ne pensa plus qu'à mettre un pied devant l'autre lorsqu'elle descendit l'escalier, suivie de Mary qui semblait extrêmement soucieuse.

— Où sont-ils ? demanda-t-elle.

— Dans l'antichambre, milady. Pascoe n'a pas voulu les laisser entrer au salon.

Georgiana redressa le dos, regrettant d'avoir les yeux rouges et gonflés à force d'avoir pleuré, et ouvrit la porte de l'antichambre, prête à faire une déclaration fracassante et définitive… et, d'un seul coup, oublia ce qu'elle avait eu l'intention de dire.

Tristan, un hématome bleuissant sa pommette gauche, se tenait près de la porte. Bradshaw était assis sur le divan, l'œil gauche si noir et si enflé qu'il était presque fermé, la lèvre boursouflée et fendue.

— Georgiana, dit Tristan d'un air terriblement sérieux, accordez-moi seulement une minute, vous ferez ensuite ce que vous voudrez.

— Vous supposez, lord Dare, que je suis disposée à vous accorder une minute, répondit-elle d'un ton tranchant en refermant la porte sur Mary et Pascoe. Je ne le suis pas.

Il ouvrit la bouche, puis la referma et hocha la tête.

— Fort bien. Je vous prie alors d'accorder une minute à Bradshaw.

Le regard qu'il adressa à son frère, sombre et chargé de colère, la surprit. Elle ne l'avait jamais vu manifester aux siens que tendresse et affection.

— Une minute.

Bradshaw se leva.

— J'ai ouvert un pari sur le registre du *White's*, dit-il du même ton grave que son frère venait d'employer. Il s'agissait de deviner avec qui Tristan finirait par se marier. J'ai pensé que ce serait amusant. Il n'était pas au courant. De fait, ajouta-t-il en portant la main à sa bouche, il a été fort mécontent quand il a appris ce que j'avais fait. Je vous prie d'accepter mes excuses, lady Georgiana, si je vous ai offensée. Ce n'était pas mon intention.

Une larme coula sur la joue de Georgiana, et elle l'essuya.

— Vous a-t-il forcé à faire ceci ? demanda-t-elle, refusant de regarder Tristan.

— Il m'a forcé à l'accompagner ici. Il a dit que si je ne le faisais pas, il me chasserait de la maison. Mais, ceci excepté, il ne m'a forcé à rien.

— Georgiana, intervint Tristan d'un ton urgent, je me suis comporté comme un idiot autrefois, mais j'espère que vous savez que plus jamais je ne ferais une chose pareille – ni à vous ni à personne d'autre. J'ai compris la leçon.

Il n'avait pas dit qu'elle pouvait lui faire confiance, mais c'était sous-entendu. Elle se décida finalement à croiser son regard. Ses yeux bleus scrutèrent anxieusement son visage. Cela l'ennuyait-il tant qu'elle puisse l'éconduire pour de bon ? Sans doute n'était-elle qu'une idiote, se dit Georgiana, mais elle était prête à lui faire confiance. Parce qu'elle en avait envie, et parce que décider une bonne fois pour toutes qu'elle ne pouvait pas lui faire confiance serait par trop douloureux.

Elle hocha lentement la tête.

— Je vous crois.

Comme soudain délivré d'invisibles chaînes, Tristan s'élança pour la prendre dans ses bras et baisa son front, ses joues et sa bouche.

— Je suis tellement désolé, murmura-t-il.

Elle lui rendit son baiser, heureuse de retrouver la chaleur et la fermeté de son corps. S'il avait eu l'intention de lui jouer un tour, ce n'était pas celui-là. Et, à en juger par sa réaction, il était possible qu'il ne cherche pas du tout à jouer. Et s'il ne jouait pas...

— Hum hum…

Georgiana s'empressa de s'écarter, mais ne put s'échapper bien loin car Tristan la retint dans ses bras. Bradshaw affichait une expression d'extrême curiosité mêlée de surprise.

— Quelque chose m'aurait-il échappé ? demanda-t-il en croisant les bras.

— Est-ce que ce n'est pas évident ? répondit Tristan sans quitter Georgiana des yeux.

— Et le pari ? s'enquit-elle.

— Il a disparu.

Bradshaw fronça les sourcils.

— Qu'entends-tu par là ? Il est inscrit sur le registre du *White's*. Je regrette d'avoir à le dire, mais ces paris ne disparaissent pas, Dare.

— Celui-ci a pourtant disparu.

— Et comment as-tu fait cela ?

— Je l'ai arraché du registre et j'en ai fait des confettis, répondit Tristan en effleurant le cou de Georgiana du bout des doigts. Ce qui m'a valu, au passage, d'être banni du *White's*. C'est probablement une bonne chose, maintenant que j'y songe. Je n'aimerais pas être membre d'un club qui accepterait en son sein un individu tel que moi.

Georgiana avait beau avoir la gorge serrée, un gloussement lui échappa.

— En mon nom et au nom de toutes les autres femmes impliquées dans ce pari, je vous remercie, Tristan, dit-elle avant de tourner les yeux vers Bradshaw. Et honte à vous, monsieur.

— J'ai moi aussi compris la leçon, dit-il. Et je puis vous assurer que je m'en souviendrai longtemps. Quant à toi, Dare, la prochaine fois que tu t'aviseras de me rosser, prend au moins la peine d'ôter ta satanée chevalière.

Tristan fit peser sur son frère un regard plus courroucé que véritablement conciliant. Soucieuse d'éviter une nouvelle bagarre, Georgiana se dégagea de l'étreinte de Tristan pour appeler Pascoe.

— Vous plairait-il de rester déjeuner, messieurs ? demanda-t-elle.

Bradshaw amorça un hochement de tête, mais Tristan parut soudain mal à l'aise.

— Quelle heure est-il ?

— 14 h 15, milord, répondit le majordome.

— Malédiction. J'aimerais rester, dit-il en se tournant vers la porte, mais j'ai déjà pris d'autres engagements et je suis en retard.

Il s'arrêta et regarda Georgiana.

— Wycliffe donne un dîner, ce soir. Vous y serez, n'est-ce pas ?

— J'y serai, oui.

— Dans ce cas, je vous revois ce soir, dit-il en s'inclinant cérémonieusement.

Bradshaw lui emboîta le pas d'une démarche un peu raide. En passant devant Georgiana, il lui effleura l'épaule.

— Je ne l'avais encore jamais vu ainsi. Merci de me pardonner.

Elle pinça les lèvres.

— S'il ne vous avait pas déjà corrigé, je m'en serais chargée moi-même, Bradshaw.

— Et vous auriez eu raison de le faire.

Les gens allaient continuer à spéculer autour du pari, surtout après que Tristan y avait mis fin de façon aussi spectaculaire. Mais il l'avait fait pour protéger son honneur et parce que cela l'avait blessée. Lord Dare semblait avoir bel et bien compris sa leçon.

Le soulagement que Georgiana avait ressenti quand Bradshaw s'était expliqué à propos du pari avait mis autre chose en évidence : son cœur, ses rêves et ses désirs avaient cessé d'écouter toute forme de raison. Il ne lui restait plus qu'à espérer que, cette fois-ci, elle et Tristan s'engageraient sur un chemin différent et qu'elle en sortirait indemne.

Une fois que Tristan eut regagné Carroway House, qu'il eut fait jurer le secret à Bradshaw, qu'il se fut changé de nouveau et qu'il eut enfourché Charlemagne pour gagner la demeure des Johns, il était déjà près de 15 heures. Il allait devoir faire preuve d'un grand tact et de beaucoup de prévenance avec Amélia…

Le majordome des Johns le fit patienter dans l'antichambre. Quand Amélia parut, quelques minutes plus tard, il s'inclina devant elle.

— Je vous dois des excuses, dit-il d'une voix suave avant de lui sourire.

Son charme opérait généralement à merveille sur les débutantes.

Elle inclina légèrement la tête de côté et, pour une fois, Tristan fut incapable de déchiffrer son expression. Quand il avait fait sa connaissance, il l'avait prise pour une gamine à la fois naïve et cupide, prête à se vendre pour un titre. Elle aurait fait une épouse aussi jolie qu'insignifiante et facile à tenir. Ce qu'elle avait entrepris la veille, cependant, exigeait de la ruse, du courage et de la détermination. Et cela le mettait mal à l'aise, car il était possible qu'il se soit grandement trompé sur son caractère.

— Nous avons déjeuné sans vous, dit-elle en lui faisant signe de s'asseoir.

— J'espérais que vous l'aviez fait. Encore toutes mes excuses. Un événement… de la plus haute urgence est survenu.

Il prit place sur le divan, lui laissant les rênes de la conversation. Il garda cependant l'œil sur le seuil pour s'assurer que la porte restait ouverte. Elle l'avait eu par surprise une fois ; il ne la laisserait pas recommencer.

— Je suis très fâchée contre vous, déclara-t-elle en s'asseyant en face de lui.

— Je n'en doute pas. Je ne suis pas entièrement satisfait de votre comportement moi-même.

Le majordome se présenta sur le pas de la porte.

— Dois-je apporter le thé, mademoiselle Johns ?

Elle sourit.

— Une tasse de thé, lord Dare ?

Il aurait préféré un whisky.

— Un thé sera parfait. Je vous remercie.

Après le départ du domestique, Amélia croisa les mains sur ses genoux sans se départir de son sourire, parfaite image de la débutante sage et réservée. S'il ne l'avait pas vue nue dans sa chambre la veille, il n'aurait jamais voulu le croire.

— Je tiens à vous poser une question directe, déclara-t-elle.

— Faites donc, je vous en prie.

— Allez-vous me demander de vous épouser, Tristan ?

— Non, je ne vais pas le faire.

Elle hocha la tête sans paraître surprise le moins du monde.

— Pourquoi ?

— J'ai, à un moment donné, envisagé de me marier avec vous, répondit-il lentement, choisissant ses mots de façon à épargner sa sensibilité. Mais j'ai fini par me rendre compte que je ferais un bien piètre mari pour vous.

— N'est-ce pas à moi que revient cette décision ?

— Non, pas véritablement. J'ai douze ans de plus que vous et beaucoup plus d'expérience. Je...

— J'estime que vous devriez tout de même me faire votre demande, l'interrompit-elle en refermant ses jolies petites mains.

Tristan secoua la tête.

— Dans six mois, quand vous serez l'épouse heureuse et comblée d'un des innombrables gentlemen qui rêvent de vous faire la cour, vous me remercierez.

Un valet apporta le thé. Le sourire d'Amélia réapparut comme par magie, et Tristan se demanda comment il avait pu la croire naïve et innocente. Dès que le domestique eut tourné le dos, le sourire disparut.

— Je comprends pourquoi vous pensez que je serais heureuse avec un autre, mais mon cœur est attaché à l'idée de devenir la vicomtesse Dare. Cela sonne joliment, ne trouvez-vous pas ? C'est un titre vieux de deux cent soixante ans qui inspire le respect.

— Vous avez fait des recherches.

Elle acquiesça.

— Oui, j'en ai fait sur tous mes prétendants. Et, après une étude attentive, c'est vous que j'ai choisi.

Tristan commençait à se demander si Amélia avait bien toute sa tête. Il regarda la théière, craignant à moitié qu'elle ne contienne de l'arsenic.

— Amélia, j'apprécie votre admiration pour ma famille et votre amitié, mais vous et moi n'allons pas nous marier. Si vous vous êtes méprise sur mes intentions, j'en suis navré. Je crois à présent que je ferais mieux de vous laisser à de plus agréables occupations, déclara-t-il en se levant.

— J'ai votre lettre, dit-elle en haussant le ton.

Tristan continua de se diriger vers la porte.

— Malheureusement, Amélia, dans ma longue et lamentable vie, j'ai écrit des lettres à un certain nombre de jeunes femmes. Il m'est même arrivé quelquefois de leur adresser des vers.

— Il ne s'agit pas d'une lettre que vous m'avez écrite, mais d'une lettre qui vous est adressée.

Tristan s'arrêta.

— Et de quelle lettre s'agit-il ?

— Ce n'est pas une lettre à proprement parler, plutôt un message. Qui a le mérite d'être signé. Il est assez chiffonné, je le cr...

— Que dit-il ? l'interrompit-il, gagné par la fureur.

Elle ne pouvait tout de même pas avoir ce message-là !

— Je crois que vous savez ce qu'il dit, répondit-elle d'un ton calme. J'ai aussi les petits cadeaux qui vont avec. Vous ne m'avez pas laissée partager votre lit, Tristan, mais je sais qui y a eu accès. Quand je pense que vous faisiez croire à tout le monde que vous étiez ennemis !

Un millier de ripostes défilèrent dans sa tête, dont la plupart lui auraient valu de finir ses jours à la prison de Newgate pour meurtre.

— Je suggère que vous me rendiez ce que vous avez volé chez moi, Amélia, dit-il très calmement.

— Ne souhaitez-vous pas savoir ce que je veux en échange des effets très personnels de lady Georgiana ?

— Vous allez trop loin, dit-il en faisant un pas vers elle.

Il était disposé à finir ses jours à Newgate si cela pouvait épargner davantage de souffrance à Georgiana.

— Je serais heureuse de vous les rendre, dit-elle de ce même ton calme, tout en jetant un rapide coup d'œil vers la porte, et de vous laisser en faire ce que bon vous semblera.

— Dans ce cas, faites-le tout de suite.

— Pas avant le jour de notre mariage, lord Dare. Je vous promets de les garder jalousement dans le tiroir de ma commode jusque-là.

La sournoise petite sorcière ! Il lui fallait un plan pour déjouer son stratagème.

— Quelle assurance ai-je donc que vous ferez ce que vous dites ?

Le sourire réapparut.

— Le fait que je veux devenir lady Dare, dit-elle en se levant et en lissant sa jupe. Voulez-vous que nous allions annoncer la bonne nouvelle à mes parents ?

À bout de patience, Tristan lui saisit le bras et l'attira durement contre lui.

— Ne soyez pas si présomptueuse, Amélia. Je coopérerai jusqu'à un certain point. Si vous faites le moindre mal à lady Georgiana, je n'hésiterai pas à ruiner votre réputation. Est-ce clair ?

Pour la première fois, Amélia se départit de sa sérénité.

— Nous allons nous marier, dit-elle en dégageant son bras. Et nos fiançailles seront annoncées. Vous pouvez choisir le moment, mais nous savons tous deux que vous aurez besoin de mon argent avant la fin de l'été. Je vous accorde trois jours, lord Dare, pour me présenter votre demande en bonne et due forme.

Tristan pivota sur ses talons et sortit. Tandis qu'il regagnait Carroway House, une pensée ne cessa de tourner dans sa tête : Georgiana devait être informée de la situation – mais il ne supporterait pas de lire de nouveau la souffrance dans ses yeux.

Il trouverait une solution, il le fallait. Pour leur bien à tous les deux.

19

Le véritable amour
n'a jamais suivi un cours facile...

Le Songe d'une nuit d'été,
acte I, scène 1

Après avoir laissé des rondelles de concombre posées sur ses yeux pendant une demi-heure, Georgiana se dit qu'elle pouvait s'aventurer hors de sa chambre sans craindre de faire peur aux enfants. Elle avait aussi le cœur plus léger, même elle ne cessait de s'interroger sur les intentions de Tristan et sur sa propre réponse à ce qu'il risquait de lui demander.

Depuis son retour à Hawthorne House, elle s'était efforcée, sans grand succès, de reprendre ses tâches habituelles auprès de sa tante. Il lui fallait se ressaisir. À cette heure de la journée, la duchesse douairière devait sans doute rédiger sa correspondance.

Georgiana trouva sa tante au petit salon, comme elle s'y était attendue, mais Frédérica n'était pas assise à son secrétaire. Et elle n'était pas seule.

— Lord Westbrook, dit Georgiana en faisant la révérence. Quelle agréable surprise.

— Lady Georgiana, répondit le marquis, qui s'était levé en la voyant apparaître. Sa Grâce m'a dit que vous n'étiez pas au mieux. Je suis heureux de vous voir rétablie.

— Oui, simple migraine passagère. Que nous vaut le plaisir de votre visite ?

— En fait, c'est vous que je venais voir, milady, dit-il en s'approchant pour prendre sa main et la porter à ses lèvres.

Georgiana acquiesça, bien qu'elle ne se souvînt pas d'avoir planifié une entrevue avec le marquis ce jour-là.

— Puis-je vous offrir du thé ? Ou un verre de vin ?

— Un verre de vin sera parfait.

— Je m'en occupe, annonça sa tante en se levant. Si vous voulez bien m'excuser, milord.

Georgiana eut un froncement de sourcils soupçonneux qu'elle s'empressa de chasser d'un sourire quand elle croisa le regard de Westbrook. Tante Frédérica se comportait en véritable dragon dès que Tristan était dans les parages, mais se portait volontaire pour s'éclipser lorsqu'il s'agissait de Westbrook.

— Sa Grâce est fort généreuse de vous partager avec moi, dit le marquis en souriant.

Il n'avait toujours pas relâché ses doigts. Georgiana savait que John n'avait pas besoin de son argent et, d'une certaine façon, cela rendait sa présence plus problématique. À moins qu'elle ne se méprenne sur ses intentions...

— Pourquoi souhaitiez-vous me voir, John ? demanda-t-elle.

— Parce que je suis incapable de m'en empêcher, répondit-il en pressant ses doigts, avant de relâcher sa main avec un regard coupable qui ne lui ressemblait guère. Je ne sais trop comment dire cela sans passer pour un sot, mais il faut que je le fasse.

— Dites-le donc, je vous en prie.

— Georgiana, comme vous le savez, je suis un gentleman célibataire et je dispose d'une fortune considérable. Je ne dis pas cela pour me vanter, mais seulement parce que c'est la vérité.

— Une vérité bien connue, milord.

— En effet. Cette situation fait que les jeunes filles prêtes à devenir lady Westbrook ne manquent pas. J'ai pris le soin d'étudier tous les partis possibles, du point de vue du caractère, de leurs ambitions et de leur apparence. Ce que je suis venu vous dire, c'est que je suis... désespérément épris de vous, Georgiana, et que je vous demande d'être ma femme.

Elle attendit que son pouls se mette à palpiter, guetta la moindre accélération des battements de son cœur. Mais elle ne décela en elle que le doute que Westbrook puisse être en quoi que ce soit désespéré – particulièrement à son sujet.

— John, je...

— Je sais que mes sentiments ne sont pas forcément réciproques, mais je suis prêt à attendre. Je sais aussi que Dare vous a imposé sa présence ces dernières semaines, ajouta-t-il en grimaçant, et que son influence vous a peut-être rendue... incertaine quant au cours que doit prendre votre avenir.

— Je ne comprends pas.

— Je tentais de parler en gentleman d'un autre gentleman, mais par égard pour vous, je vais être direct. Je soupçonne Dare d'être toujours obsédé par le pari qu'il a relevé il y a six ans et de tenter de vous dévoyer.

Ô mon Dieu. Si Westbrook avait pu savoir à quel point Georgiana s'était déjà dévoyée, il aurait été horrifié. Et il aurait aussitôt retiré sa demande.

— Avez-vous une preuve de ce que vous avancez ?

— Je me fie à mon intuition et à la connaissance que j'ai de Dare. C'est un noceur et un débauché notoire. De plus, ses domaines sont au bord de la faillite, ce qui m'incite à douter de l'honnêteté de ses intentions à votre endroit.

— Vous pensez qu'il espère me compromettre afin de m'épouser ensuite pour mon argent, résuma-t-elle.

— Je le crains, en effet.

Depuis six ans, Georgiana cultivait un profond dégoût pour les rumeurs – particulièrement celles qui les concernaient, Tristan et elle.

— Cherchez-vous à me gagner à votre cause, John, ou bien à saboter celle de lord Dare ?

— Je me soucie seulement de votre bonheur et je crains que votre jugement ne soit pas toujours sage quand il s'agit de lui. En toute logique, vous savez que je suis un meilleur parti.

Oui, la tête de Georgiana savait qu'il avait raison, mais son cœur ne partageait pas cet avis.

— John, vous m'avez dit pouvoir attendre. M'accorderez-vous quelques jours pour réfléchir à ma réponse ?

— Oui, bien sûr, dit le marquis en se rapprochant. Puis-je solliciter un baiser pour signifier le sérieux de mes intentions ?

Georgiana chassa l'ennuyeuse pensée que ce serait faire une infidélité à Tristan et acquiesça. Dare avait beau prétendre qu'il voulait autre chose que son corps, il ne lui avait encore jamais fait la moindre déclaration directe. Elle se devait à elle-même de disposer de tous les éléments nécessaires pour prendre une décision sensée.

Westbrook prit son visage entre ses mains et effleura ses lèvres des siennes. Ce fut un baiser bref, civilisé et poli, le chaste baiser qui convenait à la chaste lady qu'elle était censée être.

— Puis-je venir vous voir demain, Georgiana ?

Elle battit des cils.

— Volontiers.

— Dans ce cas, je vais prendre congé. Bon après-midi, milady.

— Bon après-midi.

Quelques minutes après son départ, tante Frédérica réapparut.

— Alors ?

— Quelle subtilité, tante Frédérica !

Cette dernière balaya sa remarque d'un geste.

— Eh bien, t'a-t-il fait sa demande ?

— Il l'a faite, oui.

— Et ?

— Et je lui ai dit que j'allais y réfléchir.

— Oh, Georgiana, soupira la duchesse douairière en s'asseyant.

— Qu'espériez-vous ? Je ne l'aime pas.

— Qu'est-ce que cela signifie ? Suis-tu les conseils de tes poumons ou de tes reins ?

— Qu...

— N'écoute donc pas tant ce que dicte ton cœur. Une jeune femme dotée d'aussi belles perspectives que toi ne se marie pas avec un débauché de l'acabit de Dare.

— Est-ce vous qui avez incité Westbrook à venir me faire sa demande ? demanda Georgiana en posant les mains sur ses hanches.

— Bien sûr que non.

— Tant mieux. Je n'ai nul besoin qu'une des rares personnes en qui j'ai confiance s'avise de jouer les marieuses.

— Je veux seulement ton bonheur, tu le sais bien.

Georgiana s'adoucit et laissa échapper un soupir. Elle n'avait aucune envie de se fâcher avec sa tante.

— Oui, je le sais. Venez donc m'aider à choisir la robe que je porterai ce soir au dîner d'Emma et de Grey.

Cette soirée s'annonçait aussi magique que celles dont Georgiana se souvenait, à l'époque où Tristan commençait à la courtiser, quand elle n'était encore qu'une débutante naïve et innocente. Ces dîners s'étaient tenus chez sa tante plutôt que chez Grey, et les frères Carroway n'étaient pas tous en ville en même temps, mais l'ambiance était la même.

Elles arrivèrent les premières à Brakenridge House et montèrent à l'étage, où elles trouvèrent Emma qui tentait d'enseigner la harpe à Grey. D'après la coloration de ses joues, ce n'était peut-être pas vraiment ce qu'ils étaient en train de faire, mais étant donné son propre comportement, Georgiana n'était pas en position de juger. En outre, Grey et Emma étaient mariés.

Grey lâcha la harpe et son épouse pour venir embrasser sa mère et sa cousine.

— Dis-moi, chuchota-t-il à celle-ci en lui prenant les mains pour l'entraîner à l'écart, dois-je ou non autoriser Tristan à entrer ici ce soir ?

Il la dévisageait d'un air à la fois curieux et inquiet qui fit sourire Georgiana.

— Pour l'instant, nous sommes amis, répondit-elle. Mais je ne sais pas si cela durera jusqu'au dessert.

Son cousin prit son bras et l'escorta jusqu'à la fenêtre qui donnait sur le jardin.

— Sais-tu qu'il a été banni du *White's* ?

— Oui, il me l'a dit.

— T'a-t-il expliqué pourquoi ?

Georgiana acquiesça.

— Ne te crois pas obligé de me protéger de lui, Greydon. Votre amitié ne doit pas souffrir à cause de moi. Et je t'assure que je suis tout à fait capable de prendre soin de moi.

— Tu n'es pas aussi blasée que tu t'en donnes l'air, ma cousine. Et je ne suis pas aussi obtus que ma mère et toi aimez à le penser.

— Tout ce que je peux te dire, c'est que si j'ai besoin d'aide, je ferai appel à toi.

— Je l'espère bien. N'oublie pas que je suis beaucoup plus grand et méchant que toi.

— Comment pourrais-je l'oublier ? Je fais encore des cauchemars où je me retrouve avec des sangsues collées à mon nez.

Le duc émit un rire profond et chaleureux. Georgiana ne put s'empêcher de sourire et pressa son bras.

— Je suis contente de te voir heureux, dit-elle. Tu le mérites.

Le sourire de Grey disparut.

— Et toi, es-tu heureuse ?

— En ce moment, je suis surtout confuse.

— La confusion n'est pas une mauvaise chose, cousine. Tu as trop l'habitude de croire que tu as réponse à tout.

— Je ne sais pas si c'est…

Tristan apparut dans la pièce à cet instant précis, Milly à son bras, le reste de la famille Carroway sur leurs talons. Georgiana remarqua avec surprise que Robert avait fait l'effort de venir et en fut touchée.

— Bonsoir, dit-elle comme Tristan approchait.

— Bonsoir, répondit-il en prenant sa main pour l'effleurer de ses lèvres.

Il soutint son regard quand il se redressa, et Georgiana, qui avait été submergée par une onde de chaleur dès qu'elle l'avait aperçu, sentit soudain une main glacée se refermer sur son cœur.

— Qu'est-ce qui ne va pas ? demanda-t-elle.

— Il faudra que nous parlions, ce soir, dit-il. Pas tout de suite, ajouta-t-il en libérant sa main comme Emma et Bradshaw venaient vers eux.

Mille pensées assaillirent aussitôt l'esprit de Georgiana. Connaissant Tristan, tout était possible. Quelqu'un avait-il rassemblé les pages arrachées au registre des paris du *White's* et l'affaire avait-elle recommencé ? S'était-on avisé que la réaction de Tristan était disproportionnée, avait-on deviné la vérité et, d'ici demain, la réputation de Georgiana serait-elle ruinée ? À moins qu'il n'ait appris que Westbrook lui avait fait sa demande et qu'il n'ait tué le marquis ?

Durant tout le dîner et pendant les jeux de devinettes et de charades qui suivirent, Georgiana fut inquiète. Tristan, lui, déploya son charme et son esprit coutumiers et parvint même à arracher un rire à Frédérica. Georgiana était au supplice. Être amoureux n'était pas censé être aussi douloureux. Mais ce n'était sans doute vrai qu'entre deux personnes sans histoires, qui ne s'étaient jamais blessées, disputées ni menti. Georgiana soupira. Westbrook lui avait offert cette tranquillité, et elle avait la nette impression que ce devait être mortellement ennuyeux.

Finalement, alors qu'elle était assise par terre, occupée à dessiner avec Edward le vaisseau de Bradshaw, que le garçon avait décidé de baptiser *Nuage Noir*, une main se posa sur son épaule. Elle avait attendu cela toute la soirée, mais elle sursauta malgré tout.

— Tu m'excuseras, le Gnome, dit Tristan, mais je dois m'entretenir avec Georgie un instant.

— Mais on dessine le nouveau vaisseau de Shaw, protesta Edward.

— Aurais-je perdu mon vieux vaisseau ? demanda Bradshaw en se penchant pour regarder le dessin tandis que Tristan aidait Georgiana à se relever.

— C'est celui dont tu seras capitaine, expliqua son jeune frère.

— Dans ce cas, puis-je te suggérer de prévoir davantage de canots de sauvetage ? répondit Shaw en décochant un clin d'œil à Tristan tandis qu'il s'asseyait à la place de Georgiana.

Quand Tristan et elle quittèrent le salon, Georgiana sentit peser sur eux le regard de tous les occupants de la pièce, mais personne ne dit rien. Elle se demanda ce qu'ils savaient vraiment de sa tortueuse relation avec lord Dare. Ils devaient au moins avoir des soupçons, à présent.

Son cœur se mit à battre plus fort quand Tristan la fit entrer dans la salle de billard de Grey et verrouilla la porte derrière eux.

— Je vous en prie, dites-moi ce qu'il s'est passé avant que je fasse une attaque, demanda-t-elle en s'efforçant de déchiffrer l'expression de son visage.

Il s'approcha d'elle, la prit par les épaules et l'embrassa, la férocité de son baiser faisant ployer sa tête en arrière. Les fesses de Georgiana heurtèrent le bord de la table de billard, lui rappelant sa récente chute de cheval, mais elle ne voulait pas qu'il s'arrête. Personne d'autre que Tristan n'éveillait en elle cette sensation qu'elle aimait tant, celle d'être entièrement… possédée.

Il dévorait sa bouche et la laissait haletante et affaiblie, comme si ses baisers émanaient de tout son être, et pas simplement de sa bouche. Quand il finit par s'écarter, elle se laissa aller contre lui et referma ses mains sur les revers de sa veste.

— Mon Dieu, soupira-t-elle. Avec votre mine de comploteur, vous m'avez amenée à croire qu'il s'était produit quelque chose de fâcheux.

— Il s'est produit quelque chose de fâcheux, répondit-il à voix basse. Vous n'allez pas apprécier ce que je vais vous dire et vous allez me détester une fois que vous saurez de quoi il retourne, aussi voulais-je vous embrasser au moins une dernière fois.

— Voilà que vous m'alarmez de nouveau, dit-elle. Racontez-moi tout.

Tristan prit une longue inspiration.

— J'ai reçu une visite, la nuit dernière.

— Une visite ?

— Dans ma chambre à coucher.

— Oh.

Il avait une nouvelle maîtresse. Un formidable élan de jalousie s'empara d'elle, et elle lâcha les revers de sa veste.

— Je vous remercie de m'en informer. Au moins l'avez-vous fait en privé, ce qui est déjà bien plus que ce à quoi je m'atten…

— Qu… Non ! Non. Ce n'est pas… C'était Amélia Johns, Georgie ! Elle s'est introduite dans ma chambre pendant que j'étais profondément endormi.

— Amélia ? Je ne peux pas le croire ! C'est encore une enfant.

— Non, ce n'en est plus une.

— Mais...

— Croyez-moi, cette jeune personne est une femme accomplie.

Il fit courir ses doigts sur l'encolure de son corsage, comme s'il ne pouvait s'empêcher de la toucher, comme s'il ne se rendait même pas compte de ce qu'il faisait.

— Et que s'est-il passé ?

— J'ai glapi d'une façon fort peu virile et je l'ai mise à la porte.

Dieu merci ! Georgiana l'attira vers elle et déposa un baiser sur ses lèvres.

Elle ne s'était jamais senti aucun point commun avec Amélia, excepté Tristan, et maintenant qu'elle y réfléchissait, elle devait s'avouer qu'elle ne portait pas précisément la jeune fille dans son cœur.

— Mais l'histoire ne s'arrête pas là. Elle a pris quelque chose dans ma chambre.

Georgiana le secoua.

— Quoi, pour l'amour du Ciel ?

— Votre lettre. Et vos bas.

— Ma...

Elle battit des cils tandis qu'un rugissement emplissait ses oreilles, si puissant qu'elle n'entendait plus rien, qu'elle ne parvenait plus à penser. Ses genoux se dérobèrent sous elle.

Tristan la hissa contre lui et la souleva pour l'asseoir sur la table de billard.

— Georgiana, murmura-t-il d'un ton pressant, ne vous évanouissez pas. Je vous en prie, ne vous évanouissez pas.

Elle laissa aller sa tête contre son épaule et prit une longue inspiration.

— Je ne m'évanouirai pas. Oh non. *Oh non.* Pourquoi ferait-elle une chose pareille, Tristan ?

— Parce qu'elle veut que je l'épouse.

Georgiana leva les yeux, encore sous le coup de son vertige, et se dit qu'un amour fade et rassurant avait peut-être ses avantages, après tout.

— Je ne comprends pas.

— Qui aurait cru que je faisais un parti aussi désirable ? dit-il avec un demi-sourire. Elle menace de rendre publique notre incartade si je ne fais pas d'elle lady Dare.

— Pourquoi en est-elle venue à vous menacer ainsi ? Et moi, du même coup ?

— Sans doute parce que je lui ai dit que je n'avais pas l'intention de l'épouser.

Il l'embrassa encore, doucement, tendrement, comme si leur étreinte était un bien précieux.

— Comment aurais-je pu lui dire autre chose quand vous et moi... quand... je ne veux pas abîmer cela ?

Georgiana sentit ses yeux s'emplir de larmes. Elle savait désormais de façon certaine quelle serait sa réponse à Westbrook.

— J'ai trois jours pour lui donner ma réponse, mais il fallait que vous le sachiez, continua-t-il.

Georgiana secoua lentement la tête.

— Amélia sait que je cherchais à l'aider. Même si vous avez changé d'avis à son sujet, elle a forcément conscience que je n'ai jamais voulu que les choses se passent ainsi.

— Je ne pense pas qu'elle s'en soucie, Georgie.

— Bien sûr que si, insista-t-elle. Vous avez dû la menacer de quelque chose, n'est-ce pas ?

— Pas dans un premier temps, répondit-il avec un froncement de sourcils.

— Vous voyez bien, vous lui avez fait peur. Elle s'est dit que ces... objets la protégeraient si vous cherchiez à lui nuire.

Tristan parut ennuyé.

— Je n'ai pas...

— J'irai la voir et je lui expliquerai qu'ils ne signifient rien, mais que je tiens à les récupérer pour me protéger de tout scandale.

— Qu'ils ne signifient rien ? répéta-t-il en lui relevant le menton pour la forcer à croiser son regard.

Georgiana déglutit.

— C'est ce que je lui dirai. C'est une femme ; elle comprendra.

— Elle s'apparente davantage à un dragon qu'à une femme, mais je suppose que je ne pourrai rien dire pour vous faire changer d'avis.

— En effet.

Il l'embrassa de nouveau. *Mon Dieu !* Georgiana se serait habituée sans aucun mal à rester ainsi dans ses bras. Elle soupira, lui rendit son baiser et fit glisser ses mains sous sa veste pour encercler sa taille.

— Vous n'êtes pas fâchée contre moi ? demanda-t-il en l'embrassant de nouveau, plus passionnément encore.

— Cela ne me réjouit pas, évidemment, mais je ne vous en veux pas. Et j'ai quelque chose à vous dire.

— Quoi donc ?

— Lord Westbrook m'a demandée en mariage.

Son expression s'assombrit.

— Aujourd'hui ?

— Cet après-midi.

— Et vous l'avez éconduit.

— Tris...

Il l'embrassa encore.

— Vous l'avez éconduit, répéta-t-il. Dites-moi que vous l'avez fait.

Il lui avait parlé d'Amélia, et elle lui devait la même franchise.

— Il n'a pas exigé de réponse. Il voulait que j'y réfléchisse.

— Allez-vous le faire ?

Georgiana déglutit.

— Je dois me soucier d'un certain nombre d'autres choses en ce moment.

— Vous avez raison, bien sûr, répondit-il avec un sourire un peu triste. Il n'empêche que cela ne me plaît pas.

— Pourtant, vous ne proférez pas la moindre menace de violence. On pourrait presque vous confondre avec un gentleman.

Tristan gloussa.

— Nous allons devoir remédier à cela.

Il écarta ses genoux et fit remonter sa robe pour se placer entre ses cuisses, ne laissant planer aucun doute sur ses intentions.

— Quelqu'un pourrait nous entendre, dit-elle.

Elle retint son souffle quand ses mains tièdes remontèrent le long de ses jambes.

— Nous serons silencieux, affirma-t-il avec un grand sourire. Et rapides. La porte est verrouillée. Voyez-vous comme je suis prudent, désormais ?

— Ce n'est pas de la prudence, c'est…

— Une très bonne idée.

Georgiana n'en était pas tout à fait certaine et voulut protester – elle n'avait pas envie de se dépêcher. Mais, à l'instant précis où elle ouvrit la bouche, les doigts experts de Tristan s'immiscèrent entre ses cuisses et se frayèrent un chemin en elle.

Elle cambra le dos, et sa protestation s'acheva en un gémissement étouffé.

— Vous avez envie de moi, murmura-t-il d'une voix presque tremblante.

— Je ne peux pas m'en empêcher.

Elle n'avait pas eu l'intention de lui faire un tel aveu. Mais Tristan se contenta de rire et passa une main dans son dos pour dégrafer le haut de sa robe.

— Je ne sais pas comment vous vous y prenez, dit-il en tirant sur le devant de sa robe pour glisser la main sous son corsage et caresser sa poitrine, mais je crois que vous allez me tuer, Georgiana Elizabeth.

Elle n'arrivait plus à respirer.

— Dépêchez-vous, haleta-t-elle en déboutonnant son pantalon.

Tout en l'embrassant, Tristan libéra son membre, l'attira vers lui et la pénétra. Elle renversa la tête en arrière, ravie de se sentir enfin comblée. Des boules de billard roulèrent en s'entrechoquant sur la table quand elle étendit les bras derrière elle pour assurer son équilibre.

— Oh oui ! gémit-elle en calant ses chevilles derrière les hanches de Tristan.

— Chut, souffla-t-il, les mains plaquées sur ses cuisses tandis qu'il allait et venait en elle avec ardeur. Ô Seigneur…

Le tourbillon du soulagement venait de s'emparer d'elle, et il captura son regard pour mieux la voir défaillir. Il la rejoignit dans l'extase avec un long gémissement, laissant aller son front contre son épaule. Tremblante, Georgiana redressa le dos.

— Mon Dieu, soupira-t-elle, les doigts plongés dans les boucles brunes de Tristan.

— Je vous avais dit que ce serait rapide, fit-il d'un ton amusé contre son épaule. Et vous êtes plutôt douée au billard.

— Rapide mais agréable, répondit-elle. Il y a cependant trop longtemps que nous avons quitté les autres.

— Pas si longtemps que cela, murmura-t-il, ses mains recouvrant sa poitrine.

— Non, protesta-t-elle à regret.

Difficile d'être ferme quand elle ne pouvait penser à rien d'autre qu'au plaisir de le sentir en elle.

— Vous avez raison, dit-il en s'écartant d'elle.

Il reboutonna la robe de Georgiana et rabattit ses jupes.

— Nous dirons que nous nous sommes disputés, ajouta-t-il en se rajustant.

Il s'était montré d'une extrême imprudence en lui faisant l'amour ici – et sur la table de billard de Grey, par-dessus le marché –, mais il ne parvenait pas à le regretter. Il ne regretterait jamais les instants passés en compagnie de Georgiana, quelles qu'en soient les conséquences.

Elle descendit de la table et tournoya lentement sur elle-même, tâchant d'inspecter le dos de sa robe.

— Comment suis-je ?

— Très belle.

Son teint déjà rosi par l'amour s'empourpra davantage.

— Ce n'est pas ce que je voulais dire. Suis-je présentable ?

— Tout à fait, Georgiana, murmura-t-il.

Il avait encore envie d'elle, mais cette envie s'apparentait plus en cet instant au besoin de la protéger. Cédant à son instinct, il l'attira dans ses bras et pressa doucement sa tête contre son épaule.

Elle soupira, se détendit contre lui et passa les bras autour de sa taille.

— Je suis heureuse que vous me l'ayez dit, chuchota-t-elle. Si vous ne l'aviez pas fait, je…

— Vous ne m'auriez plus jamais fait confiance, acheva-t-il à sa place. Et vous, pourquoi m'avez-vous parlé de Westbrook ?

— Pour la même raison, je suppose.

L'étape suivante allait de soi : il devait demander à Georgiana de l'épouser. Mais il ne voulait pas qu'elle croie qu'il le faisait par jalousie vis-à-vis de Westbrook, ou parce qu'il souhaitait échapper à Amélia et voyait en elle le moyen le plus commode d'y parvenir. Aussi, avec un profond regret, la relâcha-t-il.

— Si nous ne nous dépêchons pas de les rejoindre, nous allons manquer le gâteau et les fraises. Je me sens assez affamé.

— Oui, vous ne semblez pas manquer d'appétit, répondit-elle en levant vers lui un regard malicieux.

— Seulement quand je suis avec vous.

Au moins lui avait-il permis d'oublier un instant qu'Amélia était en possession de sa lettre et de ses bas. Mais quand elle prit son bras et qu'ils quittèrent la salle de billard, l'amusement qui faisait briller ses yeux s'évanouit, remplacé par une inquiétude qu'elle avait bien du mal à dissimuler. Cela n'échappa pas à Tristan, qui ne la quitta pas des yeux tandis qu'ils rejoignaient les autres et que Georgiana allait constater les progrès du vaisseau d'Edward et de Bradshaw.

— Tout va bien ? s'enquit la voix de Grey derrière lui.

Tristan plaqua un sourire nonchalant sur ses lèvres et se retourna.

— Oui, répondit-il d'un ton blasé. Pourquoi ?

— Disons que Shaw et toi donnez l'impression d'avoir été roués de coups et qu'en outre, on t'a banni du *White's*. J'imagine que cette journée n'a pas été de tout repos.

— Ma foi, rien qui sorte vraiment de l'ordinaire.

— Fort bien. Ne me dis rien, si tu n'en as pas envie, dit le duc, avant de se rapprocher de lui et d'ajouter en baissant la voix : Mais sache que si tu as le malheur de blesser une nouvelle fois Georgiana, tu le regretteras.

Après tout ce qu'il avait enduré ce jour-là justement pour éviter cela, cette menace à peine voilée hérissa Tristan.

— Je puis t'assurer, répondit-il sur le même ton, que je considère toute cette affaire avec le plus grand sérieux. Et que si tu t'avises de me menacer encore une fois, tu ferais bien de te munir d'un pistolet.

— Du moment que nous nous comprenons… fit Grey.

— Je crois que c'est le cas.

Un léger parfum de lavande l'avertit de l'arrivée de Georgiana juste avant qu'elle ne surgisse entre eux.

— Mon Dieu ! Vous me faites penser à deux taureaux furieux prêts à charger, dit-elle. Je vous conseille de vous tenir correctement ou d'aller régler vos comptes sur l'herbe.

Greydon considéra sa cousine en fronçant furieusement les sourcils et fit mine de souffler par les naseaux avant de s'en aller rejoindre son épouse.

— Je n'aurais pas dit mieux, approuva Tristan, incapable de s'empêcher de saisir les doigts de Georgiana. Seriez-vous inquiète à mon sujet ?

— Emma vient de faire remeubler la pièce. J'ai préféré intervenir avant que vous ne cassiez quelque chose.

La chaleur de son regard lui noua la gorge. Il n'y avait qu'elle pour le faire se sentir aussi coupable qu'un écolier.

— Venez donc voir le galion qu'Edward a dessiné, ajouta-t-elle en tirant sur sa main. Figurez-vous qu'il a décidé de devenir mousse !

— Et nous allons tous devoir rejoindre son équipage de pirates, je suppose ?

— Tu veux bien, Tristan ? demanda Edward en bondissant sur ses pieds.

— Non, répliqua Tristan en haussant les sourcils.

— J'aimerais bien être un pirate, intervint Edwina. Nous porterions tous le pantalon et proférerions d'effroyables jurons.

— Oh oui ! s'exclama Edward en s'élançant vers sa tante. Et Dragon serait la mascotte du vaisseau !

— Dragon ? s'enquit Emma en gloussant.

— C'est mon petit chat, expliqua Edwina.

— Et je pourrais faire galoper mon poney sur le pont !

— Mon Dieu, fit Georgiana, gagnée par le fou rire. Nous serions le fléau des sept mers.

Tristan sentit son cœur s'emballer quand il la vit rire.

— Nous serions surtout la risée des sept mers, corrigea-t-il.

— Si l'Amirauté apprend que mon premier équipage sera composé de chatons, de poneys et des tantes en pantalon, je suppose que je ferais aussi bien de devenir pirate, en effet, déclara Bradshaw. Êtes-vous disposée à broder un crâne et des tibias entrecroisés sur notre drapeau, tante Milly ?

— Mon Dieu, non, quelle horreur ! Je veux bien broder une tasse de thé, cependant. C'est plus civilisé.

Frédérica elle-même riait de bon cœur, à présent.

— Vous devriez suggérer cela à la Compagnie des Indes orientales.

— J'entends déjà retentir les hurlements de terreur quand nous hisserons le pavillon à tasse de thé, renchérit Andrew.

— Je crois bien que je hurlerai moi-même, déclara Tristan en souriant, avant de sortir sa montre à gousset. Mes chers amis pirates, il est presque minuit et demi. Je pense qu'il est temps pour nous de prendre congé.

S'il avait été seul, il serait volontiers resté jusqu'au départ de Georgiana. Il répugnait à la quitter des yeux. Tant de choses pouvaient encore mal tourner !

Heureusement, Georgiana et sa tante décidèrent de partir également, aussi eut-il le plaisir de l'escorter dans l'escalier et jusqu'à la porte d'entrée.

— Prenez soin de vous, dit-il en regrettant de ne pas pouvoir l'embrasser.

— Entendu. Et j'irai voir Amélia demain.

— Bonne chance, dit-il en lâchant sa main à regret quand elle monta dans la voiture de sa tante. Tenez-moi informé de l'issue de votre entretien.

— Je n'y manquerai pas, vous pouvez parier là-dessus.

— Pas au *White's*, ajouta la duchesse douairière tandis que le laquais refermait la portière.

Si son bannissement du *White's* avait été le seul problème de Tristan, il aurait été un homme heureux. Il poussa un soupir, puis fit monter sa famille à bord de leurs deux voitures. Edward était si fatigué qu'il posa la tête contre l'épaule de Bradshaw. Ils allaient tous bien dormir. Mais avant de se mettre au lit, Tristan devait encore faire ses comptes mensuels en vue de son entretien avec Beacham, prévu pour le lendemain matin. Il saurait alors combien de jours il lui restait avant de se marier ou de commencer à vendre ses terres.

La perspective de ce rendez-vous était loin de l'enchanter, mais l'entretien que Georgiana aurait avec Amélia l'inquiétait bien davantage. L'aplomb et la perfidie de la jeune fille l'avaient surpris. Il ne lui restait plus qu'à espérer que Georgiana aurait plus de chance que lui. Mais, au train où allaient les choses, il en doutait. Il lui faudrait alors recourir à un autre plan.

Tristan sourit dans la pénombre de la voiture en se calant contre le dossier de la banquette. Après cette soirée, il avait une idée très précise de ce que serait ce plan.

Frédérica Brakenridge précéda Georgiana dans l'escalier de Hawthorne House. Quelqu'un était tenu de dire quelque chose, et en l'absence des parents de sa nièce, ce devoir lui incombait.

— Georgiana ? dit-elle en s'arrêtant sur le seuil de sa chambre.

— Oui, ma tante ? répondit celle-ci en se tournant vers elle, un léger sourire flottant sur ses lèvres.

— Va-t-il te demander de l'épouser ?

— Comment ? fit Georgiana en rougissant. Tristan ?

— Westbrook t'a déjà fait sa demande, et tu l'as éconduit. Oui, Dare, évidemment. Alors ?

— Je ne sais pas. Juste Ciel, qu'est-ce qui peut bien vous inciter à me demander cela ?

— J'ignore pourquoi, mais tu as toujours eu un penchant pour cet homme. Et je sais qu'il t'a déjà brisé le cœur une fois. Vas-tu lui donner l'occasion de recommencer ?

Sa nièce rit.

— Je suis plus vieille et plus sage, désormais. Et je n'ai pas encore décidé s'il me plaisait ou non.

— Ah, vraiment ? répliqua la duchesse d'un ton sceptique. Il me semblait pourtant que tu avais déjà pris cette décision-là.

Le sourire de Georgiana s'évanouit.

— Y a-t-il quelque chose que vous souhaitiez me dire, tante Frédérica ?

— Il y a seulement quelques jours, tu étais furieuse contre lui. Et si je veux bien reconnaître qu'il semble avoir gagné en maturité depuis le décès de son père, crois-tu sincèrement que tu puisses lui donner ton cœur, ma chère ?

— C'est une très bonne question. Dès que j'en connaîtrai la réponse, je vous la ferai savoir.

Georgiana tourna les talons et se dirigea vers sa chambre.

— J'aimerais vraiment que mon cœur et ma raison s'accordent sur leur décision, cependant, ajouta-t-elle en s'éloignant.

Frédérica fronça les sourcils. C'était encore pire que ce qu'elle avait craint.

— N'est-ce pas ce que nous souhaitons tous ?

20

Je vous le dis, celui qui l'obtiendra
Décrochera la tirelire.

Romeo et Juliette, acte I, scène 5

Tristan avait envie de se cogner la tête contre quelque chose de dur.

— J'ai parfaitement conscience que la situation est mauvaise, grommela-t-il en lançant un regard noir à son avoué, assis en face de lui. Je vois les chiffres aussi bien que vous.

— Oui, milord, répondit Beacham d'un ton apaisant en faisant remonter ses lunettes sur l'arête de son nez. Ce que je veux dire, c'est que la situation est *très* mauvaise. Intenable, presque.

— Presque, répéta Tristan, s'accrochant à ce mot comme à une bouée de sauvetage. Cela ne veut pas dire tout à fait.

— Eh bien, voyez-vous...

— Quoi ? tonna Tristan en abattant le poing sur son bureau.

L'avoué sursauta, et ses lunettes glissèrent le long de son nez. Il déglutit et les remit en place.

— Je songeais au domaine Glauden, à Dunborough, milord. Je connais plusieurs nobles, et même un ou deux marchands, qui cherchent à acquérir des terres en Écosse. Pour la chasse, voyez-vous.

Tristan secoua la tête.

— Glauden appartient à ma famille depuis deux cents ans. Je ne serai pas celui qui l'aura laissé perdre.

— Pour être honnête, milord, même en connaissant votre... talent au jeu et après avoir constaté de visu les gains qui en ont résulté, je ne sais pas comment vous avez fait pour rester solvable. Pour moi, cela tient du miracle, vraiment.

— Peu importe. Ce qui compte, c'est que je me refuse à devenir celui qui aura commencé à démanteler le domaine familial. Trouvez-moi une autre solution.

— Vous avez déjà vendu la majorité de vos biens personnels. Votre écurie, à l'exception de Charlemagne, votre yacht, ce relais de chasse dans le Yorkshire, le...

— Montrez-vous utile, Beacham, pour l'amour de Dieu, l'interrompit Tristan, qui ne savait que trop bien à quoi il avait renoncé. Que faudrait-il pour que je puisse payer mes impôts, mon personnel et mes factures, disons pour les trois mois à venir ?

— Un nouveau miracle, marmonna l'avoué, lissant du plat de la main son crâne presque chauve, comme pour stimuler son activité cérébrale.

— En livres et en pence, je vous prie.

Beacham soupira et se pencha pour ouvrir un de ses innombrables livres de comptes.

— Trois cents livres par mois.

— C'est raide.

— Oui. La plupart de vos créanciers patienteront encore quelques mois, à condition bien sûr que vous ne contractiez pas de nouvelles dettes.

Tristan songea qu'il s'agissait là d'une bonne nouvelle, même s'il ne parvenait pas à se défaire de l'impression que l'on venait d'aller quérir un prêtre pour lui délivrer l'extrême-onction.

— Bien. Je peux toujours trouver trois cents livres.

Il ne savait pas comment, mais il le ferait parce qu'il le fallait.

— Oui, milord.

— Passons aux mauvaises nouvelles, poursuivit-il. Pour payer mes créanciers et l'entretien de tous mes domaines, combien faut-il ?

— Tout, milord ? Ne préférez-vous pas prendre connaissance d'un montant plus... modeste ?

— J'aimerais un jour obtenir une réponse de votre part qui ne soit pas précédée de commentaire, répliqua Tristan en le fusillant du regard.

— Bien, milord. Si vous vouliez payer tous vos créanciers et être capable de pourvoir à l'entretien de vos domaines, il vous faudrait environ soixante-dix-huit mille cinq cent vingt et une livres.

— Environ, répéta Tristan en battant des cils.

Quand Beacham se décidait à porter le coup de grâce, au moins le faisait-il avec force et précision.

— Oui, milord. Il serait sans doute plus sage d'envisager de réunir cette somme petit à petit, mais tel serait le montant global au bout du compte.

— Bien sûr.

La somme était proche de celle qu'il avait escomptée, mais entendre quelqu'un l'énoncer à voix haute aggravait les choses, d'une certaine façon.

— Combien de temps me reste-t-il pour trouver les trois cents livres de ce mois-ci ? demanda-t-il en se calant contre le dossier de son fauteuil.

— Je dirais une semaine ou deux, si vous parvenez à... parier contre les gens qu'il faut. Et à gagner, cela va de soi.

— Je n'ai pas tellement eu l'occasion de parier, ces derniers temps.

Sans compter qu'il avait été banni du *White's*, où il trouvait généralement les plus fortunés de ses adversaires.

Beacham s'éclaircit la gorge.

— Si vous me permettez cette audace, milord, j'ai entendu dire que vous faisiez la cour à une jeune personne dans l'intention de demander sa main. Si vous refusez de vendre la moindre de vos propriétés, la seule option viable réside peut-être là.

— Oui, j'ai bien quelqu'un en vue, mais il va falloir que je me montre convaincant...

Le revenu annuel de lady Georgiana Halley s'élevait à vingt mille livres, et sa dot mise à part, Tristan savait qu'elle avait très sagement investi au cours des six dernières années. À la seconde même où ils échangeraient leurs vœux, le domaine des Dare tout entier serait sauvé. Le problème étant qu'il ne savait pas s'il pourrait la convaincre de les prononcer...

La détermination de Tristan à épouser Georgiana tenait davantage au désir charnel qu'à l'argent, mais si elle avait été pauvre, son obsession pour elle lui aurait valu de finir en prison pour dettes. Et si elle décidait de l'éconduire...

Il ne voulait tout simplement pas envisager cela.

— Je vous remercie, Beacham, dit-il en soupirant. Nous nous reverrons mardi prochain, et nous aviserons à ce moment-là, suivant la manière dont ma situation aura évolué.

— Fort bien, milord, répondit l'avoué sans parvenir à dissimuler ses doutes – doutes qui reflétaient ceux de Tristan.

Avant de faire sa demande à Georgiana, il faudrait qu'il lui dise à quel point il avait besoin de son argent. Cela faisait des années qu'ils tournaient autour des vrais sentiments et des vrais problèmes. Il était grand temps d'en venir à la vérité.

Le pire, c'était qu'il voulait vraiment épouser Georgiana. Il avait suffi qu'Amélia lui parle de la lettre et des bas pour que cela devienne clair à ses yeux. Et il devait la protéger des rumeurs qui risquaient de surgir.

Vivre sans elle était totalement inenvisageable. Il ne pourrait pas en épouser une autre, même si cela signifiait qu'il devrait vendre jusqu'au dernier de ses habits. Ce serait elle ou personne d'autre.

La leçon qu'il avait tirée de toute cette affaire était simple : il fallait qu'il lui dise la vérité, même si ce n'était pas ce qu'elle avait envie d'entendre. Il saurait lui faire la cour, il en était certain, si seulement il en avait le temps. Il devait lui prouver, encore et encore, qu'il avait changé.

Mais il n'avait que trois mois devant lui. Et l'ultimatum d'Amélia Johns tomberait dans deux jours. Avec toutes les charges et les responsabilités qui pesaient sur lui, il ne lui restait pas grand choix.

Il monta à l'étage pour s'habiller avant de se rendre à la Chambre des lords. En passant devant la porte ouverte de la chambre de Robert, il jeta machinalement un coup d'œil à l'intérieur, s'attendant à voir son frère occupé à lire devant la fenêtre. Mais, à sa surprise, ce dernier était en train d'enfiler une veste d'équitation.

— Robert ? appela-t-il en s'immobilisant.

Son frère lui jeta un coup d'œil, puis entreprit d'enfiler ses gants.

— Oui ?

— Que fais-tu donc ?

— Je m'habille, répondit Bert en coiffant un chapeau.

— Pourquoi ?

L'ancien Robert, celui d'avant Waterloo, aurait répliqué qu'il préférait ne pas sortir tout nu par une journée aussi fraîche ou quelque facétie du même ordre. Mais le nouveau Robert se contenta de passer devant lui sans dire un mot.

— Est-ce que tu vas bien, au moins ?

— Oui.

Tristan devrait se satisfaire de cette réponse, malgré l'envie qu'il avait de suivre Robert pour s'assurer qu'il allait vraiment bien. Cela n'aurait servi à rien, de toute façon, car s'il était évident que son frère avait besoin d'aide, Tristan ignorait de quel type d'aide il s'agissait et qui serait en mesure de la lui apporter.

— Bon Dieu, siffla-t-il entre ses dents en reprenant le chemin de sa chambre.

Georgiana était la seule avec qui Robert daignait articuler des phrases complètes, et elle était sans doute en ce moment même en route pour son entretien avec Amélia Johns. C'était décidément une mauvaise journée pour tout le monde.

— Où donc vas-tu comme cela ?

Georgiana s'immobilisa et faillit arracher le bouton de sa pelisse quand elle se retourna.

— Tante Frédérica ! Vous m'avez fait peur.

— Je vois cela, répliqua sa tante, qui continua de l'observer et haussa les sourcils face au choix vestimentaire de sa nièce.

Georgie baissa les yeux sur sa petite robe vert d'eau toute simple, sans doute la plus sage de toute sa garde-robe.

— J'ai quelques courses à faire, annonça-t-elle. Avez-vous besoin de quelque chose chez *Mendelsohns* ? ajouta-t-elle en se forçant à sourire.

— Ils ont reçu de nouvelles dentelles que j'aimerais voir. Cela ne te dérange pas que je t'accompagne ?

Flûte. Elle ne pouvait certainement pas emmener sa tante chez Amélia pour demander à celle-ci de lui rendre ses bas. Mais elle n'avait que ce qu'elle méritait pour avoir tenté de la duper.

— Pas le moins du monde. Je craignais seulement que vous ne trouviez cela ennuyeux.

— Au contraire. Je vais chercher mon réticule.

Frédérica eut à peine le temps de quitter la pièce que son majordome apparut sur le seuil.

— Lady Georgiana, vous avez un visiteur, annonça Pascoe. Dois-je l'informer que vous allez sortir ?

Un visiteur. Il pouvait s'agir de n'importe qui, et elle savait d'ailleurs que le marquis de Westbrook devait passer la voir dans la journée. À la seule idée que ce puisse être Tristan, cependant, son pouls s'accéléra. Mais comme sa tante s'était arrêtée de nouveau, Georgiana réprima un soupir. L'art du subterfuge était bien plus difficile à maîtriser qu'elle ne l'avait imaginé.

— Oui, faites part de mes excuses, Pascoe.

— Entendu, milady, répondit le majordome.

Georgiana le regarda s'éloigner en jurant intérieurement.

— Au fait, Pascoe, de qui s'agit-il ? lança-t-elle dans son dos. Vous avez omis de le préciser.

Le domestique s'arrêta.

— Il n'avait pas de carte, milady, sinon je vous l'aurais donnée. Je crois qu'il s'agit de M. Robert Carroway. Le gentleman a seulement dit qu'il souhaitait vous parler.

— *Robert* Carroway ? s'exclama Georgiana en rejoignant Pascoe. Vous voulez bien m'attendre, ma tante ? ajouta-t-elle par-dessus son épaule.

— Ne t'occupe pas de moi, ma chère. Je dois déjeuner avec lady Dorchester. Ton emploi du temps est bien trop changeant pour moi.

— Merci ! lança sa nièce alors qu'elle atteignait le seuil de l'antichambre.

Elle faillit se cogner contre Robert comme elle se précipitait dans la pièce. Il recula pour l'éviter, mais Georgiana eut l'impression qu'il s'apprêtait à ressortir, ce qui ne la surprit guère.

— Robert, bonjour, dit-elle en reculant pour le laisser passer.

— Pardon, marmonna-t-il en s'engageant dans le hall.

— J'allais justement sortir faire une promenade, reprit-elle dans son dos, en remettant discrètement son réticule à Pascoe. Vous plairait-il de vous joindre à moi ?

Robert ralentit et opina du chef sans se retourner. Il leur fallait un chaperon. Mary était occupée à l'étage à recoudre deux boutons de sa robe de soirée qui avaient mystérieusement disparu la veille. Une femme de chambre traversa heureusement le hall à cet instant précis, les bras chargés d'une pile de linge de table.

— Joséphine, posez donc cela et venez en promenade avec moi.

— M… moi, milady ?

— Faites ce que dit lady Georgiana, Joséphine, ordonna Pascoe en s'avançant.

Ils franchirent la porte en un instant, Robert marchant si vite que Georgiana n'eut pas le temps de prendre son chapeau ni son ombrelle.

— Robert, dit-elle en s'efforçant de le rattraper sans se mettre à courir, votre pas est un peu trop rapide pour une promenade.

Il ralentit aussitôt pour lui permettre de le rejoindre, mais il serrait si fort les dents qu'il n'aurait sans doute pas pu parler, même s'il l'avait voulu. Georgiana avait heureusement appris auprès de sa tante l'art de parler de tout et de rien jusqu'à ce que son interlocuteur se sente assez à l'aise pour parler à son tour.

— Hier soir, j'ai oublié de dire à Edward qu'il devrait signer et dater tous ses dessins, dit-elle. Quand il les regardera plus tard, ils auront plus de valeur à ses yeux s'il peut savoir à quelle époque il les a réalisés.

— J'ai moi-même du mal à me souvenir de certaines choses, dit-il de sa voix grave et discrète.

Victoire.

— Moi aussi, mais tout dépend des souvenirs, répondit-elle. Si je me souviens bien des visages, dès lors qu'il s'agit de la date d'un événement ou de me rappeler qui a dit quoi, ma mémoire a plus de trous qu'un mètre de dentelle.

— J'en doute, mais je vous remercie de le dire, fit-il avant de prendre une inspiration et de laisser échapper un soupir. Vous ai-je déjà demandé de m'épouser ?

— Non. Vous êtes un des rares à ne pas l'avoir fait.

— J'ai été idiot.

Elle gloussa, vaguement mal à l'aise. Sa relation avec Tristan était déjà assez compliquée comme cela, et elle ne voulait pas blesser Robert.

— Vous étiez... vous êtes très indépendant. J'ai toujours trouvé cela rafraîchissant.

— Tellement indépendant que je n'arrive pas à sortir de la maison, la plupart du temps.

— Vous êtes ici aujourd'hui.

L'ombre d'un sourire effleura ses lèvres.

— Dare doit être dans vos bonnes grâces aujourd'hui. Je n'étais pas certain que vous accepteriez de me parler.

— Je vous parlerai toujours, Robert, quel que soit l'état de ma relation avec Tristan.

— Tant mieux. Et vous pourrez toujours me parler. On dit que je sais très bien écouter, ajouta-t-il en glissant un coup d'œil vers elle, comme pour s'assurer qu'elle avait compris qu'il plaisantait.

— Je vois que vous n'avez pas perdu votre sens de l'humour.

— Pas entièrement.

Ils atteignaient les abords de Hyde Park, et elle sentit que la foule des promeneurs le mettait de plus en plus mal à l'aise.

— Avez-vous déjà goûté aux pâtisseries de chez *Johnston's* ? demanda-t-elle.

— Non.

— Alors je vous y emmène, déclara Georgiana, obliquant vers le sud pour s'éloigner du parc.

— Non. Je dois partir.

Un muscle de sa mâchoire frémit, son expression reflétant à la fois la méfiance et la colère – contre lui-même, sans doute. Les Carroway étaient des hommes fiers, et le fait qu'elle soit témoin de sa détresse devait lui être insupportable.

Ils reprirent Regent Street en sens inverse, marchant côte à côte en silence, Joséphine trottinant derrière eux. Georgiana préféra s'abstenir de toute question, de crainte de le faire fuir. Quand ils atteignirent Hawthorne House, elle ordonna à un valet de ramener le cheval de Robert.

— Je suis contente que vous soyez venu, dit-elle. Et j'étais sérieuse quand j'ai dit que je serais toujours disponible si vous avez envie de parler.

Il la dévisagea un long moment, et elle eut la troublante impression qu'il pouvait lire dans ses pensées.

— Il n'y a qu'avec vous que je ne me fasse pas l'effet d'un Pinch, dit-il finalement.

— Un Pinch ? répéta-t-elle avec un froncement de sourcils.

— Vous savez, ce personnage de *La Comédie des erreurs*. « Parmi eux, un certain Pinch, un maroufle efflanqué à la mine affamée, un vrai modèle d'anatomie, un charlatan, jongleur, diseur de bonne aventure, un vrai gueux, aux yeux creux et au regard rusé ; un cadavre ambulant. »

Cette citation débitée d'une voix atone troubla Georgiana.

— Pour quelqu'un qui prétend avoir des troubles de la mémoire, vous vous en souvenez fort bien.

Le fantôme d'un sourire revint hanter ses lèvres puis s'évanouit dans un frisson.

— J'ai passé sept mois dans une prison française. J'ai appris cette pièce par cœur ; c'était le seul livre que nous possédions. Nous n'avions pas le droit de parler. Jamais.

— Robert, murmura-t-elle en tendant la main vers lui.

Il recula.

— Il n'y a... rien de pire. Ne vous laissez pas piéger, Georgiana, quelle que soit la nature du piège : rester avec Tristan ou ne pas rester avec lui. Ne cédez pas à la tentation de la facilité. Si vous faites cela, il ne restera plus rien. C'est ce que j'étais venu vous dire.

Sur ces mots, il grimpa sur son cheval et s'éloigna dans l'allée.

Désarçonnée, Georgiana s'assit sur les marches du perron. Robert ne disait pas grand-chose, mais quand il s'avisait de parler…

— Mon Dieu, murmura-t-elle.

Ce qu'il avait dit était effrayant, mais cela lui permettait d'y voir plus clair. Elle ne laisserait personne lui dicter ses choix de vie. Amélia Johns avait en sa possession quelque chose qui ne lui appartenait pas, et elle entendait bien le récupérer.

Le majordome des Johns fit entrer Georgiana dans un salon du rez-de-chaussée où étaient assises une dizaine de jeunes filles de l'âge d'Amélia, occupées à glousser en grignotant des sandwichs.

Amélia se leva pour l'accueillir, le sourire aux lèvres.

— Bonjour, lady Georgiana. Je ne m'attendais pas à vous voir ici.

— Il se trouve que j'aimerais bavarder avec vous de quelque chose, mademoiselle Johns, répondit Georgiana, qui ne se sentait pas très à l'aise.

Tristan excepté, Amélia était la seule personne qui savait ce qu'elle avait fait – et qui avait les moyens de ruiner sa réputation.

— Nous pouvons bavarder, bien sûr, répondit Amélia, mais ne voulez-vous pas prendre le thé avant cela ?

Georgiana se força à sourire.

— J'en serais ravie. Merci, mademoiselle Johns.

— Oh, vous pouvez m'appeler Amélia. Tout le monde le fait.

— Entendu, Amélia.

Son hôtesse se tourna vers les autres jeunes filles qui se trouvaient là.

— Mes chères amies, je suis certaine que vous connaissez toutes Georgiana Halley. Son cousin est le duc de Wycliffe.

— Oh. Il paraît qu'il a épousé une gouvernante, pépia une des filles. Est-ce vrai ?

— Emma était la directrice d'une école de jeunes filles, corrigea Georgiana.

L'atmosphère de la pièce lui parut… étrange. Presque hostile. Elle sentit ses cheveux se dresser sur sa nuque.

— Et la cousine d'un vicomte, ajouta-t-elle en acceptant la tasse de thé qu'un valet lui tendait.

— Et maintenant, elle est duchesse, enchaîna Amélia, qui l'invita d'un geste à s'asseoir près d'elle. Son passé n'a donc plus aucune importance.

Le regard qu'elle adressa à Georgiana semblait complice, comme si elle l'incitait à prendre la défense de la duchesse. Agacée, Georgiana sirota son thé. Elle se retrouvait seule dans le camp adverse, mais elle était loin d'être désarmée.

Elle avait déjà aperçu ces jeunes filles au cours des différents événements de la saison, mais n'avait aucun lien direct avec elles. Il s'agissait pour la plupart de filles et de nièces de barons ou de nobliaux, auxquelles s'ajoutaient une ou deux petites-filles d'aristocrates de plus haut rang pour faire bonne mesure.

Quand elles reprirent leur bavardage – des futilités à propos de la mode et du temps qu'il faisait –, Georgiana se détendit un peu. Peut-être était-elle seulement nerveuse et se faisait-elle des idées.

— Lady Georgiana, dit Amélia d'une voix douce, je suis surprise de vous voir ici.

— Je voulais m'excuser auprès de vous, répondit-elle.

— Vraiment ? Pourquoi donc ?

— Pour lord Dare. Je crains que mon plan n'ait lamentablement échoué.

— Comment cela ?

Après avoir lu le message adressé à Tristan, Amélia le savait déjà. Mais si elle voulait entendre d'autres excuses, Georgiana était disposée à la satisfaire.

— Je crois que cette conversation mérite un peu plus d'intimité, dit-elle en jetant un coup d'œil aux autres filles.

— Je suppose que mes invitées pourront se passer de moi quelques minutes, répondit-elle en se levant, avant de prendre la main de Georgiana pour l'inviter à en faire autant. Excusez-moi un instant, chères amies.

Les bavardages et les gloussements ne diminuèrent pas quand Georgiana suivit Amélia dans le couloir jusqu'à un petit salon dont les fenêtres donnaient sur une rue paisible.

— Votre maison est tout à fait charmante, dit-elle en admirant la coûteuse décoration.

— Merci. Maintenant, dites-moi… êtes-vous vraiment venue ici pour vous excuser de votre… incartade avec Tristan ? Ce n'est pas nécessaire, je vous assure.

Georgiana ravala sa réplique. Amélia avait le droit d'être en colère.

— Je le crois nécessaire, pourtant. Je vous avais dit que je vous aiderais à vous faire épouser de lui et que je n'en ai rien fait.

— Balivernes. C'est grâce à vous que je vais en faire mon époux.

« Reste polie », se rappela Georgiana.

— Tout cela n'a été que le fruit d'un malheureux concours de circonstances, et je m'en veux terriblement. Je cherchais seulement à vous aider. Vous devez le croire.

— Je ne le crois pas un seul instant, répondit Amélia sans se départir de son sourire serein. Mais, comme je l'ai dit, cela n'a aucune importance. J'ai jeté mon dévolu sur lord Dare et je l'épouserai.

— En recourant au chantage, répliqua Georgiana d'un ton mordant, incapable de s'en empêcher.

La jeune fille eut un haussement d'épaules nonchalant.

— Je serais bien sotte de ne pas utiliser quelque chose qui est venu à moi.

— Vous avez volé ces choses.

— Et comment Tristan les a-t-il obtenues, dites-moi ?

Georgiana se retint à temps de répliquer sèchement. Crier ne servirait à rien.

— Amélia, ce qui s'est passé entre Tristan et moi était complètement inattendu, mais je n'ai pas l'intention de vous laisser utiliser cela pour nous nuire. Je suis certaine que vous n'avez pas envie d'accomplir un acte pareil, qui ruinerait à la fois votre amitié avec Tristan et la nôtre.

— Nous ne sommes pas amies, lady Georgiana. Nous sommes rivales. Et j'ai gagné.

— Je ne pense pas qu'il s'agisse d'un concours, Am...

— Et le chantage est nécessaire, parce que Tristan m'a déjà informée qu'il n'avait pas l'intention de m'épouser. Je suppose qu'il n'y est toujours pas obligé, ajouta-t-elle en soupirant, mais ce qui se passerait s'il s'y refusait serait alors sa faute. Je lui ai dit que vous lui jouiez un tour afin de lui donner une leçon, ce qui fait qu'il ne voudra plus de vous non plus. Une fois que nous serons mariés, lui et moi, je vous rendrai vos vilaines petites affaires et tout le monde sera content.

Dire que Georgiana l'avait prise pour une jeune fille naïve et sans défense ! Elles se jaugèrent un long moment, puis Georgiana prit congé.

Son premier instinct, quand elle grimpa dans la voiture de sa tante, fut d'aller dire à Tristan qu'il avait vu juste.

Mais, après réflexion, un fait s'imposa à son esprit. Depuis le début, elle n'avait agi qu'en pensant à elle-même. Elle avait décidé que Tristan méritait de recevoir une leçon et qu'elle était la seule à pouvoir la lui donner. Et elle avait si lamentablement échoué qu'elle avait seulement réussi à renouveler l'erreur qu'elle avait commise la première fois.

Mais elle voulait Tristan Carroway. Et comme Robert l'avait dit, elle ne pouvait pas baisser les bras et accepter que quelqu'un décide pour elle de son avenir. Il fallait qu'ils parlent et qu'elle sache si elle pouvait lui faire confiance, comme le souhaitait désespérément son cœur.

— À Carroway House, Hanley, ordonna-t-elle en se penchant à la fenêtre. Je souhaite rendre visite à Mlles Milly et Edwina.

— Bien, milady, acquiesça le cocher.

21

Qu'en dites-vous ?
Pouvez-vous aimer ce gentleman ?

Roméo et Juliette,
acte I, scène 3

De retour chez lui après la séance du matin au Parlement, Tristan se rendit directement dans son bureau. Il lui fallait trouver assez d'argent pour tenir quelques jours et réfléchir au moyen d'amener Georgiana à accepter de l'épouser, sans ruiner sa réputation au passage.

— Milord ? s'enquit Dawkins en toussotant derrière la porte.

— Qu'y a-t-il ?

— Je dois vous informer que lady Georgiana est ici. Elle rend visite à vos tantes.

Tristan bondit de son fauteuil et se précipita vers la porte, la poussant si brutalement que le majordome faillit tomber à la renverse.

— Qui vous a dit de m'informer de sa visite ?

— Lady Georgiana, milord. Ces dames sont au petit salon. Elle est ici depuis un moment, mais je ne crois pas qu'elle sache que vous êtes rentré.

— Et pourquoi ne le lui avez-vous pas dit ?

— J'étais à l'office, milord. Je vérifiais le contenu des garde-manger.

— Vous deviez encore être en train de dormir, oui.

— Milord, je...

— Peu importe.

Si Georgiana était là, c'était qu'elle avait parlé à Amélia. Une part de Tristan espérait qu'elle avait réussi à la convaincre de lui rendre sa lettre et ses bas ; si plus rien ne menaçait la réputation de Georgiana, il pourrait lui demander sa main le jour même. Mais une autre part de lui, la part chevaleresque qui rêvait de libérer sa demoiselle en détresse du dragon, espérait qu'Amélia l'avait éconduite. Il avait accompli si peu pour Georgiana, et il estimait que cette affaire relevait de sa responsabilité.

— Bonjour, dit-il en entrant dans le petit salon.

Georgiana se tenait entre ses tantes, et toutes trois riaient. Mais il suffit qu'elle croise son regard pour que Tristan comprenne qu'elle avait échoué. Quoi qu'elle puisse lui dire, ses yeux ne mentaient jamais.

— Bonjour, répondit-elle. Vos tantes me racontaient les dernières diableries de Dragon.

— Oui, il est heureux que ce chat ne soit pas plus gros, sinon la maison s'écroulerait sur nous, répondit-il en s'approchant. Mes très chères tantes, puis-je vous emprunter Georgie un instant ?

— Oh, je le crois, répondit Milly en gloussant. Tu t'arranges toujours pour nous emprunter nos plus jolies visiteuses.

— Vraiment ? murmura Georgiana quand elle le dépassa dans le couloir. Combien de jolies visiteuses leur avez-vous empruntées ?

— Seulement vous. Que s'est-il passé ?

Georgiana jeta un coup d'œil dans le couloir. Comprenant son hésitation, Tristan la fit entrer dans la bibliothèque et referma la porte derrière eux tandis qu'elle s'asseyait sur le canapé.

— Racontez-moi.

— Je pensais que vous seriez là à mon arrivée, dit-elle, visiblement agitée. J'avais complètement oublié la séance du Parlement, et ce n'est qu'après ma promenade avec Bert que j'ai pu aller chez Amélia. Elle recevait ses amies et je ne sais pas ce qu'elle avait bien pu leur dire, mais…

— Attendez, l'interrompit Tristan en s'asseyant sur l'accoudoir du canapé. Pouvez-vous reprendre à partir de « ma promenade avec Bert » ?

Une lueur d'amusement passa brièvement dans les yeux de Georgiana.

— J'en déduis que vous ne saviez pas qu'il était venu me voir.

— Il ne parle jamais. Comment pourrais-je savoir quoi que ce soit ?

— Vous auriez dû me dire qu'il avait été retenu prisonnier dans une geôle française avec interdiction de prononcer un seul mot. Cela explique qu'il ait du mal à parler.

Tristan tâcha d'enregistrer ce qu'elle venait de dire et de le réconcilier avec ce qu'il avait observé chez son frère.

— Mon Dieu, souffla-t-il.

Elle posa la main sur son bras.

— Vous ne le saviez pas, n'est-ce pas ?

— Non. Je l'ignorais. Combien de temps a-t-il…

— Sept mois.

Sept mois.

— A-t-il seulement participé à la bataille de Waterloo ?

— Je ne sais pas. Est-ce important ?

Tristan réprima un sursaut de colère à l'encontre de la politique qui avait envoyé son frère en France et qui avait créé une bureaucratie tellement inefficace qu'il n'avait même pas su que Robert avait été absent de son régiment pendant sept mois.

— Seulement parce qu'on a extrait cinq balles de mousquet de son corps et que j'aimerais bien savoir comment elles étaient arrivées là, sacrebleu.

— Tristan, dit-elle d'une voix douce, il est en vie et il vous le dira quand il sera prêt.

Il prit une longue inspiration, hocha la tête et recouvrit sa main de la sienne.

— Merci.

— Vous n'avez pas à me remercier.

Tristan se ressaisit. Bert s'en sortirait ; le problème de Georgiana était plus urgent.

— Dites-moi seulement que vous avez de bonnes nouvelles au sujet de votre mission.

Une lueur de colère remplaça l'inquiétude dans ses beaux yeux verts.

— Vous savez, la première fois que je vous ai vu en compagnie d'Amélia, je me suis dit que la pauvre enfant n'avait pas la moindre chance face à vous et qu'elle avait désespérément besoin d'être secourue, dit-elle, nouant et dénouant ses doigts aux siens. Je ne me doutais pas qu'elle était la personne qui avait le moins besoin d'être secourue de toute l'Angleterre.

— Elle a refusé de vous rendre la lettre.

— Oh, elle sera plus qu'heureuse de tout me rendre une fois que vous serez mariés.

Le regard qu'elle lui adressa en disait infiniment plus long que des mots. Elle avait besoin de savoir s'il avait l'intention d'épouser Amélia et ne voulait pas que ce soit le cas. Tristan sentit son cœur bondir. Si Georgiana lui filait une fois de plus entre les doigts, il en mourrait.

— Dans ce cas, nous devons trouver une autre solution, car il n'est pas question que j'épouse cette sorcière.

— Que suggérez-vous ? demanda-t-elle en lissant ses jupes. Si cela ne vous ennuie pas, je préférerais que la... nature de notre relation reste secrète.

— La solution que j'ai à vous proposer rendrait cela difficile, répondit-il lentement, le cœur battant si fort qu'il crut que sa poitrine allait éclater.

— Dans ce cas, il vous faut songer à autre chose, Tristan. Je ne pourrais pas supporter... Oh, c'est ma faute, de toute façon. Je mérite peut-être ce qui m'arrive.

— Non, lui assura-t-il d'une voix douce en s'agenouillant à ses pieds.

Georgiana sentit sa gorge se nouer.

— Tristan, qu...

— Épousez-moi, Georgiana. L'annonce de nos fiançailles étouffera toutes les rumeurs qu'Amélia tentera de répandre.

Elle se redressa si vivement qu'elle faillit le faire tomber.

— Mais cela signifierait...

— Cela signifierait quoi ? demanda-t-il en se relevant. C'est parfait.

— Mais... dit-elle en se mettant à aller et venir entre la fenêtre et le canapé en se tordant les mains. Mais quand vous vous êtes montré si charmant avec moi après... cette nuit, j'ai pensé que vous cherchiez peut-être à... gagner de nouveau mon affection pour vous venger.

Tristan cligna des yeux.

— Au début, cette idée a pu me traverser l'esprit, Georgiana, mais pour l'amour du Ciel, ne voyez-vous pas que je suis sincère à présent ? Que je le suis depuis un certain temps ?

Elle se retourna vers lui.

— Nous ne pouvons pas faire cela.

Tristan sentit le sang se retirer de son visage.

— Pourquoi ? demanda-t-il. Quelle maudite raison nous empêcherait de nous marier ?

— Je ne veux pas vous épouser pour éviter le scandale ou le chantage, Tristan. Or, étant donné la façon dont les choses ont commencé entre nous, je ne pourrais pas m'empêcher de me demander si l'un de nous ne s'est pas retrouvé dans l'obligation de se marier pour une de ces raisons. Je ne le supporterais pas.

Georgiana vit tressaillir un muscle dans sa mâchoire. Elle aurait préféré ne pas avoir eu à dire cela, mais c'était la vérité. S'ils se mariaient sous le coup de la culpabilité ou de l'instinct de protection, ils se le reprocheraient éternellement, et elle ne pourrait jamais lui faire confiance.

— Un mariage a toujours lieu pour une raison ou une autre, dit-il en soutenant son regard. Vous ne pouvez pas espérer les éviter toutes.

— Mais je peux éviter cela. Je ne vous laisserai pas tenter de me sauver de cette façon-là. Je peux me sauver moi-même.

— Georgiana, ne...

— Non, l'interrompit-elle en se tournant vers la porte.

Il fallait qu'elle parte avant qu'il la voie pleurer.

— Je ne peux pas vous épouser, Tristan. Pas dans ces circonstances.

Il posa la main sur son épaule et la fit pivoter vers lui avant qu'elle ait eu conscience qu'il l'avait rejointe.

— Mais, dans d'autres circonstances, vous le feriez.

Ce n'était pas une question, mais une affirmation.

— Je le pourrais.

Elle s'écarta de lui et franchit la porte en courant.

La politesse lui imposait de prendre congé de ses tantes, mais les larmes s'étaient déjà mises à couler sur ses joues. Elle gagna précipitamment le hall, récupéra à la hâte son châle et son chapeau auprès de Dawkins, qui la considéra d'un air stupéfait, puis s'engouffra dans la voiture de sa tante.

— Ramenez-moi à la maison, lança-t-elle au cocher.

— Bien, milady.

Soudain, Georgiana se ravisa. Elle avait besoin de se confier à quelqu'un, d'avouer l'affreux gâchis dont elle était responsable, et sa tante n'était pas la personne la mieux indiquée pour cela. Mais surtout, elle n'avait pas envie de regagner une fois de plus Hawthorne House en larmes.

— Hanley, dit-elle en se penchant de nouveau à la portière. Conduisez-moi chez Lucinda Barrett.

— Bien, milady, répondit le cocher, imperturbable.

Lucinda était presque aussi sceptique qu'elle et parfois plus sournoise. Exactement le genre d'amie dont elle avait besoin en cet instant.

— Lady Georgiana ! s'exclama Madison, le majordome des Barrett, quand il lui ouvrit la porte. Que vous arrive-t-il ?

Georgiana essuya ses joues humides.

— Rien, Madison. Tout va bien. Lucinda est-elle à la maison ?

— Je vais m'en informer, milady, si vous voulez bien patienter au petit salon.

Le majordome la fit entrer, puis disparut. Trop agitée pour s'asseoir, Georgiana arpenta la pièce en se tordant les mains. Elle n'en pouvait plus. Cette journée était par trop affreuse.

— Georgie ? Que se passe-t-il ? demanda Lucinda en entrant, visiblement apprêtée pour sortir.

— Je suis désolée, dit-elle, de nouvelles larmes obscurcissant sa vue. Je ne savais pas que tu allais sortir. Je m'en vais.

Lucinda se plaça en travers de son chemin et la guida jusqu'au canapé.

— Certainement pas. Madison, demandez qu'on nous apporte du thé, je vous prie.

— Bien, mademoiselle.

— Je ne sais même pas pourquoi je pleure, dit Georgiana en se forçant à sourire à travers ses larmes. Les nerfs, je suppose.

— Raconte-moi tout, demanda Lucinda en retirant ses gants.

Le majordome réapparut, suivi d'un valet chargé d'un plateau de thé. Lucinda leur fit signe de laisser le plateau et de partir.

— Madison, dit-elle avant que le majordome ne s'exécute, si lord Mallory se présente, vous l'informerez que je suis malheureusement indisposée.

— Bien, mademoiselle Lucinda.

— Mallory ? fit Georgiana une fois qu'elles se retrouvèrent en tête à tête. Je croyais que tu lui avais dit que tu n'étais pas intéressée.

— Je l'ai fait, à plusieurs reprises, mais il me laisse conduire ses chevaux, répondit Lucinda en prenant la main de son amie. Maintenant, explique-moi ce qui s'est passé.

Georgiana n'était plus certaine de ce qu'elle était disposée à dire. Après avoir jalousement gardé son secret pendant six ans, tout avouer se révélait plus difficile qu'elle ne s'y était attendue.

Lucinda parut le comprendre.

— Ne me dis que ce que tu as envie de dire, lui conseilla-t-elle. Tu sais que rien ne sortira de cette pièce.

Georgiana prit une longue inspiration.

— Tristan m'a présenté sa demande.

— Quoi ? Qu'a-t-il fait ?

— Il m'a demandé de l'épouser.

Lucinda se leva et se servit une tasse de thé.

— Que lui as-tu répondu ?

— Je lui ai dit que je ne pouvais pas l'épouser. Pas dans ces circonstances.

— Et de quelles circonstances s'agit-il ?

— Ô mon Dieu. J'ai... donné certains objets à Tristan, commença Georgiana. Et quelqu'un d'autre les a volés. S'il refuse d'épouser la personne qui a pris ces objets, cette personne s'en servira pour ruiner ma réputation.

— Je vois.

Lucinda but une gorgée de thé et ajouta un morceau de sucre dans sa tasse.

— Je ne voudrais pas être indiscrète, mais je crois que je comprendrais mieux si ton récit était plus... précis.

Georgiana prit une nouvelle inspiration et hocha la tête.

— Il s'agit d'une paire de bas. Et d'une lettre. La personne qui les a pris est Amélia Johns.

— Je croyais que Dare avait l'intention de l'épouser de toute façon.

— Il le croyait aussi, à un moment donné.

— Mais maintenant, c'est toi qu'il veut épouser.

En entendant Lucinda prononcer ces mots, Georgiana les trouva encore plus significatifs. Tristan voulait l'épouser. C'était *elle* qu'il désirait.

— Oui. C'est ce qu'il a dit, en tout cas.

— Quand a-t-il dit cela ?

— Il y a vingt minutes, répondit Georgiana, qui pouvait comprendre la confusion de son amie. Efforce-toi de suivre, Luce, ajouta-t-elle avec un petit sourire.

— C'est ce que je fais. Mais, mis à part cette histoire de chantage qu'Amélia Johns exerce sur Dare et à laquelle je ne comprends rien, serais-tu disposée à l'épouser, Georgiana ?

— Mon cœur le souhaite, répondit-elle en sentant ses yeux s'emplir de nouvelles larmes. Mon esprit n'est pas encore certain.

— Eh bien, épouse-le, et tout ce que pourra faire Amélia Johns n'aura plus aucune importance.

— Ce n'est pas aussi simple. Il y a quelques années, Tristan a pris part à un pari qui... m'a blessée. Nous avons miraculeusement réussi à éviter le scandale, mais j'ai peur de lui accorder ma...

— Ta confiance, dit Luce à sa place. Crois-tu qu'il pourrait utiliser cette lettre contre toi ?

— Non. Il ne ferait jamais cela. Mais, tant que cette affaire n'est pas résolue, nous risquons l'un et l'autre de prendre une décision qui ne sera pas la bonne.

— Dans ce cas, il ne te reste plus qu'à récupérer ce qui t'appartient, Georgie.

— Amélia refuse de les rendre. Pas avant d'être mariée avec Tristan.

— Et moi, je te le répète : récupère ce qui t'appartient.

Georgiana se laissa aller contre le dossier du canapé et regarda son amie. L'idée de s'introduire chez quelqu'un pour y dérober des objets... Certes, ceux-ci lui appartenaient. Si elle les récupérait, et si Tristan ne lui avait pas fait sa demande parce qu'il se sentait coupable, peut-être la renouvellerait-il... Elle pourrait alors lui dire oui – même si elle savait que cela lui demanderait plus de courage que de s'introduire dans une maison qui n'était pas la sienne.

— As-tu besoin d'aide ? demanda Lucinda.

— Non. Je tiens à être seule responsable de ce qui arrivera, Luce. Et de la décision que je prendrai. Parlons d'autre chose, veux-tu ?

Georgiana s'attarda encore un moment chez son amie, puis jugea qu'il était temps pour elle de regagner Hawthorne House. Pendant le trajet, elle réfléchit longuement.

Dire qu'elle allait pénétrer chez Amélia Johns pour récupérer ce qui lui appartenait était facile, mais se décider à le faire était bien plus compliqué. Certes, elle éviterait ainsi à Tristan un mariage dont il ne voulait pas et se sauverait elle-même du scandale. Mais elle ferait en même temps savoir très clairement à Tristan qu'elle souhaitait l'épouser. S'il nourrissait encore des idées de vengeance, il pourrait facilement en profiter pour détruire son cœur.

Pourtant, au-delà de ses doutes et de ses craintes, Georgiana voulait entendre Tristan lui faire sa demande non parce qu'il s'y sentait obligé, mais parce qu'il en avait envie.

Quand l'attelage s'immobilisa devant Hawthorne House, sa décision était prise. La soirée des Everston aurait lieu le lendemain soir, et Amélia ne manquerait pas d'y assister. De son côté, Georgiana ferait un détour par la maison de Mlle Johns pour récupérer sa lettre et ses bas.

La première chose à faire, décida Georgiana, consistait à trouver la tenue appropriée. Elle passa en revue le contenu de son armoire et en exhuma une vieille robe de mousseline brun foncé qu'elle avait portée lors de l'enterrement d'une lointaine relation. Elle lui allait encore, même si elle était un peu juste au niveau de la poitrine. Comme Tristan n'avait pas manqué de le remarquer, ses courbes étaient plus prononcées.

Georgiana sourit à ce souvenir, puis inspecta son reflet dans le miroir. Son sourire était celui d'une femme amoureuse. Comment en était-elle arrivée là en seulement quelques semaines ? Elle aurait été bien incapable de le dire, mais elle ne pouvait pas nier ce qu'elle ressentait.

Mary apparut sur le seuil de sa chambre, et Georgiana s'empressa de repousser la robe brune dans l'armoire.

— Qu'y a-t-il, Mary ?

— Lord Westbrook est ici pour vous voir, milady.

Oh non. Elle avait été si préoccupée par Tristan et le vol de ses bas qu'elle n'avait pas même pris le temps de réfléchir à la demande de Westbrook.

— Dites-lui que je descends tout de suite.

Arrivée au salon, elle s'arrêta sur le pas de la porte ouverte. Westbrook était assis sur un des canapés, un bouquet de roses à la main, le regard rivé sur le feu qui crépitait dans l'âtre. Un spectacle à l'image de ce que pouvait être son avenir : calme, serein et pacifique. Ils occuperaient des chambres séparées, bien sûr, et donneraient chaque saison le juste nombre de réceptions pour le juste nombre d'invités. Le soir, il se retirerait dans son bureau pendant qu'elle broderait au coin du feu, et il ne lui rapporterait rien de ses journées qui soit susceptible de heurter sa délicate sensibilité.

Georgiana frissonna. Elle rêvait de nuits de passion, de rires, de discussions au sujet des prix, de la politique et de frivolités parce qu'elle trouvait cela passionnant. Et tant mieux si celles-ci étaient accompagnées d'emportement et de querelles.

Elle l'observa encore un moment, mais il ne cilla même pas. Tristan, lui, ne pouvait pas s'empêcher de marcher de long en large quand il l'attendait. Georgiana s'éclaircit la gorge.

— Lady Georgiana, dit le marquis en se levant à son approche. Vous êtes ravissante.

— Merci. Je m'excuse de vous avoir fait attendre.

— Je vous en prie.

— Puis-je vous offrir du thé ?

— Je vous remercie, non. Je… me demande si vous avez réfléchi à ma proposition ?

— Je l'ai fait. John, je ne sais trop comment dire cela.

Son front se plissa légèrement, et il laissa pendre son bouquet au bout de son bras.

— Vous m'éconduisez.

— Vous êtes un homme merveilleux et prévenant, et celle qui vous épousera sera une femme heureuse, mais…

— Je vous en prie, Georgiana. Vous avez pris une décision. Ayez, s'il vous plaît, la courtoisie de ne pas m'en donner la raison. Restons-en à un refus, et je prendrai congé. En vous souhaitant une bonne journée, milady.

Sans rien perdre de son calme, il passa devant elle, ramassa son chapeau et sortit. Georgiana alla s'asseoir. Cela s'était passé si simplement qu'elle n'éprouvait pas la moindre culpabilité de l'avoir éconduit. Il s'était comporté en parfait gentleman. Comme s'il n'avait jamais été amoureux d'elle, comme si elle ne lui avait pas fait perdre la tête.

Georgiana se retrouvait donc au même point qu'avant : éprise d'un homme au blason ancien mais terni, à la sombre réputation, un fauteur de troubles qui se complaisait dans le chaos.

Seulement, cette fois, peut-être la désirait-il autant qu'elle le désirait.

— Tout va bien, ma chère ? demanda tante Frédérica ce soir-là alors qu'elles jouaient au whist.

Georgiana s'obligea à se ressaisir.

— Oui, bien sûr. Pourquoi cette question ?

— Tu n'as remporté qu'une manche, de justesse, et nous savons toutes deux que tu es bien meilleure joueuse que moi. Tu dois avoir l'esprit ailleurs.

— J'essaie de vous attirer dans un piège, répondit-elle en faisant un effort renouvelé pour se concentrer sur le jeu.

— Georgiana, reprit sa tante en posant la main sur la sienne pour l'empêcher de battre les cartes, tu es comme une fille pour moi. Tu le sais. Tu peux tout me dire, et je ferai mon possible pour t'aider.

— Vous êtes comme une mère pour moi, répondit Georgiana d'une voix qui se brisa un peu. Mais j'ai découvert qu'il était préférable que je prenne soin de certaines choses moi-même.

— Les gens parlent de Dare et de toi, tu sais. Ils disent que les vieux ennemis semblent s'être réconciliés...

— Dare a changé de bien des façons, dit Georgiana en distribuant les cartes.

— J'ai remarqué certains de ces changements, acquiesça Frédérica. Mais il y a des choses qui ne changent jamais. Cette famille est au bord de la ruine, ma chère. Il me déplairait de penser qu'il te manipule pour avoir accès à ton argent.

— Comme je le disais, répliqua Georgiana en se raidissant, je préfère prendre soin de certaines choses moi-même.

Elle savait que la question de l'argent était cruciale ; c'était le seul point sur lequel il avait toujours été honnête. Fort heureusement.

— Comme tu as pris soin de lord Westbrook.

— Je vous ai dit que je ne l'aimais pas.

— Et je t'ai dit que tu devais songer à la sécurité et au confort plutôt que d'écouter ton cœur.

— J'essaie.

— Essaie davantage.

Tante Frédérica se décida finalement à la laisser tranquille, et elles finirent la partie dans un aimable bavardage. Quand elle s'excusa pour monter se coucher, cependant, Georgiana sentit la tension raidir de nouveau ses épaules.

Elle allait devoir veiller à se montrer moins transparente, sinon tout le monde saurait qu'elle mijotait quelque chose. Et elle devait absolument mieux maîtriser ses nerfs, si elle ne voulait pas que les Johns la découvrent morte d'une crise cardiaque sur les marches de leur perron.

Cette idée la fit sourire. Un tel incident causerait au moins un certain embarras à Amélia Johns.

Le lendemain midi, elle retrouva Evelyn et Lucinda pour déjeuner dans leur petit café préféré. Lucinda tenta bien de découvrir si Georgiana avait pris une décision, mais cette dernière éluda habilement ses questions. La curiosité d'Evie, en revanche, se révéla plus difficile à calmer.

— Tout ce que je dis, déclara son amie en découpant une pêche, c'est que je croyais que la leçon que tu donnais à lord Dare était destinée à lui enseigner les dangers qu'il y a à briser le cœur d'une femme.

— Absolument, ma chère.

— Pourquoi tout le monde dit-il alors qu'il te fait la cour ?

Georgiana rougit.

— Ce n'est pas…

— Evie, intervint Lucinda, j'ai entendu dire que ton frère allait rentrer des Indes avant la fin de l'année. Est-ce vrai ?

Leur amie commune sourit.

— Oui. Je dois reconnaître que Victor me manque vraiment, en dépit de cette fâcheuse habitude qu'il a de croire qu'il sait toujours tout. Tous les récits qu'il nous a faits étaient si romantiques ! Vous ai-je montré l'écharpe qu'il m'a envoyée de Delhi ?

— Oui, répondirent en chœur Georgiana et Lucinda avant d'éclater de rire.

— Elle est ravissante, ajouta Georgiana. Tu devrais la porter le jour de son retour.

Evelyn se rembrunit.

— Ma mère veut que je choisisse un mari avant son retour, dit-elle d'un ton lugubre. Elle pense que Victor n'approuvera jamais aucun de mes prétendants et que je dois me fiancer avant qu'il ait le temps d'intervenir.

— C'est affreux ! Promets-moi de ne rien décider à seule fin de satisfaire ta mère, dit Lucinda en prenant la main d'Evelyn.

— Tu sais comment elle peut être. Comment ils peuvent être tous les deux, ajouta Evie avec un frisson.

Georgiana sourit tendrement en regardant ses amies. Elle pouvait toujours compter sur elles pour la tirer de sa morosité et ne pas la presser de questions quand elle n'avait pas envie de répondre.

— Georgie, murmura Lucinda d'un ton pressant. Derrière toi…

— Bonjour, mesdemoiselles.

La voix de velours de Dare remonta délicieusement le long de son dos.

Sans attendre qu'on l'y ait invité, il s'assit à la quatrième chaise de la table. Il portait la veste gris perle qui donnait à son regard bleu la profondeur d'un crépuscule.

— Bonjour, lord Dare, répondit-elle en lui offrant un sandwich au concombre.

Il secoua la tête.

— Merci, mais je ne peux pas m'attarder. Séance au Parlement cet après-midi.

— Regent Street ne se trouve pas précisément sur votre chemin, milord, remarqua Evelyn.

— Qui vous a dit que nous serions ici ? demanda Georgiana en lui souriant.

— Personne. Je m'en suis remis à mon intuition après que Pascoe m'a dit que vous étiez sortie déjeuner. Il se trouve que je sais que vous adorez les sandwichs au concombre et que vous appréciez tout particulièrement ceux que l'on sert ici. Voilà toute l'explication.

— Et pourquoi teniez-vous à me voir alors que vous êtes attendu à la Chambre des lords ?

— Voilà presque toute une journée que je ne vous ai pas vue, répondit-il en calant son menton au creux de sa main pour l'observer. Vous me manquiez.

Georgiana rougit. Elle aurait dû répliquer par un trait d'esprit, mais elle avait bien du mal à réfléchir quand elle pensait seulement à se pendre à son cou pour dévorer sa bouche de baisers.

— Quelle charmante remarque, murmura-t-elle.

— Mes tantes vous ont trouvée agitée hier. Elles s'inquiétaient à votre sujet. Puis-je leur transmettre quelque message de votre part ?

— Oui. Dites-leur… dites-leur que je suis navrée d'avoir dû écourter ma visite, mais que j'avais la migraine.

Il se rapprocha d'elle, oubliant visiblement que ses amies étaient assises en face d'eux et qu'ils se trouvaient dans un lieu public.

— Et comment vous sentez-vous aujourd'hui ?

— Mieux, quoique un peu fatiguée, répondit-elle. Partez, Tristan, ajouta-t-elle à voix basse.

— Pourquoi ? s'enquit-il avec un lent sourire sensuel.

Il était décidément incorrigible.

— Parce que je vous trouve ennuyeux et que vous interrompez mon déjeuner.

Le sourire de Tristan s'élargit.

— Je vous trouve tout aussi ennuyeuse, répondit-il à mi-voix avant de se lever. Bonne journée, mesdemoiselles. Nous aurons sans doute le plaisir de nous revoir ce soir.

— Oh oui, la soirée des Everston, dit Evie. À ce soir, lord Dare.

Il n'avait pas quitté Georgiana des yeux.

— À ce soir.

— Ô mon Dieu, s'exclama Lucinda tandis qu'il s'éloignait. J'en suis toute retournée !

Georgiana s'esclaffa.

— Lucinda !

Elle comprenait cependant fort bien ce que voulait dire son amie. L'aparté que Tristan et elle venaient d'avoir avait été sensuel, intime et très significatif. Il était seulement venu la trouver pour voir comment elle allait et pour lui faire savoir qu'il entendait continuer à la courtiser malgré le chantage d'Amélia.

Georgiana se sentait soudain plus optimiste. Elle regretterait de ne pas le voir ce soir, mais elle avait un crime à accomplir.

22

Les amants et les fous
ont des cerveaux bouillants,
Emplis de tels fantasmes
qu'ils perçoivent davantage
Que la froide raison
ne saura jamais comprendre.

Le Songe d'une nuit d'été, acte V, scène 1

Georgiana envoya Mary informer sa tante qu'elle n'assisterait pas à la soirée des Everston, puis se mit à arpenter nerveusement sa chambre. Elle allait jusqu'à la porte, tendait l'oreille, gagnait la fenêtre, puis recommençait.

Frédérica attendrait le dernier moment pour venir la voir, au cas où elle aurait changé d'avis. Sa tante penserait sans doute qu'elle déclinait l'invitation à cause de Dare – ce qui était vrai, mais pas pour les raisons que sa tante pouvait imaginer.

Quand elle entendit enfin la duchesse s'engager dans le couloir, elle s'empressa d'aller s'allonger sur son lit. Elle était essoufflée et avait les joues rougies, ce qui servait parfaitement son plan.

— Georgiana ?

Sa tante entrouvrit la porte et passa la tête dans l'entrebâillement.

— Je suis désolée, ma tante, dit-elle, mais je ne me sens vraiment pas bien.

La duchesse s'approcha du lit et posa sa main sur son front.

— Juste Ciel, tu es brûlante ! Je vais demander à Pascoe de faire venir le médecin immédiatement.

— Oh non. Ne faites pas cela, je vous prie. J'ai seulement besoin de me reposer.

— Ne fais pas la sotte, Georgiana, répondit la duchesse douairière en s'empressant de gagner la porte. Pascoe ! appela-t-elle.

Peste ! Cela ne marchera jamais.

— Tante Frédérica, attendez.

Sa tante se tourna vers elle.

— Qu'y a-t-il, mon enfant ?

— Je vous ai menti.

— Oh, vraiment ? répondit-elle d'un ton teinté de sarcasme, en haussant un fin sourcil.

Georgiana se redressa et lui fit signe de venir s'asseoir au bord du lit.

— Toutes ces absurdités que j'ai dites quand j'ai prétendu pouvoir prendre soin de certaines affaires moi-même ne sont que… ma foi, des absurdités.

— Je me réjouis que tu l'aies enfin compris. Nous allons rester ici ce soir, et tu vas me raconter tous tes soucis.

Georgiana pressa sa main.

— Non. Vous êtes si… éblouissante, et je veux seulement rester ici à lire et ne rien faire d'autre.

Tante Frédérica déposa un baiser sur son front et se leva.

— Lis, dans ce cas. Quant à moi, je savourerai l'attention que je ne manquerai pas de recevoir quand je dirai à tout le monde que tu es sans doute sur ton lit de mort.

Georgiana gloussa.

— Vous êtes affreusement taquine, mais n'allez surtout pas dire cela à Grey et à Emma. Ils débarqueraient ici et feraient peur à toute la maisonnée.

— Ce n'est pas faux, répondit la duchesse en allant jusqu'à la porte pour faire signe à Pascoe de patienter dans le couloir. Des instructions particulières en ce qui concerne Dare ? ajouta-t-elle d'un ton faussement détaché.

Frédérica Brakenridge était bien trop fine pour que Georgiana lui fasse l'affront de lui mentir davantage.

— Dites-lui la vérité, je vous prie, tante Frédérica. Il comprendra.

— Très bien. Pascoe, escortez-moi dans le hall, je vous prie, ajouta-t-elle à l'intention du majordome, avant d'adresser un clin d'œil à sa nièce et de refermer la porte derrière elle.

Restée seule, Georgiana estima qu'il était encore trop tôt pour mettre son plan à exécution. Amélia et ses parents assisteraient à la soirée des Everston, mais les domestiques seraient encore debout et ne pourraient pas manquer de remarquer sa présence à l'étage.

Elle supposait qu'Amélia conservait sa lettre et ses bas dans sa chambre, aussi avait-elle décidé de commencer ses recherches par là. Mais que ferait-elle si elle ne les trouvait pas ? Elle n'en avait pas la moindre idée.

Elle décida d'attendre que les domestiques de Hawthorne House soient montés se coucher pour passer à l'action. Lorsque la maison lui parut enfin assez silencieuse, elle alla chercher la robe de mousseline brune dans son armoire. Elle l'enfila, chaussa ses souliers de marche les plus confortables et noua simplement ses cheveux en queue-de-cheval.

Après avoir soufflé la lampe de sa table de chevet, elle quitta sa chambre sur la pointe des pieds et referma la porte. Pascoe avait laissé la porte d'entrée déverrouillée en prévision du retour de sa tante, et elle réussit à se glisser dehors sans être vue ni entendue de personne. Elle dut ensuite marcher jusqu'au coin de l'artère la plus passante pour héler un cab.

Après avoir indiqué l'adresse des Johns au cocher, elle grimpa dans la voiture. Une fois sur la banquette, elle se rendit compte que son cœur battait très fort et qu'elle avait les poings serrés. Et elle se sentait presque nue, ayant quitté la maison sans son châle ni son réticule, ne prenant avec elle que de quoi payer le cab. Emporter un réticule pour commettre un cambriolage lui avait semblé ridicule, d'autant qu'elle risquait de le perdre. Ses poches étaient assez grandes pour qu'elle puisse y glisser sa lettre et ses bas.

Quand la voiture ralentit pour s'arrêter devant Johns House, Georgiana descendit, remit le prix de la course au cocher et regarda le cab se fondre de nouveau dans l'obscurité.

— Allons-y, murmura-t-elle pour elle-même, avant de s'engager discrètement dans l'allée des Johns.

Toutes les fenêtres étaient éteintes, ce qui lui redonna un peu confiance. Elle grimpa les marches du perron en veillant à rester dans l'ombre. Mais lorsqu'elle voulut actionner la poignée de la porte, rien ne se produisit.

— Malédiction, murmura-t-elle.

Comment les Johns étaient-ils censés rentrer chez eux si leur porte était fermée ? Par la porte de la cuisine, peut-être, plus proche de l'écurie ?

Elle redescendit les marches et se faufila vers le petit jardin situé à l'arrière de la maison. Alors qu'elle atteignait l'écurie, elle s'arrêta. Une des fenêtres du rez-de-chaussée était entrouverte. Elle écarta le buisson qui se trouvait devant et agrippa le bas de la fenêtre. Le panneau coulissa vers le haut – trop loin et trop vite.

Elle se figea et retint son souffle. Aucun bruit ne lui parvint depuis l'intérieur de la maison et, après un moment, elle libéra l'air de ses poumons. Soulevant ses jupes, elle enjamba le rebord de la fenêtre. L'ourlet de sa robe se coinça dans le loquet de la fenêtre quand elle voulut se laisser glisser à l'intérieur, et lorsqu'elle réussit à le déloger, elle faillit perdre l'équilibre. Elle se rattrapa au rebord de la bibliothèque qui se trouvait près de la fenêtre et s'efforça de rassembler ses esprits.

« Le plus dur est fait », se dit-elle. Maintenant qu'elle était entrée dans la maison, il ne lui restait plus qu'à trouver la chambre d'Amélia. Elle s'écarta d'un pas de la bibliothèque, puis d'un autre, avançant presque à tâtons jusqu'à la porte. Soudain, elle vit quelque chose remuer du coin de l'œil et prit aussitôt une inspiration, prête à hurler.

Une main se plaqua alors sur sa bouche, et Georgiana se mit à se débattre aveuglément. Son poing rencontra quelque chose de solide, mais elle perdit brusquement l'équilibre et se retrouva face contre terre, une lourde forme au-dessus d'elle.

— Arrêtez, Georgiana, murmura la voix familière de Tristan à son oreille.

Elle se détendit et laissa échapper une sorte de sanglot étranglé quand il écarta la main de sa bouche.

— Que faites-vous là ? demanda-t-elle.

Il s'écarta et l'aida à se relever.

— La même chose que vous, j'imagine.

Dans la pénombre, elle ne parvenait à distinguer que sa silhouette, l'éclat de ses yeux et celui de sa bouche qui formait un sourire.

— Comment avez-vous su que c'était moi ?

— Votre eau de toilette à la lavande vous a trahie, répondit-il à mi-voix, en faisant courir ses doigts le long des cheveux qui recouvraient son épaule. Et je vous ai entendue jurer.

— Une lady ne jure jamais, répliqua-t-elle sur le même ton.

Sa présence l'apaisait, mais le contact de ses doigts électrisait chacune de ses terminaisons nerveuses.

Elle comprit avec un léger temps de retard qu'il était bel et bien là pour la même raison qu'elle : il était entré par effraction chez les Johns pour récupérer ce qui lui appartenait afin de la protéger.

Se hissant sur la pointe des pieds, elle déposa un baiser sur ses lèvres. Il lui rendit son baiser et l'attira contre lui.

— Laissez-moi faire, dit-il. Rentrez chez vous. Je vous préviendrai une fois que j'aurai récupéré vos affaires.

— Non, répliqua-t-elle. C'est vous qui allez rentrer chez vous, et c'est moi qui vous préviendrai une fois que j'aurai récupéré mes affaires.

— Georgia…

— Ce sont *mes* affaires, Tristan. Je veux le fairc, insista-t-elle en agrippant les revers de sa veste. J'ai besoin de le faire. Je ne veux pas être une fois de plus la victime de quelqu'un.

Il garda le silence un moment jusqu'à ce qu'elle l'entende finalement soupirer.

— D'accord. Mais suivez-moi et faites exactement ce que je vous dis.

Elle fut tentée de protester, mais se ravisa.

— Parfait.

— Vous avez vu Westbrook hier, murmura-t-il en saisissant ses épaules. Que lui avez-vous dit ?

— Ce n'est ni l'heure ni le lieu pour cette conversation.

— C'est le lieu parfait. Dites-moi que vous avez refusé sa demande.

Georgiana plongea son regard au fond de ses yeux qui brillaient dans la pénombre. Le confort et la tranquillité avaient sans doute leurs mérites, mais ils n'étaient rien comparés à l'humour et à la chaleur de Dare.

— Je l'ai refusée.

— Très bien. Allons-y, dans ce cas.

Il prit sa main et la guida jusqu'au couloir. Les domestiques avaient éteint toutes les lampes du rez-de-chaussée, ce qui compliqua la traversée du hall jusqu'à l'escalier.

Une fois parvenu sur le palier du premier étage, il hésita.

— Je propose de commencer par l'aile ouest, murmura-t-il.

— Nous trouverons plus vite si nous nous séparons, suggéra-t-elle.

Tristan secoua énergiquement la tête et affermit l'étreinte de sa main sur celle de Georgiana. Il n'était pas question qu'il la perde de vue un seul instant.

— Ils ne rentreront pas de la soirée des Everston avant plusieurs heures, dit-il tandis qu'ils se dirigeaient vers l'aile ouest. Nous avons le temps.

Arrivé devant la première porte, il posa la main sur la poignée et retint son souffle. Il fit doucement tourner le bouton de porte, entrouvrit et perçut un léger parfum acidulé.

— C'est là, articula-t-il à voix basse près de son oreille.

Il lâcha sa main pour trouver son chemin à l'intérieur de la chambre. Les rideaux entrouverts laissaient pénétrer un discret rayon de lune qui éclairait le centre de la pièce. Une haute armoire ainsi qu'une commode se dressaient derrière un paravent et un grand miroir en pied. Il s'en approcha, suivi de près par Georgiana.

Amélia avait dit qu'elle garderait les bas dans sa commode. Tristan fit lentement coulisser le premier tiroir de la commode en priant pour qu'elle n'ait pas menti.

Une lumière jaillit soudain près du lit.

Tristan se figea, le bras enfoncé jusqu'au coude dans le tiroir de la commode. Près de lui, Georgiana écarquilla les yeux et cessa visiblement de respirer. La lumière décrut et son intensité se stabilisa comme celle d'une lampe de chevet que l'on vient d'allumer. Tristan sentit le bout de ses doigts effleurer une feuille de papier et referma la main dessus, sans toutefois oser bouger davantage dans le profond silence de la chambre.

— Luxley ? s'enquit dans un murmure la voix ensommeillée d'Amélia.

Tristan et Georgiana échangèrent un coup d'œil.

— Luxley ? articula-t-elle silencieusement.

— Où êtes-vous, vilain garçon ? Où étiez-vous passé ?

Il y eut un froissement de draps, et Tristan en profita pour sortir du tiroir la lettre et les bas, avant de pousser Georgiana dans le coin situé entre le mur et l'armoire. Il s'accroupit près d'elle et pria pour que le paravent et le miroir suffisent à les dissimuler aux yeux d'Amélia.

Celle-ci traversa la chambre pieds nus jusqu'à la fenêtre et ouvrit les rideaux. Ils n'auraient pas de meilleure occasion de s'enfuir, songea Tristan. Il montra la lettre et les bas à Georgiana, les mit dans sa poche et reprit sa main.

La fenêtre s'ouvrit alors, et ils entendirent une voix masculine murmurer :

— Amélia, ma fleur...

Un choc sourd retentit sur le plancher quand l'homme pénétra dans la pièce.

— Il faudra dire à vos gens de réparer ce treillage ; j'ai bien failli me rompre le cou.

Tristan et Georgiana reconnurent cette fois avec certitude la voix mélodieuse de lord Luxley. Le bruit parfaitement reconnaissable d'un baiser suivit cette déclaration, et Tristan jeta un coup d'œil à Georgiana. Elle croisa son regard, son expression reflétant un mélange d'horreur et de profond amusement.

— Fermez les rideaux, Luxley, pour l'amour du Ciel, dit Amélia tandis qu'elle regagnait son lit.

Luxley s'exécuta, et ils devinèrent au son de ses pas qu'il s'approchait du lit d'Amélia. Des bruits de baisers s'élevèrent de nouveau, entrecoupés de soupirs et de gémissements. « Bonté divine ! » songea Tristan, avant de se caler plus confortablement dans son coin et d'attirer Georgiana contre son épaule – l'affaire risquait de prendre un moment.

— Nous ne pouvons plus partir, lui murmura-t-elle à l'oreille.

— Je sais, chuchota-t-il en retour. Nous allons devoir attendre qu'ils soient trop occupés pour faire attention à nous.

— Mon Dieu... murmura-t-elle avant de faire lentement glisser la pointe de sa langue sur le pourtour de son oreille.

Tristan déglutit et se figea de surprise tandis que retentissait le bruit de lourdes bottes retombant l'une après l'autre sur le plancher et qu'un grincement de sommier s'élevait de l'autre côté du paravent. Des froissements d'étoffe suivirent, bientôt remplacés par des gémissements étouffés et des bruits de succion.

Il tourna de nouveau les yeux vers Georgiana, l'amusement le disputant en lui à quelque chose de plus intense. D'habitude, le simple fait de poser les yeux sur elle l'excitait. Mais ce soir, la combinaison de l'obscurité, du danger et de bruits indubitablement érotiques était suffisante pour le faire chavirer. Georgiana se laissa aller contre lui et embrassa sa gorge, mais il releva son visage et captura sa bouche dans un baiser passionné.

Sur le lit, Luxley émettait de petits gémissements de satisfaction, et Tristan n'avait pas besoin de voir la scène pour savoir qui faisait une faveur à qui. Et il avait pris Amélia pour une innocente oie blanche ? Il détacha ses lèvres de celles de Georgiana, saisit ses mains et les garda entre les siennes. Ils devaient se concentrer, attendre le moment propice pour s'échapper.

De l'autre côté du paravent, les corps s'agitaient tandis que s'élevaient des mots que Tristan n'aurait jamais imaginé qu'Amélia puisse connaître et encore moins prononcer à voix haute. Un grincement rythmique se fit bientôt entendre, accompagné des gémissements d'Amélia et des grognements d'effort de Luxley. Le baron ne semblait pas grand amateur de bavardages ou de préliminaires.

Tristan reprit la bouche de Georgiana dans un baiser ardent. Le fait qu'ils ne puissent pas faire de bruit rendait leur étreinte encore plus intense, et les doigts de Tristan s'immiscèrent sous l'encolure de son corsage pour envelopper son sein et en agacer délicatement le mamelon. Elle ferma les yeux pour mieux savourer ses caresses, enfouit ses doigts dans sa chevelure et attira son visage vers elle pour répondre à son baiser.

Elle l'enivrait, le grisait d'émotions qui lui élevaient l'âme, des émotions qu'il n'avait jamais éprouvées avant de la toucher pour la toute première fois. Il dégrafa les premiers boutons de son corsage pour libérer son sein et prendre son mamelon entre ses lèvres. Sentir Georgiana frémir contre lui lui donna douloureusement envie d'aller plus loin. Elle lui appartenait, et il ne voudrait jamais aucune autre femme qu'elle.

Sur le lit, les bruits s'amplifièrent tandis que le grincement du lit s'accélérait. Les mains curieuses de Georgiana trouvèrent les boutons de sa braguette, les ouvrirent et plongèrent à l'intérieur pour le caresser aussi tendrement qu'il caressait ses seins. Le cœur battant, Tristan renversa la tête en arrière, et son crâne heurta l'armoire.

Au même instant, Georgiana, haletante, se pressa contre lui. Un vase posé sur l'armoire chancela alors, puis tomba sur le paravent, qu'il renversa. Tristan eut soudain la vision du postérieur nu de Luxley, soutenu par les pieds menus d'Amélia, juste avant que l'enfer ne se déchaîne.

Amélia hurla, Luxley mugit, et Tristan ôta sa main du corsage de Georgiana, qu'il rajusta prestement. Puis il bondit sur ses pieds et l'attira près de lui tout en maintenant son pantalon fermé.

— Que diable... glapit Luxley en regardant derrière lui, visiblement partagé entre l'envie d'achever sa besogne et celle de défendre son honneur.

La porte de la chambre s'ouvrit soudain, et les parents d'Amélia, suivis d'une poignée de domestiques, apparurent sur le seuil.

— Que se... Amélia !

Soit les Johns avaient passé la soirée chez eux, soit ils étaient rentrés de bonne heure. La situation venait de basculer dans le vaudeville. Georgiana tenta de se cacher derrière Tristan, mais il lui saisit la main pour l'entraîner à sa suite.

— Courons ! décida-t-il en s'élançant vers la porte.

Profitant de l'effet de surprise, ils déboulèrent parmi les Johns et les domestiques stupéfaits et dévalèrent l'escalier quatre à quatre, évitant par miracle de se rompre le cou. La fenêtre de l'antichambre était toujours ouverte.

Tandis que des clameurs retentissaient à l'étage, Tristan souleva Georgiana dans ses bras pour lui faire franchir la fenêtre et la rejoignit dehors. Saisissant de nouveau sa main, il lui fit traverser le jardin au pas de course, et ils ne s'arrêtèrent qu'une fois parvenus au coin de la rue, hors de vue de Johns House.

Le souffle court, Tristan s'alarma quand Georgiana se laissa aller contre lui et qu'il la sentit s'affaisser.

— Georgiana ? Vous êtes-vous blessée ?

Un rire étranglé lui répondit.

— Avez-vous vu leurs figures ? demanda-t-elle en enlaçant ses épaules pour éviter de tomber. « Amélia ! » Ils étaient tellement choqués !

Il rit, soulagé, et la serra contre lui.

— Je ne crois pas qu'elle aspirait à devenir baronne, mais le mal est fait, désormais.

Certes, si on les avait reconnus, la réputation de Georgiana serait elle aussi définitivement ruinée, mais Tristan avait le remède idéal à cela.

— Oh, elle sera obligée d'épouser Luxley. Il n'a aucune chance d'y échapper.

— Il n'était absolument pas en position de s'échapper. Et j'ai bien failli me faire piéger, moi aussi, dit-il en achevant de se rajuster.

— Croyez-vous qu'ils nous aient reconnus ? demanda-t-elle, retrouvant son sérieux.

— Je n'en suis pas certain. Amélia devinera certainement qu'il s'agissait de nous, mais l'attention des autres était concentrée sur le lit.

— J'aimerais pouvoir dire que je suis désolée pour elle, mais je ne peux pas m'empêcher de penser qu'elle a eu ce qu'elle méritait.

— Et Luxley aussi, approuva Tristan. Il vous courtisait alors qu'il couchait avec elle, l'animal !

Georgiana releva la tête et l'embrassa. Ce fut un baiser léger, plein de rire, de tendresse et de complicité, et Tristan crut un instant que son cœur avait cessé de battre.

— Ce fut une soirée très intéressante, dit-elle en se remettant à glousser.

— Je vous aime, murmura Tristan.

Le sourire de Georgiana s'évanouit quand elle croisa son regard, et elle caressa sa joue.

— Je vous aime, répondit-elle à voix basse elle aussi, comme s'ils craignaient l'un et l'autre de le dire à voix haute.

— Nous ferions mieux de rentrer pour parer à toute éventualité, reprit-il. Comment êtes-vous venue ?

— J'ai pris un cab, répondit-elle en laissant aller sa tête contre son épaule avec une aisance complice qui émut Tristan. Hawthorne House n'est qu'à quelques pâtés de maisons. Ne pouvons-nous pas rentrer à pied ?

Si elle le lui avait demandé, il lui aurait fait traverser les Pyrénées en la portant dans ses bras. Il avait un pistolet dans sa poche, ce qui leur garantissait toute la protection nécessaire en cas de mauvaise rencontre. Mais ce n'était pas cela qui l'inquiétait.

— Non. Je veux vous savoir en sécurité dans votre lit au cas où Amélia nous dénoncerait à ses parents. Son père pourrait alors décider de chevaucher jusqu'à Hawthorne House pour exiger des explications.

— Pensez-vous qu'il ferait cela ? demanda-t-elle.

— Je crois qu'il s'intéressera d'abord à Luxley, avant de se soucier ensuite de notre présence. Préparez-vous toutefois à l'éventualité d'une conversation avec lui ; vous devez veiller à sauver les apparences.

Il siffla un cab qui arrivait à leur hauteur, donna l'adresse de Hawthorne House au cocher et lui régla la course.

— Tristan… dit Georgiana en se penchant à la portière.

Il lui prit la main et baisa ses doigts.

— Je viendrai vous voir demain matin, Georgiana, promit-il. Nous avons deux ou trois choses à régler.

Elle sourit, puis s'adossa à la banquette quand le cab se mit en route. Tristan suivit la voiture des yeux jusqu'à ce qu'elle disparaisse au coin de la rue. Le sourire de Georgiana lui semblait être un très bon présage, car elle avait forcément deviné ce qu'il voulait lui dire. Il se mit à siffloter et héla un autre cab pour retourner à Carroway House.

Quand il s'assit sur le cuir usé de la banquette, il perçut le craquement de la lettre qu'il avait fourrée dans sa poche. Il sortit les bas et le message, qu'il relut. Elle avait cru se débarrasser de lui quand elle lui avait donné ses bas. Mais, le lendemain, il les lui rendrait et lui ferait sa demande.

Pourvu que, d'ici là, elle ne retrouve pas ses esprits et ne comprenne quel piètre parti il faisait ! Si elle l'éconduisait... Mais Tristan se refusait à l'envisager. S'il voulait que son cœur continue à battre jusqu'à ce qu'il la revoie, il ne devait pas y penser.

23

Julia : Et votre raison de le croire ?
Lucetta : Je n'en ai pas d'autre
qu'une raison de femme :
Je le crois parce que je le crois.

Les Deux Gentilshommes de Vérone,
acte I, scène 2

Les rumeurs arrivèrent avant le laitier.

Danielle écarta les lourds rideaux bien trop tôt, et Frédérica Brakenridge se redressa sur son séant pour fusiller du regard sa femme de chambre.

— Que diantre se passe-t-il ? demanda-t-elle. Et je vous conseille de répondre que les Français nous ont envahis.

La femme de chambre s'inclina, visiblement nerveuse.

— Je n'en suis pas certaine, Votre Grâce. Je sais seulement que Pascoe a parlé avec le livreur de légumes et qu'il a dit que je devais réveiller Votre Grâce immédiatement.

Pascoe n'était pas réputé pour sa frivolité, aussi Frédérica écarta-t-elle les couvertures pour se lever.

— Aidez-moi donc à m'habiller, Danielle.

La duchesse douairière savait d'expérience que la plus épouvantable des situations pouvait être sauvée, pour peu que l'on fût habillé décemment. Aussi, malgré son envie de savoir ce qui avait pu troubler son stoïque majordome, prit-elle le temps de procéder à sa toilette et à sa coiffure matinales.

Quand elle quitta ses appartements, Pascoe l'attendait, et il lui sembla que de nombreux domestiques avaient trouvé des bibelots à épousseter et à astiquer dans le couloir. La chambre de Georgiana n'était située qu'à deux portes de la sienne, et si sa nièce avait réussi à trouver le sommeil, il n'était pas question qu'elle la réveille d'aussi bonne heure. Aussi ordonna-t-elle en ouvrant la marche :

— En bas.

— Votre Grâce, dit le majordome sur ses talons, je suis profondément navré de vous avoir réveillée si tôt, mais j'ai appris quelque chose qui, que cela se révèle vrai ou non, mérite désespérément votre attention.

Frédérica s'immobilisa sur le seuil du petit salon et fit signe au majordome de l'accompagner.

— Que se passe-t-il donc qui perturbe ainsi toute la maison à cette heure indue ?

Le majordome fit jouer sa mâchoire.

— J'ai été informé, par une source qui n'est pas des plus fiables, qu'il s'est produit… quelque chose chez les Johns hier soir.

— Chez les Johns ? répéta la duchesse, perplexe. Et en quoi cela m'oblige-t-il à quitter mon lit assez tôt pour voir le soleil se lever ?

— Le quelque chose en question concerne Mlle Amélia Johns, surprise en flagrant délit avec lord Luxley.

La duchesse alla cette fois jusqu'à hausser les sourcils.

— Vraiment ?

Luxley était un des prétendants les plus assidus de Georgiana. Il était désormais officiellement hors compétition.

— Oui, Votre Grâce.

— Et ?

— Et... euh... un autre couple aurait été aperçu... dans la même pièce, mais il s'est immédiatement enfui dans la nuit.

Frédérica sentit l'effroi lui nouer l'estomac. Dare n'avait pas assisté à la soirée des Everston, lui non plus. S'il avait de nouveau trahi la confiance de Georgiana...

— Quel autre couple, Pascoe ? Parlez, c'est un ordre.

— Lord Dare et... et lady Georgiana, Votre Grâce.

— Quoi ?

Le majordome acquiesça en déglutissant.

— On m'a également confié que lord Dare et lady Georgiana n'étaient pas entièrement vêtus.

— Pas entièrem...

L'espace d'un instant, la duchesse se maudit d'avoir toujours estimé que l'évanouissement était la défense des esprits inférieurs.

— Georgiana ! rugit-elle en se dirigeant vers l'escalier. Georgiana Elizabeth Halley !

Georgiana se força à ouvrir un œil. Il lui avait semblé que quelqu'un l'appelait, mais elle avait dû rêver. L'appel se répéta pourtant et se réverbéra à travers toute la maison.

Elle se força à ouvrir l'autre œil et se redressa vivement.

Tante Frédérica ne criait jamais.

La porte de sa chambre s'ouvrit violemment.

— Georgiana ! tonna Frédérica, les joues empourprées de colère. Dis-moi que tu es restée ici toute la nuit. Dis-le-moi immédiatement !

— Que vous a-t-on dit ? demanda Georgiana au lieu de répondre.

— Oh non, non, non, gronda Frédérica en s'asseyant sur le lit. Georgiana, au nom du Ciel, que s'est-il passé ?

— Souhaitez-vous vraiment le savoir ? demanda-t-elle tranquillement, alors que son cœur battait à tout rompre.

Elle ne se souciait peut-être plus de ce que la bonne société pensait, mais elle se souciait grandement du jugement de sa tante.

— Oui, je le veux vraiment.

— Très bien, répondit Georgiana. Mais vous ne devrez en parler ni à Grey, ni à Tristan, ni à personne d'autre.

— De telles stipulations ne s'appliquent pas à ma famille, ma chère.

— Pour cette fois, elles s'appliqueront, sinon je ne vous dirai rien.

— Très bien, soupira sa tante.

Georgiana avait presque espéré que Frédérica refuserait, ce qui lui aurait fourni une excuse pour garder le silence. Mais sa tante avait anticipé une telle échappatoire.

— Très bien. Il y a six ans, j'ai fait l'objet d'un pari, commença-t-elle.

Quand elle eut achevé son récit, sa tante parut regretter d'avoir accepté la moindre condition.

— Tu aurais dû m'en parler plus tôt, dit-elle finalement, la mâchoire crispée. Je l'aurais abattu moi-même.

— Tante Frédérica, vous avez promis.

— Tes pitreries permettront sans doute à lord Westbrook de se sentir un peu mieux. C'est déjà quelque chose, je suppose.

— Je le suppose aussi.

Sa tante se leva.

— Tu ferais mieux de t'habiller, Georgiana. Je ne serai pas la seule aujourd'hui à avoir eu vent de cette rumeur.

— Peu m'importe, répliqua-t-elle en relevant fièrement le menton.

— Jusqu'ici, toute la haute société te respectait et les meilleurs partis recherchaient ta compagnie. Cela va changer.

— Peu m'importe, vous dis-je.

— Tu ne diras pas toujours cela. Ton lord Dare n'est pas un modèle de fidélité.

— Il doit venir ce matin, répondit-elle en constatant que ses mains s'étaient mises à trembler.

Il avait promis de venir.

— *C'est* le matin, Georgiana, même s'il est tôt, je te l'accorde. Je te conseille de t'habiller, ma chère. Cette journée a très mal commencé, mais ce n'est qu'un début, et tu devras y faire face sous ton meilleur jour.

Sa tante sortit, et Mary aida Georgiana à enfiler la plus sage de ses robes, une robe de promenade en mousseline à motifs vert et jaune. Mais si la nouvelle s'était déjà répandue jusqu'ici, à midi, tout Londres saurait que Tristan et elle avaient été vus, à demi nus, dans la chambre d'Amélia Johns. Ce n'était pas une robe sage qui ferait taire la rumeur.

Elle rejoignit Frédérica dans la salle à manger pour le petit déjeuner, mais ni elle ni sa tante n'avait grand appétit. Les domestiques étaient aussi efficaces et discrets qu'à l'accoutumée, mais Georgiana savait fort bien qu'ils avaient été les premiers informés et que c'étaient eux qui avaient averti sa tante. Combien d'autres domestiques bavardaient avec leurs employeurs à cet instant précis ?

La porte d'entrée s'ouvrit brutalement. Un battement de cœur plus tard, le duc de Wycliffe faisait irruption dans la salle à manger, Pascoe attrapant à la volée les gants, le manteau et le chapeau qu'il jetait derrière lui.

— Quelle malédiction s'est abattue sur cette maison ? tonna-t-il. Et où diable se trouve Dare ?

— Bonjour, Greydon. Prends donc place parmi nous.

Son cousin pointa le doigt sur Georgiana. Elle ne l'avait jamais vu aussi furieux.

— Il t'épousera. Et s'il ne le fait pas, je le tuerai.

— Qui dit que je veux l'épouser ? répondit-elle d'une voix posée.

Personne ne déciderait de son avenir à sa place.

— Tu aurais dû y songer avant de le rejoindre pour te mêler à une... orgie dans la chambre d'Amélia Johns !

Elle se leva et repoussa sa chaise, sentant le sang lui monter au visage.

— Il ne s'agissait de rien de tel !

— C'est ce que tout le monde raconte ! Pour l'amour de Dieu, Georgie !

— Oh, tais-toi donc, grommela-t-elle en quittant la pièce d'un pas résolu.

— Geor...

— Greydon, intervint la voix tranquille de sa mère. Cesse de mugir.

— Je ne mugis pas !

Georgiana continua d'avancer jusqu'au salon tandis que la dispute se poursuivait derrière elle. Elle claqua la porte et se laissa aller contre le battant. Tout lui avait paru si clair, la veille. Entendre Amélia et Luxley avait été... excitant, mais la peur d'être surpris et l'ivresse de se retrouver piégée là avec Tristan serré contre elle l'avaient été bien davantage. Elle n'avait pas pu s'empêcher de le caresser.

C'était Tristan qui lui faisait cet effet-là. Même quand elle était en colère contre lui, elle ne pouvait s'empêcher de le toucher, ne serait-ce qu'en appliquant un coup d'éventail sur ses doigts. En ce moment même, elle mourait d'envie de le toucher. Elle rêvait de se sentir dans le même état que la veille, quand il l'avait serrée dans ses bras et qu'il lui avait dit qu'il l'aimait. Où était-il ? Il devait déjà savoir que la rumeur se répandait comme une traînée de poudre.

Elle sursauta quand on frappa à la porte.

— Va-t'en, Greydon, cracha-t-elle.

— Faisons une trêve, tu veux bien ? dit-il en tournant la poignée et en poussant la porte.

Elle fit peser tout le poids de son corps contre le battant.

— Pourquoi ?

Son cousin était bien plus grand et bien plus fort qu'elle, mais il se contenta de manifester son intention d'entrer d'une poussée symbolique.

— Georgie, nous sommes cousins. J'ai envie de te tordre le cou, mais je ne le ferai pas.

— Georgiana, ajouta la voix de sa tante, toute proche elle aussi, nous devons présenter un front uni.

— Oh, très bien, soupira-t-elle en s'écartant de la porte pour les laisser entrer.

Ils avaient raison, sa disgrâce les affecterait aussi, même si leurs titres et leur pouvoir les protégeraient du plus gros de la tempête. Georgiana n'avait pas cette protection. Si Tristan ne venait pas... Elle avança jusqu'à la fenêtre, serrant ses mains l'une contre l'autre.

— Qu'allons-nous raconter ? demanda Greydon en la regardant aller et venir dans la pièce.

— C'est évident, déclara Frédérica. Quoi que ces imbéciles de Johns et leurs domestiques aient cru voir, Georgiana était à la maison avec le rhume. Il faisait sombre, il était tard, ils étaient désorientés d'avoir été témoins des... turpitudes de leur fille. C'est compréhensible, mais pour l'amour du Ciel, on y réfléchit à deux fois avant d'accuser le membre d'une bonne famille d'un crime aussi odieux !

Georgiana cessa de marcher.

— Non.

Frédérica tourna les yeux vers elle.

— Tu n'as pas vraiment le choix, ma chère.

— Tante Frédérica, je n'utiliserai pas l'erreur d'autrui à mon profit. Pas même si cet autrui s'appelle Amélia Johns.

— Dans ce cas, ta réputation est ruinée, répondit calmement Frédérica. Est-ce que tu comprends cela ?

Un frisson d'effroi parcourut Georgiana.

— Je le comprends, oui. Et je l'accepte.

— Un instant, gronda Grey. Tu veux dire que tu as vraiment fait ce que l'on raconte ?

— Je n'ai participé à aucune orgie.

— Je le tuerai.

— Tu ne feras rien de...

La porte s'ouvrit à l'instant où Greydon l'atteignait.

— Vos Grâces, lady Georgiana, annonça le majordome, lord D...

Grey saisit Tristan par l'épaule pour l'attirer dans la pièce et claqua la porte au nez du majordome.

— Maudit fils de...

D'une main, Tristan écarta Grey.

— Je ne suis pas ici pour toi, déclara-t-il d'un ton solennel.

Son regard trouva Georgiana, figée près de la fenêtre, et elle s'autorisa à respirer de nouveau. Il avait écarté Grey d'une seule main parce qu'il tenait dans l'autre un bouquet de lys blancs et qu'un paquet orné d'un ruban blanc était calé sous son bras.

— Bonjour, dit-il d'une voix plus douce, un sourire venant effleurer ses lèvres sensuelles et assombrir ses yeux bleus.

— Bonjour, répondit-elle, le cœur frémissant.

— Tu vas faire ce qu'il faut, Dare, gronda Grey en approchant. Je ne tolérerai pas que ton comportement inexc...

— Tais-toi, mon cher, intervint Frédérica avant de prendre la main de son fils pour le guider vers la porte. Nous serons dans la salle à manger, si vous avez besoin de nous, annonça-t-elle en ouvrant la porte.

— Il n'est pas question que je les laisse seuls, grommela le duc.

— Si, c'est ce que tu vas faire. Ils promettent de garder leurs vêtements, cette fois.

— Tante Frédérica ! s'exclama Georgiana en rougissant.

— Nous vous laissons, dit la duchesse douairière en adressant un regard d'encouragement à sa nièce avant de refermer la porte.

Georgiana et Tristan se regardèrent un moment sans rien dire.

— Je ne m'étais pas rendu compte que la nouvelle se répandrait aussi vite, dit-il enfin à voix basse, sinon je serais venu plus tôt. Amélia et Luxley ne sont pas aussi intéressants que je l'avais cru aux yeux du monde, apparemment.

— J'espérais que tout le monde serait tellement occupé à parler d'eux qu'on oublierait de nous mentionner.

Tristan s'éclaircit la gorge.

— J'ai une question à vous poser. Deux, en fait.

Si le cœur de Georgiana décidait de battre encore plus vite, il succomberait à une attaque.

— Je vous écoute, répondit-elle en feignant un calme qu'elle était loin d'éprouver.

— Premièrement, dit-il en tendant son bouquet vers elle, me faites-vous confiance ?

— Je suis heureuse de voir que vous vous souvenez que j'aime les lys, déclara-t-elle en acceptant les fleurs, heureuse de pouvoir occuper ses mains.

— Je me souviens de tout, Georgiana. Je me souviens de la première fois où je vous ai vue, et je me souviens du regard que vous avez eu quand j'ai trahi votre confiance.

— Vous ne l'avez pas vraiment fait, répondit-elle. Vous m'avez blessée, mais personne d'autre ne l'a su.

— Georgiana, est-ce que vous me…

— Oui, l'interrompit-elle en croisant son regard. Je vous fais confiance.

— Bon, eh bien, dit-il comme s'il n'avait pas été certain de la réponse qu'elle lui ferait, ceci aussi est pour vous.

Il lui tendit le paquet. Il était de la taille d'une boîte à cigares, orné d'un simple ruban blanc. Troublée, Georgiana posa les fleurs et le prit. Il était plus léger qu'elle ne s'y était attendue.

— Ce n'est pas un nouvel éventail, n'est-ce pas ? demanda-t-elle, tentant de plaisanter.

— Ouvrez-le et vous le saurez, répondit-il, l'air nerveux.

Elle tira sur une des extrémités du ruban, qui se dénoua et retomba autour du paquet, puis souleva le couvercle.

Ses bas nettement pliés côte à côte se trouvaient à l'intérieur, ainsi qu'une feuille de papier enroulée sur elle-même. Elle s'apprêtait à le remercier quand elle remarqua ce qui retenait la feuille enroulée. Une bague. La chevalière de Tristan.

— Ô mon Dieu, murmura-t-elle tandis qu'une larme roulait sur sa joue.

— Voici à présent ma deuxième question, dit-il d'une voix mal assurée. Certains diront que je ne vous demande cela qu'à cause de votre argent. Et il est vrai que j'ai besoin de ce que vous avez pour sauver le blason des Dare. D'autres diront que c'est parce que je n'ai pas le choix et que j'y suis obligé pour sauver votre réputation. Mais nous savons tous deux qu'il y a bien d'autres raisons à cela. J'ai besoin de *vous*. Bien plus que de votre argent, Georgiana, j'ai besoin de vous. Voulez-vous m'épouser ?

— Vous savez, dit-elle en essuyant une nouvelle larme, partagée entre le rire et les pleurs, au début, j'avais seulement l'intention de vous donner une leçon pour que vous compreniez ce qu'on ressent quand on vous brise le cœur. Ce que je ne savais pas, c'était que vous aviez quelque chose à m'apprendre, vous aussi – sur la façon dont les gens peuvent changer et sur le fait qu'il faut parfois faire confiance à son cœur. Mon cœur est épris de vous depuis très longtemps, Tristan.

Il prit la lettre qui se trouvait dans le paquet et fit glisser sa chevalière au creux de sa main avant de prendre celle de Georgiana.

— Dans ce cas, répondez à ma question, Georgiana. Je vous en supplie, avant que le suspense me fasse mourir.

Elle laissa échapper un rire tremblant.

— Oui, Tristan. Je veux bien vous épouser.

Il passa l'anneau à son doigt, puis l'attira vers lui et pressa ses lèvres contre les siennes.

— Vous m'avez sauvé, murmura-t-il.

— Je suis heureuse que mon argent puisse aider les Dare, dit-elle.

Ses yeux bleu clair capturèrent son regard.

— Non, Georgiana, c'est *moi* que vous avez sauvé. Chaque fois que je vous comparais à une autre, je me rendais compte que je ne pouvais pas l'épouser. Mais je savais que vous me détestiez et...

— Je ne vous déteste plus, soupira-t-elle. Je ne suis même pas certaine de l'avoir jamais fait.

Tristan l'embrassa de nouveau.

— Je vous aime, Georgie. Tellement que cela m'effraie un peu. Cela fait un moment que j'ai envie de vous le dire, mais je n'étais pas certain que vous me croiriez.

Elle avait eu les mêmes craintes.

— Je vous crois, maintenant. Et je vous aime.

Il prit sa main et baissa les yeux sur la chevalière, trop grande pour son doigt.

— Je suppose que nous ferions mieux d'annoncer la nouvelle à votre tante et à votre cousin avant qu'ils ne décident de m'abattre. Et je vous en prie, ajouta-t-il en relevant les yeux, dites-moi que vous en avez terminé avec vos leçons.

Georgiana gloussa doucement.

— Je ne vous ferai aucune promesse. Il se peut que je ressente le besoin de poursuivre votre éducation.

— Le Ciel nous vienne en aide à tous les deux, alors, murmura-t-il en souriant avant de l'embrasser.

Sais-tu, mon cher, qu'elle est à moi ?
Et je suis aussi riche en possédant un tel joyau
Que vingt mers dont
tous les grains de sable seraient des perles
L'eau du nectar et les rochers de l'or pur.

Les deux gentilshommes de Vérone,
Acte II, scène 4

AVENTURES & PASSIONS

6 septembre

Julie Anne Long

Pennyroyal Green - Une insupportable charmeuse

Inédit

Après le décès de ses parents, la jeune héritière américaine Tansy Danforth s'installe dans le Sussex, où elle est accueillie par la famille Eversea. Tous hommes des environs tombent sous le charme de la jeune femme, qui se donne beaucoup de mal pour les séduire, quitte à tricher. Ian Eversea, a également une réputation de séducteur et il n'est pas dupe du manège de Tansy et la trouve insupportable… pourtant lui aussi finira par succomber.

✦

Elizabeth Hoyt

Les fantômes de Maiden Lane - L'amour de tous les dangers

Inédit

Hugh Fitzroy est chargé de démanteler les Seigneurs du Chaos, une association secrète d'aristocrates licencieux. La riposte ne se fait pas attendre : un soir, alors qu'il traverse Covent Garden, Hugh est agressé par une bande de spadassins. Il ne doit son salut qu'au Fantôme de St. Giles qui surgit, comme par miracle, pour le sauver. S'acquittant d'un baiser avant de disparaître dans la nuit, la mystérieuse jeune fille envoûte Hugh. Dès lors, il n'aura de cesse de la retrouver. Sans se douter qu'il la côtoie au quotidien…

✦

Lisa Kleypas

Les Hathaway - L'amour l'après-midi

Discrète et authentique, Beatrix Hathaway s'est toujours sentie plus à l'aise dans la nature que dans les salles de danse. Et avant son départ, Christopher Phelan n'avait de cesse de la railler à ce sujet. Le jour où le jeune mondain se retrouve engagé dans la guerre de Crimée, la jeune femme est néanmoins prise d'un élan de compassion envers lui. Ils entament une longue correspondance et tombent peu à peu amoureux à distance. Mais cette relation est basée sur un mensonge : car Beatrix signe toutes ses lettres du nom de la belle Prudence…

27 septembre

Sabrina Jeffries

Les hommes du duc - Les secrets de Lady Zoé
Inédit

L'enquêteur Tristan Bonnaud n'a qu'un but : se venger de George, son demi-frère. Lady Zoé Keane, elle, n'a qu'un souhait : faire la lumière sur de sa naissance. Aussi, lorsqu'elle sollicite les services de Manton Investigations pour retrouver sa mère, Tristan accepte sans hésiter. Il espère ainsi revoir Milosh, un ami très au fait des fourberies de George. Et en profiter pour faire succomber la belle Zoé...

✦

Julia Quinn

Le quartet des Smythe-Smith - Pluie de baisers
Inédit

Lady Sarah Pleinsworth n'est ni discrète, ni timide, ni larmoyante. Cela tombe bien : Hugh Prentice n'a jamais supporté les mélodrames. Malheureusement, sa blessure, héritée d'un duel, ne le met pas en valeur. D'autant que cette infirmité rappelle sans cesse à la jeune femme une ancienne querelle qui a détruit sa famille. Cependant, et ce malgré tous ses efforts, Sarah ne parvient pas à ignorer Hugh. Elle se laisse aller à un baiser, puis deux, puis trois...

✦

Kathleen Givens

La couronne des Highlands

Sur ordre du roi Édouard, les Juifs sont chassés d'Angleterre. Rachel, suivante de la reine, est obligée de s'exiler en Écosse. À Londres, Isabel, sa meilleure amie, rencontre Rory MacGannon, un Highlander qui vient lui porter un message. Menacée, elle décide de suivre ce preux chevalier pour se réfugier auprès de Rachel. Mais, en ces temps de troubles, l'Écosse est la terre de tous les dangers et de toutes les passions...

Passion intense

6 septembre

Inez Kelley

Un tourment nommé Livvy

Inédit

John Murphy est tourmenté par des cauchemars. Il a découvert par le passé ce que les hommes portaient en eux de pire, et il sait que lui-même ne fait pas exception. Pourtant, quand il rencontre Livvy, sa nouvelle voisine – par l'intermédiaire d'un superbe soutien-gorge rouge qui a atterri chez lui malencontreusement –, il ne peut résister à l'envie de la séduire. Il faut dire que la jeune femme, chef-pâtissière, a l'air aussi douce et appétissante que les mets qu'elle prépare…

27 septembre

Ella Frank

Flirt à Chicago - Rachel

Inédit

Après la mort de sa mère, Rachel a repris sa boutique de fleurs. En parallèle, elle prépare d'appétissantes pâtisseries pour le restaurant *Exquis*. Mais le sour où elle a rencontré Cole dans un club, elle portait une tenue plus sexy qu'un tablier ! Depuis, ils se croisent un peu trop souvent et Mia hésite sur l'attitude à adopter. Elle sait qu'il y a certains délices auxquels il vaut mieux éviter de goûter. Mais Cole, brillant avocat, a l'art et la manière d'argumenter…

LOVE *ADDICTION*

6 septembre

Alexi Lawless

Classé confidentiel - Une si sublime créature

Inédit

« Chance » est le deuxième prénom de Jack Roman. Chicago, son empire. Rien ni personne ne lui résiste. Jusqu'à ce que la mystérieuse Samantha emménage dans le loft voisin. Qui est donc cette sublime créature qui jongle avec une facilité déconcertante entre les salles de réunion confinées et les opérations à haut risque ? Pour le découvrir, Jack va devoir se mettre en danger. Car s'ils partagent la même piscine, c'est tout un monde qui les sépare…

PROMESSES

27 septembre

Mary McNear

Revivre à Butternut - Clair de lune sur le lac

Inédit

Reid Ford vivait à cent à l'heure, jusqu'à ce terrible accident de voiture. Désormais, le corps brisé, perclus de douleurs, il habite un chalet isolé au bord du lac de Butternut, où ses nuits sont hantées par d'épouvantables cauchemars. Comment ne pas s'aigrir dans ces conditions ? Odieux, Reid voit défiler avec indifférence les aides-soignantes qu'il terrorise. Quand un jour, se présente Mila Jones. Qui lui tient tête. Furieux, Reid est vite intrigué par le comportement de Mila. Elle vit dans la terreur et se cache, c'est évident. De qui ?

CRÉPUSCULE

27 septembre

Sophie Jomain

Felicity Atcock - Les anges voient rouge

« Je n'ai jamais été une grenouille de bénitier, mais je me souviens très bien des grandes lignes de la religion qui affirment que Dieu est omnipotent, omniscient, omniprésent et… immense. Sauf qu'à en croire l'individu petit, chauve et rabougri qui se tient devant moi, il doit y avoir erreur sur la marchandise.
Dans le cas contraire, si ce type est bel et bien le Tout-Puissant comme il le prétend, il va apprendre de quel bois je me chauffe.
Même affronter l'enfer ne me fait pas peur. On n'avait qu'à pas m'enlever l'homme que j'aime. »

Sélection

6 septembre

Rachel Lacey

La revanche de l'amour

Inédit

Avec son maigre salaire d'infirmière, Merry a bien du mal à financer son refuge canin. Lorsque T.J. Jameson, vétérinaire et propriétaire d'un ranch, lui propose un poste d'éducatrice dans le cadre d'un camp de vacances pour enfants en difficulté, Merry accepte - à condition d'amener sa petite tribu à quatre pattes… Bien que T.J. s'y oppose catégoriquement, Merry finit par l'emporter. Ensemble, ils vont offrir aux enfants des moments de bonheur inoubliables... et succomber aux délices de la passion. Mais T.J. rêve d'une vie stable et bien organisée, quand Merry refuse tout engagement. La convaincra-t-il de s'abandonner sans crainte à la joie d'être aimée pour toujours ?

J'AI LU

11881

Composition
FACOMPO

Achevé d'imprimer en Italie
par GRAFICA VENETA
le 21 juillet 2017.

Dépôt légal août 2017.
EAN 9782290145661
OTP L21EPSN001654N001

ÉDITIONS J'AI LU
87, quai Panhard-et-Levassor, 75013 Paris

Diffusion France et étranger : Flammarion